los diarios
de Nanny

los diarios
de Nanny

Emma McLaughlin y Nicola Kraus

Traducción de Manu Berástegui

ALFAGUARA

ALFAGUARA

Título original: The Nanny Diaries
© 2002, Emma McLaughlin y Nicola Kraus
© De la traducción: Manu Berástegui
© De esta edición:
2003, Santillana Ediciones Generales, S. L.
Torrelaguna, 60. 28043 Madrid
Teléfono 91 744 90 60
Telefax 91 744 92 24
www.alfaguara.com

ISBN: 84-204-6560-7
Depósito legal: M. 1.321-2003
Impreso en España - Printed in Spain

© Cubierta:
Inventa sobre ilustraciones de Sarah Gibb

A nuestros padres, por leernos siempre un cuento antes de dormir (haciendo las voces) sin importarles lo cansados que pudieran estar.

Y a todos los críos fabulosos que se han abierto camino hasta nuestros corazones a golpe de baile, risa e hipo.

Seguimos a vuestro lado.

Nota a los lectores

Las autoras han trabajado en un momento u otro de sus vidas para más de treinta familias de Nueva York y esta historia está inspirada en lo que han aprendido y experimentado. Sin embargo, *Los diarios de Nanny* es una obra de ficción y ninguna de dichas familias está retratada en este libro. Los nombres y los personajes son producto de la imaginación de las autoras. Cualquier parecido con situaciones y personas reales, vivas o muertas, es pura coincidencia. Aunque se mencionan algunas instituciones neoyorquinas reales (escuelas, tiendas, galerías y otras), su utilización es ficticia.

«—Deberías oír a mamá hablar de las institutrices: creo recordar que Mary y yo tuvimos al menos una docena en nuestros tiempos; la mitad detestables, las demás ridículas, y todas ellas unas brujas. ¿No es cierto, mamá?

»—Querido mío, ni mencione a las institutrices; la palabra me pone nerviosa. He sufrido un calvario por su incompetencia y sus caprichos; ¡gracias a Dios que ya he acabado con ellas!»

Jane Eyre

Prólogo

La entrevista

Todas las temporadas de mi carrera como niñera arrancaban con una ronda de entrevistas tan surrealmente idénticas que a veces pensaba si las madres no se habrían pasado unas a otras un manual secreto en la Asociación de Padres en el que se les dice cómo hacerla. Esta toma de contacto inicial era tan repetitiva como un ritual religioso y me daban tentaciones de, justo antes de que la puerta se abriera, arrodillarme, hacer una genuflexión o decir: «¡Que empiece la función!».

Ningún otro acto representaba este trabajo con mayor exactitud, y siempre empezaba en un ascensor más bonito que la mayoría de los apartamentos neoyorquinos.

✧

La cabina forrada con paneles de nogal me asciende lentamente, como un cubo en un pozo, hacia una posible solvencia. A medida que me acerco al piso indicado inspiro profundamente; la puerta se abre ante un pequeño vestíbulo que da paso, como mucho, a dos apartamentos. Toco el timbre. Experiencia de niñera: ella siempre espera a que llame al timbre, a pesar de que el vigilante de seguridad del portal la ha avisado de mi inminente llegada y probablemente esté esperando detrás de la puerta. De hecho, es posible que lleve esperando ahí desde que hablamos por teléfono hace tres días.

El oscuro vestíbulo, decorado con un sombrío papel Colefax y estampados de flores de Fowler, siempre tiene un paragüero de latón, un grabado de caballos y un espejo, en el que realizo una última comprobación rápida de mi aspecto. Parece que me hayan aparecido manchas en la falda durante el viaje en tren desde la escuela, pero por lo demás estoy muy bien: dos piezas de punto, falda de flores y unas sandalias imitación de Gucci que compré en el Village.

Ella siempre es menudita. Su pelo es siempre lacio y fino; parece que siempre inhala y nunca exhala. Siempre lleva unos carísimos pantalones deportivos, zapato bajo de Chanel, una camiseta de rayas francesas y chaqueta blanca de punto. Probablemente, unas discretas perlas. En siete años y tropecientas entrevistas el modelo «soy una mamá muy sencilla con mis pantalones deportivos pero imponente con unos zapatos de cuatrocientos dólares» no ha variado. Y es sencillamente imposible imaginarla haciendo algo tan poco digno como lo que hace falta hacer para quedarse embarazada.

Sus ojos se clavan directamente en la única mancha de mi falda. Me ruborizo. Todavía no he abierto la boca y ya estoy en desventaja.

Me hace pasar al recibidor, un espacio inmenso con el suelo de mármol reluciente y paredes gris champiñón. En el centro hay una mesa redonda con un jarrón con flores que parecen a punto de morir, pero que no se atreven a marchitarse.

Ésta es mi primera impresión del Apartamento que me recuerda una suite de hotel: inmaculada pero impersonal. Hasta el dibujo infantil solitario que veré más tarde sujeto con cinta adhesiva a la nevera parece sacado de un catálogo. (En los superfrigos con revestimiento de color personalizado no se pegan los imanes.)

Se ofrece a recogerme la chaqueta, mira con desdén el pelo que mi gato me ha dejado pegado para darme suerte y me ofrece algo de beber.

Lo correcto es que yo diga: «Un poco de agua me vendría bien». Pero muchas veces tengo la tentación de pedir un whisky escocés, sólo para ver cómo reaccionaría. Luego me invita a pasar al salón, que varía del esplendor aristocrático al funcionalismo de Ethan Allen, dependiendo de lo antigua que sea la fortuna familiar. Me señala el sofá donde de inmediato me hundo un metro entre los cojines, convertida en una niña de cinco años sepultada entre montañas de cretona. Ella se yergue por encima de mí, tiesa como una vara en una silla que parece terriblemente incómoda, con las piernas cruzadas y una sonrisa tensa.

Ahora empezamos la verdadera entrevista. Dejo con torpeza el vaso de agua húmedo en un posavasos al que parece que habría que poner un posavasos. Ella está abiertamente radiante de felicidad al comprobar que mi etnia es evidentemente aria.

—Bueno —arranca animada—, ¿cómo es que acudiste a la Asociación de Padres?

Ésta es la única parte de la entrevista que se parece en algo a una conversación profesional. Vamos a hacer filigranas por evitar ciertas palabras, tales como «niñera» y «cuidado de niños», porque serían de mal gusto y nosotras nunca, pero *nunca,* admitiríamos que estamos hablando de la posibilidad de que yo trabaje aquí. Éste es el Sagrado Pacto de la relación madre-niñera: hablamos de un placer, no de un trabajo. Sencillamente estamos «conociéndonos un poco», de la misma manera como me imagino que una prostituta y un cliente hacen sus negociaciones mientras intentan no cargarse la atmósfera.

Lo más cerca que llegamos a la idea de que yo hago esto por dinero es el tema de mi experiencia como niñera, que yo describo como un hobby apasionante, muy similar a la cría de perros guía para ciegos. A medida que progresa la conversación, me convierto en una experta en desarrollo infantil, que intenta convencernos a ambas de la necesidad de satisfacer mi propio espíritu criando a un/a niño/a y participando en todos los estadios de su crecimiento, un simple paseo al parque o a un museo se convierte en un viaje de gran valor sentimental. Cito divertidas anécdotas de mis pasadas ocupaciones refiriéndome a los niños por sus nombres: «Todavía me maravilla el progreso cognoscitivo que experimentaba Constance con cada hora que pasábamos en el foso de arena». Me noto parpadear y me veo a mí misma girando el paraguas al estilo Mary Poppins. Ambas nos quedamos unos instantes en silencio, imaginando mi estudio empapelado con dibujos pintados con los dedos y diplomas de doctorado de Stanford.

Ella me mira expectante, preparada para mi demostración.

—*¡Me encantan los niños!* Me encantan sus pequeñas manitas y pies y los sándwiches de mantequilla de cacahuete y que se me pringue el pelo de mantequilla de cacahuete y Elmo, *me encanta Elmo,* y tener el bolso lleno de arena y jugar al corro, ¡nunca me canso!, y la leche de soja y las mantitas de bebé y la interminable lluvia de preguntas para las que nadie tiene respuesta, quiero decir, ¿por qué el cielo *es* azul? ¡Y Disney! ¡Disney es mi segunda lengua!

Las dos oímos la canción *En un mundo nuevo* como fondo musical cuando le aseguro que cuidar de su hijo sería, más que un privilegio, una aventura.

Está abrumada, pero aún quiere llegar más al fondo. Ahora quiere saber *por qué,* si soy tan fabulosa, quiero cuidar de su hijo. Vamos a ver, ella lo ha parido y no quiere cuidarlo, ¿por qué iba a hacerlo yo? ¿Estoy pagando la financiación de un aborto? ¿Es para fundar un grupo de izquierdas? ¿Cómo es posible que ella haya tenido tanta suerte? Quiere saber qué estudio, qué pienso hacer en el futuro, qué pienso de los colegios privados de Manhattan, a qué se dedican mis padres... Respondo con todo el sentimiento y la mayor desenvoltura de la que soy capaz, tratando de inclinar la cabeza levemente como Blanca Nieves cuando escuchaba a los animalitos. Ella, por su parte, prefiere adoptar una pose más Diane Sawyer, esperando respuestas que le confirmen que no estoy allí para robarle el marido, las joyas, las amigas o su hijo. Por ese orden.

Experiencia de niñera: en ninguna de mis entrevistas se han comprobado mis referencias. Soy blanca. Hablo francés. Mis padres son universitarios. No tengo *piercings* visibles y he ido al Lincoln Center en los dos últimos meses. Estoy contratada.

Se levanta con renovadas esperanzas.

—Permíteme que te enseñe la casa...

Aunque ya hemos entrado en contacto, ha llegado el momento de que el Apartamento juegue su baza más fuerte. Cuando entramos en ellas, las habitaciones parecen sacudirse el polvo ellas mismas para añadir aún más brillo a las superficies ya cegadoras. Este Apartamento ha nacido para que lo recorran. Cada habitación, enorme, se conecta con la siguiente mediante una serie de minipasillos, con el espacio justo para contener un original enmarcado de éste o de aquél.

Con independencia de que lo que tengan sea un bebé o un adolescente, durante el recorrido nunca se descubre el menor vestigio de un niño. De hecho, no existe el menor vestigio de nadie: ni una sola fotografía familiar. Más tarde descubro que todas están discretamente encerradas en marcos de plata de Tiffany y hábilmente arracimadas en un rincón del cuarto de estar.

La ausencia de un par de zapatos tirados o de un sobre abierto hace que resulte difícil creer que el escenario por el que me conduce sea tridimensional; parece un apartamento como del Potemkin. En consecuencia, cada vez me siento más incómoda y más insegura de cómo demostrar el asombro que se espera de mí sin decir: «Sí, ñora, qué bonito qu'és tó esto; amos que sí», con un fuerte acento barriobajero y acompañado de una reverencia.

Afortunadamente, ella está en movimiento perpetuo y no se presenta la ocasión. Se desliza en silencio delante de mí y me sorprende lo frágil que parece su complexión en contraste con el recargado mobiliario. Fijo la mirada en su espalda mientras pasamos de una habitación a otra, en las que se detiene brevemente para hacer un gesto circular con la mano y decir el nombre de la estancia, y yo asiento con la cabeza para confirmar que, efectivamente, es el comedor.

Durante el recorrido, dos informaciones me tienen que quedar muy claras: 1) que pertenezco a un nivel inferior, y 2) que tengo que estar en alerta máxima para que el niño o niña, que también pertenece a un nivel inferior, no raye, rompa, manche o estropee un solo elemento del apartamento. El guión codificado de esta comunicación es como sigue: ella se vuelve y «menciona» que realmente no tendré que hacer ningún trabajo de casa y que Hutchison «prefiere» jugar en su cuarto. Si existiera la justicia en el mundo éste sería el momento en que se tendría que dar a las niñeras unas barreras de las de cortar carreteras y una pistola de dardos adormecedores. Estas habitaciones están destinadas a convertirse en la maldición de mi existencia. A partir de este momento, más del noventa y cinco por ciento de este apartamento no será más que el decorado borroso de carreras, súplicas y órdenes terminantes del tipo «¡¡Deja la lechera de porcelana de Delft!!». También estoy a punto de conocer más clases de líquidos limpiadores que tipos de suciedad supiera que existían.

Será en la despensa, guardados en una estantería alta encima de la lavadora-secadora, donde descubra que la gente importa de Europa detergentes especiales para la taza del váter.

Llegamos a la cocina. Es enorme. Con unos cuantos tabiques podría albergar fácilmente a una familia de cuatro miembros. Ella se detiene y apoya una mano de uñas perfectas en la encimera, adoptando una pose familiar, como un capitán al timón a punto de dirigirse a la tripulación. Sin embargo, yo sé que si le preguntara dónde está la harina, el resultado sería media hora de búsqueda entre utensilios de cocina sin estrenar.

Experiencia de niñera: puede que en esta cocina consuma montones de agua Perrier, pero nunca ha comido en ella. De hecho, a lo largo del trabajo nunca la veré comer nada. Aunque no es capaz de decirme dónde está la harina, probablemente puede localizar los laxantes en el armario de las medicinas con los ojos cerrados.

El frigorífico está siempre a reventar de verduras frescas meticulosamente troceadas guardadas en Tupperwares y al menos dos paquetes de tortellini de queso frescos que su hijo prefiere sin salsa. (Lo que significa que en la casa no hay ninguna salsa tampoco para mí.) También está la sempiterna leche orgánica, una botella de vino Lillet abandonada, mermelada Sarabeth y montones de *ginkgo biloba* refrigerado («para la memoria de papi»). El congelador está hasta arriba del secreto inconfesable de mami: congelados de pollo y polos. Al mirar el contenido del frigo pienso que la comida es para el niño; los condimentos para los mayores. Uno puede imaginarse una comida en la que los padres meten palillos en un bote de tomates desecados Grace's mientras la criatura se empapuza una orgía de fruta fresca y comida congelada.

—La verdad es que las comidas de Brandford son bastante sencillas —dice señalando los alimentos congelados mientras cierra el congelador. Traducción: pueden darle de comer esa mierda los fines de semana con la conciencia tranquila, porque saben que yo le prepararé comidas macrobióticas de cuatro platos entre semana. El día llegará en que mire los coloristas envases del congelador muerta de envidia, mientras recaliento el arroz salvaje de Costa Rica para mayor seguridad digestiva del crío de cuatro años.

Abre la despensa (que es lo bastante grande como para ser la casa de veraneo de la familia de cuatro miembros que podría vivir en la cocina) y revela un nivel de provisiones como para el holocausto nuclear, como si la ciudad estuviera en peligro permanente de ser saqueada por una banda de fanáticos de la comida sana de cinco años. Está a tope de toda clase de zumos envasados, leche de soja, leche de arroz, galletas orgánicas, barras de cereales orgánicas y frutos secos orgánicos que se le hayan ocurrido al nutricionista consultado. Los únicos productos con aditivos son los de una estantería de galletas Goldfish variadas, entre las que se incluyen las sin sal y las poco populares con sabor a cebolla.

En toda la cocina no hay ni rastro de alimento lo bastante grande para llenar la mano de un adulto. A pesar del mítico «coge lo que quieras», pasarán unas cuantas noches de famélicas cenas a base de pasas antes de descubrir LA BALDA SUPERIOR, que parece estar protegida por trampas y cubierta de polvo, pero contiene los muy codiciados regalos de gourmet que han sido abandonados a su suerte por mujeres que consideran que el chocolate es como una granada en la caja de Pandora. Bombones de Barney, trufas de Saks, chocolatinas de Martha's Vineyard, cosas todas que devoro como una adicta al crack en el cuarto de baño, para evitar que el crimen quede grabado por una posible cámara de seguridad. Me imagino que luego emiten la grabación en *Hard Copy:* «Niñera (borracha de delirio) es descubierta rasgando el envoltorio de celofán de unos Godivas de la Pascua del 92».

Es en este momento cuando empieza con las Reglas. Ésta es una parte muy agradable del proceso para cualquier madre porque es su oportunidad de demostrar cuánta dedicación y esfuerzo ha supuesto criar a su criatura hasta el momento. Habla con una extraña mezcla de animación, confianza y convicción arrebatada: está muy segura de lo que dice. Yo, a cambio, adopto mi expresión más interesada pero compasiva, como si dijera: «Sí, por favor, cuénteme más, estoy fascinada», y «Debe de ser terrible para usted tener un niño alérgico al aire». Y así comienza la lista:

Alérgico a los lácteos.

Alérgico a los cacahuetes.

Alérgico a las fresas.

Alérgico al barniz con propano.

A algunos cereales.

No come arándanos.

Sólo come arándanos si están cortados en rodajas.

Los sándwiches tienen que estar cortados en horizontal y con corteza.

Los sándwiches tienen que estar cortados en cuartos y SIN corteza.

Los sándwiches deben cortarse mirando al este.

¡Le encanta la leche de arroz!

No come nada que empiece por la letra M.

Todas las porciones tienen que estar medidas; NO se le permite comida extra.

Todos los zumos tienen que estar rebajados con agua y los tiene que beber en un vaso cerrado encima del fregadero o en la bañera (preferiblemente hasta que cumpla los dieciocho años).

Toda la comida se le servirá encima de un mantel de plástico, con una toallita de papel debajo del plato y con el babero puesto todo el tiempo.

En realidad, «si pudieras desnudar a Lucien antes de comer y darle una regada con la manguera después, sería perfecto».

NADA de comida ni bebida dos horas antes de acostarse.

NADA de aditivos.

NADA de conservantes.

NADA de pipas de calabaza.

NADA de pieles de ningún tipo.

NADA de comida cruda.

NADA de comida cocinada.

NADA de comida americana.

y... (aquí la voz asciende a un tono que sólo pueden oír las ballenas)

¡NADA DE COMIDA FUERA DE LA COCINA!

Yo asiento gravemente con la cabeza. Es totalmente lógico.

—Dios mío, por supuesto —me oigo decir.

Ésta es la Fase I para atraparme en el plan, para crear en mí la sensación de cohesión.

—¡Estamos juntas en esto! ¡La pequeña Elspeth es nuestro proyecto común! ¡Y no le vamos a dar de comer nada más que judías *mung*!

Me siento como una embarazada de nueve meses que acaba de descubrir que su marido piensa criar al niño en el seno de una secta. Sin embargo, en cierto sentido me halaga haber sido elegida para participar en este proyecto. Acaba la Fase II: estoy sucumbiendo a la fascinación de la perfección.

El recorrido continúa hasta la habitación más lejana. La distancia entre la habitación del niño y la de los padres siempre se establece en un rango entre muy lejos y realmente muy, muy lejos. De hecho, si hay otro piso, su habitación estará allí. No se puede evitar imaginar al pobre crío de tres años despertándose con una pesadilla y poniéndose un salacot y cogiendo una linterna para ir en busca de la habitación de sus padres, armado sólo con una brújula y un valor a prueba de bomba.

La otra señal reveladora de que nos estamos acercando a la Zona Infantil es el cambio de decoración, de falso oriental desvaído a un estilo Mondrian de colores primarios o bien a colores pastel Bonpoint, muy Kennedy. En cualquier caso, Martha ha pasado por allí... en persona. Pero el efecto es extrañamente inquietante; obviamente, es la idea de un adulto de lo que es una habitación infantil, como evidencia el hecho de que todos los grabados de la primera edición de Babar, firmados, cuelguen por lo menos a un metro por encima de la cabeza del niño.

Tras haber asimilado las Reglas, estoy lista para conocer al niño burbuja. Me dispongo a encontrarme con una unidad de cuidados intensivos completa, con cableados estilo Louis Vuitton IV. Imaginad mi sorpresa ante el torbellino que atraviesa la habitación hacia nosotras. Si se trata de un chico, el movimiento recuerda al del Demonio de Tasmania, mientras que si es una chica se parece más a una secuencia de los Mosqueteros, con dos piruetas y un *grand jeté* incluidos. El niño se siente impelido a esta actividad por una reacción pauloviana al perfume de la madre que se acerca. El encuentro se desarrolla de la manera siguiente: 1) El niño (acicalado como si le fuera la vida en ello) se lanza en línea recta hacia la pierna de su madre. 2) En el preciso instante en que las manos del niño se cierran alrededor de su muslo, la madre agarra hábilmente las muñecas de la criatura. 3) Simultáneamente, esquiva el abrazo uniendo las manos del niño que dan una palmada delante de su cara y se inclina para decirle hola y volverle la mirada hacia mí. *Voilà*. Ésta es la primera de múltiples representaciones de lo que yo llamo el «Reflejo Espátula». Posee tal ritmo y exactitud que me dan ganas de aplaudir, pero en lugar de hacerlo respondo a mis propios estímulos paulovianos ante sus caras expectantes. Caigo de rodillas.

—¿Por qué no os vais conociendo un poquito?...

Éste es el pie para que empiece la parte de la prueba que yo llamo «Juega con el Niño». A pesar de que todos sabemos que la opinión del niño es irrelevante, entro en un estado de actividad psicótico. Juego como si yo fuera el espíritu de la Navidad e incluso más, hasta que el niño alcanza un efervescente frenesí de interacción, con el estimulante añadido de la infrecuente presencia de la madre. El niño está educado en la teoría Montessori del juego: sólo se sacan los juguetes de su cubículo de nogal de uno en uno. Yo compenso la ausencia del caos infantil habitual con un despliegue de voces, pasos de baile y un conocimiento profundo de los Pokemon. En breve el niño me está pidiendo que le lleve al zoo, que me quede a dormir y que me vaya a vivir con ellos. Éste es el momento en que la madre, que ha estado observando sentada en el borde de la cama con sus tableros de puntuación mentales, interviene para anunciar que «Ya es hora de despedirse de Nanny. ¿No te encantaría volver a jugar con Nanny otro día?».

La asistenta, que todo este tiempo ha permanecido encogida en una mecedora de tamaño infantil en un rincón, le ofrece un sobado libro de cuentos en un débil intento de igualar mi despliegue de entusiasmo y retrasar el inevitable berrinche. Durante unos segundos se da una repetición del Reflejo Espátula en una versión ligeramente más sofisticada, que esta vez acompaña el desplazamiento de la madre y el mío propio fuera de la habitación y el golpe de la puerta, todo en una sola acción ininterrumpida. Ella se pasa la mano por el pelo mientras me conduce otra vez al silencio del apartamento con un largo y quejumbroso:

—Bueno...

Me da mi bolso y nos quedamos de pie en el vestíbulo al menos otra media hora, antes de que dé por concluida la entrevista.

—Bueno, ¿y tienes novio?

Éste es el pie de la parte de la prueba llamada «Juega con la Madre». Va a pasar la noche en casa: no menciona ni una inminente llegada del marido ni planes para salir a cenar. La escucho hablar de su embarazo, de Lotte Berk, de la última reunión de la Asociación de Padres, de la insoportable asistenta (abandonada a su suerte en la Zona Infantil), de su maravilloso decorador, de la sarta de niñeras desastre que han pasado antes que yo y de la *pesadilla* de la guardería. Completada la Fase III: estoy realmente emocionada, no sólo voy a poder cuidar de un niño delicioso, ¡además tengo una nueva mejor amiga!

Para no quedarme atrás, me oigo hablar en un intento de establecer mi estatus como persona de mundo; cito nombres, lugares y marcas. Luego, para no intimidarla, conscientemente me critico a mí misma con humor. Me doy cuenta de que estoy hablando mucho, demasiado. Parloteo sobre los motivos por los que dejé Brown College, por qué dejé mi última relación... y no es que sea de las que lo dejan todo, ¡no, no, no! ¡Una vez que me decido por algo, me atengo a ello! ¡Y tanto que sí! ¿Le he hablado ya de mi tesis? Estoy revelando información que durante meses se sacará a colación repetidamente en torpes intentos de establecer una conversación. Pronto no hago otra cosa que cabecear y repetir «¡Claro, claro!», mientras tanteo a ciegas el picaporte de la puerta. *Por fin,* me da las gracias por venir, abre la puerta y me deja llamar al ascensor.

Las puertas del ascensor se empiezan a cerrar pillándome a mitad de una frase y me veo obligada a poner el bolso delante de la célula fotoeléctrica para poder acabar un reflexivo comentario sobre el matrimonio de mis padres. Nos sonreímos la una a la otra y sacudimos las cabezas como autómatas hasta que la puerta se cierra compasivamente. Me derrumbo contra ella, exhalando por primera vez en una hora.

Unos minutos después el metro recorre veloz Lexington devolviéndome a la escuela y al trajín de mi propia vida. Me dejo caer en el asiento de plástico y las imágenes del prístino apartamento flotan en mi cabeza. Estas estampas se ven interrumpidas por un hombre o una mujer (a veces por ambos) que recorre el vagón mendigando unas monedas mientras arrastra todas sus posesiones materiales en una desgastada bolsa de la compra. Con la mochila apretada contra mi regazo y la adrenalina de la actuación normalizándose, las preguntas empiezan a aparecer.

¿Cómo llega a convertirse una mujer adulta e inteligente en una persona cuyo estéril reinado se reduce a cajones de lencería ordenados por orden alfabético y sustitutos de la leche importados de Francia? ¿Dónde está el niño en esta casa? ¿Dónde está la mujer en esta madre?

Y ¿cómo encajo yo en esto exactamente?

✧

Al final, en todos los trabajos llegaba un momento crucial en que el niño y yo parecíamos ser las únicas personas tridimensionales que se movían sobre los tableros de mármol a cuadros blancos y negros de aquellos apartamentos. Eso hacía inevitable que alguien cayera.

Pensándolo con perspectiva, era una trampa desde el principio. Ellos te necesitan. Tú necesitas el trabajo.

Pero hacerlo bien es perderlo.

Que empiece la función.

Primera parte

Otoño

1. Se vende niñera

«Luego, soltando un suspiro largo y sonoro, que daba a entender que ya se había decidido, dijo:
—Acepto el trabajo.
—Por Dios Santo —le dijo más tarde la señora Banks a su marido—, parecía que nos estuviera haciendo un honor.»

MARY POPPINS

—Hola, soy Alexis, de la Asociación de Padres. Llamaba para confirmar los consejos sobre los uniformes que les enviamos... —la rubia voluntaria que se sienta detrás del mostrador de recepción levanta un dedo enjoyado para indicarme que espere mientras sigue al teléfono—. Sí, bueno, este año nos gustaría mucho ver a todas sus chicas con las faldas algo más largas, por lo menos cincuenta centímetros. Todavía nos llegan quejas de las madres de los alumnos de las escuelas cercanas... Muy bien. Me alegro de oír eso. Adiós.

Con un ampuloso gesto, tacha la palabra «Spence» de su lista de tres nombres. Entonces me dedica su atención.

—Perdona por tenerte esperando. Estamos sencillamente enloquecidas con el principio del curso —dibuja un gran círculo alrededor del segundo asunto de la lista: «toallas de papel»—. ¿En qué puedo ayudarte?

—He venido a poner un anuncio para niñera, pero parece que han cambiado de sitio el tablón de anuncios —digo algo confundida, puesto que llevo anunciándome aquí desde los trece años.

—Tuvimos que quitarlo mientras pintaban el vestíbulo y ya no lo volvimos a poner. Ven, te lo enseñaré.

Me lleva a la sala principal donde algunas madres instaladas en escritorios Knoll rellenan cuestionarios para escuelas privadas. Ante mí se presenta una selección de la especie del Upper East Side: la mitad de las mujeres van vestidas con trajes de Chanel y Manolo Blahniks, la otra mitad llevan chaquetones de granjera de seiscientos dólares, como si fueran a ponerse a montar una tienda de campaña Aqua Scutum en cualquier momento.

Alexis me señala el tablón de anuncios que ha desplazado a un Mary Cassatt que ahora descansa contra la pared.

—Por ahora está todo un poco desorganizado —dice, mientras otra mujer levanta la mirada del centro de flores que está preparando al lado—. Pero no te preocupes, vienen cientos de chicas encantadoras a buscar trabajo, así que no te costará demasiado encontrar a alguien —se lleva la mano al hilo de perlas—. ¿Tienes un hijo en Buckley? Me resultas muy conocida. Yo me llamo Alexis...

—Hola —le digo—. Yo soy Nan. La verdad es que cuidé a las niñas de los Gleason. Creo que son vecinos suyos.

Arquea una ceja y me echa una mirada de arriba abajo.

—Ah... Ah, Nanny, claro —se confirma a sí misma antes de retirarse a su mesa.

Hago oídos sordos al parloteo espeso y vigoroso de las mujeres que detrás de mí leen los anuncios que han colgado otras niñeras en busca de trabajo.

NIÑERA NECESITA NIÑOS
GUSTA MUCHO NIÑOS
PASA ASPIRADORA

CUIDO SUS NIÑOS
MUCHOS AÑOS TRABAJO
LLÁMEME

El tablón de anuncios está tan saturado de octavillas que, sintiendo un pellizco de culpabilidad, acabo por poner el mío sobre el papel rosa festoneado con florecitas dibujadas con lápices de colores de otra, pero paso un buen rato asegurándome de que sólo tapo las margaritas y no alguna información importante.

Me gustaría decirles a esas mujeres que el secreto de un anuncio de niñera no reside en la decoración, sino en la puntuación: todo se basa en las admiraciones. Mientras que mi anuncio está hecho en una tarjeta minimalista en la que ni siquiera he dibujado una carita sonriente, lo salpico con prodigalidad de exclamaciones, terminando la mención de cada una de mis deseables cualidades con la promesa de una sonrisa radiante y de una positividad inquebrantable.

¡NIÑERA PREPARADA!
¡ALUMNA DE CHAPIN SCHOOL DISPONIBLE A TIEMPO PARCIAL
ENTRE SEMANA!
¡REFERENCIAS EXCELENTES!
¡LICENCIADA EN DESARROLLO INFANTIL POR LA NYU!

Lo único que me falta es un paraguas que me haga volar.

Echo una última mirada para comprobar la ortografía, cierro la cremallera de la mochila, le digo *adieu* a Alexis y bajo trotando las escaleras de mármol para salir al calor asfixiante.

Mientras recorro Park Avenue el sol de agosto todavía está lo bastante bajo para que el desfile de sillitas esté en pleno apogeo. Me cruzo con muchas personitas acaloradas, con un aspecto de resignada incomodidad en sus asientos pegajosos. Tienen demasiado calor incluso para abrazarse a sus compañeros habituales de paseo: mantitas y osos van embutidos en los bolsillos traseros de las sillas. Me río para mis adentros al ver a un niño que rechaza el cartón de zumo que le ofrecen con un gesto de mano y un golpe de cabeza que significan: «En este preciso instante no estoy para ocuparme de zumos».

Esperando en un semáforo miro a los grandes ventanales de cristal que son los ojos de Park Avenue. Desde el punto de vista de la densidad de población, éste es el Medio Oeste de Manhattan. Por encima de mi cabeza se apilan las habitaciones: habitaciones, habitaciones y más habitaciones. Y están vacías. Hay tocadores y vestidores y cuartos del piano y habitaciones de invitados y, en algún lugar por encima de mí, aunque no diré dónde, un conejo llamado *Arthur* disfruta de dos metros cuadrados para él solo.

Cruzo la Calle Setenta y Dos, paso bajo la sombra de los toldos azules de la casa Polo y entro en Central Park. Me detengo delante del parque infantil donde unos cuantos críos tenaces se afanan a pesar del calor. Busco en la mochila una botella de agua, cuando siento que algo choca contra mis piernas. Miro para abajo y recojo el objeto agresor: un antiguo aro de madera.

—¡Oye, eso es mío! —un niño de unos cuatro años galopa colina abajo, donde observo que estaba posando con sus padres para un retrato. Con la carrera, su gorro de marinero le vuela de la cabeza y cae en la hierba reseca.

—Ese aro es mío —declara.

—¿Estás seguro? —pregunto. Me mira perplejo—. Podría ser una rueda de un carro —me lo pongo a un lado—. O una aureola —se lo coloco detrás de la cabeza rubia—. O una pizza realmente enorme —se lo ofrezco para que lo coja. Cuando sus manos lo agarran me está sonriendo abiertamente.

—¡Qué boba! —vuelve a llevarlo colina arriba cruzándose con su madre que baja para recoger el gorro.

—Lo siento —dice sacudiendo el polvo del ala rayada mientras se acerca a mí—. Espero que no te haya molestado —se pone la mano sobre la cara para que el sol no ciegue sus ojos azules.

—No, en absoluto.

—Ah, pero tu falda... —baja la mirada.

—No pasa nada —me río mientras sacudo el polvo de la marca que el aro ha dejado en la tela—. Trabajo con niños, o sea que estoy acostumbrada a que me atropellen.

—¿Ah, sí? —gira el cuerpo dando la espalda a su marido y a la mujer rubia que está de pie junto al fotógrafo con un zumo para el niño en la mano. La niñera, supongo—. ¿Por aquí?

—La verdad es que la familia se mudó a Londres en verano, así que...

—¡Estamos esperando! —grita el padre impaciente.

—¡Ya voy! —contesta ella jovialmente. Vuelve su cara de rasgos delicados hacia mí. Baja la voz—. Verás, resulta que estamos buscando una persona para ayudarnos a tiempo parcial.

—¿En serio? A tiempo parcial me vendría de maravilla, porque este semestre tengo un montón de asignaturas...

—¿Cómo puedo ponerme en contacto contigo?

Revuelvo en la mochila en busca de una pluma y un trozo de papel para escribir la información.

—Aquí tiene —le entrego el papel y ella lo guarda discretamente en el bolsillo de su vestido de verano antes de acomodar la diadema que le sujeta el pelo largo y oscuro.

—Estupendo —sonríe graciosamente—. Bueno, ha sido un placer conocerte. Me pondré en contacto contigo —da unos pasos colina arriba y se gira otra vez—. Huy, qué tonta... soy la Señora X.

Le devuelvo la sonrisa antes de que vuelva a incorporarse al retablo viviente. El sol se filtra entre las hojas arrojando manchas de luz sobre las tres figuras. Su marido, vestido con un traje blanco de algodón, posa señorialmente en el centro con una mano sobre la cabeza del niño, mientras ella se coloca a un lado.

La mujer rubia se acerca al niño con un peine y éste me saluda con la mano, incitándola a volverse y seguir su mirada. Mientras se protege los ojos con la mano para verme mejor, me giro y sigo mi camino a través del parque.

✧

Mi abuela me recibe en el vestíbulo de su casa con un traje Mao de lino y un collar de perlas.

—¡Cariño! Pasa. Estaba acabando mi tai-chi —me besa en las dos mejillas y me da un fuerte abrazo para que no falte de nada—. Tesoro, estás sudada. ¿Te gustaría darte una ducha?

No existe nada mejor que el que la abuela te ofrezca su abanico de comodidades.

—Me conformo con una toalla húmeda fría.

—Ya sé lo que necesitas —me coge de la mano entrelazando sus dedos con los míos y me lleva al tocador de invitados. Siempre me ha encantado la forma en que la antigua araña de cristal ilumina la rica cretona color melocotón. Pero mi objeto favorito son las muñecas recortables francesas enmarcadas. Cuando era pequeña montaba debajo del lavabo un salón en el que la abuela me suministraba té de verdad y temas de conversación que desarrollaba con mis encantadoras invitadas francesas.

Me coloca las manos bajo el grifo y deja que corra el agua fría sobre mis muñecas.

—Puntos de digitopuntura para distribuir el fuego —dice mientras se sienta en la tapa del retrete y cruza las piernas.

Es cierto: inmediatamente empiezo a sentirme más fresca.

—¿Has comido? —me pregunta.

—He desayunado.

—¿Y qué pasa con la comida?

—Abuela, sólo son las once.

—¿Ah, sí? Llevo levantada desde las cuatro. Gracias a Dios existe Europa; si no, no tendría nadie con quien hablar hasta las ocho.

Sonrío.

—¿Qué tal estás?

—Tengo setenta y cuatro años desde hace dos meses. Así es como estoy —se señala los dedos de los pies y se levanta ligeramente el bajo de los pantalones—. Se llama Sappho... Me lo he hecho en Arden esta mañana... ¿Qué te parece? ¿Exagerado? —mueve los dedos de los pies de color coral.

—Maravilloso. Muy sexy. Bueno, aunque me encantaría pasar aquí el resto del día, tengo que arrastrarme hasta el centro y hacer mi ofrenda a los Dioses de la Enseñanza —cierro el grifo y sacudo las manos enérgicamente sobre el lavabo.

Me pasa una toalla.

—¿Sabes una cosa? No recuerdo haber tenido ni una sola conversación como las que tú describes cuando estaba en Vassar —se refiere a mi interminable relación de *tête-à-têtes* con miembros de la plantilla administrativa de la NYU.

La sigo a la cocina.

—Hoy estoy preparada. Llevo la cartilla de la Seguridad Social, el carnet de conducir, el pasaporte, una fotocopia del certificado de nacimiento, hasta el más insignificante papel que he recibido de la NYU, y la carta de admisión. Esta vez no me van a decir que no es allí, que no he acabado el último semestre, que no he pagado la matrícula del año pasado, que no he pagado la tarifa de la biblioteca, que el número del carnet de identidad no es correcto, o el de la Seguridad Social, o el certificado de mi dirección, o los formularios, o que, sencillamente, no existo.

—Vaya, vaya, vaya —abre el frigorífico—. ¿Bourbon?

—Un zumo de naranja estaría bien.

—Críos —pone los ojos en blanco y me señala su viejo acondicionador de aire que descansa en el suelo—. Cariño, déjame que llame al portero para que te ayude a llevarte esto.

—No, abuela, ya lo cojo yo —digo intentando levantar el aparato valientemente antes de dejarlo caer de golpe sobre las baldosas—. Bueno, en fin, tendré que volver más tarde con Josh para llevármelo.

—¿Joshua? —pregunta levantando una ceja—. ¿Tu amiguito el del pelo azul? Pero si pesa dos kilos y medio sin escurrir.

—Bueno, pues como no queramos que papá vuelva a fastidiarse la espalda, es mi única alternativa en el apartado chicos.

—Recito mantras por ti todas las mañanas, cariño —dice cogiendo un vaso—. Vamos. Espera a que te prepare unos huevos Benedictine.

Levanto la mirada al viejo reloj Nelson de pared.

—Ojalá tuviera tiempo, pero tengo que llegar al centro antes de que la cola del registro dé la vuelta a la manzana.

Me besa en ambas mejillas.

—Bien, entonces trae a ese Joshua a las siete y os daré una comida decente a los dos... os estáis volatilizando.

✧

Josh gruñe y se deja caer de espaldas, a punto de perder el conocimiento tras dejar el aparato de aire acondicionado delante de la puerta de mi casa.

—Me has engañado —jadea—. Dijiste que estaba en el tercer piso.

—¿Sí? —digo sacudiendo los brazos y buscando apoyo en las escaleras.

Él levanta la cabeza del suelo no más de dos centímetros.

—Nan, eran seis tramos de escalera. Dos tramos por piso, que técnicamente son como si fueran seis pisos.

—Tú me ayudaste a sacar las cosas de la residencia...

—Sí, y ¿por qué sería eso? Ah, claro, porque había as-cen-sor.

—Bueno, la buena noticia es que no pienso irme de aquí, *nunca*. Se acabó. Podrás seguir viniendo a verme aquí cuando seamos viejos y canosos —me seco el sudor de la frente.

—Ni lo sueñes... me quedaré esperando en la entrada de tu casa con los pelos azules que me queden —vuelve a dejar caer la cabeza.

—Vamos —me levanto agarrándome de la barandilla—. Nos esperan unas cervezas frías.

Descorro los tres cerrojos y abro la puerta. El apartamento parece un coche que hayan dejado al sol de mediodía y tenemos que retroceder para dejar que el aire tórrido salga al pasillo.

—Charlene debe de haber cerrado las ventanas antes de irse esta mañana.

—Y encendido el horno —añade él entrando detrás de mí al minúsculo recibidor que también hace las veces de cocina.

—Bienvenido a mi completísimo armario. ¿Quieres que te prepare un bollo a la plancha? —tiro las llaves junto a la cocina de dos fuegos.

—¿Cuánto pagas por este sitio? —pregunta.

—Es mejor que no lo sepas —le digo, al tiempo que metemos el acondicionador de aire en el apartamento a pequeños empujones entre los dos.

—Bueno, ¿dónde está la tía buena con la que compartes el piso?

—Josh, no todas las azafatas son tías buenas. Algunas son tipo matrona.

—¿Tu compañera es de ésas? —dice, parándose.

—No te pares —volvemos a empujar—. No, es una tía buena, pero no me gusta que lo des por sentado. Esta mañana volaba a Francia o a España o algo así —resoplo mientras giramos en dirección a mi parte del estudio con forma de L.

—*¡George!* —saluda a gritos Josh a mi gato que yace desesperado en el caluroso suelo de madera. *George* levanta su enmarañada cabeza gris unos milímetros del suelo y maúlla trabajosamente. Josh se endereza y se seca la frente con el faldón de su camiseta de Mr. Bubble— ¿Dónde quieres que ponga este cachivache?

Señalo a la parte alta de la ventana.

—*¿Qué?* Estás como una regadera.

—Es un truco que he aprendido en Park Avenue, «para no tapar la vista». Los que tienen aire acondicionado hacen lo que sea para ocultarlo —le explico mientras me quito las sandalias lanzándolas por el aire.

—¿Qué vista?

—Si aplastas la cara contra el cristal y miras a la izquierda se ve el río.

—Anda, es verdad —se separa del cristal—. Oye... olvídate de ese rollo de «Josh sube maquinaria pesada para colocarla encima del marco de una ventana», Nan. Me voy a tomar una cerveza. Vamos, *George*.

Se vuelve a la «cocina» y *George* se estira dispuesto a seguirle. Aprovecho el momento a solas para coger una camiseta de tirantes limpia de una de las cajas abiertas y me quito la que llevo empapada en sudor. Al agacharme entre las cajas para cambiarme veo que la luz roja del contestador automático parpadea frenética desde el suelo. La palabra LLENO me mira desafiante.

—¿Otra vez trabajando en ese teléfono erótico? —Josh me pasa una Corona por encima de las cajas.

—Prácticamente. Hoy he puesto un anuncio para encontrar trabajo y las mamás están como locas —doy un trago a la cerveza y me meto entre las cajas para apretar el botón de PLAY.

Una voz de mujer llena la habitación:

—Hola, soy Mimi van Owen. He visto tu anuncio en la Asociación de Padres. Busco a alguien que me ayude a cuidar de mi hijo. Sólo a tiempo parcial, ¿entiendes? Puede que dos, tres o cuatro días a la semana, medios días o algo más, y algunas noches o fines de semana, ¡o las dos cosas! Todo el tiempo que tengas. Pero quiero que sepas que me ocupo mucho de él.

—Vamos, eso está claro, Mimi —dice Josh dejándose caer a mi lado.

—HolasoyAnnSmithbuscounapersonaparaquecuidedemihijodecincoañosquenodanadadetrabajoytenemosunacasamuytranquila...

—¡Ay! —Josh levanta las manos para protegerse y yo paso al siguiente mensaje.

—Hola. Soy Betty Potter. Te he visto en la Asociación de Padres. Tengo una niña de cinco años, Stanton, un chico de tres, Tinford, y uno de diez meses, Jace, y busco a alguien que me ayude, porque estoy embarazada otra vez. No decías nada de tu tarifa en el anuncio, pero he estado pagando seis.

—¿Seis dólares norteamericanos? —pregunto incrédula al contestador.

—Oye, Betty, conozco una puta adicta al crack en Washington Square Park que lo haría por un cuarto de dólar —Josh bebe de su cerveza.

—Hola, soy la Señora X. Nos conocimos en el parque esta mañana. Llámame cuando tengas tiempo. Me gustaría que habláramos más sobre el tipo de trabajo que estás buscando. Tenemos una chica, Caitlin, pero quiere trabajar menos horas y tú le dejaste muy buena impresión a nuestro hijo Grayer. Estoy deseando hablar contigo. Adiós.

—Parece normal. Llámala.

—¿Tú crees? —pregunto en el mismo instante en que suena el teléfono haciéndonos dar un respingo a ambos. Cojo el auricular—. Hola —digo en modo automático de niñera, intentando transmitir la máxima respetabilidad en dos palabras.

—Hola —dice mi madre imitando mi tono profundo y eficiente—, ¿cómo ha ido la operación aire acondicionado?

—Vaya —me relajo—, bien...

—Espera. No cuelgues —oigo unos ruidos—. Tengo que estar moviendo a *Sophie* todo el rato. Se ha empeñado en sentarse a dos centímetros del aire acondicionado —sonrío ante la imagen de una cocker springer de catorce años con las orejas volándole para atrás como el Barón Rojo—. Quítate de ahí, *Soph*... y ahora se sienta encima de todos los papeles de la subvención.

Doy un sorbo a la cerveza.

—¿Cómo va eso?

—Uf, es demasiado deprimente... Cuéntame algo divertido —desde que los republicanos llegaron al poder la Federación de Hogares para Mujeres de mi madre recibe todavía menos subvenciones que antes.

—He tenido algunos mensajes divertidos de madres en apuros —le cuento.

—Creía que ya habíamos hablado de eso —ya ha recuperado su tono de abogada—. Nan, coges esos trabajos y al cabo de unos días estás despierta a las tres de la mañana, preocupada por si la princesita tiene claqué o una sesión de improvisación con el Dalai Lama...

—Mamá, mamaaaá... Ni siquiera he hecho la entrevista todavía. Además, este año no voy a trabajar tantas horas, porque tengo la tesis.

—¡Exactamente! Eso es exactamente. Tienes la tesis, igual que el año pasado tenías las prácticas y el año anterior tenías el trabajo de campo. No acabo de entender por qué ni siquiera consideras la posibilidad de pedir un trabajo académico. Le podrías preguntar a tu director de tesis si puedes ser su asistente. ¡O podrías trabajar en la biblioteca de investigación!

—Hemos discutido esto un millón de veces —miro a Josh y pongo los ojos en blanco—. Esos trabajos son muy competitivos. El doctor Clarkson tiene como ayudante a un posgraduado a tiempo completo. Además, sólo pagan seis dólares la hora, *sin* impuestos. Mamá, nada que se haga con la ropa puesta va a estar tan bien pagado como esto hasta que saque el título —Josh agita los hombros y se quita un sujetador imaginario.

Mi madre tuvo la suerte de obtener un puesto de ayudante de investigación que conservó los cuatro años que tardó en acabar su tesis de licenciatura. Pero aquello fue cuando vivir cerca de Columbia costaba lo que ahora estoy pagando de agua y luz.

—Mamá, ¿tengo que volver a soltarte el Sermón de la Inmobiliaria?

—Entonces, por el amor de Dios, búscate un trabajo en el departamento de maquillaje de Bloomingdale's. Ficha, ponte guapa, sonríe y cobra una nómina —no puede ni imaginar que alguien se despierte a las tres de la madrugada con sudores fríos pensando si el pedido de maquillaje no graso se habrá acordado de ponerse los pañales de noche.

—*Mamá,* me gusta trabajar con niños. Mira, hace demasiado calor para discutir.

—Sólo quiero que me prometas que esta vez te lo pensarás antes de aceptar un empleo. No quiero que te enganches al Valium porque una señora con tanto dinero que no sabe qué hacer con él te deja con su hijo mientras ella huye a Cannes.

Y me lo pienso mientras Josh y yo escuchamos todos los mensajes otra vez, intentando descubrir qué madre nos parece la menos proclive a hacer una cosa así.

❖❖❖

El lunes siguiente, de camino a mi cita con la Señora X, hago una parada de urgencia en mi papelería favorita para abastecerme de Post-its. Hoy mi Filofax sólo tiene dos Post-its: uno pequeñito rosa que me implora «COMPRAR MÁS POST-ITS» y uno verde que me recuerda que tomo «café con la Señora X, 11.15». Arranco el rosa y lo tiro a una papelera mientras sigo andando en dirección sur hacia La Pâtisserie Goût du Mois, el lugar de encuentro acordado. Al atravesar el parque empiezo a cruzarme con mujeres elegantemente vestidas con trajes de otoño, todas con hojas de papel con sus iniciales impresas entre sus enjoyadas manos. Cada una de ellas camina junto a una mujer más baja, de piel más oscura que asiente enfáticamente con la cabeza.

—¡Baa-llleeeet! ¿Me entiende? —le grita groseramente a su resignada acompañante la mujer que se para a mi lado en un semáforo—. ¡Los lunes Josephina tiene baaaaa-lleeeeeeet!

Sonrío comprensiva a la mujer uniformada para mostrarle mi solidaridad. Sinceramente, cuidar niños es un espanto. Y puede ser notablemente peor dependiendo de para quién trabajes.

Esencialmente, hay tres tipos de trabajos de niñera. Tipo A: en el que proporciono «tiempo en pareja» unas cuantas noches a la semana a gente que trabaja todos los días y se ocupa de sus niños casi todas las noches. Tipo B: proporciono «tiempo de cordura» varias tardes a la semana a mujeres que se pasan la mayor parte de los días y las noches ejerciendo de madre. Tipo C: entro a formar parte de un numeroso equipo para proporcionar colectivamente «tiempo para mí» veinticuatro horas al día, siete días a la semana, a una mujer que ni trabaja ni ejerce de madre. Y cuyos días son un misterio para todos nosotros.

—La agencia me ha dicho que sabe cocinar. ¿Sabe? ¿Cocinar? —interroga en la siguiente esquina una madre vestida de Pucci.

Al ser ella misma una mujer trabajadora, la madre del Tipo A se relaciona conmigo como profesional y me trata con respeto. Sabe que he ido a cumplir con mi trabajo y, tras enseñarme la casa concienzudamente, me entrega una lista completa de números de emergencia y desaparece. Ésta es la mejor transición que puede esperar una niñera. El niño lloriquea como mucho unos quince minutos, y antes de que te des cuenta ya estamos jugando con las plastilinas.

La madre del Tipo B puede que no trabaje en una oficina. Pero pasa el tiempo suficiente con sus niños para darse cuenta del trabajo que dan y, después de pasar una tarde juntas en su casa, los niños son totalmente míos a partir de la segunda cita.

—A ver, el número de la tintorería está aquí, y el de la florista y el del catering.

—¿Y el del médico de los niños? —pregunta con timidez la mujer mexicana que está junto a mí.

—Ah. Ése se lo daré la semana que viene.

Baste decir que el factor de agobio aumenta a medida que uno se desplaza de la A a la C. Lo único predecible cuando se trabaja con una madre del Tipo C es que su omnipresente inseguridad obliga a todo el mundo a dar el máximo rodeo para entrar en sintonía.

Empujo la puerta de grueso cristal de la *pâtisserie* y veo que la Señora X ya está sentada, repasando su propia lista. Se levanta, revelando una falda hasta la rodilla de color lavanda que combina a la perfección con el jersey que lleva anudado alrededor de los hombros. Sin el juvenil vestido blanco que llevaba en el parque, parece mayor que entonces. A pesar de su despreocupada cola de caballo calculo que tendrá cuarenta y pocos.

—Hola, Nanny. Gracias por acceder a verme tan pronto. ¿Quieres un café?

—Me parece estupendo, gracias —digo tomando asiento contra la pared revestida de madera y extendiendo la servilleta de damasco sobre las piernas.

—Camarero, otro *café au lait*. Y ¿podría traernos una cesta de bollos?

—Oh, no es necesario —digo.

—No, no, es lo mejor. Así se puede elegir lo que una quiere.

El camarero trae una cesta repleta de bollos y tarritos de mermelada. Elijo un brioche.

—Aquí tienen la mejor bollería del mundo —dice ella cogiendo un croissant—. Lo que me recuerda que prefiero que Grayer no coma harina refinada.

—Por supuesto —farfullo con la boca llena.

—¿Has pasado un buen fin de semana?

Trago rápidamente.

—Sarah, mi mejor amiga de Chapin, dio una fiesta de despedida anoche antes de que todos volvieran a sus facultades. Ahora sólo quedamos la gente de California y yo, ¡que no empezamos hasta octubre! Aconseje a Grayer que vaya a Stanford —me río.

Ella sonríe.

—Y ¿por qué pediste el traslado de Brown? —pregunta arrancando un cuerno del croissant.

—Tenían un programa más fuerte sobre desarrollo infantil en la NYU —contesto intentando no comprometerme mucho, no vaya a ser que esté hablando con una ferviente ex alumna de Brown. Decido no hablar de los excrementos humanos encontrados en el salón próximo a mi cuarto, ni de ninguna otra de la miríada de anécdotas encantadoras que podría contar.

—Yo quería ir a Brown —dice.

—¿Sí?

—Pero me dieron una beca para estudiar en la Universidad de Connecticut —deja su croissant para juguetear con el corazón de diamantes que cuelga de su collar.

—Eso es estupendo —digo intentando imaginar un tiempo en el que pudiera necesitar una beca para hacer cualquier cosa.

—Bueno, soy de Connecticut, así que...

—¡Ah! Connecticut es precioso —digo.

Baja la mirada a su plato.

—En realidad era New London... Bueno, después de licenciarme me vine aquí a dirigir la Gagosian..., la galería de arte —sonríe de nuevo.

—Vaya, eso debió de ser increíble.

—Era muy divertido —dice, asintiendo con la cabeza—, pero la verdad es que no puedes dedicarte a ello con un niño. Requiere todo el tiempo, fiestas, viajes, salir mucho, muchas noches hasta las tantas...

Una mujer con gafas de sol tipo Jackie O choca accidentalmente haciendo que los platos de porcelana trepiden precariamente sobre el mármol.

—¿Binky? —pregunta la Señora X alargando un brazo para tocar a la mujer mientras yo sujeto las tazas.

—Oh, Dios mío. Hola, ni siquiera te había visto —dice la mujer bajándose las gafas de sol. Tiene los ojos hinchados y húmedos de haber llorado—. Siento no haber podido ir al cumpleaños de Grayer. Consuela me dijo que había sido fabuloso.

—Quería llamarte —dice la Señora X—. ¿Puedo hacer algo por ti?

—No, a no ser que conozcas a algún matón —saca un pañuelo de su bolso de Tod's y se suena la nariz—. El abogado que me recomendó Gina Zuckerman no ha servido de nada. Resulta que todas nuestras pertenencias están a nombre de la empresa de Mark. Él se queda con el apartamento, con el yate, con la casa de East Hampton. A mí me dan cuatrocientos mil dólares y se acabó —la Señora X traga y Binky continúa llorosa—. Y tengo que presentar facturas por cada céntimo que gaste en los niños. Mira, de verdad. ¿Qué quieren que haga? ¿Comprarme las cremas en el Baby Gap?

—Es horrible.

—¡Y el juez tiene el valor de decirme que vuelva a trabajar! No tienen ni idea de lo que significa ser mamá.

—Ninguno de ellos lo sabe —dice la Señora X dando golpecitos en la lista para dar mayor énfasis mientras yo miro atentamente mi brioche.

—Si hubiera sabido que iba a llegar tan lejos, me habría hecho la loca... —la voz de Binky se quiebra y frunce sus labios brillantes para aclararse la garganta—. Bueno, tengo que irme: Consuela tiene otra «cita» para su operación de cadera —dice desabridamente—. Te juro que es la tercera este mes. Estoy empezando a perder la paciencia con ella. En fin, me alegro mucho de verte —vuelve a ponerse las gafas de sol y, dando un beso al aire, se pierde entre la multitud que espera mesa.

—Bueno... —la Señora X se queda mirando cómo desaparece con una mueca tensa en la cara antes de volver a concentrarse en mí—. Bueno, vamos a repasar la semana. Te he escrito esta lista para que puedas repasarla después. Ahora vamos a ir a la guardería para que Grayer pueda vernos juntas y note que te tengo confianza y puedo dejarle contigo. Eso le tranquilizará. Tiene una cita para jugar a la una treinta, eso os da tiempo suficiente para comer en el parque sin tener que agobiarle.

Mañana Caitlin y tú podéis pasar la tarde juntas con él, para que no pierda su rutina y vea que ambas compartís la autoridad. Te agradecería que no charlaras con ella del cambio en este momento.

—Por supuesto —digo tratando de digerirlo todo: los brioches, las indicaciones, Binky...—. Gracias por el desayuno.

—Bah, no tiene importancia —se levanta y saca una carpeta azul en la que pone «Nanny» de su bolso de Hermès y la empuja por encima de la mesa—. Me alegro de que los martes y los jueves se ajusten a tu horario de clase. Creo que para Grayer va a ser maravilloso tener a una persona joven y divertida con la que jugar. ¡Estoy segura de que se cansa de su vieja y aburrida mamá!

—Grayer parece encantador —digo recordando sus risas en el parque.

—Bueno, tiene sus cosas. Supongo que como todos los niños.

Recojo mi bolso y reparo por primera vez en sus zapatos de tacón de seda lavanda.

—¡Dios mío, qué preciosidad! ¿Son de Prada? —pregunto reconociendo la hebilla de plata.

—Ah, gracias —dobla el tobillo—. Sí, lo son. ¿De verdad te gustan? —asiento—. ¿No son demasiado... chillones?

—No, no —le digo saliendo del café detrás de ella.

—Mi mejor amiga acaba de tener un niño y los pies le aumentaron una talla. Me dejó que me llevara los que quisiera, pero... no sé —se mira los zapatos consternada mientras esperamos a que se abra el semáforo—. Creo que me he acostumbrado a llevar zapato bajo.

—No, son geniales. Tiene que quedárselos sin lugar a dudas.

Sonríe encantada mientras se pone las gafas de sol.

✦

La señora Butters, la maestra de Grayer, me sonríe y me da la mano.

—Es un placer conocerte —baja la mirada con adoración—. Grayer te va a encantar, es un chico muy especial.

Se alisa el pichi de pana que cae sin ceñir sobre una blusa de mangas abullonadas. Con sus mejillas redondas con hoyuelos y sus manos gordezuelas ella también parece que tiene cuatro años.

—¡Hola, Grayer! —digo sonriendo a la coronilla de su cabeza rubia. Lleva una camisa oxford de Polo colgando por un lado en la que se aprecian las pruebas de una mañana de duro trabajo: pintura de dedos, algo que parece pegamento y un macarrón solitario—. ¿Qué tal hoy en el cole?

—Grayer, ¿te acuerdas de Nanny? ¡Vais a comer juntos en el parque infantil! —le anuncia su madre.

Se aprieta contra la pierna de ella y dice:

—Vete.

—Tesoro, podemos tomar el aperitivo juntos, pero mamá tiene una cita. ¡Vosotros dos lo vais a pasar muy bien! Venga, súbete a tu sillita y Nanny te dará el zumo.

Mientras nos acercamos al parque él y yo escuchamos atentamente la larga lista de Lo Que Le Gusta y No Le Gusta a Grayer:

—Le encanta el tobogán, pero las barras para escalar le aburren. No permitas que coja nada del suelo, le gusta hacerlo. Y, por favor, no dejes que se acerque a la fuente del reloj.

—Ya, y ¿qué hago si necesita ir al cuarto de baño? ¿Dónde vamos? —pregunto al pasar bajo los polvorientos arcos de madera del parque de la Calle Sesenta y Seis.

—Ah, en cualquier sitio.

Estoy a punto de pedirle que me aclare un poco el asunto del pis, cuando suena su teléfono móvil.

—Bueno, mamá tiene que irse —dice cerrando de golpe su Startac.

Su partida es como los ejercicios peligrosos de las clases de gimnasia: cada vez que se aleja unos metros, Grayer llora y ella vuelve sobre sus pasos recomendándole:

—Tienes que ser un niño grande.

Sólo una vez que Grayer está completamente histérico, mira el reloj y con un «Ahora mamá va a llegar tarde», se marcha.

Nos sentamos en el único banco que queda en la sombra y, mientras él solloza, nos comemos nuestros sándwiches, que tienen dentro una especie de mantequilla vegetal y algo que podría ser embutido. Cuando levanta el brazo para limpiarse la nariz con la manga descubro que, colgándole debajo de los faldones de la camisa, lleva lo que parece ser una tarjeta de visita sujeta con un imperdible a una trabilla del pantalón.

Alargo la mano:

—Grayer, ¿qué es...?

—¡Oye! —me retira la mano con un golpe—. Es mi tarjeta.

Está sucia y doblada y está claro que ha vivido mucho, pero creo descubrir el nombre del Señor X en letra de imprenta medio borrada.

—¿De quién es esa tarjeta, Grayer?

—Ya te lo he dicho —se da un golpe en la frente, exasperado por mi ignorancia—. Mi tarjeta. Jo. ¡Ven a empujarme a los columpios!

Para cuando hemos acabado de comer y le he empujado un poco en los columpios, se ha hecho la hora de acudir a su cita de juegos. Mientras entra corriendo en el piso me despido de él:

—¡Bueno, Grayer, adiós! ¡Hasta mañana!

Él frena en seco, se vuelve, me saca la lengua y sale corriendo.

—¡Que lo pases bien! —digo sonriéndole a la otra niñera como si dijera: «Ah, ¿eso? ¡Es nuestro saludo de lengua!».

Una vez en el metro, camino de la universidad, saco la carpeta azul que lleva el sobre con mi paga sujeto en su interior con un clip.

SRA. X
721 PARK AVENUE, APT. 9B
NUEVA YORK, N. Y. 10021

Querida Nanny:

¡Bienvenida! Te adjunto una lista con el horario de actividades de Grayer para después de la escuela. Caitlin te enseñará la rutina, pero estoy segura de que has estado ya en la mayoría de estos sitios. Si tienes alguna duda, no dejes de decírmelo.

Gracias,

Sra. X

P.D. También he incluido una lista con algunas posibles actividades recreativas.

P.P.D. Francamente, prefiero que Grayer no eche la siesta por la tarde.

Echo una mirada a la lista y, efectivamente, soy veterana en todas las actividades que en ella se describen.

LUNES

2-2.45: Clases de música, Diller Quaile, Calle 95 entre Park y Madison.

(Los padres pagan una cantidad astronómica a esta prestigiosa escuela de música en la que, normalmente, niños de cuatro años se sientan en un silencio mortal mientras sus cuidadoras cantan canciones infantiles sentadas en círculo.)

5-5.45: Mami y Yo, Calle 92 Y esquina a Lexington.
(Como el nombre indica, se supone que deben ir las madres. No obstante, la mitad del grupo está compuesto por niñeras.)

MARTES

4-5.00: Clases de natación en Asphalt Green, Calle 90 esquina con East End Avenue.
(Una mujer demacrada vestida con un bañador de Chanel y cinco niñeras con vestidos hawaianos suplican a los niños «¡Métete en el agua!».)

MIÉRCOLES

2-3.00: Educación física en CATS, Park Avenue con la Calle 64.
(Juegos rígidamente coreografiados para atletas de un palmo en las entrañas de una iglesia fría y lóbrega que huele a pies.)

5-5.45: Karate, Calle 92 Y esquina a Lexington.
(Críos temblando de miedo hacen cincuenta flexiones sobre los puños como calentamiento. La única clase a la que asisten los padres.)

JUEVES

2-2.45: Clases de piano con la señorita Schrade.
(«Música» para torturar.)

5-6.00: Clases de francés, Alliance Française, Calle 60, entre Madison y Park.
(Las actividades extraescolares de siempre pero en otro idioma.)

VIERNES

1-1.40: Patinaje sobre hielo, The Ice Studio, Lexington, entre las Calles 73 y 74.

(Un frío que jode, y además húmedo. Treinta minutos de pelea para cambiarles de ropa con afiladas cuchillas de metal volando por todas partes, para que los niños puedan deslizarse por el hielo cuarenta minutos y se vuelvan a cambiar.)

Te avisaré cuando tenga alguna cita con el:
Oculista
Ortodoncista
Prueba con el ortopeda
Fisioterapeuta
Masaje ayurveda

En caso de que se suspenda una clase están permitidas las siguientes visitas «imprevistas»:
El Frick
El Met
El Guggenheim del Soho
La Biblioteca Morgan
El Instituto Culinario Francés
El consulado sueco
La sala de orquídeas del Jardín Botánico
La Bolsa de Nueva York
El Angelika *(preferiblemente los ciclos de expresionismo alemán, pero cualquier cosa con subtítulos vale).*

Me encojo de hombros, abro el sobre, y descubro encantada que a pesar de haber trabajado sólo dos horas me ha pagado todo el día. El Sobre es una de las mayores compensaciones que tiene trabajar como niñera. Tradicionalmente nos mantenemos fuera de toda contabilidad y cobramos estrictamente en efectivo, lo que mantiene la esperanza de que haya un billete de veinte extra. Una chica que conocí estaba interna con una familia y el padre deslizaba unos cientos de dólares por debajo de su puerta cada vez que su esposa bebía demasiado y «montaba una escena». Es como trabajar de camarera. Nunca sabes cuándo le va a dar un ataque de agradecimiento al cliente.

✦✦✦

—¿Caitlin? Hola, soy Nanny —digo.

La Señora X me dijo que mi colega es rubia y australiana, lo que hace que sea bastante fácil distinguirla entre el mar de caras de aquellos que salen de trabajar y las que están trabajando. La reconozco por la sesión fotográfica del parque.

Levanta la mirada desde los escalones de la escuela en los que está sentada, sensatamente vestida con una camisa Izod, vaqueros y una sudadera anudada alrededor de la cintura. En la mano derecha sostiene el zumo de manzana de Grayer con la pajita ya puesta. Estoy impresionada.

En el mismo momento en que se levanta para saludarme, la maestra suelta a nuestro pupilo y sus compañeros de clase, y el patio cobra vida de golpe. Grayer viene a toda velocidad entre la multitud hacia Caitlin, pero frena en seco cuando me ve a mí y resulta obvio que su entusiasmo se le escapa por las deportivas.

—Grayer, esta tarde Nanny va a venir con nosotros al parque, ¡qué divertido, verdad! —por su tono me doy cuenta de que no está demasiado convencida de que vayamos a partirnos de risa—. Siempre está un poco arisco cuando sale de la escuela, pero se le pasa en cuanto se toma el zumo.

—Estoy segura.

A nuestro alrededor se forma un caos mientras los niños toman sus zumos y se establecen citas de juego. Me impresiona la habilidad con la que Caitlin maneja a Grayer, llevándolo de su zumo a la sillita y a despedirse de todos. Grayer conversa a gritos con tres de sus compañeros mientras ella le pone el jersey, abre la bolsa, le coge el papel con los deberes que lleva sujeto con un imperdible en la solapa y le abrocha la correa de la sillita. Es como una manipuladora de marionetas que no puede parar un instante. Considero la idea de tomar apuntes. «La mano derecha en el asa de la silla, la mano izquierda tira del jersey, dos pasos a la izquierda y agacharse.»

Mientras nos dirigimos al parque, charlan animadamente. Ella le empuja hacia delante con facilidad, aunque no puede ser un peso ligero con sus juguetes para la arena, las cosas de la escuela y los víveres de reserva.

—Grayer, ¿quién es tu mejor amigo en la escuela? —pregunto.

—Cállate, estúpida —dice dándome una patada en la espinilla. Durante el resto del camino me mantengo fuera del campo de acción de su silla.

Después del almuerzo Caitlin me lleva a conocer a las otras niñeras del parque, la mayoría de las cuales son irlandesas, jamaicanas o filipinas. Todas ellas me dedican un frío y rápido examen y tengo la impresión de que no voy a hacer muchas amigas por aquí.

—¿Y a qué te dedicas durante la semana? —me pregunta recelosa.

—Estoy en el último curso en la NYU —digo.

—No sabía cómo había conseguido la Señora X a alguien que sólo quisiera trabajar los fines de semana —¿qué? ¿Qué fines de semana?

Se echa hacia atrás la coleta y continúa.

—Yo lo haría, pero los fines de semana trabajo de camarera y, francamente, a partir del viernes una necesita un cambio de aires. Creo que tenían una chica para los fines de semana en el campo, pero supongo que no les resultó bien. ¿Vas a ir con ellos

los viernes por la noche en coche a Connecticut o piensas coger el tren? —se me queda mirando fijamente y yo le devuelvo una mirada de desconcierto.

De repente las dos nos damos cuenta de por qué no tenemos que charlar sobre la «transición». Yo no soy el segundo turno, soy la sustituta. La tristeza vela sus rasgos.

Intento cambiar el tema:

—Bueno, ¿y eso de la tarjeta?

—Ah, esa cosa pringosa y vieja —traga saliva—. La lleva a todas partes. Quiere que se la pongan en los pijamas y en los pantalones. A la Señora X la vuelve loca, pero se niega incluso a ponerse los calzoncillos sin ella —parpadea unas cuantas veces y gira la cabeza.

Damos una vuelta entera alrededor del foso de arena donde está jugando otra familia. Por sus chándales iguales y su arrebatadora alegría de vivir deduzco que son turistas.

—Qué mono es. ¿Es su único hijo? —pregunta la madre con un monótono acento del Medio Oeste. Yo tengo veintiún años. El niño cuatro.

—No, no soy su...

—¡Te he dicho que te largues de aquí, mala! —Grayer empuja su silla contra mí gritando a voz en cuello.

La sangre se me sube a la cara al contestarle con falsa confianza:

—No seas tonto...

El clan de los turistas fija su atención en un grupo que construye un castillo de arena.

Me planteo la posibilidad de hacer una encuesta en el parque sobre si tendría que «largarme» o si, en caso de que decida no hacerlo, eso me convierte en una «mujer mala».

Caitlin levanta la silla como si el tirárnosla formara parte de un juego fabuloso.

—¡Vaya, parece que alguien tiene energía de sobra y quiere que le atrape!

Le persigue por todo el parque riendo a carcajadas. Él se tira por el tobogán y ella le atrapa. Él se esconde detrás de las barras de escalar y ella le encuentra. Se dedican un buen rato a perseguirse. En un momento yo me lanzo a seguir a Caitlin mientras ella sigue a Grayer, pero lo dejo cuando él me mira a los ojos suplicante y gime: «Paraaaaaaaaa». Me voy a un banco. Viéndoles jugar tengo que reconocer su mérito. Ella ha perfeccionado el acto mágico que es cuidar de un niño creando la ilusión de una relación sin esfuerzo; podría ser su madre.

Al cabo de un rato, Caitlin lo trae junto a mí con un *frisbee* en la mano.

—Ahora, Grayer, ¿qué te parece si le enseñamos a Nanny a jugar al *frisbee*?

Nos ponemos de pie formando un triángulo y Caitlin me lanza el *frisbee*. Yo lo cojo y se lo lanzo a Grayer, quien lo recibe elegantemente sacando la lengua y dándonos la espalda a las dos. Recojo el *frisbee* de sus pies, donde ha caído, y se lo lanzo a Caitlin. Ella se lo lanza a Grayer y éste se lo devuelve a ella. Este circuito intermitente que se interrumpe sistemáticamente cada vez que se establece contacto entre él y yo parece durar horas. Sencillamente se niega a aceptar que yo existo y saca la lengua a cada tentativa mía de demostrar lo contrario. Seguimos jugando porque ella quiere solucionar esta situación y piensa que puede convencerle de que me tire al menos un *frisbee* por agotamiento. Yo creo que todos hemos puesto las miras demasiado altas.

❖❖❖

Tres días después, mientras me agacho para recoger la deportiva mugrienta que Grayer ha tirado al descansillo de los X, la puerta del apartamento se cierra de golpe detrás de mí. Me incorporo de repente con su zapato en la mano.

—Mierda.

—¡Te he oído! Has dicho «mierda». ¡Lo has dicho! —los gritos amortiguados de Grayer se oyen al otro lado de la gruesa puerta.

Calmo mi tono y hablo en una octava más baja y autoritaria.

—Grayer, abre la puerta.

—¡No! Puedo sacarte el dedo y no me ves. Tambén te he zacado da dengua —me está haciendo burla.

Vale: opciones. Opción Primera: llamar a la puerta de la emperejilada señora de enfrente. Bien, y después ¿qué hago? ¿Que llame a Grayer? ¿Que le invite a tomar el té? Sus deditos aparecen por debajo de la puerta.

—¡Nanny, intenta cogerme los dedos! ¡Venga! ¡Venga! ¡Vamos, cógemelos! —yo concentro todos los músculos en no pisárselos.

Opción Segunda: bajar a donde el portero y pedirle la copia de las llaves. Estupendo. En cuanto el portero se lo cuente a la Señora X no me contratará ni Joan Crawford.

—¡No estás jugando! Me voy a dar un baño. No vuelvas nunca más, ¿vale? Mi mamá ha dicho que ya no tienes que volver nunca más —su voz se va debilitando a medida que se aleja de la puerta—. Me voy a la bañera.

—¡GRAYER! —grito sin recuperar el aliento—. No te alejes de la puerta. Hummm, tengo una sorpresa para ti.

Opción Tercera: esperar a que la Señora X vuelva a casa y decirle la verdad, que su hijo es un sociópata. Pero justo cuando me decido por la Opción Tercera, las puertas del ascensor se abren y la Señora X, su vecina y el portero salen de él.

—¿Nanny? Naaaaanny, no quiero tu sorpresa. Así que vete. De verdad de la buena, vete, márchate de aquí.

Bueno, por lo menos ya estamos todos al tanto. Tras unos cuantos «ejems» la vecina se mete en su apartamento y el portero le entrega los paquetes que llevaba y vuelve a desaparecer en el ascensor.

Levanto el zapato de Grayer.

Como si se lo dedicara a un público imaginario, la Señora X saca las llaves ampulosamente y procede a remediar la situación.

—Bueno, en fin. ¡Vamos a abrir esta puerta!

Se ríe y descorre el cerrojo. Pero empuja la puerta demasiado deprisa y le pilla un dedo a Grayer.

—AHHHHHHHH. ¡Nanny me ha roto el brazo! AAAAAAH-HHHHH, tengo el brazo roto. ¡Vete de AQUÍIIIIIII! ¡VEEEETEEEEE-EE! —se tira al suelo sollozando, inmerso en su desgracia.

La Señora X se agacha, está a punto de abrazarle, pero se incorpora enseguida.

—Vaya, parece que hoy sí que le has dejado agotado en el parque. Puedes irte ya. Seguro que tienes que hacer un montón de deberes. Así que ¿hasta el lunes? —meto una mano sigilosamente desde el otro lado de la puerta y dejo el zapato a cambio de mi mochila.

Carraspeo.

—Es que ha tirado este zapato fuera...

Al escuchar mi voz Grayer suelta un renovado aullido:

—¡VEEEETEEEE! ¡Ahhahhha! —ella le mira retorcerse en el suelo, sonríe ampliamente y me indica con gestos que entre en el ascensor.

—Ah, Nanny, y C-a-i-t-l-i-n ya no va a volver, pero, a estas alturas, estoy segura de que ya lo tienes todo bajo control.

Cierro la puerta y me quedo sola de nuevo en el ya familiar descansillo. Espero el ascensor y oigo gritar a Grayer. Tengo la sensación de que el mundo entero me está sacando la lengua.

✧

—No te metas en lo que no te importa, Nanny Drew —mi padre sorbe las últimas gotas de su sopa *wantun*—. Nunca se sabe. A lo mejor esa Caitlin tenía otro trabajo esperándola.

—La verdad es que no me dio esa impresión...

—¿Te gusta el crío?

—Menos lo de dejarme fuera de casa..., sí, está bien.

—Entonces... No te vas a casar con esa gente. Sólo vas a trabajar para ellos... ¿cuánto?... ¿quince horas a la semana? —el camarero pone un plato de galletas de la suerte entre nosotros y se lleva la cuenta.

—Doce —cojo una galleta.

—Pues eso. O sea que no te compliques la vida.

—¿Pero qué hago con Grayer?

—Al principio siempre les cuesta un poquito ponerse en marcha —dice hablando por su experiencia de dieciocho años como profesor de inglés. Coge una galleta y me agarra de la mano—. Venga, vamos a charlar mientras paseamos. *Sophie* no podrá seguir mucho más rato con las patas cruzadas.

Salimos del restaurante y nos dirigimos a West End Avenue.

Paso mi brazo por el suyo y él mete las manos en los bolsillos de su chaqueta cruzada.

—Hazle el número de «Glinda la Bruja Buena» —dice mientras mastica pensativo la galleta.

—¿Te importaría explicármelo?

Me lanza una mirada.

—Me estaba terminando la galleta. ¿Me estás escuchando con atención?

—Sí.

—Porque es muy bueno —me quedo expectante, con las manos cruzadas—. Básicamente, tú eres Glinda. Eres la luz, la claridad y la diversión. Él es un objeto inanimado, una tostadora que resulta que sabe sacar la lengua. Si vuelve a pasarse tanto, me refiero al rollo de la puerta, a violencia física o a cualquier cosa que le ponga en peligro... ¡BUUUM! ¡«La Bruja Mala del Oeste»! En dos segundos y cuatro décimas te transformas delante de su cara y le dices entre dientes que no debe hacer eso *nunca más*. Que *no está bien*. Y luego, antes de que pueda pestañear, vuelves a ser Glinda. Tienes que hacerle saber que puede tener sentimientos, pero que hay unos límites. Y que tú le vas a decir cuándo ha ido demasiado lejos. Créeme, se sentirá aliviado. Bueno, espera un momento a que baje a *Sophster*.

Desaparece en el portal de casa y yo levanto la mirada entre los edificios al cielo naranja. En breves minutos, *Sophie* sale corriendo por la puerta, tirando de la correa que la sujeta mientras menea la cola y me mira sonriendo como hace siempre. Me agacho, echo los brazos alrededor de su cuello y hundo la cabeza en su pelaje marrón y blanco.

—Yo le doy el paseo, papá —le doy un beso y un abrazo y cojo la correa—. Me vendrá bien estar con alguien de menos de un metro de altura que no me plante cara.

—¡Y que sólo saque la lengua por necesidad biológica! —grita él mientras me alejo.

❖❖❖

El lunes siguiente por la mañana me encuentro en la acera de enfrente de la escuela de Grayer. Voy con diez minutos de adelanto, siguiendo las estrictas instrucciones de la Señora X, de manera que me dedico a revisar en mi Filofax las fechas de entrega de mis próximos dos trabajos. Un taxi frena ruidosamente en la esquina y observo el pandemónium de bocinas que se forma a su alrededor. Al otro lado de la calle, una mujer rubia permanece congelada a la sombra de un toldo. Los coches recuperan el movimiento y ella desaparece.

Estiro la cabeza para intentar distinguir a la mujer, para asegurarme de que es Caitlin. Pero ahora la otra acera de Park Avenue está vacía, excepto por un hombre que saca brillo a una boca de riego de latón.

—¡Otra vez tú! —Grayer se arraaaastra por el patio como si desfilara hacia una muerte segura.

—Hola, Grayer. ¿Qué tal la escuela?

—Asquerosa.

—¿Asquerosa? ¿Por qué ha sido asquerosa? —soltar el papel con los deberes, darle el zumo.

—Nada.

—¿Nada ha sido asqueroso? —cerrar las hebillas de la silla, desenvolver las peras.

—No quiero hablar contigo.

Me arrodillo delante de la silla y le miro directamente a los ojos.

—Mira, Grayer, ya sé que no te gusto demasiado.

—¡TE ODIO!

Soy la luz. Soy la claridad. Llevo un suntuoso vestido rosa.

—Y no me extraña, me conoces desde hace poco. Pero tú me gustas mucho —empieza a lanzarme patadas—. Ya sé que echas de menos a Caitlin —al escuchar su nombre se queda paralizado y yo le agarro el pie firmemente con una mano—. Me parece bien que eches de menos a Caitlin. Eso demuestra lo mucho que la quieres. Pero que te portes mal conmigo me hace daño y estoy seguro de que a Caitlin no le gustaría que hicieras daño a nadie. Así que, mientras estemos juntos, vamos a pasarlo bien —se le han quedado los ojos como platos.

Cuando salimos del patio de la escuela, la lluvia que ha estado amenazando toda la mañana estalla por fin y tengo que llevar a Grayer al 721 de Park Avenue como si estuviera en la prueba olímpica de carreras de silla.

—¡Yupiiiiiiiiiii! —grita él mientras yo hago ruidos de coches de carreras y esquivo hábilmente los charcos hasta llegar a casa. Cuando entramos en el vestíbulo los dos estamos calados y espero que la Señora X no esté en casa y vea cómo he expuesto a su hijo a pillar una pulmonía.

—Estoy totalmente empapada. ¿Tú te has mojado, Grayer?

—Estoy empapado. Estoy totalmente empapado —sonríe, pero los dientes le empiezan a castañetear.

—Vamos a subir a casa a toda velocidad y te voy a dar un baño caliente. ¿Alguna vez has comido en la bañera, Grayer? —empujo la silla hacia el ascensor.

—¡Espere! ¡Un momento! —grita una voz masculina desde el pasillo.

Al intentar girar la silla para que no la pille la puerta me pego con ella en un tobillo.

—¡Ay! ¡Mier... coles!

—Gracias, ¿eh? —dice. Levanto la mirada de mi tobillo. La lluvia le ha pegado el pelo castaño y largo hasta la barbilla, y la camiseta azul descolorida a su cuerpo de dos metros. Oh, cielos.

Las puertas del ascensor se cierran y él se agacha para hablar de tú a tú con la silla.

—¡Hola, Grayer! ¿Qué pasa?

—Está empapada —dice Grayer señalándome.

—Hola, chica empapada. ¿Eres la novia de Grayer? —me sonríe echándose el pelo mojado detrás de la oreja.

—No está seguro de estar preparado para ese compromiso —digo.

—Bueno, Grayer, no dejes que se te escape —si tú intentaras atraparme, te prometo que huiría *muy despacito*.

Llegamos al piso noveno demasiado pronto.

—Que paséis una buena tarde, chicos —dice cuando salimos.

—¡Tú también! —grito mientras se cierran las puertas. ¿Quién eres?

—Grayer, ¿quién es? —soltar hebillas de silla, quitar camisa mojada.

—Vive arriba. Va a la escuela de los chicos mayores —fuera zapatos, fuera pantalones, cojo la bolsa del almuerzo.

—¿Ah, sí? ¿A cuál? —sigo su trasero desnudo al baño, abro el grifo de la bañera.

Piensa un instante.

—Donde van los barcos. Con un faro.

Vaaale. Dos sílabas, suena como...

—¿Harbor? —inquiero.

—Sí, va a Harvard.

Bueno, Boston me viene muy bien, sobre todo con el puente aéreo. Podríamos alternar los fines de semana... ¡Jesús! ¡TIERRA A NANNY! ¡CONTESTE NANNY!

—Muy bien, Grayer, vamos a la bañera —le levanto por encima del borde de la bañera olvidando por un momento a mi Macizo de Harvard—. Grayer, ¿no tienes un apodo?

—¿Qué es un apodo?

—Un nombre con el que te llama la gente que no sea Grayer.

—Me llamo Grayer X. Ése es mi nombre.

—Bueno, vamos a inventarnos uno —le meto en la bañera y le doy el sándwich de mantequilla de cacahuete orgánica y dulce de membrillo. Menea los dedos de los pies dentro del agua mientras mordisquea el sándwich y me doy cuenta de que todo aquello le parece deliciosamente transgresor. Echo un vistazo por el cuarto de baño y veo su cepillo de dientes de Barrio Sésamo.

—¿Qué te parece Coco? —le pregunto.

Con la cabeza inclinada hacia un lado y la cara de Pensar en Cosas Importantes, lo medita un rato y luego asiente:

—Podemos probar.

2. Pluriempleo

«¡Dios mío, cómo me duele la cabeza! ¡Cómo me duele la cabeza!
Y por otro lado la espalda... ¡Ay, mi espalda, mi espalda!
Que tu corazón se compadezca y no me mande por ahí
A enfrentarme con la muerte yendo de acá para allá.»

El aya, ROMEO Y JULIETA

Nanny:

*Hoy, mientras estáis en la cita de juegos con Alex,
pregúntale por favor a la madre de Alex quién sirvió su
última cena; dile que la mezcla de cocina cajún con asiá-
tica fue un destello de genialidad.*

*Quiero que sepas que los padres de Alex se están DI-
VORCIANDO. Qué pena. Por favor, encárgate de que Grayer no diga nada inconveniente. Me pasaré por la casa
de Alex a las 4.30 para llevar a Grayer al ortopeda.
Hasta entonces.*

—¿Nanny? ¡¿Nanny?! —la voz incorpórea de la Señora X me
llama mientras troto por la acera hacia el patio de la guardería.

—¿Sí? —digo girándome.

—Aquí —la puerta de un Lincoln con chófer se abre y la
mano acicalada de la Señora X se agita en el aire, saludán-
dome.

—Me alegro de que esté aquí —digo acercándome a donde
se encuentra sentada entre bolsas de compras, sumergida en
una lujosa penumbra—. Porque necesito preguntarle...

—Nanny, sólo quiero insistirte en que me gustaría que estuvieras aquí diez minutos antes.

—Por supuesto.

—Pues son las once cincuenta y cinco.

—Lo siento mucho... estaba intentando comprobar la lista de compañeros de Grayer. No estoy muy segura de cuál de los Alex...

Pero ella ya está concentrada rebuscando en su bolso. Saca una pequeña libreta encuadernada en cuero de su bolso.

—Quiero hablarte brevemente de una fiesta que quiero dar a finales de mes para la delegación de Chicago de la empresa del Señor X —cruza y descruza las piernas y los zapatos lavanda de Prada describen un brillante arco de color en el oscuro interior del coche—. Asistirán todos los altos ejecutivos. Es una velada muy importante y quiero que todo le resulte perfecto a mi marido.

—Suena estupendo —digo, sin saber por qué me está poniendo al tanto del mencionado sarao.

Se baja las gafas de sol para asegurarse de que he asimilado todas sus palabras.

¿Tengo que llevar mi vestido de gala al tinte?

—O sea que a lo mejor necesito que me hagas un par de recados este mes. Sólo porque me veo totalmente desbordada con los preparativos, y Connie no es una gran ayuda. Así que, si necesito algo, te dejaré una nota..., aunque no será gran cosa.

Las dos oímos el pesado golpeteo de las puertas dobles que se abren a mi espalda, seguido por el creciente ruido de las risas infantiles.

—Será mejor que me vaya corriendo, si me ve sólo servirá para que se ponga nervioso. ¡Vámonos, Ricardo! —le dice al chófer, que arranca antes incluso de que le cierre la puerta.

—Espere, Señora X, necesito preguntarle una cosa... —grito a las luces traseras que se alejan.

Hay cuatro Alexanders y tres Alexandras en la clase de Grayer. Lo sé. Lo he comprobado. Y ahora que la Señora X ha salido disparada sigo sin tener la menor idea de cuál es nuestro compañero de juegos de esta tarde.

Sin embargo, Grayer parece estar totalmente seguro de con quién tenemos la cita.

—Es aquélla. He quedado para jugar con aquélla —dice señalando al otro lado del patio, a una niña que se inclina sobre algo inquietante a ras de suelo. Cojo a Grayer y nos vamos hacia ella.

—Hola, Alex. ¡Hemos quedado para jugar esta tarde! —le informo entusiasmada.

—Me llamo Cristabelle. Alex lleva camisa —dice ella señalando a unos treinta niños con camisa. Grayer me mira con la mirada vacía.

—Grayer, mami ha dicho que has quedado para jugar con Alex —le digo.

Se encoge de hombros.

—¿Y qué te parece Cristabelle? Cristabelle, ¿quieres que quedemos para jugar? —al parecer, da igual una cita de juegos que otra.

—Coco, no es por Cristabelle, cariño: podemos quedar con Cristabelle otro día. ¿Te gustaría? —la niña resopla desinteresada. A los cuatro años ya parece saber que si una cita se pospone lo más probable es que nunca se lleve a cabo.

—Muy bien, Grayer, *piensa.* ¿No te dijo nada tu mamá esta mañana?

—Me dijo que tenía que usar más pasta de dientes.

—Alex Brandi, ¿te suena de algo? —pregunto intentando recordar los nombres de la lista de sus compañeros.

—Se mete el dedo en la nariz.

—¿Alex Kushman?

—Escupe los refrescos —se parte de risa.

Suspiro y recorro con la mirada el abarrotado patio de recreo. En medio de este caos hay otra pareja que comparte nuestros planes. Tengo una visión de nosotros, en plan recibimiento en aeropuerto: yo con gorra de chófer, Grayer sobre mis hombros con un gran cartel que dice «ALEX».

—Hola, soy Murnel —dice una mujer mayor uniformada que se nos planta delante—. Lo siento, nos ha costado un poquito desprendernos de la plastilina azul.

Noto que todavía le queda un poco pegada en la chaqueta de nylon.

—Alex, saluda a Grayer —dice con un marcado acento del oeste de la India.

Tras las presentaciones pertinentes, nos llevamos a nuestros protegidos hacia la Quinta Avenida. Como dos viejecitos diminutos en sus sillas de ruedas, se recuestan, observan a su alrededor y, de vez en cuando, charlan.

—Mi Power Ranger tiene una ametralladora subatómica y le puede cortar la cabeza a tu Power Ranger.

Murnel y yo vamos relativamente calladas. Aunque compartimos el mismo título laboral, a sus ojos probablemente tengo más en común con Grayer, puesto que nos separan por lo menos quince años y un largo recorrido en metro desde el Bronx.

—¿Cuánto tiempo llevas cuidándole? —dice señalando a Grayer con un gesto de cabeza.

—Un mes. ¿Y tú?

—Llevo ya casi tres años. Mi hija cuida de un familiar de Alex, Benson, en la Setenta y Dos. ¿Conoces a Benson? —pregunta.

—Creo que no. ¿Él también está en su clase?

—Benson es una niña —ambas nos reímos—. Y va a la escuela del otro lado del parque. ¿Cuántos años tienes?

—Cumplí veintiuno en agosto —sonrío.

—Aaah, eres de la edad de mi hijo. Tendría que presentaros. Es muy listo, acaba de abrir su propio restaurante en La Guardia. ¿Tienes novio?

—No, últimamente no conozco a ningún hombre que no dé más disgustos que satisfacciones —digo. Ella asiente mostrando su conformidad—. Eso no debe ser nada fácil..., abrir un restaurante, quiero decir.

—Bueno, es que es muy trabajador. Lo ha sacado de su madre —dice orgullosa mientras se agacha a recoger el envase del zumo que Alex ha tirado al suelo—. Mi nieto también es muy trabajador, y sólo tiene siete años. Saca muy buenas notas en clase.

—Eso es genial.

—Mi vecina siempre me dice que hace los deberes de maravilla... Ella le cuida por las tardes, hasta que mi hija llega a casa al acabar con Benson, normalmente alrededor de las nueve.

—¡Nanny! ¡Quiero más zumo!

—Por favor —le digo buscando en la bolsa de la silla.

—Por favor —murmura Grayer cuando le doy el segundo cartón de zumo.

—Gracias —le corrijo, y Murnel y yo intercambiamos sonrisas.

Soy la última en cruzar la puerta de la casa de Alex. Hay muy poco que me quede por ver en este vecindario, pero la cinta adhesiva que atraviesa el recibidor por la mitad me pilla por sorpresa.

Según las leyes del estado de Nueva York, si uno de los cónyuges se va de la casa el otro puede denunciarle por abandono de hogar y casi seguro que se quedará con el piso. Algunas de estas viviendas valen entre quince y veinte millones de dólares, lo que obliga a años de amarga cohabitación mientras uno de los cónyuges intenta vencer al otro, por ejemplo, trayendo a un profesor de gimnasia/amante medio desnudo a vivir a la casa.

—Muy bien, chicos, podéis jugar en cualquier sitio de este lado —dice Murnel señalando el lado izquierdo del piso.

—Nanny, ¿por qué hay una raya? —le dedico a Grayer una rápida Mirada Asesina mientras le suelto las hebillas de la silla y espero a que Alex esté detrás de mí para ponerme el dedo sobre los labios y señalar a la cinta.

—El papá y la mamá de Alex están jugando a un juego —le susurro—. Ya hablaremos en casa.

—Mi papá no quiere compartir nada —anuncia Alex.

—Bueno, ¿quién quiere queso fundido? Alex, enséñale a Grayer tu nueva máquina de fotos —dice Murnel y los dos niños salen corriendo. Ella se encamina a la cocina—. Siéntete como en tu casa —dice con un gesto de resignación dedicado a la cinta.

La sala, que es una mezcla de falso Luis XIV y estilo Jackie Collins, tiene una bonita y ancha cinta aislante por el medio que le confiere un cierto *je ne sais quoi.* Me siento en lo que espero que sea la zona suiza del sofá y reconozco de inmediato la obra de Antonio. Es el ayudante de uno de los decoradores más famosos y, por una mínima compensación, se presenta en las casas para «ahuecar» los cojines. Es, básicamente, un ahuecador de cojines profesional.

Intento sostener sobre las piernas el ejemplar de *Tuscan Homes* de diez kilos, el gran libro ilustrado en uso, sin hacerme cardenales. Tras unos minutos de hojear imágenes de villas, percibo la presencia de una nariz que reposa en el brazo del sofá.

—Hola —saludo en voz bajita a la reconocible nariz.

—Hola —me responde rodeando el sofá para zambullirse de cara en el cojín contiguo a mí con los brazos extendidos.

—¿Qué pasa? —le pregunto mirando su espalda que parece muy pequeña sobre las anchas franjas de terciopelo negro.

—Tenía que haberme traído mis juguetes.

—¿Qué?

Se sube a mi regazo, se estrecha contra mí por debajo del *Tuscan Homes* y me ayuda a pasar las hojas. Siento la suavidad de su pelo bajo mi barbilla y le aprieto con cariño un tobillo. No me siento tremendamente interesada en reconducir esta cita de juegos.

—¡La comida! —oímos decir detrás de nosotros—. ¿Qué hacéis ahí vosotros? ¡Alex! —grita Murnel hacia la habitación del niño. Nos levantamos.

—Me olvidé de traer mis juguetes —explica Grayer. Murnel se pone en jarras.

—Ese chico. Vente conmigo, Grayer, vamos a solucionar esto —Grayer y yo la seguimos pasando por delante de la cocina, donde algo zumba estridentemente.

—Un momento, un momento —dice suspirando. Va directamente al intercomunicador, una pequeña caja colgada sobre una bandeja repleta de sándwiches de queso fundido y fruta en rodajas.

Aprieta el botón.

—¿Sí, señora?

—¿Ha llamado el hijo de puta? —truena una voz que sale de la pared.

—No, señora.

—¡Joder! Desde que anuló las putas tarjetas de crédito tiene que darme un puto cheque. ¿Es tan difícil? Si no, ¿cómo voy a dar de comer a Alex? Qué cabrón. ¿Has recogido mi La Mer?

—Sí, señora.

Murnel coge la bandeja y la seguimos en silencio hasta el cuarto de Alex. Entro la última. La mitad de la habitación está completamente desnuda con una fila de cochecitos que hacen el papel de improvisada cinta adhesiva y Alex, sin zapatos ni camisa, se pasea delante de la montaña formada por sus posesiones materiales. Se detiene y nos mira.

—Le dije al cabrón este que se trajera sus propios juguetes.

❖❖❖

Nanny:

Por favor llama al servicio de catering y comprueba concienzudamente qué clase de cubiertos y de manteles van a traer para la fiesta del Señor X. Por favor, asegúrate de que traen las mantelerías antes, para que Connie pueda lavarlas otra vez.

Grayer tiene hoy su entrevista en St. David, después de lo cual saldré corriendo a mi cita con el florista. O sea que el Señor X te llevará a Grayer en coche exactamente a la 1.45 en la esquina <u>noroeste</u> de la Noventa y Cinco con Park.

Por favor, intenta estar lo más cerca del bordillo posible para que el chófer pueda verte. Por favor, estate allí desde la 1.30 por si llegan antes. Estoy segura de que no hace falta decírtelo, pero el Señor X no tiene que salir del coche.

Mientras tanto, necesito que empieces a conseguir los siguientes artículos para las bolsas de regalo. Salvo el champán, la mayoría de las cosas las podrás encontrar en Gracious Home.

Jabón de Annick Goutal
Piper Heidsieck, botella pequeña

Marco de fotos de viaje de cuero marroquí, verde o rojo.
Pluma Mont Blanc, pequeña
AGUA DE LAVANDA
¡Hasta las 6!

Releo la nota preguntándome si espera que saque mi anillo mágico descodificador para descubrir cuántos de cada cosa quiere que compre.

No contesta en su teléfono móvil, así que opto por llamar a la oficina del Señor X después de localizar su número en la lista que hay pegada en la puerta de la despensa.

—¿Qué? —contesta al primer timbrazo.

—Uh, señor X, soy Nanny...

—¿Quién? ¿Cómo ha conseguido este número?

—Nanny. Cuido a Grayer...

—¿A quién?

No sé muy bien cómo aclararlo sin parecer impertinente, así que me lanzo de cabeza.

—Su mujer quiere que recoja las cosas para las cestas de regalo de la fiesta...

—¿Qué fiesta? ¿De qué demonios estás hablando? ¿Quién eres?

—La del veintiocho. Para la gente de Chicago.

—¿Te ha dicho mi mujer que me llames? —parece enfadado.

—No. Es que necesitaba saber cuánta gente va a asistir y no podía...

—¡Por Dios!

La señal de la línea telefónica inunda mis oídos.

Estupendo.

❖

Voy andando hasta la Tercera, intentando dilucidar cuánto tengo que comprar de cada cosa como si fuera un problema de lógica. Cenarán sentados, así que no puede ser una tonelada de invitados, pero si tiene servicio de catering y va a alquilar mesas tienen que ser más de ocho o así. Creo que va a alquilar tres mesas y cada una será probablemente de seis u ocho plazas, o sea que serán entre dieciocho y veinticuatro... O sea que, o esta noche aparezco con las manos vacías o elijo un número.

Doce.

Me detengo en la tienda de licores. Doce. Suena bien.

Me llevo las doce botellas de Píper Heidsieck a Gracious Home, una tienda de artículos para el hogar cuyos dos primeros locales están curiosamente el uno frente al otro en la Tercera Avenida. Tienen de todo, desde artículos de lujo a precios de lujo, hasta cosas corrientes para la casa a precios de lujo. Todo para que una mujer entre a comprar una botella de detergente de diez dólares y salga con una bolsa bonita y la sensación de que ha pasado un buen rato.

Empiezo a coger marcos de fotos y a llevarme todo el jabón que les queda, pero no tengo ni idea de qué es el agua de lavanda ni dónde está. Miro la lista.

AGUA DE LAVANDA. Como las demás mujeres para las que he trabajado, estoy segura de que utiliza las mayúsculas sin pensar y luego lo subraya para realzarlo, pero, para mí, está gritando. Es como si, de repente, sus vidas dependieran del AGUA DE LAVANDA, o de la LECHE o de los BROTES DE SOJA. Me dan ganas de taparme los oídos cuando me imagino sus cabezas saliendo de la lista de la compra como un efecto de *Terminator 2,* chillando: «¡¡¡¡¡LEJÍA!!!!!».

Me pongo a peinar las estanterías en busca de agua de lavanda y descubro que Caswell-Massey sólo hace aguas de fresia, pero ella me ha pedido específicamente la de lavanda.

Crabtree y Evelyn tienen forros para cajones de lavanda, pero está claro que no es eso. Roger y Gallet hacen jabón de lavanda y Rigaud «no trabaja la lavanda», según me informan. Al final, en la estantería del fondo de la otra pared, cuando faltan exactamente cinco minutos para que Grayer salga rodando del coche, encuentro la «Bruma de Perfume de Lavanda para el Hogar de The Thymes Limited, Parfum d'Ambiance». Tiene que ser esto; es lo único de tipo agua de lavanda que hay por aquí. Me la llevo. Que sean doce.

> *Nanny:*
> *No estoy segura de en qué momento te di la impresión de que era correcto que molestaras a mi marido.*
> *Hablé con él y hemos decidido proporcionarte un teléfono móvil, de modo que la próxima vez que tengas dudas preferiríamos que me llamaras a mí.*
> *Justine, de la oficina del Señor X, te dirá el número exacto de invitados. Pero con toda seguridad estará más cerca de treinta que de doce.*
> *También me gustaría que encontraras un momento esta mañana para cambiar lo que sea que compraras ayer por <u>Agua de Lavanda para Planchar</u> de L'Occitane. (Sólo necesitaremos una botella, puesto que es un artículo de limpieza, no un regalo de la fiesta.)*

—Hola, ¿mamá?

—¿Sí?

—Te llamo desde un teléfono móvil. ¿Sabes por qué?

—¿Porque te has convertido en uno de ellos?

—No. Porque como soy lo menos parecido a uno de ellos no se me puede confiar ni la más mínima tarea como, digamos, comprar agua de lavanda.

—¿Agua de qué?

—Se pone en la plancha y hace que los manteles alquilados huelan como el sur de Francia.

—Muy útil.

—Y han hecho que me sienta incompetente con este...

—¿Cariño?

—¿Qué?

—No tienes que justificarte por ser «una de esas monadas con su propio teléfono móvil».

—Vaaaale.

—Te quiero. Adiós.

La chica con su propio teléfono móvil llama a su mejor amiga, Sarah, a Wesleyan.

—Hola, has llamado a Sarah, impresióname. Biiip...

—Hola, soy yo. En este preciso instante estoy paseando por la calle y hablando contigo. Podría hacer lo mismo en un tren, un barco e incluso desde la planta de perfumería de Barneys, porque... tengo un móvil. ¡Me han dado un móvil! Ves, eso es algo que no consigues siendo profesor ayudante. ¡Adiós!

Luego llamo a la abuela.

—Siento no estar aquí para charlar. Pero, de todos modos, cuéntame algo fabuloso. Biiip...

—Hola, abuela, *c'est moi.* Estoy llamándote desde la calle con mi nuevo teléfono móvil. Ya sólo necesito un bikini de Donna Karan y podemos salir para los Hamptons. ¡Yujuu! ¡Luego te llamo! ¡Adiós!

Y luego a casa a escuchar los mensajes.

—¿Dígame? —contesta la voz de mi compañera de piso.

—¿Charlene? —pregunto.

—¿Sí?

—Llamaba para oír mis mensajes.

—No tienes ninguno.

—Ah, vale, gracias. ¿Sabes una cosa? ¡Te llamo desde mi propio móvil! ¡Me ha dado un móvil!

—¿Te ha dicho qué clase de contrato tiene? —pregunta Charlene secamente.

—No, ¿por qué? —revuelvo para comprobarlo en las notas de la Señora X.

—Porque las llamadas de tarifa no reducida cuestan setenta y cinco céntimos el minuto y las facturas de los móviles vienen detalladas, las llamadas que haces y las que recibes, o sea que ella se va a enterar exactamente de con quién has hablado y cuánto le ha costado...

—Tengoquedejarteadiós...

Y así termina estrepitosamente mi breve historia de amor con el móvil.

La Señora X empieza a llamar cada vez más a menudo con nuevas peticiones para la cena. En rápida sucesión compro bolsas para los regalos del color equivocado, la cinta equivocada para cerrarlas y el papel de seda para rellenarlas del tono equivocado de lila. Luego, en un *crescendo* aterrador, compro las tarjetas para los nombres del tamaño equivocado.

Normalmente, cuando me llama, no quiere hablar con Grayer, a pesar de sus desesperados ruegos desde la silla, porque «lo único que haría sería crearle confusión». Él siempre acaba llorando. A veces llama sólo para hablar con Grayer. En esos casos yo sigo empujando la sillita mientras él escucha atentamente, como si le estuvieran dando información de la Bolsa.

Miércoles por la tarde:
Ring. «... El impacto en el cerebelo...» Ring. «... Podemos ver aquí en...» Ring.

—¿Diga? —susurro agachada, con la cabeza metida debajo del pupitre.

—¿Nanny?

—¿Sí?

—Soy la Señora X.

—Hum, ya, estoy en clase.

—¡Oh! Oh. Bueno, la cuestión es que, Nanny, las toallas de papel que has cogido para el baño de invitados no son del tono...

> *Nanny,*
>
> *Me voy a acercar a las tres con el coche a recoger a Grayer para el retrato. Por favor, dale un baño, cepíllale los dientes y vístele con la ropa que he dejado encima de la cama, pero ten cuidado de que no se le arrugue. Arréglale con tiempo suficiente, pero no tanto como para darle la oportunidad de que se ensucie. Tal vez lo mejor sea empezar a la 1.30.*
>
> *Además, te dejo aquí unos apuntes de la última reunión en la Asociación de Padres: «"Mami, ¿me escuchas?" La comunicación y tu párvulo». He subrayado algunos fragmentos de utilidad, ¡luego cambiaremos impresiones!*
>
> *Después del retrato pasaremos por Tiffany's a recoger el regalo del padre de Grayer.*

Una podría suponer que el servicio al cliente de la entreplanta de Tiffany's tiene sillas suficientes para acomodarnos a todos nosotros, su ferviente público. Sin embargo, las luces suaves y las flores frescas no logran ocultar el hecho de que esto está más abarrotado que el aeropuerto JFK la tarde de Nochebuena.

—G, estás dejando marcas en la pared con las zapatillas. Para ya —digo. Estamos esperando a que digan el nombre de la

Señora X para recoger el reloj de oro grabado que le va a regalar al Señor X en la fiesta. Ha pasado más de media hora y Grayer empieza a ponerse nerviosillo.

Ella cogió una silla nada más entrar, pero me sugirió que «le echara un ojo a Grayer», quien, aseguró, debía quedarse «donde se encuentra más cómodo»: en el holgado asiento de su sillita. Durante un rato intenté apoyarme contra la pared, pero en cuanto la rubia del bolso de Fendi se sentó en el suelo para leer su *Town and Country* yo me deslicé también hasta el suelo.

La Señora X ha estado permanentemente ocupada con su móvil, así que yo le estoy echando el susodicho ojo, y una mano, a Grayer. El mismo Grayer que lleva un rato impulsándose con sus zapatos de ante contra el papel de la pared con estampado de cachemir color crema para ver hasta dónde puede desplazar la silla antes de pegarse contra alguien.

—Nanny, suéltame.

—Coco, te he dicho tres veces que pararas. Oye, vamos a jugar a «Veo, veo». Veo, veo una cosa verde... —veo, veo pómulos de silicona.

Se esfuerza por alcanzar mi mano que actúa de freno en la rueda derecha de la silla. La cara se le está poniendo roja y me doy cuenta de que está a punto de explotar. Le ha llevado a posar para un retrato al salir de clase y desde entonces hemos estado haciendo recados para la fiesta. Después de pasarse en la escuela toda la mañana, con una sonrisa forzada toda la tarde y ahora prácticamente maniatado, no se le puede culpar por estar a punto de sacar los pies del plato.

—Venga, que es muy difícil. Veo, veo una cosita verde. Te apuesto algo a que no la adivinas —aprieto la mano con la que sujeto la silla, él se inclina sobre la barra delantera y las correas le lanzan para atrás, dificultando su decisión de escapar. La gente que nos rodea se retira de nosotros tanto como les permite la multitud. Mantengo la sonrisa aunque me pillo los dedos contra la alfombra. Empiezo a sentirme un poco como James Bond en posesión de una bomba de relojería y evalúo las posibles vías de escape a un espacio menos populoso ante la inminente catástrofe. Cinco... cuatro... tres... dos...

—¡QUIERO! ¡IRME! ¡DE! ¡AQUÍ! —con cada palabra lanza su cuerpo hacia delante.

—¿X? Señora X, la atenderemos ahora en el mostrador ocho —una chica de mi edad (con la que en este momento cambiaría de puesto sin mirar) indica con un gesto a la Señora X que la acompañe a la larga fila de mostradores de caoba que hay al otro lado de la sala.

—DÉJAME. ¡Quiero salir! ¡No quiero jugar! ¡No quiero estar en la silla!

La Señora X se detiene antes de desaparecer por la esquina y coloca su mano derecha sobre el micrófono del móvil. Se gira hacia mí con una mirada asesina y susurra señalando a Grayer:

—Está *transmitiendo sus emociones*. Está *transmitiendo sus emociones* para comunicar sus *limitaciones*.

—Vale —contesto mientras alargo la mano para soltar las correas de la silla y que no se haga daño. Ella desaparece por el corredor azul oscuro y yo empujo a Grayer, el transmisor de emociones, hacia las escaleras donde podrá comunicar esas limitaciones mientras le prestan al reloj nuevo de su padre la atención que se merece.

Nanny:
Los del catering vendrán a colocar las mesas esta tarde, por favor ocúpate de que Grayer no les moleste. El director de la oficina de Chicago se pasará a asignar los puestos de la mesa.

Me preguntaba si podrías preparar algo para que cene Grayer, ya que no llegaré a casa hasta las ocho. Le encantan las *Coquilles St. Jacques*. Y creo que tenemos unas remolachas en el frigorífico. Que sea algo sencillo. Te veré a las ocho. Y no te olvides de hacerle las fichas para la escuela.

¡Muchas gracias!

¡¿*Coquilles* san qué?! ¿Qué ha pasado con el Mac con queso con guarnición de brécol?

En mi búsqueda desesperada de un libro de recetas, abro las puertas de los armarios de teca con cuidado de no hacer marcas en los trampantojos de las paredes, pero no encuentro ni un solo libro de cocina, ni siquiera los socorridos *Joy of Cooking* o *El paladar de plata*.

Basándome en un trabajo eventual de Navidades en Williams-Sonoma, calculo que en esta cocina hay más de 40.000 dólares en electrodomésticos, y sin embargo todo parece que no se hubiera desembalado todavía. Desde la cocina de color personalizado de La Cornue Le Château con hornos de gas y eléctrico cuyo precio mínimo es de 15.000 dólares, hasta el juego completo de batería de cobre de Bourgeat de 1.912 dólares; todo de la mejor calidad. Pero el único electrodoméstico que parece haberse utilizado es la cafetera exprés Capresso C3000 que se vende en tiendas por 2.400 dólares. Y no, por ese precio no te busca novio. Lo pregunté.

Abro todos los armarios y todos los cajones, intentando familiarizarme con los utensilios, como si cada cuchillo Wüsthof fuera a desvelarme el secreto de ese San Nosecuántos que tengo que preparar.

Mi búsqueda me lleva al despacho de la Señora X, donde no encuentro nada más que un catálogo de Neiman Marcus lleno de marcas y a Connie, la asistenta, de rodillas sacando brillo al picaporte con un cepillo de dientes.

—Hola, ¿sabes dónde guarda la Señora X los libros de cocina? —pregunto.

—La Señora X ni come ni cocina —vuelve a mojar el cepillo en un tarro de limpiametales—. ¿Te ha puesto a cocinar para la fiesta?

—No... Sólo la cena de Grayer...

—No sé por qué esta fiesta es tan especial. No le gusta nada recibir a gente aquí. Hemos tenido unas tres cenas desde que está aquí —asiente con la cabeza mientras restriega concienzudamente alrededor de la cerradura—. Hay algunos libros en el segundo cuarto de invitados, prueba allí.

—Gracias.

Sigo vagando de una habitación descomunal a otra hasta llegar a la suite de invitados. Examino los títulos de la estantería que va del suelo al techo:

¿Por qué tener hijos? El estrés y el mito de la fertilidad.
También son tus pechos: Nueva guía de las amas de cría.
Tarde o temprano todos dormimos solos: Ayuda a tu hijo a pasar la noche.
Dentición sin dentera.
El Zen de caminar: Todo viaje empieza con un paso.
Guía para torpes del uso del orinal.
Los beneficios del método Suzuki en el desarrollo del lóbulo cerebral izquierdo de tus hijos.
La dieta ecológica para tu bebé.
Sacar el mayor partido de tu hijo de cuatro años.
Cómo preparar a tu hijo: Las entrevistas de preescolar.
Hazlo o rómpelo: Bandeando las admisiones de preescolar.

... Y cualquier otra cosa que podría uno imaginar en este género para llenar cuatro librerías, incluido:

Los niños urbanos necesitan árboles; los beneficios del internado.
La selectividad: Organizando el resto de la vida a tu hijo.

Me quedo en silencio y con la boca abierta, olvidando por un momento las almejas y las remolachas. Uh.

✧

—¡Me preocupa muchísimo que acabes por abandonar los estudios y te quedes haciendo la comida de otros el resto de tu vida! Nan, esto es algo que no estaba previsto. Si la memoria no me engaña, te comprometiste con esa mujer para cuidar de su hijo. Nada más, ¿verdad? ¿Te va a pagar más por ese trabajo extra?

—No. Mamá, éste no es un buen momento para discutir...

—De verdad, tendrías que pasar un día aquí, en la cocina del hogar de mujeres. Te daría cierta perspectiva.

—Vale, pero no es un buen momento...

—Por lo menos ayudarías a gente que lo necesita de verdad. Tal vez deberías parar un segundo, mirar en tu interior, darte cuenta...

—¡MAMÁ! —aprieto la barbilla para evitar que se me deslice el teléfono de la oreja al tiempo que agarro una cazuela de remolachas hirviendo con las manos—. Ahora mismo no me puedo mirar en mi interior porque *sólo* te llamo para saber cómo se hacen las almejas a la nosequé, ¡por amor de Dios!

—Yo te ayudo —dice Grayer asomando la manita para coger el afilado cuchillo que acabo de dejar en la encimera.

—Tengo que colgar.

Me lanzo a por el cuchillo y desparramo veinte almejas por todo el suelo.

—¡Guay! ¡Es como la playa, Nanny! No las recojas, déjalas. Voy a por mi cubo —Grayer sale a la carrera de la cocina y yo dejo el cuchillo en el fregadero y me agacho para recoger los moluscos. Recojo uno, luego otro pero cuando voy a coger el tercero, el primero se me escapa de las manos y se desliza por el suelo hasta dar con un zapato gris de serpiente de tacón alto. Levanto la mirada y veo a una pelirroja con traje gris de pie en el umbral.

Grayer llega saltando con su cubo de la playa, pero se queda paralizado detrás de ella al verme la cara.

—Perdón, ¿puedo ayudarla? —me levanto y le indico a Grayer que venga a mi lado.

—Sí —dice—. He venido a asignar los puestos para la cena.

Entra en la cocina pasando por delante de mí quitándose el pañuelo de Hermès que anuda alrededor del asa de su maletín gris pizarra de Gucci.

Se arrodilla para recoger una almeja y se vuelve para entregársela a Grayer.

—¿Se te ha caído esto? —pregunta.

Él me mira a mí.

—No pasa nada, Coco —digo cogiéndosela yo—. Hola, soy Nanny.

—Lisa Chenowith, directora gerente de la sucursal de Chicago. Y tú tienes que ser Grayer —dice dejando el maletín.

—Estoy ayudando —dice él utilizando el cubo para recoger el marisco esparcido.

—A mí me vendría bien un ayudante —sonríe ella—. ¿Estás buscando trabajo?

—Claro —balbucea dentro del cubo.

Echo las almejas al colador y apago el fuego.

—Si espera un minuto la acompaño al comedor.

—¿Está cocinando para la fiesta? —dice señalando con un gesto al fregadero rebosante de cacharros sucios.

—No... Es su cena —digo raspando las remolachas pegadas en el fondo de la cazuela.

—¿Qué ha sido de la mantequilla de cacahuete con mermelada? —ríe poniendo el maletín en la mesa.

—Nanny, quiero mantequilla de cacahuete con mermelada.

—Lo siento, no era mi intención iniciar una revolución —dice ella—. Grayer, estoy segura de que lo que te está haciendo Nanny será delicioso.

—La verdad es que m de c con m es una gran idea —digo sacando la mantequilla de cacahuete del frigo. Una vez que he sentado a Grayer en su trona, la acompaño al comedor, donde la mesa alargada de nogal ha sido reemplazada por tres mesas redondas.

—Vaya, vaya —murmura al entrar detrás de mí—. Las ha hecho poner un día antes... Debe de haberle costado miles —las dos miramos a las mesas perfumadas de lavanda, salpicadas de brillante cubertería, reluciente cristal y con platos con canto dorado—. Siento perdérmelo.

—¿No va a venir?

—El Señor X quiere que esté en Chicago —me sonríe y luego dedica su atención al resto de la estancia, admirando el Picasso de encima de la chimenea y el Rothko del aparador.

La sigo a la sala y a la biblioteca. Ella observa cada habitación entonada en el color de una gema como si las estuviera valorando para una subasta.

—Precioso —dice acariciando los cortinones de seda salvaje—. Pero un poco exagerado, ¿no le parece?

Desacostumbrada como estoy a que se me pregunte mi opinión en esta casa, busco las palabras adecuadas.

—Hum... la Señora X tiene un gusto muy definido. De hecho, y ya que está usted aquí, ¿le importaría decirme si esto está bien? —pregunto, inclinándome detrás del escritorio de la Señora X para sacar una de las bolsas de regalos.

—¿Qué es? —pregunta retirándose el pelo de la cara para mirar en su interior.

—Es una bolsa de regalo para los invitados. Las he preparado esta mañana, pero no estoy segura de que estén bien porque no he podido encontrar el papel de seda apropiado y no les quedaba la cinta que quería la Señora X...

—¿Nanny? —me corta—. ¿Dónde está el incendio?

—¿Perdón? —digo sorprendida.

—Son *sólo* bolsas de regalo. Para una pandilla de viejos aburridos —ríe—. Estoy segura de que están perfectas... Tranquila.

—Gracias, es que parecía que eran muy importantes.

Mira por encima de mi hombro a la estantería de retratos familiares que tengo detrás.

—Voy a contrastar la lista con el despacho y prepararé las tarjetas de situación. ¿La Señora X volverá pronto?

—No antes de las ocho.

Levanta el teléfono y se dobla sobre el escritorio de caoba para echar un vistazo a una foto enmarcada del Señor X con Grayer sobre sus hombros a los pies de una pista de esquí.

—¡NA-NNY, HE ACABAA-DO!

—Muy bien. Si necesita algo más, avíseme —digo desde la puerta mientras ella se quita el pendiente de perla negra y marca.

—Gracias —dice mostrando los pulgares hacia arriba.

Nanny:
Como norma, no me gusta que Grayer coma demasiados hidratos de carbono antes de acostarse. Esta noche te he dejado toda su comida ya medida en la encimera. Si

pudieras poner las remolachas, el repollo y la nabicol al vapor doce minutos sería perfecto, pero, por favor, intenta no estorbar a los del catering.

Probablemente lo mejor sería que dieras de cenar a Grayer en su cuarto. En realidad, puede que tenga que pasar con los invitados cuando les enseñe la casa. Así que probablemente lo mejor será que os llevéis los platos al cuarto de baño no vaya a ser que se caiga algo.

P.D. Cuento con que te quedes hasta que Grayer se haya dormido y te asegures de que no va a interrumpir la cena.

P.P.D. Mañana necesito que recojas el disfraz de Halloween de Grayer.

—Martini, muy seco... sin aceituna.

Después de cocer la cena de Grayer hasta dejarla en un estado de pastuja irreconocible, de quemarme las manos en el proceso y casi escaldar a Grayer varias veces para luego darle la cena sentado en el asiento del retrete, estoy más que preparada para «eliminar tensiones». Me acomodo en un taburete de la barra, pensando si a lo mejor podría trabajar para esa pelirroja de Chicago. Mudarme a Illinois, tantear el mundo de las inversiones y pasar la vida preparándole sándwiches de mantequilla de cacahuete con mermelada.

Busco en el bolso el sobre de mi salario y pillo uno de veinte para el camarero. Esta semana es más gordo y he podido contar más de trescientos en efectivo. Me doy cuenta de que, a pesar de que estoy exhausta y posiblemente en vías de tener un problema de abuso de sustancias, lo bueno de trabajar el triple de lo que habíamos acordado es que gano el triple.

Sólo estamos en la segunda semana del mes y ya he cubierto el alquiler. Y están esos pantalones de cuero negro a los que he echado el ojo...

No necesito más que media hora de calma antes de volver a casa con Charlene y su peludo novio piloto. No quiero hablar, no quiero escuchar y, definitivamente, no quiero cocinar. Es que, Dios mío, llevarte a tu novio peludo a dormir cuando compartes un estudio... No está bien. No está nada bien. Cuento los días que faltan para que le asignen la ruta de Asia.

—Tío, tío, ¡mirad esto! —en la mesa de la esquina, el muchachote rubio del grupo de los Brooks Brothers muestra a su «pandi» un Palm Pilot. Típico.

Normalmente, hubiera evitado entrar en el Dorrian's y su clientela pija como si fueran unas purgaciones. Pero me pillaba de paso y el camarero hace un martini increíble. Y necesitaba de verdad «eliminar tensiones». Además, fuera de temporada, cuando todos han vuelto a la escuela, es bastante seguro.

Cuento hasta cinco gorras de béisbol blancas arracimadas encima del nuevo juguete de su amigo. A pesar de estar todavía en la universidad todos llevan aparatos de telefonía móvil de una u otra clase colgando de sus cinturones de yuppie. Los tiempos cambian, las chaquetas de pana de los setenta dieron paso a los cuellos levantados de los ochenta, a las camisas de cuadros de los noventa y a los tejidos elásticos del nuevo milenio, pero su mentalidad es tan intemporal como los manteles de cuadros rojos.

Estoy tan pendiente de ellos que automáticamente sigo sus miradas cuando se giran hacia la puerta. Para seguir con el tono del día, quién podría entrar por ella sino mi Macizo de Harvard, sin *chapeau blanc*. Y les conoce. Doy un largo trago mientras la visión que tenía de él curando niños en el Tíbet se transforma en una visión de él con traje en el parqué de la Bolsa de Nueva York.

—¿Está bueno? ¿Te gusta?

Oh, Dios mío, hay uno justo a mi lado. Pasen y vean, señores, pasen y vean.

—¿Qué? —pregunto fijándome en su gorra de béisbol de Carolina del Sur que proclama orgullosamente POLLAS en la parte delantera con letras rojas de diez centímetros.

—El maaar-tiii-niii. Una bebida muy fuerte, ¿no te parece? —dice un poco demasiado cerca de mi cara, y luego grita por encima de mi cabeza—. ¡Eh! ¡Levantad el culo y echadme una mano con las copas, guarras perezosas!

Mi M. H. se acerca para ayudarle con el transporte de cerveza.

—Hola. La novia de Grayer, ¿verdad?

¡Se acuerda! No, cuidado, Nanny. Recuerda la bolsa. Sin embargo, no puedo evitar apreciar una relativa falta de adminículos adornando sus Levi's.

—Me satisface poner en tu conocimiento que se ha quedado frito tras una primera lectura de *Buenas noches, Luna* —sonrío a mi pesar.

—Espero que Jones no te lo esté poniendo muy difícil —Jones se parte de risa con el doble sentido—. A veces puede ser un poco insoportable —dice lanzando una mirada asesina a Jones—. Oye, ¿por qué no te sientas con nosotros?

—Es que estoy un poco cansada.

—Por favor, sólo una copa rápida.

Miro al grupo con escepticismo, pero, cuando el pelo le cae sobre los ojos al coger las jarras de cerveza, me rindo.

Le sigo hasta la mesa y me hacen un sitio. Se produce una ronda de ruidosas presentaciones en la que me veo obligada a estrechar todas las manos de la mesa.

—¿Cómo has conocido a nuestro muchacho? —pregunta uno de ellos.

—Porque nosotros nos conocemos desde los viejos tiempos...

—Desde hace mucho, mucho tiempo —todos sacuden las cabezas como gallinas, repitiendo «los viejos tiempos» unas mil veces.

—Creen que hubo «viejos tiempos» —dice M. H. en voz baja volviéndose hacia mí—. ¿Cómo va el trabajo?

—¡Trabajo! —las orejas se yerguen debajo de una de las gorras—. ¿Dónde trabajas?

—¿Eres analista de programas?

—No...

—¿Eres modelo?

—No, soy niñera —se oye un notable revuelo.

—¡Tío! —dice uno de los chicos dando un puñetazo a M. H. en el hombro.

—Tío, no nos habías dicho que conocías a una niñera.

Me doy cuenta por sus sonrisas congeladas de que me acaban de poner en el reparto de todas las películas porno con niñeras que han visto en los sótanos de sus residencias de estudiantes.

—Y —empieza el más borracho de todos—, ¿está bueno el padre?

—¿Te ha tirado los tejos?

—Hum, no. Todavía no le conozco.

—¿Está buena la mamá? —pregunta otro.

—Bueno, no creo...

—¿Y el niño? ¿Está bueno el niño? ¿Te ha hecho alguna proposición? —todos hablan al mismo tiempo.

—Bueno, tiene cuatro años, así que...

Hay una dureza en su tono que elimina toda posibilidad de diversión bienintencionada. Me giro hacia el caballero que me trajo hasta aquí, pero parece estar paralizado, intensamente enrojecido y con sus ojos castaños clavados en el suelo.

—¿Está bueno alguno de los papás?

—Bueno, si me perdonáis... —me levanto.

—Venga —Jones me mira fijamente—, ¿nos vas a decir que nunca te has follado a ninguno de los papás?

Pierdo la sangre fría.

—Qué original por tu parte. ¿Quieres saber quiénes son los papás? Los papás sois vosotros dentro de dos años. Y no se follan a las niñeras. Y no se follan a sus mujeres. No se follan a nadie. Porque se ponen gordos, se quedan calvos, pierden los apetitos y beben, un montón, no porque quieran, sino porque tienen que hacerlo. Así que, pasarlo bien, chicos. Porque los «viejos tiempos» os van a parecer maravillosos. No hace falta que os levantéis.

El corazón me martillea mientras me pongo el jersey, cojo el bolso y salgo por la puerta.

—¡Eh! ¡Espera!

M. H. me alcanza corriendo por la calle. Me giro esperando que me diga que todos tienen un cáncer terminal y su última voluntad ha sido un reinado del terror.

—Mira, lo que han dicho no significa nada... —y no lo dice.

—Ah —asiento—. ¿O sea que hablan así a todas las chicas? ¿O sólo a las que trabajan en sus edificios?

Cruza sus brazos desnudos y se encoge para protegerse del frío.

—Oye, sólo son compañeros del instituto. Quiero decir que suelo salir con ellos de...

La Bruja del Oeste llega volando:

—Peor para ti.

Tartamudea:

—Están muy borrachos...

—No. Son muy gilipollas.

Nos miramos y espero que diga algo, pero parece estar inmovilizado.

—Bueno —digo por fin—, ha sido un día muy largo.

De repente me siento completamente agotada y percibo intensamente el dolor palpitante de la quemadura de la mano.

Mientras me alejo, me prohíbo darme la vuelta.

Nanny,
La fiesta tuvo mucho éxito. Muchas gracias por tu colaboración.

Estos zapatos son realmente excesivos para mí y al Señor X no le gusta el color. Si son de tu número quédatelos, si no llévalos por favor a Encore, la tienda de segunda mano de Madison con la 84. Tengo cuenta.

Por cierto, ¿has visto el marco de Lalique que estaba en el despacho del Señor X? El del retrato de Grayer con su padre en Aspen. Parece que ha desaparecido. ¿Puedes llamar al servicio de catering y comprobar si se lo llevaron sin darse cuenta?

Estaré recuperándome en Bliss, o sea que tendré el teléfono desconectado toda la tarde.

¡PRADA! P-R-A-D-A. Como Madonna. Como en el *Vogue*. ¡Mirad cómo voy calzada con clase, arrogantes gilipollas vestidos de caqui, usuarios de buscas, jugadores de golf, paseantes del *Wall Street Journal*, oyentes de *gangsta hip-hop*, adoradores de Howard Stern, portadores de gorras blancas con la visera para atrás!

3. La noche de los muertos hirientes

«Había otra cosa de Nana que inquietaba al señor Darling.
A veces, tenía la sensación de que ella no le admiraba.»

PETER PAN

De camino a casa, tras comprar unas calabazas pequeñas para la decoración, Grayer y yo regresamos al piso justo a tiempo para firmar la entrega de un paquete de más de cuatro mil dólares. Grayer y yo seguimos admirados al repartidor que lleva en una carretilla dos cajones de casi dos metros, cruzando la cocina y los deja en el vestíbulo de entrada. Después del almuerzo, jugamos a «Adivina qué Hay en el Cajón». A Grayer se le ocurre un perro, un gorila, un camión monstruo y un hermanito. Yo digo que antigüedades, complementos nuevos para el baño y una jaula para meter a Grayer (aunque esa última idea me la guardo para mí).

A las cuatro y cuarto dejo a Grayer en las competentes manos de su profesora de piano y regreso, como se me ha indicado, a las cinco en punto. Me he vestido de adulta para la fiesta de Halloween de la oficina del Señor X: mis pantalones de cuero nuevos y los zapatos de Prada de segunda mano. Entro en casa y me encuentro cara a caja con una frenética Señora X que intenta forzar una de ellas con un cuchillo de cocina y un desatascador.

—¿Quiere que avise al portero? —pregunto pasando temerosamente por su lado—. Puede que tenga una palanqueta.

—Ay, Dios mío, ¿serás tan amable? —jadea desde el suelo donde está acuclillada.

Me meto en la cocina y llamo al portero que promete mandar al de mantenimiento.

—Ya viene. Y, hum, ¿qué hay ahí dentro?

Jadea y resopla mientras sigue trajinando en el cajón.

—He encargado... uf... réplicas de los trajes de Musafa y Sarabi... ¡ay, maldita sea!... del montaje de Broadway de *El rey León*... uh... a medida —la cara se le está poniendo roja—. Para esa estúpida fiesta, uf.

—Anda, qué bien. ¿Dónde está Grayer? —pregunto recelosa.

—¡Te está esperando para que os vistáis los dos! Vamos un poco retrasados... tenemos que estar todos vestidos y listos para marcharnos a las seis.

¿Todos?

Suena el timbre de la puerta de servicio, me vuelvo y recorro despacio el largo pasillo hasta el cuarto de Grayer, donde ha tenido el buen tino de esconderse de su madre, la guerrera del desatascador. Empujo aprensivamente la puerta y descubro no uno, sino dos trajes de Teletubby tirados sobre la cama de Grayer, como globos medio desinflados del desfile del Día de Acción de Gracias de Macy's.

Dios Santo. Tiene que ser una broma.

—¡Nanny, vamos a ir iguales!

Si estuviera dispuesta a ponerme trajes raros podría estar ganando mucho más dinero.

Con un largo suspiro, me pongo a luchar con Grayer para meterle en su traje amarillo, intentando convencerle de que es como ponerse el pijama, sólo que más redondo. Puedo oír cómo la Señora X corretea por todo el apartamento.

—¿Tenemos unos alicates? Nanny, ¿has visto los alicates? Los trajes están sujetos a las cajas con alambres.

—¡No, lo siento! —grito en dirección a su voz que se mueve por toda la casa como una sirena.

Pum.

Unos instantes después entra en la habitación con aspecto de ser una cabaña de barro, mirando con escepticismo el tocado que lleva en la mano.

—¿Me pongo maquillaje con esto? ¿Me pongo maquillaje con esto?

—Hummm, a lo mejor unos tonos neutros. Quizá aquella barra de labios tan bonita que llevó a la comida del otro día.

—No, me refiero a algo, ya sabes... *tribal* —Grayer mira a su madre incrédulo, con los ojos muy abiertos.

—Mami, ¿ése es tu disfraz?

—Mami no ha acabado todavía, cariño. Deja que Nanny te maquille a ti primero para que pueda venir a ayudarme a mí también.

Sale corriendo. El Señor X nos ha traído barras de maquillaje para que nos podamos transformar en Inky Blinky y Tiggy Wiggy o como diablos se llamen. Pero en cuanto empiezo a pintarle la cara, a Grayer le da un repentino ataque de picores faciales.

—Laa-Laa, Nanny. Soy Laa-Laa —se lleva las dos manos enmitonadas a la nariz—, y tú eres Tinky Winky.

—Coco, por favor, no te toques la cara. Estoy intentando que parezcas un Teletubby.

La cabaña de barro vuelve a entrar.

—¡Dios mío, está horroroso! ¿Qué estás haciendo?

—No deja de corrérselo —intento explicar.

Baja la mirada hacia él con las pajas temblándole.

—GRAYER ADDISON X, ¡NO TE TOQUES LA CARA!

Y vuelve a marcharse corriendo.

La barbilla de Grayer tiembla; puede que no se vuelva a tocar la cara nunca más en la vida.

—Estás muy bien, Coco —le digo con suavidad—. Vamos a terminar con esto, ¿vale?

Asiente y me ofrece la mejilla para que acabe de pintársela.

—¿Es naguma matoto? —grita ella desde el pasillo.

—¡Hakuna matata! —le contestamos a gritos.

—¡Eso es! ¡Gracias! —responde—. Hakuna matata. Hakuna matata.

Suena el teléfono y la oigo hablar en el supletorio de la entrada, esforzándose por parecer tranquila.

—¿Diga? Hola, cariño. Ya estamos casi listos... Pero yo... De acuerdo, pero ya tengo los trajes que querías... No, yo... Sí, lo comprendo sólo que... Claro, no, bajamos enseguida.

Pasos lentos sobre el suelo de mármol en dirección a la zona de Grayer, luego el tocado reaparece por la puerta de su cuarto.

—A papá se le ha hecho un poco tarde, así que va a pasar por aquí dentro de diez minutos y nos recogerá abajo, ¿de acuerdo? Necesito que todo el mundo esté en el recibidor dentro de nueve minutos.

Nueve minutos (de lucha con este engendro violeta horripilante y maloliente y de pintarrajearme la cara con grasa blanca) después nos reunimos torpemente alrededor de los cajones de la entrada: un pequeño Laa-Laa, una enorme gilipollas violeta y la Señora X vestida con un digno traje pantalón de Jil Sander.

—¿Hace demasiado calor para llevar el visón? —pregunta mientras me arregla la capucha para que el triángulo violeta, del tamaño de una caja de zapatos, se mantenga «erecto».

Son necesarias las dos manos de los dos porteros sobre mis ancas para introducirme en la limusina y tirarme a sus pies. Me encaramo a un asiento mientras el chófer arranca.

—¿Dónde está mi tarjeta? —pregunta Grayer en el mismo instante en que doblamos la esquina.

No sé si se debe a la capa de neopreno que comprime mis orejas o a mi estado de shock, pero la voz de Grayer parece llegarme de muy lejos.

—Mi tarjeta. ¿Dónde está? ¡¿Dóóóóóóndeeee?! —empieza a balancearse atrás y adelante como un tentetieso en el asiento de la limusina que compartimos enfrente de sus padres.

—¡Nanny! —el tono de la Señora X me devuelve a la realidad—. Grayer, dile a Nanny cómo te sientes.

Giro el cuerpo sobre el asiento de cuero en dirección a Grayer y la burbuja violeta que rodea mi cabeza obstaculiza toda la visión periférica. Tiene la cara enrojecida por debajo del maquillaje y está quedándose sin respiración. Cierra los ojos con fuerza y ruge:

—¡NANNY, NO TENGO MI TARJETA!

Dios mío.

—Nanny, tiene que tener la tarjeta siempre prendida a la ropa...

—Lo siento —vuelvo mi contorno hacia él—. Grayer, lo siento.

—¡MI TARJEEEEEETA! —vocifera Grayer.

—Oye —ordena una voz profunda e incorpórea—. Basta ya —el seeeeeñññññooooor Eeeequiiiiis, por fin nos conocemos.

Toda la limusina contiene el aliento. Este misterioso hombre que me ha evitado, a mí y yo diría que a los demás compañeros de viaje, durante los dos últimos meses, se merece toda una descripción para él solo. Está sentado enfrente de mí con traje oscuro y zapatos muy caros. En realidad, está enfrente del *Wall Street Journal* que oculta por completo el resto de su ser, dejando ver su brillante calva incipiente iluminada por la luz de lectura que hay a unos centímetros de su cabeza. Lleva un teléfono móvil pegado a la oreja, al que sólo parece estar escuchando. «Oye» ha sido la primera palabra que le hemos oído proferir desde que nos montamos, o, en el caso de algunos, nos metieron a empujones en el coche.

Viéndole allí sentado detrás del periódico no cabe la menor duda de que es el director general de esta familia.

—¿Qué tarjeta? —le pregunta al periódico.

La Señora X me mira acusadora y resulta evidente que el desplome emocional de Grayer queda dentro de las responsabilidades de mi cargo, que se enmarca entre un jefe de segunda y la señora de la limpieza.

Y así giramos a la derecha en Madison y volvemos al 721, donde los porteros se muestran alborozados de tener la oportunidad de tirar de mis brazos y mis piernas para extraerme de la limusina.

—No os mováis de aquí, chicos —les digo una vez de pie—. Vuelvo dentro de un minuto.

Subo a casa, paso diez sudorosos minutos registrando la habitación de Grayer, lo que me obliga a retocarme el maquillaje, localizo la tarjeta de Grayer en el cesto de la ropa sucia y ya estoy lista para el rock and roll (sobre todo para el «roll»).

La puerta del ascensor se abre y, por supuesto, allí está M. H., mi Macizo de Harvard.

Se queda boquiabierto.

Tierra trágame.

—¿Qué? ¿Es que nunca habías visto un disfraz de Halloween? —respondo ofendida mientras entro tambaleándome con la cabeza muy alta.

—¡No! Hummm, bueno, es veintitrés de octubre, pero...

—¿¿¿Y???

—Yo, hummmmm, sí, sí he, he... —tartamudea.

—¡Ho-la! ¿Es que siempre te quedas así, sin habla? —intento girarme para ponerme de cara a la pared. Claro que en esta caja de metro y medio por dos no consigo girar más de dos grados.

Por un instante permanece en silencio.

—Oye, siento mucho lo de la otra noche. A veces esos chicos pueden ser unos gilipollas integrales cuando beben. Ya sé que eso no es excusa, pero, en fin, sólo son viejos amigos del instituto...

—¿Y? —le digo a la pared.

—Y... —se le ve desarmado—. Y que no deberías juzgarme basándote en una noche de borrachera en el Dorrian's.

Me giro otra vez para enfrentarme a él.

—Sí, ya... una noche de borrachera en la que tus colegas de «los viejos tiempos» me llamaron puta. Mira, a veces salgo con amigos cuyas costumbres no comparto, pero sólo hasta cierto punto. Si, por decir algo... el plan fuera, no sé, una *violación en grupo,* ¡diría algo!

—¡Bueno!

—¿Bueno qué?

—Bueno, que es bastante hipócrita que una persona a quien le molestó que se hicieran juicios precipitados sobre ella me juzgue con tanta ligereza basándose en el comportamiento de otros.

—Muy bien —aspiro profundamente e intento estirarme al máximo—. Permíteme que aclare una cosa; te juzgo basándome en que no hiciste nada para callarles.

Me sostiene la mirada.

—De acuerdo, debí decir algo. Siento mucho que las cosas se me fueran de las manos —se mete el pelo detrás de la oreja—. Oye, sal conmigo esta noche y déjame que te compense. He quedado con unos amigos de la universidad. Son una gente completamente diferente, te lo prometo.

Las puertas se abren y una mujer envuelta en un chal de cachemir con su previsible caniche nos miran con odio porque no hay sitio para ellos alrededor de mi disfraz. Las puertas se vuelven a cerrar. Me doy cuenta de que sólo tengo dos pisos para arreglar las cosas.

—Está claro que voy a una fiesta horrorosa —digo señalándome el torso violeta con los tres dedos de una mano—. Pero puedo intentar pasarme alrededor de las diez.

—¡Genial! No estoy muy seguro de dónde vamos a ir. Hemos pensado ir al Chaos y a The Next Thing, pero hasta las once estaremos seguro en el Nightingale's.

—Bueno, intentaré llegar —a pesar de que no tengo muy claro a qué destino de la lista expuesta debería intentar llegar. Las puertas se abren en el vestíbulo y yo intento desplazarme con aire sexy hasta el coche, concentrándome en el movimiento de las caderas.

Espero prudentemente hasta que M. H. ha doblado la esquina y luego, tras un último empellón de los porteros, seguimos nuestro camino. Siento un cierto placer al ver que la Señora X se ve obligada a colocarle la tarjeta a Grayer con sus propias manos, ya que necesita utilizar los diez dedos.

—Cariño, por fin he descubierto quién les organiza los safaris a los Brightman —empieza, pero el Señor X le hace un gesto con el teléfono y sacude la cabeza. Para no ser menos, ella saca su Startac de la cartera calabaza de Judith Leiber y marca un número. La parte acolchada y colorista del coche permanece en un prolongado silencio.

—... no me parece que su decorador haya hecho un trabajo maravilloso...

—... repasa detenidamente esos números otra vez...

—¿... y malva?

—¿... en el rédito anual? ¿Está loco?

—¡... bambú en la cocina!

—... y comprar diez mil millones en los próximos tres años...

Miro a Grayer y le presiono la barriga amarilla con un dedo violeta. Él me mira y me responde de la misma manera. Estrujo su panza de fieltro y él estruja la mía.

—Bueno —el Señor X cierra el teléfono con un chasquido sonoro y me mira—. ¿En Australia tienen Halloween?

—Hummm, creo, eh, creo que tienen una cosa que llaman Día de Todos los Santos, pero, eh, no sé si la gente se disfraza o, eh, si tienen la tradición del susto o el regalo —respondo.

—Cariño —interviene la Señora X—. Ésta es Nanny. Ha sustituido a C-a-i-t-l-i-n.

—Ah, claro, claro. Eres estudiante de Derecho, ¿verdad?

—¡Quiero sentarme al lado de mami! —grita inesperadamente Grayer.

—Coco, quédate conmigo y hazme compañía —digo mirándole.

—¡No! Quiero sentarme al lado de mami ahora.

La Señora X lanza una mirada al Señor X que ha vuelto a retirarse a su posición detrás del periódico.

—No queremos que tu divertido maquillaje le manche el vestido a mami... Quédate con Nanny, tesoro.

Tras un par de intentos más, acaba por olvidarse y los cuatro seguimos en silencio mientras el coche se desliza hacia el otro extremo de la ciudad, donde las calles estrechas y densas del bajo Manhattan dan paso a las imponentes torres del distrito financiero. El barrio parece desierto, salvo por la fila funeraria de grandes coches que se alinean frente a la oficina del Señor X.

El Señor y la Señora X salen del coche y entran en el edificio delante de nosotros, dejándonos a Grayer y a mí sin ayuda para sacar nuestros cuerpos esféricos del coche y maniobrar por la acera.

—¡Nanny, di tres y te empujo! ¡Di tres, Nanny! ¡DILO!

No me extraña que, con los pies puestos sobre mi trasero y mi cara casi pegada al pavimento, no me oiga decirle «¡Tres!».

Giro la cara hacia la izquierda y veo a Grayer sacando los labios por el resquicio de la ventana.

—¿Lo has dicho, Nanny? ¿Lo has dicho?

Percibo un enorme revuelo de actividad detrás de mis gigantescos cuartos traseros acompañado de frases sueltas de un genio en pleno trabajo.

—Vale, ahora yo soy Rabbit... y tú... tú eres Pooh... y... *¿estás contando?*... y... con toda la miel... pegada al árbol. ¡A LA DE TRES, NANNY, A LA DE TRES!

En lo que a mí respecta, podría estar construyendo una catapulta con servilletas de papel ahí detrás...

¡PUMBA!

—¡Lo he logrado! Nanny, ¡lo he hecho!

Me enderezo, alargo mi mano de tres dedos para coger la suya y nos bamboleamos orgullosos hacia la entrada. El Señor y la Señora X nos esperan amablemente con el ascensor parado y subimos hasta el piso cuarenta y cinco con otra pareja cuyos hijos no han podido asistir.

—Deberes.

Todos salimos a una desmesurada recepción que han transformado en una película de Tim Burton: las paredes de mármol han sido recubiertas de murciélagos recortados y falsas telarañas, y de cada centímetro del techo penden colgaduras, arañas y esqueletos. Hay múltiples mostradores de bebidas estratégicamente situados por toda la estancia, todos ellos iluminados por una lámpara de calabaza tallada a mano.

Parece que todos los actores sin empleo del área de los tres estados hayan sido contratados para entretener a las tropas. En el mostrador de recepción, Frankenstein hace como que contesta al teléfono, Betty Boop pasa con una bandeja de bebidas y, en un rincón, Marilyn les canta *Feliz cumpleaños, señor presidente* a un corrillo de colegas del Señor X. Grayer lo mira todo con cierta inquietud, hasta que Garfield se acerca a él con una bandeja de sándwiches de mantequilla de cacahuete y mermelada.

—Puedes comer uno, Grayer. Adelante —le animo. Los guantes le dificultan los movimientos, pero consigue coger uno y lo mordisquea apoyado contra mi pierna.

La pared del fondo es una prodigiosa vista, del suelo al techo, de la Estatua de la Libertad. Al parecer, soy la única a la que le llama la atención, pero también soy una de las pocas niñeras con la cara descubierta. Parece que la Señora X no está sola en su visión de la velada. Todas las niñeras llevan inmensos disfraces de alquiler de al menos tres metros de circunferencia: si la niña es una Blanca Nieves diminuta, la niñera es un Enanito gigante; si el niño es un pequeño granjero, la niñera es una vaca colosal; si el niño es un pequeño Flautista de Hamelín, la niñera es una rata enorme. Sin embargo, los ganadores, con mucha diferencia, son los Teletubbies. Intercambio sonrisas resignadas con dos Tinky Winkys de Jamaica.

Una pareja se acerca a nosotros seguida de un pequeño Woodstock y un gran Snoopy.

—Cariño, ¡estás de fábula! —le dice la esposa a la Señora X, o puede que a Grayer.

—Feliz Halloween, Jacqueline —responde la Señora X dejando un beso en el aire.

Jacqueline, que lleva un sombrerito «pill box» a juego con su Armani negro, se lanza sobre el Señor X.

—Querido, no te has disfrazado, ¡niño malo! —su consorte lleva un gorro de capitán con un traje de mil rayas.

—Vengo vestido de abogado —dice el Señor X —. ¡Pero en realidad soy banquero!

—¡Para! —dice Jacqueline riendo—. ¡Haces que me muera de risa! —mira a Laa-Laa y a Woodstock—. Vosotros, corazones, tendríais que ir a ver la zona de juegos: ¡es fabulosa! —echo una mirada a Snoopy, que se escora bajo el peso de la gigantesca cabeza—. Este año hemos contratado a una empresa mucho mejor para que organicen la fiesta. Los mismos que hicieron el cóctel con puenting del 4 de julio de Blackstone.

—He oído que fue delicioso. Mitzi Newmann se ha vuelto adicta. Se ha hecho construir un puente de caída libre en Connecticut. Ve, Grayer —le anima la Señora X. Él mira fijamente todo aquel pandemónium macabro y no está muy convencido de querer separarse de sus padres en ese momento.

—Anda, machote, y si te portas bien luego te llevo a ver el comedor de ejecutivos —dice el Señor X, provocando que Grayer me mire.

—Donde come papi —le explico.

Le cojo de la mano y seguimos a nuestro grupo de *Peanuts* a la zona infantil que está cercada por una pequeña valla de madera. Miro a la Barbie que nos abre la puerta.

—Buena idea —digo—, los adultos que no entren aquí.

Toda la zona, de unos siete metros de largo, está repleta de mesas con actividades y juegos, de los que la mayoría consisten en tirar algo. (Un error de cálculo por parte de alguien, pienso cuando veo a una pequeña Caponata desatada.) Enseguida me doy cuenta de que las bandejas de bebidas no circulan por aquí y me inclino por encima de la valla de madera para hacerme con un pequeño premio de consolación. Las madres se acercan de vez en cuando, como maîtres de restaurante, para preguntar si su niño/a lo está pasando bien y comentar:

—¡Un fantasma de caramelo! ¡Oooooh, qué miedo! —para volverse inmediatamente hacia otra y añadir—: No te haces una idea de lo que nos está costando la reforma..., es realmente es-

candaloso. Pero Bill quería una sala de proyección —y se enco-
gen de hombros, levantan los ojos al cielo y sacuden las cabezas.

La Señora X llega con Sally Kirkpatrick, una mujer a la que
conozco de las clases de natación de Grayer para ver cómo su
Batman de medio metro intenta aplastar a sus oponentes en el
lanzamiento de anillos. Yo llego detrás de ellas para controlar
la hora de irse a la cama.

—Tu chica nueva se las arregla muy bien para hacer que
Grayer se meta en la piscina —dice la señora Kirkpatrick.

—Gracias, me gustaría llevarle yo, pero el martes es mi día
en la Asociación de Padres, y con el patinaje sobre hielo de los
viernes y el francés de los jueves y CATS los miércoles, necesito un día para hacer algo yo sola.

—Te entiendo, yo estoy igual de ocupada. Estoy en cuatro
comités diferentes este año. Ah, ¿puedo ponerte en una mesa
del Baile del Pecho?

—Por supuesto.

—¿Y qué pasó con Caitlin? Tu chica nueva no sabía nada.

—Sally, fue una pesadilla. ¡Tuve mucha suerte de encontrar
a Nanny cuando la encontré! Caitlin, cuya labor nunca conside-
ré ejemplar, dicho sea de paso, pero lo soportaba porque, bueno, porque lo soportamos... Como quiera que fuese, tuvo la
desfachatez de pedirme vacaciones la última semana de agosto, después de que ya le había dado las dos primeras semanas
de enero cuando nos fuimos a Aspen.

—Estás de broma.

—Bueno, tuve la sensación de que estaba intentando apro-
vecharse descaradamente de mí...

—Ryan, juega limpio, ese anillo era de Iolanthe —le grita
Sally a su Batman.

—Pero no tenía la menor idea de qué hacer —continúa la
Señora X paladeando su Perrier.

—¿Así que la despediste? —pregunta Sally ávidamente.

—Antes hablé con un consultor de problemas profesionales...

—Ah, ¿a quién fuiste?

—A Brian Swift.

—He oído que es estupendo.

—Estuvo fantástico; me ayudó a ver todo el tema con perspectiva. Me dejó muy claro que mi autoridad como ama de casa había sido puesta en tela de juicio y que tenía que sustituirla para volver a poner las cosas en su sitio.

—Brillante. Recuérdame que te pida su número de teléfono. Estoy teniendo muchos problemas con Rosarita. El otro día le pedí que fuera corriendo al Midtown a recoger unas cosas mientras Ryan estaba en clase de hockey y me dijo que no quería porque le parecía que no le iba a dar tiempo a volver. Vamos, ¿es que cree que no sé lo que se tarda en ir y volver?

—Te entiendo; es alucinante. Después de todo, mientras los niños están en clase lo único que hacen es quedarse sentadas, cobrando nuestro dinero. O sea, de verdad.

—Bueno, ¿y habéis acabado ya con todas las entrevistas?

—Nos queda Collegiate el martes, pero no sé si quiero que vaya al West Side —dice la Señora X sacudiendo la cabeza.

—Pero es un colegio maravilloso. Nos volvería locos que Ryan fuera allí. Esperemos que el violín le sirva de ayuda.

—Oh, Grayer toca el piano. No tenía ni idea de que fuera importante —dice la Señora X.

—Bueno, depende del nivel. Ryan ya se presenta a concursos regionales...

—Ah, ya. Es fantástico.

Preocupada por lo que pudiera decirle a la Señora X en este momento, después de dos vodkas con tónica, me alejo de puntillas y descubro que Grayer sigue lanzando pelotas como un profesional, lo que me permite pillar otra copa y observar la parte de los adultos de la sala. Todo el mundo va vestido de negro, los hombres son altos, las mujeres delgadas, todos tienen el brazo izquierdo cruzado sobre el abdomen, con la mano izquierda sujetando el codo derecho de manera que la mano derecha puede manipular la copa mientras hablan. A medida que las lámparas de calabaza se van derritiendo poco a poco, arrojan sombras alargadas de banqueros y mujeres de banqueros y todo el mundo me empieza a parecer un dibujo de Charles Addams.

Noto que empiezo a estar mareada por culpa del calor y el alcohol, pero mi trasero violeta no encaja en las estrechas sillas de plástico. Así que me siento en el suelo a unos metros de la mesa de las magdalenas en la que se ha apalancado Grayer mientras se recupera su brazo de lanzador. Nos rodea tal barullo de trabajadores contratados para animar las actividades que tengo que esforzarme para no perder de vista a Grayer, que decora su cuarta magdalena. Apoyo la cabeza en la pared y observo con orgullo cómo coge con seguridad confites y bolas plateadas, mientras otros niños esperan que sus niñeras, apostadas detrás de ellos, les pasen los tubos de glaseado como si sus pupilos estuvieran a punto de realizar una operación quirúrgica.

Al cabo de un rato, el frenesí repostero de Grayer va cediendo y se queda mirando fijamente con ojos vidriosos al adorno central de cartón negro y naranja, con las manos inmóviles sobre la mesa. Pequeñas perlas de sudor se le forman en la cara: se debe estar cociendo con ese disfraz. Me acerco a él por detrás y le susurro al oído:

—Oye, coleguita, ¿por qué no dejas un momento ese trabajo de repostería y te vienes a hacerme compañía un ratito?

Él apoya la cabeza sobre la mesa y por escasos milímetros no cae encima de su obra maestra de confitería.

—Vamos, Coco —le digo cogiéndole en mis brazos y regresando a mi rincón de rodillas. Le abro la cremallera de la capucha y, con una servilleta de papel, le limpio el maquillaje churretoso de la frente y el glaseado de las manos.

—Tengo que coger una manzana del agua —murmura mientras le tumbo con la cabeza apoyada en el cuadrado blanco de mi regazo.

—Claro, pero antes cierra los ojos unos minutos.

Tomo un sorbo de mi copa más reciente, haciendo que la sala se ablande un poco más y nos abanico a los dos con un prospecto que he encontrado debajo de un archivo cercano. El cuerpo de Grayer se va haciendo más pesado a medida que se queda dormido. Cierro los ojos e intento imaginarme en este sitio asistiendo a alguna reunión de negocios muy importante, pero no logro invocar una imagen que no sea la de presidir un consejo de administración vestida de Tinky Winky.

Debo quedarme dormida a ratos, porque empiezo a soñar que la Señora X, vestida con un disfraz de Laa-Laa hecho en visón, intenta convencerme de que tendría que hablar con la pandilla de M. H. sobre el «rollo de llamarme puta», puesto que «establecer límites» es «su segundo nombre». Luego, la Señora X baila al ritmo del *Monster Mash,* arrancándose la cabeza para revelar que es en realidad mi Macizo de Harvard, que me pide que le lleve al cuarto de baño. Me despierto sobresaltada.

—Nanny, quiero hacer pis —el *Monster Mash* suena atronador. Localizo un reloj entre las telarañas. Joder, las nueve y media. Vale, ¿cuánto tardaré? Veinte minutos en la autopista FDR, diez para quitarme esto y otros veinte para llegar al centro, al Nightingale's. Todavía estará allí, ¿o no?

—¡Muy bien! En marcha. ¡Vamos a buscar un cuarto de baño y nos largamos de aquí!

—Nanny, más despacio —levanto a Grayer y me lo echo a la chepa violeta mientras sorteo veloz a los perjudicados y caídos en combate, que están o en plena subida de azúcar o ya de bajada.

—Paso, paso. ¿Sabe dónde hay un cuarto de baño? —le pregunto a una mujer india de un metro cincuenta vestida de Picapiedra que intenta calmar a un Picapiedra de un metro que no consigue morder un donut colgado de una cuerda y se lo ha tomado muy en serio. Ella señala por encima de su hombro a una cola que desaparece a la vuelta de una esquina. Busco con la mirada algún macetero de plantas retirado, preparando un discurso sobre que «esto es como el parque».

Grayer señala en dirección contraria.

—El baño está por ahí, en el despacho de mi papá.

Le dejo en el suelo con instrucciones de que me enseñe el camino, «como si nos estuviera persiguiendo alguien». Sale disparado por el pasillo desierto con las manos entre las piernas. Está más oscuro y silencioso que la estancia de la que acabamos de escapar y yo ando a paso veloz para no perder a Grayer de vista. A mitad del pasillo abre una puerta y yo corro para alcanzarle, chocando con él cuando se queda paralizado en el umbral a media luz.

—Vaya, Grayer, ¿qué tal? —nos sorprende una voz de mujer.

El Señor X enciende una lámpara al tiempo que ella rodea la mesa del despacho. Lleva medias de red negras, maillot y sombrero hongo. La reconozco de inmediato.

—Hola, Nanny —dice metiéndose el pelo rojo debajo del sombrero.

Grayer y yo nos quedamos mudos.

El Señor X sale de detrás del escritorio recomponiéndose y se limpia disimuladamente el carmín de la boca.

—Grayer, saluda.

—Me encanta tu disfraz —dice ella alegremente antes de que Grayer pueda siquiera hablar—. Mira, ¡yo voy de «Chicago» porque es nuestro mercado más importante!

—No lleva pantalones —dice él con calma, señalando sus piernas enfundadas y mirándome a mí.

El Señor X coge a Grayer sin mirarnos a ninguno, incluido Grayer, y con un «Es hora de irse a casa, machote. Vamos a buscar a tu madre», vuelve a la fiesta.

—Humm, tenemos que encontrar un baño. Grayer necesita ir —digo detrás de ellos, pero él no se da la vuelta. Me giro hacia Miss Chicago, pero ya ha pasado a mi lado y taconea por el pasillo en dirección contraria.

Joder.

Me siento en el sofá de cuero y entierro la cara entre las manos.

No quiero saber esto, no quiero saber esto, no quiero saber esto.

Cojo un vaso de la bandeja de chupitos de vodka helado abandonada sobre la mesita de café y me lo bebo de un trago.

Afortunadamente, diez minutos después los X y yo volamos por la FDR y Grayer está totalmente inconsciente con la cabeza en mi regazo. Sospecho que cuando salgamos habrá una mancha en el asiento, pero, oye, todos fuimos debidamente notificados.

El Señor X apoya la cabeza en la tapicería de cuero y cierra los ojos. Abro la ventana un centímetro para dejar que entre un poco de aire fresco del East River y me dé en la cara. Estoy un poco borracha. Sí, estoy un poco más que un poco borracha.

En un segundo plano, escucho el intento de conversación de la Señora X:

—He hablado con la madre de Ryan y dice que Collegiate es uno de los mejores colegios del país. Voy a llamar mañana y a solicitar una entrevista para Grayer. Ah, y me ha dicho que Ben y ella van a alquilar una casa en Nantucket este verano. Resulta que Wallington y Susan han veraneado allí los últimos cuatro años y Sally dice que es una alternativa deliciosa a los Hamptons. Dice que es maravilloso alejarse de Maidstone de vez en cuando, para que los niños puedan conocer cierta diversidad. Y Caroline Horner tiene una casa allí. Sally dice que el hermano de Ben se va a París este verano, o sea que tú podrías utilizar su carné de socio del club de tenis. ¡Y también podría venir Nanny! ¿Te gustaría venir con nosotros a pasar unas semanas en la playa este verano, Nanny? Sería muy relajante.

Mis orejas se levantan al escuchar mi nombre y me oigo responder con un entusiasmo descontrolado.

—*Totalmente*. Relajante y divertido. DIVERTIDÍSIMO. ¡Me apunto! —digo levantando los pulgares violetas e imaginándome en la playa con mi Macizo de Harvard—. Nantucket: natación, arena y mar. Vamos, ¿qué puede haber mejor? *Me... apunto.*

Con los ojos entrecerrados veo cómo la Señora X me mira escrutadora antes de volverse hacia el Señor X, que está roncando.

—Entonces de acuerdo —se arrebuja en su abrigo de visón y habla a la ciudad que corre detrás de las ventanas—. Está decidido. Mañana llamo a la inmobiliaria.

Media hora después mi taxi recorre a toda velocidad la FDR en dirección contraria hacia la calle Houston mientras compruebo en la polvera que no me quedan rastros de pintura. Me asomo para echar una mirada al reloj del coche y los números verdes luminosos dicen 10.24. Vamos, vamos, vamos.

El corazón se me acelera y la adrenalina agudiza mis sentidos considerablemente; siento el salto de cada bache y huelo el cigarrillo del último pasajero. La combinación del tono surrealista de la velada, las muchas copas que he consumido, los pantalones de cuero en los que me he enfundado y la perspectiva de un posible acoplamiento con mi Macizo de Harvard hacen que sienta una tensión considerable. Estoy cumpliendo una misión, y los términos no son ambiguos. Cualquier reserva que pudiera tener, política, moral o de otra clase, se ha derretido y, tras atravesar mi ropa interior de encaje, se ha escurrido por los zapatos de Prada.

El taxi llega a la Calle Trece, que está en una zona particularmente sórdida de la Segunda Avenida, le doy al conductor doce pavos y entro a la carrera. Nightingale's es uno de esos sitios que juré no volver a pisar una vez que acabé el instituto. Sirven la cerveza en vasos de plástico, borrachos armados con dardos hacen que llegar sana al baño sea todo un reto y, si lo consigues, la puerta no cierra. Es el clásico Cagadero.

Tardo dos segundos en dar una vuelta completa a la cabeza y darme cuenta de que no hay rastro de mi Macizo de Harvard. Piensa. Piensa. Iban a empezar en Chaos.

—¡Taxi!

Salgo en la esquina de West Broadway y me pongo en la cola detrás de un montón de gente que ha venido aquí voluntariamente. Me veo arrastrada al otro lado del cordón junto a una pandilla de chicas escasamente vestidas mientras una multitud de chicos frustrados intenta convencer a uno de los gorilas de la puerta.

—Enséñame alguna identificación.

Abro mi bolso y le voy pasando al gorila un envase de zumo, discos desmaquilladores y toallitas húmedas, hasta que consigo encontrar la cartera.

—Son veinte pavos.

¡Vale, vale! Le doy dos horas dentro de un traje de Teletubby y subo por las escaleras oscuras forradas sorprendentemente con fotografías en blanco y negro de mujeres desnudas con lirios. El ritmo del bajo de la música *house* es como una violación del aura y me empuja con cada bum-ba-bum, lo que me recuerda las antiguas películas de dibujos en las que la música de Tom saca a Jerry de su cama-caja de cerillas.

Empiezo a abrirme camino entre la multitud apelotonada buscando... ¿qué? ¿Pelo castaño? ¿Una camiseta de Harvard? La concurrencia es una mezcolanza de turistas y estudiantes de la Universidad de Nueva York naturales de Utah y chicos gays (los calvos y casados de la Isla) y todos han ido de compras a la Calle Ocho. No es una concurrencia atractiva. La luz estrobos-cópica hace que parezca que se encienden delante de mí, como si estuviera proyectando diapositivas... una persona fea, otra persona fea, otra persona fea.

Intento llegar a la pista, por lo que debo pagar un precio. La gente aquí no sólo es poco atractiva, es además exageradamente descoordinada. Pero entusiasta. Una combinación letal.

Maniobro cuidadosamente entre extremidades amenazantes hasta llegar a la barra que hay al otro lado de la sala esforzándo-me por estar en continuo movimiento: sólo eres vulnerable a los «galanteos no deseados» si te quedas quieta o si (Dios no lo per-mita) bailas, en cuyo caso está garantizado que tendrás una pel-vis desconocida pegada a tu trasero en cuestión de segundos.

—Martini, muy seco, sin aceituna —necesito un ligero esti-mulante para recobrar los ánimos.

—¿Martini? Una bebida muy fuerte, ¿no te parece? —¡oh, Dios mío! Es el señor POLLAS. Creía que M. H. salía hoy con sus compañeros de la universidad—. ¿Está bueno? ¿Te gusta?

—¿QUÉ? ¡NO TE OIGO! —gesticulo mientras me pongo a re-buscar por encima de su gorra blanca a M. H.

—¡MARTINI! ¡UNA BEBIDA FUERTE! —vale.

—¡LO SIENTO! ¡NI UNA PALABRA! —no le veo por ninguna parte, lo que significa que voy a tener que recordarle a don Martini Fuerte lo de Dorrian's.

—¡FUERTE! —vale, chicarrón. Lo que tú digas.

—OYE, NOS CONOCIMOS EN DORRIAN'S... ¡ESTOY BUSCANDO A TU AMIGO!

—¡CLARO, LA NIÑEEEEERA! —sí, ésa soy yo.

—¿ESTÁ AQUÍ? —grito.

—LA NIÑERA.

—SÍ, ESTOY BUSCANDO A TU AMIGO. ¿ESTÁ... ÉL... AQUÍ?

—SÍ, HA ESTADO AQUÍ CON UNOS AMIGOS DE LA FACULTAD, UNA PANDILLA DE NENAS CON PRETENSIONES ARTÍSTICAS, SE FUERON A UN ROLLO DE POESÍA EN UNA GALERÍA DE ARTE...

—¿THE NEXT THING? —le grito al oído con la esperanza de dejarle definitivamente sordo.

—SÍ, ÉSA. UNA PANDA DE NENAZAS CON JERSEYS NEGROS DE CUELLO ALTO QUE TOMAN CAFÉ IMPORTADO, LOS GILIPOLLAS...

—¡GRACIAS! —y desaparezco.

Salgo al fresco y observo aliviada cómo el gorila abre el cordón. Saco la cartera y hago inventario. Muy bien, puedo ir andando y ahorrar dinero, pero estos zapatos son...

—Hola —me vuelvo y veo... a mí misma con pijama de franela, encima del futón de Charlene, viendo televisión educativa con *George*—. Hola. ¿Podemos charlar un segundo? Esta mañana te has levantado a las cinco y media. ¿Has comido algo decente? Hace horas que no bebes un vaso de agua y los zapatos te están *matando*.

—¿Y? —me contesto resollando por la calle Spring.

—Pues que estás cansada, estás borracha y, si no te molesta que te lo diga, no tienes muy buen aspecto. Vete a casa. Aunque des con él...

—Mira, perdedora vestida de franela, calienta-sofás devoradora de comida china, tú estás en casa *sola*. Ya sé lo que es estar sola en casa, ¿vale? Los pies me sangran, tengo que reconocerlo, no puedo respirar bien por culpa de los pantalones de cuero y siento una dentellada permanente del encaje en la raja del culo, ¡pero me merezco esta cita! Esta cita tiene que realizarse porque todavía tengo grasa del maquillaje detrás de las orejas. ¡Me lo he ganado! ¿Y si no le encuentro... *nunca jamás*? ¿Y si él no me encuentra a mí? Claro que quiero estar en casa, claro que quiero estar en el sofá, ¡pero antes necesito un polvo! ¡Tengo el resto de la vida para ver la tele!

—Bueno, no pareces estar demasiado...

—¡Por supuesto que no! ¿Quién podría estarlo a estas horas? ¡No se trata de eso! Tengo que lograrlo. Tiene que verme con los pantalones de cuero... ¡No puede, no puede, no puede irse a la cama esta noche con esa última imagen de mí con el enorme traje de Teletubby violeta! No hay más que hablar. Buenas noches.

Refuerzo mi determinación y doblo la esquina de Mercer, dirigiéndome al gorila de la puerta; una galería de arte con gorila, prefiero no pensarlo.

—Lo siento, señora, esta noche hemos cerrado para un acto privado.

—Pero... Pero... Pero —estoy pasmada.

—Lo siento, señora —y eso es lo que hay.

—Taxi.

Le gorroneo un cigarrillo al taxista e inhalo mientras la ciudad pasa en sentido contrario. Pienso sinceramente que, dentro de mucho tiempo, los paseos en taxi como éste definirán mi recuerdo de los veinte años.

Porque, vamos a ver, si quiere verme, ¡se podía quedar en un sitio!

Tiro la ceniza por la ventanilla. Es el Síndrome del Buffet: para los chicos de Nueva York, Manhattan es «come todo lo que puedas». ¿Por qué limitarte a un solo sitio cuando *puede* que haya uno más molón a la vuelta de la esquina? ¿Por qué comprometerse con una modelo cuando otra más guapa/alta/delgada *podría* entrar por la puerta en cualquier momento?

Por eso, con el fin de evitar tener que elegir, de tomar una *decisión,* estos muchachos hacen del caos una religión. Sus vidas acaban siendo regidas por esta inexplicable necesidad de azar. Se trata en gran medida de «vamos a ver qué pasa». Y en Manhattan eso *podría ser* encontrarse con Kate Moss a las cuatro de la madrugada.

O sea, que si «casualmente» me encuentro con él tres fines de semana seguidos, *podría* acabar siendo su novia. El problema es que su veneración por la anarquía nos obliga a planificarlas a los que «por casualidad» iniciamos relaciones con ellos, o nunca pasaría *nada.* Acabamos siendo sus madres, sus animadoras de crucero, sus niñeras. Y este fenómeno incluye el hecho de que M. H. no pueda comprometerse a estar en un solo sitio una noche y de que el Señor X llegue siempre tarde, o demasiado pronto o no llegue nunca.

Le doy una calada al Parliament gorroneado y pienso en trajes de *El rey León,* en medias de red y en pantalones de cuero; en las horas de planificación que le he dedicado a esta noche. El taxi entra en la Calle Noventa y Tres y yo saco mi último y arrugado billete de veinte. Cuando el taxi se aleja, la ciudad parece quedarse muy silenciosa de repente. Me quedo un momento de pie en la acera; el aire es muy frío, pero agradable. Me siento en los escalones del portal y miro las luces mortecinas de Queens que me hacen guiños desde el otro lado del East River. Ojalá tuviera otro cigarrillo.

Subo a casa y me desabrocho los pantalones, me quito los zapatos, voy a por agua y agarro el pijama y a *George.* Y en un piso noveno del puercoespín eléctrico que es la ciudad de Nueva York, la Señora X sigue mirando desvelada desde su sillón tapizado enfrente de la cama beige cómo suben y bajan las mantas con cada ronquido, mientras en algún lugar Miss Chicago se quita las medias de red y se mete sola en la cama.

Segunda parte

Invierno

4. Alegría navideña a diez dólares la hora

«Oooooooooooooh, adoro a Nanny, absolutamente... Es mi mejor compañera.»

ELOISE

Giro la llave y empujo la pesada puerta principal de casa de los X, como ya es habitual, pero sólo se abre unos centímetros antes de atascarse.

—Huy —digo.

—Huy —repite Grayer detrás de mí.

—Algo está obstruyendo la puerta —le explico, al tiempo que meto el brazo por la rendija y me pongo a palpar a ciegas tratando de identificar el objeto molesto.

—¡MAAAAAAAMÁÁÁÁ! ¡¡¡NO PODEMOS ABRIR LA PUERTA!!! —Grayer no pierde el tiempo y utiliza sus propios recursos.

Oigo el roce de los pies enfundados en medias de la Señora X.

—Sí, Grayer, mami ya está aquí. Es que no podía llevar todos los regalos para dentro de una vez.

Abre la puerta y por fin la vemos, los montones de bolsas de compras colocadas en el suelo del recibidor le llegan hasta las rodillas: Gucci, Ferragamo, Chanel, Hermès e innumerables paquetes plateados con cintas violetas, el envoltorio para regalo de estas fiestas de Bergdorf. Sostiene lo que debía de ser el artículo que atrancaba la puerta, un enorme paquete azul de Tiffany, bajo el brazo y nos saluda.

—¿Puedes creerte que la gente anuncie su compromiso de bodas en estas fechas del año? Como si no tuviera bastante que hacer, *además* he tenido que ir *corriendo* a Tiffany a por una bandeja de plata. Deberían tener la decencia de esperar por lo menos hasta enero; la verdad es que no es más que un mes. Grayer, siento mucho no haber podido ir a tu fiesta. ¡Estoy segura de que lo has pasado en grande con Nanny!

Dejo la mochila en el armario de los abrigos y me quito las botas antes de agacharme para ayudar a Grayer a quitarse la chaqueta. Él protege celosamente el ornamento que hemos estado creando las últimas tres horas con sus compañeros de clase (y sus niñeras) en la Fiesta Familiar de Navidad de su escuela. Se sienta en el suelo para dejarme que le quite las botas mojadas.

—Grayer ha hecho una obra maestra —digo levantando la mirada hacia ella mientras dejo las botas en el felpudo—. ¡Es un artista del corcho blanco y la purpurina!

—Es un muñeco de nieve. Se llama Al. Está resfriado y por eso tiene que tomar vitamina C —Grayer describe a Al, el muñeco, como si fuera el próximo invitado del programa de Letterman.

—Ah —dice ella apoyándose el paquete de Tiffany en la cadera.

—¿Por qué no vas a buscar un buen sitio para colgar a Al? —le ayudo a levantarse y se va a la sala arrastrando los pies y sosteniendo su obra de arte como si fuera un huevo de Fabergé.

Me levanto, me sacudo y me planto delante de la Señora X, dispuesta a darle mi informe.

—Ojalá le hubiera visto esta mañana. ¡Estaba completamente en su elemento! Le ha encantado la purpurina. Y le dedicó mucho tiempo a su obra. ¿Conoce a Giselle Rutherford?

—¿La hija de Jacqueline Rutherford? Por supuesto, y su madre es demasiado. Cuando le tocó a ella encargarse del almuerzo trajo un chef e instaló un servicio de tortillas en el rincón de música. Vamos, no me digas. La regla es que se supone que tienes que llevar el almuerzo *preparado.* Sigue, sigue.

—Pues la señorita Giselle se empeñó en que Grayer hiciera su muñeco de nieve de color naranja, para ajustarse a su esquema de color, porque va a pasar estas vacaciones de Navidad en South Beach.

—Oh, qué hortera —abre los ojos desmesuradamente.

—Le quitó a Al de las manos y fue a parar directamente a su purpurina naranja. Creí que Grayer iba a armarla, ¡pero entonces me miró y nos informó de que las manchas naranjas de Al eran debidas a la vitamina C que tenía que tomar para el resfriado!

—Creo que tiene una sensibilidad especial para el color —empieza a organizar las bolsas—. Bueno, y ¿cómo van los finales?

—Estoy en la recta final y no veo el momento de terminar.

Se incorpora y arquea la espalda un poco, produciendo un crujido aterrador.

—¡Estoy agotada! Parece que la lista crece de año en año. El Señor X tiene una familia muy grande y muchos colegas de trabajo. Y ya estamos a día seis. Estoy como loca por llegar a Lyford Cay. Como loca —recoge las bolsas—. ¿Cuándo vuelves a empezar las clases?

—El veintiséis de enero —digo. Sólo dos semanas más y tendré todo un mes libre de clase y de ti.

—Deberías ir a Europa este enero. Hazlo mientras estés estudiando, antes de que tengas que preocuparte por la Vida Real.

Ah, ¿así que el futuro aguinaldo de Navidad puede que cubra un billete de avión para Europa? Seis horas metida dentro de un traje de Teletubby dicen que me lo merezco.

—Tendrías que ver París cuando nieva —continúa—. No hay nada más encantador.

—Salvo Grayer, ¡naturalmente! —las dos nos reímos de mi intento de venderle a su propio hijo. El teléfono nos interrumpe con su timbrazo.

La Señora X coge unas bolsas más en cada mano, aprieta el brazo de la caja de Tiffany y se dirige hacia su despacho.

—Ah, Nanny, el árbol ya está puesto. ¿Por qué no bajáis al sótano Grayer y tú y subís los adornos?

—¡Por supuesto! —digo entrando en la sala.

El árbol es un magnífico abeto Douglas que parece como si hubiera crecido directamente en el suelo. Cierro los ojos y aspiro su olor antes de dirigirme a Grayer, que está en animada charla con Al, el único adorno del árbol que se tambalea de la punta misma de una rama baja.

—Oye, parece que Al está a punto de saltar —alargo la mano hacia el clip sujeta papeles que asegura la integridad de Al.

—¡NO! No quiere que tú le toques. Sólo yo —me informa.

Pasamos los tediosos quince minutos siguientes recolocando a Al cuidándonos mucho de que *sólo* las manos de Grayer lo hagan todo. Recorro con la mirada los metros de árbol que se elevan sobre nuestras cabezas y me pregunto si le importará a alguien que el resto de los adornos no llegue a ponerse este año. Al ritmo que vamos, Grayer puede haber cumplido los veinte para cuando acabemos.

Le observo mientras le habla a Al en un susurro.

—Bueno, colega —le digo—, vámonos al sótano a por los otros adornos para que le hagan compañía a Al. Así le avisarán la próxima vez que se acerque demasiado al borde.

—Al sótano.

—Sí. Vamos.

—Tengo que coger mis cosas. Tengo que coger el casco y el cinturón. Vete a la puerta, Nanny, quedamos allí... tengo que coger la linterna... —corre a su habitación mientras yo llamo al ascensor.

Grayer sale al descansillo en el mismo momento en que se abren las puertas del ascensor.

—¡Dios mío, Grayer! ¿Todo eso para bajar al sótano?

Sin zapatos, con un pie enfundado en un calcetín coloca su monopatín delante de la puerta del ascensor. Lleva el casco de montar en bici ligeramente inclinado y se ha metido una enorme linterna en el cinturón, junto a un yo-yo y lo que parece ser una de las toallas con iniciales bordadas de su cuarto de baño.

—Venga, vámonos —dice con total autoridad.

—Creo que para esta aventura por lo menos deberíamos llevar zapatos.

—No, no los necesitamos —entra sobre su patín y la puerta se cierra detrás de nosotros antes de que pueda evitarlo—. El sótano es guay. Jo, tío, tío.

Sacude la cabeza disfrutando anticipadamente. En los últimos tiempos, Grayer se ha acostumbrado a salpicar su conversación con «jo, tíos» gracias a Christianson, un niño de cuatro años y considerable carisma que les saca treinta centímetros al resto de sus compañeros de clase. De hecho, cuando Al cayó en la fatal purpurina naranja, el primer comentario de Giselle y de Grayer fue un simultáneo «jo, tío».

El ascensor se detiene en la planta baja y Grayer sale deslizándose delante de mí, impulsándose con un pie mientras se sujeta el cinturón con las dos manos para que los atiborrados pantalones no sucumban a la gravedad. Cuando le doy alcance ya ha hecho que Ramón le acompañe hasta las verjas del ascensor de servicio.

—Ahh, señor Grayer. Debe de tener cosas importantes que hacer ahí abajo, ¿verdad?

Grayer está muy ocupado acomodando sus herramientas y sólo le devuelve un distraído «sí».

Ramón le sonríe y luego me dedica a mí un guiño conspirador.

—Es muy serio nuestro señor Grayer. ¿Tiene novia ya, señor Grayer?

El montacargas da un brinco al llegar al sótano. Ramón descorre las rejas y salimos a un pasillo brillante y frío, impregnado del olor de sábanas tendidas.

—Trastero 132, al fondo a la derecha. Tenga cuidado de no perderse, o tendré que bajar a buscarle... —vuelve a guiñarme un ojo y con un seductor movimiento de cejas cierra las puertas y me abandona debajo de una bombilla pelada.

—¿Grayer? —grito por el pasillo.

—¡Nanny! Te estoy esperando. ¡Vengaaaa!

Sigo su voz por el laberinto de rejas que cubren los trasteros de arriba abajo. Unos están más llenos que otros, pero todos tienen las sempiternas maletas, el equipo de esquí y algunos muebles sueltos envueltos en plástico de burbujas. Doblo una esquina y me encuentro con Grayer tumbado boca abajo encima del monopatín bajo un cartel que dice 132, impulsándose con las manos contra las rejas de los lados.

—Jo, tío, lo vamos a pasar estupendamente cuando papi venga a casa y ponga el árbol. Caitlin lo empieza y papi pone los adornos de arriba y tomamos chocolate caliente *en el salón*.

—Me parece un plan maravilloso. A ver, aquí tengo la llave —digo enseñándosela. Él da saltitos mientras abro la verja y luego se abre paso resueltamente entre las cajas. Le dejo que vaya delante, porque resulta evidente que ya ha hecho esta excursión anteriormente y yo no sabría distinguir un trastero de un horno Easy-Bake.

Me siento en el frío cemento y me apoyo en la verja del trastero opuesto al de los X. Mis padres fantaseaban con tener un espacio para almacenar cosas con los pies apoyados en el baúl repleto hasta los topes con nuestra ropa de verano que nos servía de mesita de café. A veces nos permitíamos el lujo de hablar de lo que haríamos si tuviéramos un armario más, en un tono parecido al que utilizaría una familia de Wyoming para fantasear sobre si ganaran la lotería.

—¿Sabes lo que estás buscando, Coco? —grito hacia los montones de trastos cuando llevo unos minutos sin oír nada. Unos estruendosos ruidos metálicos rompen el silencio—. ¡Grayer! ¿Qué está pasando ahí?

Empiezo a levantarme cuando la linterna sale rodando de la oscuridad y se detiene a mis pies.

—¡Estoy sacando mis cosas, Nanny! Enfoca la luz hacia mí. ¡Voy a sacar la caja azul!

Enciendo la linterna y dirijo el haz de luz al interior del trastero como me ha indicado, iluminando dos calcetines sucios y un culillo caqui que se adentra entre los montones.

—¿Estás seguro de que no hay peligro, Grayer? Quizá lo mejor sería que yo —¿qué? ¿Que le siguiera a rastras?

—Ya está. Jo, tío, la de cosas que hay aquí. ¡Mis esquís! Son mis esquís, Nanny, para cuando vamos a Aspirin.

—¿A Aspen?

—A Aspen. ¡Ya los he encontrado! Prepárate, Nanny, que van para allá.

Ha desaparecido entre las cajas. Oigo un revuelo y una bola de cristal se me viene encima por los aires. Dejo caer la linterna y la atrapo. Está hecha a mano y tiene la marca de Steuben, además de un enganche rojo. Antes de que pueda levantar la mirada me llega otra.

—¡GRAYER, PARA!

Con la linterna rodando por el suelo, me doy cuenta de que he dejado que Mickey Mouse dirija la operación.

—Venga aquí ahora mismo, señorito. Venga aquí inmediatamente. Ahora te toca a ti sujetar la linterna.

—Nooooooo.

—¡Gra-yer! —es la voz de la Bruja Mala.

—¡VALE! —sale arrastrándose.

Le entrego la linterna.

—Vamos a intentarlo otra vez, sólo que ahora yo seré tú y
tú serás yo.

Cuando volvemos al apartamento Grayer desfila hacia dentro
para establecer un plan de ataque mientras yo deposito escrupulosamente la caja de adornos en el suelo del vestíbulo.

—¿Nanny? —oigo que me llama una voz apagada.

—Sí, G —entro detrás de él en la sala donde un llamativo
Johnny Cash subido a una escalera decora el árbol de Grayer.

—Pásame esa caja de palomas —dice sin ni siquiera volverse a mirarnos. Grayer y yo, a una distancia prudencial, contemplamos el suelo de la sala que está cubierto de palomas, hojas
doradas, ángeles victorianos y tiras de perlas.

—Bájate. Mi papá se encarga de los de arriba.

—Espera un instante, Grayer —digo mientras le paso las
aves al hombre de negro—. Enseguida vuelvo.

—Será mejor que te bajes o mi padre se va a enfadar contigo
—oigo amenazar a Grayer cuando llamo a la puerta del despacho de la Señora X.

—Adelante.

—Hola, Señora X. Siento molestarla... —la habitación, normalmente prístina, está tomada por los «regalos» y las pilas y pilas de tarjetas de Navidad.

—No, no, entra. ¿Qué pasa? —abro la boca—. ¿Ya has conocido a Julio? ¿A que es un genio? Qué suerte tengo de ha-

berlo conseguido: es *el* experto en árboles. Tendrías que ver lo que hizo en casa de los Eggleston, era alucinante.

—Yo...

—Ya que estás aquí, ¿puedo hacerte una pregunta? ¿Te parece que una falda de tafetán de cuadros es demasiado tópica para una fiesta de Navidad escocesa? No logro decidirme...

—Yo...

—¡Ah! Mira esto... Hoy les he comprado a las sobrinas del Señor X unos conjuntos de lo más mono. Espero que el color sea adecuado. ¿Te pondrías cachemir en colores pastel para invierno? —saca una bolsa de TSE—. Puede que los cambie...

—Estaba pensando —la interrumpo— que a Grayer le hacía mucha ilusión decorar el árbol. Me ha dicho que lo hizo con Caitlin el año pasado y me preguntaba si podría ponerle un árbol pequeño en su habitación para que pueda colgar un par de adornos, como diversión...

—No me parece que sea buena idea sembrar toda aquella parte de la casa de agujas de pino —piensa en una solución—. Si quiere poner un árbol, ¿por qué no le llevas al Rockefeller Center?

—Bueno... sí, bueno, es una gran idea —digo abriendo la puerta.

—Gracias... ¡Es que estoy tan desbordada!

Cuando regreso al salón Grayer tiene en la mano una cucharilla de plata de bebé con una cinta y está dando golpes en la escalera de Julio.

—¡Oye! ¿Y esto? ¿Dónde pongo esto?

Julio mira la cucharilla con desprecio.

—La verdad es que no encaja en mi idea... —los ojos de Grayer empiezan a humedecerse—. Bueno, si quieres... En la parte de atrás. Al fondo.

—G, tengo un plan. Pilla a Al, yo traigo tu abrigo.

✧

—Abuela, Grayer. Grayer, ésta es la abuela.

Mi abuela se agacha con sus pantalones de pijama de seda negra, las perlas entrechocan al ofrecerle la mano.

—Es un placer conocerte, Grayer. Y tú, querido, debes de ser Al —Grayer se sonroja intensamente—. Bueno, ¿nos ponemos con las Navidades o no? Adentro todos los que quieran probar los dulces.

—Muchas gracias, abuela. Necesitamos desesperadamente decorar una superficie.

El timbre de la puerta suena a nuestras espaldas mientras ayudo a Grayer a quitarse el abrigo.

—¡Una superficie! No seas ridícula.

Alarga un brazo por encima de la cabeza de Grayer para abrir la puerta y allí aparece un enorme árbol con un par de brazos alrededor.

—¡Por aquí! —dice ella. Luego susurra—. Ahora, Grayer, tápale los ojos a Al. Tiene que ser una sorpresa.

Nos quitamos las botas y les seguimos al interior del apartamento. Hay que reconocerle el mérito: hace que el repartidor lo ponga exactamente en el centro de la sala. Le acompaña a la puerta y vuelve con nosotros.

—Abuela, no hacía falta que compraras un...

—Si vas a hacer algo, cariño, hazlo con todas sus consecuencias. Bueno, Grayer, espera a que ponga en marcha los efectos especiales y que comience la fiesta.

Grayer tiene las manos cuidadosamente colocadas delante de los ojos de Al y mi abuela pone a Frank Sinatra («No he conseguido encontrar a Bing Crosby», me dice en mímica) y enciende las luces. Ha puesto lamparillas por toda la habitación que bañan con un bello resplandor los retratos de la familia y que añadidas a la voz cálida de Frank cantando *The Lady Is a Tramp* resultan deslumbrantes.

Se agacha junto a Grayer.

—Bueno, señor, cuando usted esté dispuesto, creo que Al tendría que conocer a su árbol —las dos hacemos un redoble de tambores, Grayer le quita la mano de los ojos a Al y le pregunta dónde exactamente quiere ser colgado para empezar.

Una hora más tarde nosotras dos nos encontramos instaladas en cojines debajo de las ramas verdes, tomando chocolate caliente, mientras Grayer cambia de sitio a Al a su capricho.

—¿Y cómo va el drama con tu M. H.?

—No consigo entenderle. Quiero que sea diferente a los otros chicos, pero la verdad es que no hay ninguna buena razón para que lo sea. Claro que si no le vuelvo a ver, no tiene la menor importancia.

—Sigue cogiendo el ascensor, cariño. Ya aparecerá. Y ¿cómo te van los exámenes finales? —pregunta.

—Sólo me falta uno para terminar. Ha sido una locura. Los X han salido a fiestas de Navidad todas las noches. Sólo puedo estudiar una vez que Grayer se ha quedado dormido, lo que probablemente todavía es mejor que intentar concentrarse con los ruidos de Charlene y su peludo novio —ella me mira—. No quiero ni pensarlo.

—Bueno, no te hagas mala sangre. No merece la pena.

—Ya lo sé. Pero el aguinaldo tiene que ser bueno este año... Ha hablado de París.

—*Oh là là, très bien.*

—Nanny, Al quiere saber por qué papá no ha puesto los adornos de arriba —pregunta Grayer suavemente desde debajo del árbol. Miro a la abuela, sin saber qué contestarle.

—Grayer —dice sonriendo confiadamente—, ¿te ha hablado Nanny de villanciquear?

Grayer emerge.

—¿Qué has dicho? —se acerca a ella y le pone una mano en la rodilla.

—Villanciquear, querido. Cuando uno villanciquea, ¡*crea* las Navidades! Tú, pequeño Grayer, eres el mejor regalo que se puede ofrecer. Lo único que tienes que hacer es llamar a la puerta de cualquier casa, la casa de cualquiera con quien quieras compartir la alegría de las Navidades y, cuando te abran, cantas con toda tu alma. Villanciquear... ¡Tienes que probarlo!

Grayer se tumba a mi lado y miramos el árbol con las cabezas juntas sobre el cojín.

—Abuela, enséñame. Canta algo —dice.

Me vuelvo hacia ella y sonrío. Desde donde está, apoyada en el diván y rodeada de velas, parece tener luz propia. Se pone a cantar *The Way You Look Tonight* acompañando a Frank. Grayer cierra los ojos y yo me enamoro un poco más de ella.

❖❖❖

Una semana después, en agitada busca del Señor X, Grayer y la Señora X recorren unos pasos delante de mí el mismo pasillo por el que seguí a Grayer en la fiesta de Halloween. Ahora cuelgan coronas de pino y luces de colores donde estuvieron las falsas telarañas.

La Señora X abre la maciza puerta del despacho del Señor X.

—Pasa, cariño —se levanta, iluminado a contraluz por el sol de atardecer que entra a chorros por los ventanales de suelo a techo que hay detrás de su escritorio. Mira a Grayer sin verme a mí—. Hola, machote.

Grayer intenta entregarle la bolsa de regalos de Navidad que hemos comprado para la sociedad benéfica que patrocina la empresa de su padre, pero el Señor X ya ha descolgado el teléfono que no deja de parpadear.

Cojo los regalos y me acuclillo para desabrocharle a Grayer los cierres del chubasquero.

—Justine dijo algo de que había galletas en la sala de juntas. ¿Por qué no llevas a Grayer? Tengo que atender esta llamada y luego voy con vosotros —indica el Señor X con la mano sobre el auricular. La Señora X deja el visón en el sofá y salimos en fila orientados por el sonido de los villancicos que nos llegan desde el otro lado de la puerta de dos hojas del fondo del pasillo.

La Señora X está espléndida con su traje verde con pasamanería de muérdago y botones de acebo de Moschino. Para completar la visión, los tacones de los zapatos son bolas de nieve en miniatura con un reno en una y Santa Claus en la otra. Yo me alegro de no ir vestida de Frosty el Muñeco de Nieve y llevo con orgullo mi broche de árbol de Navidad.

La Señora X empuja la puerta de la sala de juntas con una gran sonrisa y vemos al fondo una pequeña tertulia de mujeres, que supongo que son secretarias, abriendo una lata de galletas y escuchando una cinta de Alvin y las Ardillas.

—Ooh, perdón. Estoy buscando la fiesta de Navidad —dice la Señora X frenando al llegar a la cabecera de la mesa.

—¿Le apetece una galleta? Las he hecho yo misma —contesta una mujer rechoncha de aspecto alegre que lleva pendientes hechos con luces de árbol de Navidad.

—Ah —la Señora X parece algo confusa.

Las puertas se abren de nuevo y no nos dan a Grayer y a mí por muy poco. Respiro profundamente al ver que Miss Chicago se une a nuestra pandilla. Nos rodea para acercarse a la Señora X con un traje de franela tan ajustado que deja tan poco a la imaginación como su disfraz de Halloween.

—He oído que hay galletas —dice mientras una morena fuerte entra corriendo detrás de ella y nos empuja a todos contra la mesa.

—Señora X —dice la morena casi sin aliento.

—Justine, feliz Navidad —la saluda la Señora X.

—Hola, feliz Navidad, ¿por qué no viene conmigo a la cocina y nos tomamos un café?

—No seas tonta, Justine —sonríe Miss Chicago—. Hay café aquí —se dirige a la cafetera cromada y coge un vaso de corcho blanco—. ¿Puedes ir a ver por qué están tardando tanto con esos números?

—¿Está segura de que no prefiere venir conmigo, Señora X?

—Justine —Miss Chicago levanta una ceja y Justine atraviesa lentamente las puertas de la sala.

—¿Hemos llegado temprano? —inquiere la Señora X.

—¿Temprano para qué? —pregunta Miss Chicago sirviendo dos tazas de café.

—Para la fiesta familiar de Navidad.

—Es la semana próxima. Me sorprende que su marido no se lo dijera. ¡Qué desastre! —ríe mientras le alcanza el café. Grayer pasa junto a las rodillas desnudas de Miss Chicago y se dirige al otro extremo de la mesa para sacarles con mimos una galleta a las secretarias.

La Señora X tartamudea.

—Bueno... hum... mi marido debe de haber confundido las fechas.

—Hombres —espeta Miss Chicago.

La Señora X se pasa el vaso a la mano izquierda.

—Perdón, ¿nos han presentado?

—Lisa. Lisa Chenowith —sonríe Miss Chicago—. Soy la directora general de la oficina de Chicago.

—Ah —dice la Señora X—, encantada de conocerte.

—Sentí mucho perderme tu cena, he oído que estuvo fantástica. Desgraciadamente, el negrero de tu marido se empeñó en que volviera a Chicago —inclina la cabeza a un lado y sonríe abiertamente, como un gato que se ha comido al canario—. Las bolsas de regalo eran adorables; a todo el mundo le encantaron las plumas.

—Ah, qué bien —la Señora X levanta una mano protectora hacia su clavícula—. ¿Trabajas con mi marido?

Al oír esto decido que ayudar a Grayer a elegir el reno de galleta perfecto es la misión de mi vida.

—Dirijo el grupo de trabajo que se ocupa de la fusión con Midwest Mutual. Qué horror, ¿verdad? Bueno, estoy segura de que tú ya lo sabes.

—Desde luego —dice la Señora X, pero su voz sube traicionando su inseguridad.

—Conseguir que bajaran al ocho por ciento fue tremendo. Me imagino que habrás pasado algunas noches sin dormir por su culpa —dice agitando el pelo tizianesco en un gesto de solidaridad—. Pero le dije que si adelantábamos la fecha de compra y les ahorrábamos los gastos de liquidación cederían, y así fue. Cedieron sin resistencia.

La Señora X está muy tiesa, con una mano atenazando el vaso de plástico.

—Sí, ha estado trabajando mucho.

Miss Chicago se pasea hasta nuestro lado de la mesa, sus zapatos de piel de lagarto no hacen ningún ruido sobre la gruesa moqueta.

—Y tú eres Grayer. ¿Te acuerdas de mí? —se inclina para preguntarle.

Grayer la sitúa.

—La que no lleva pantalones —oh, Dios mío.

En ese momento se abre la puerta y el Señor X entra de golpe bloqueándola con su ancho cuerpo.

—Ed Strauss está al teléfono. Quiere revisar el contrato —le grita a Miss Chicago desde el otro extremo de la mesa.

—Muy bien —dice ella sonriendo mientras recorre la habitación en la dirección contraria pasando junto a la Señora X—. Feliz Navidad a todos —al llegar a la altura del Señor X, añade—: Me ha encantado conocer por fin a tu familia.

Con las mandíbulas apretadas, el Señor X cierra las puertas enérgicamente al salir.

—¡Papi, espera! —Grayer intenta seguir detrás de él, pero la tacita de zumo de uva que lleva se le cae de la mano manchándole la camisa y la moqueta beige de un violeta intenso. Afortunadamente, todos desviamos la atención a la mancha, trayendo servilletas de papel y sifón. Grayer permanece de pie gimoteando mientras un montón de manos manicuradas le enjugan el pecho.

—Nanny, te agradecería mucho que te ocuparas de él. Acaba de limpiarle... Yo os espero en el coche —dice la Señora X posando en la mesa la taza de café que no ha probado, como Blanca Nieves dejando la manzana. Cuando levanta la mirada luce una sonrisa deslumbrante dedicada a las secretarias—. ¡Hasta la semana que viene!

❖❖❖

La tarde siguiente, tras acabar el almuerzo, Grayer anuncia nuestro plan mientras se baja de su sillita.

—Villanciquear.

—¿Qué?

—Quiero villanciquear. Quiero crear mis propias Navidades. Yo llamo a la puerta, tú me abres y yo canto con toda mi alma —me asombra que haya retenido todo eso de nuestra visita a la abuela hace más de una semana, pero ella tiene la facultad de anidar en la memoria de las personas.

—Vale, ¿detrás de qué puerta quieres que me ponga? —pregunto.

—De la de mi cuarto de baño —dice por encima de su hombro mientras se encamina a su ala. Le sigo y me coloco detrás de la puerta del baño, tal como se me ha indicado. Unos segundos después oigo sus suaves golpes.

—Sí —digo—. ¿Quién es?

—¡NANNY, sólo tienes que abrir la puerta! ¡No hables, abre la puerta!

—Vale. Cuando quieras empezamos.

Me siento en el retrete y me busco las puntas abiertas en el pelo, porque tengo la sensación de que este juego puede tardar un poco en ponerse en marcha.

Otra vez oigo sus golpecitos. Me lanzo adelante, empujo la puerta y casi me lo llevo por delante.

—¡NANNY, qué mala! ¡Intentas empujarme! No me ha gustado nada. Empezamos otra vez.

Once intentos más tarde lo hago bien por fin y me recompensa con una versión a grito pelado del *Cumpleaños feliz* que hace temblar el cristal de la ventana.

—Coco, ¿por qué no intentas bailar un poco mientras villanciqueas? —le sugiero al acabar—. Para que se queden pasmados —confío en que baje un poco el volumen si tiene que desviar cierta energía para moverse.

—Villanciquear no es bailar, es cantar con toda el alma —se pone las manos en las caderas—. Cierra la puerta y yo llamo —dice como si fuera la primera vez que pasamos por esto.

Jugamos a villanciquear durante una media hora, hasta que recuerdo que Connie, la asistenta, está en casa y le mando a Grayer. Le oigo gritar el *Cumpleaños feliz* por todo el apartamento, más alto que el rugido de la aspiradora y, tras cinco repeticiones, voy a recuperar lo que es legítimamente mío.

—¿Quieres que juguemos a las cartas?

—No. Quiero villanciquear. Vamos a mi cuarto de baño otra vez.

—Sólo si también bailas.

—¡Jo, tío, jo, tío, cuando yo villanciqueo NO hay baile!

—Venga, señor mío, vamos a llamar a la abuela.

Una breve llamada después Grayer no sólo está bailando y cantando el genuino «Aquí venimos villanciqueando entre las verdes hojas», que es infinitamente menos dolorosa, sino que me ha inspirado un plan delicioso.

Mientras le pongo a Grayer un atuendo apropiado para el villanciqueo (jersey de cuello tortuga de rayas verdes y rojas, cuernos de reno de fieltro y tirantes de rayas como los bastones de caramelo), el toque final de «ultravillanciqueo», la Señora X entra como una tromba, seguida de Ramón cargado de cajas.

Tiene las mejillas enrojecidas y le brillan los ojos.

—Uf, ¡la calle es un zoológico, un zoológico! Casi me peleo con una mujer en Hammacher Schlemmer (déjalas ahí, Ramón) por el último sacacorchos de diseño, pero le he dejado que se lo llevara, he pensado que no tenía sentido rebajarme a su nivel. Creo que era de fuera de la ciudad. Ah, he encontrado unas carteras de lo más monas en Gucci. ¿En Cleveland entenderán a Gucci? No sé (gracias, Ramón). Bueno, espero que les gusten... Grayer, ¿qué has hecho esta tarde?

—Nada —dice él mientras ensaya unos pasos de baile junto al paragüero.

—Antes del almuerzo hicimos galletas sin azúcar y las deco-
ramos, y luego estuvimos ensayando villancicos y le leí *The
Night Before Christmas* en francés —digo intentando reavivar
su memoria.

—Ah, maravilloso. Ojalá alguien me leyera a mí —se quita
el visón y casi se lo da a Ramón—. Ah, eso es todo, Ramón, gracias —entrelaza las manos—. Y ¿qué estáis haciendo ahora?

—Iba a llevarme a Grayer a cantar villancicos...

—¡A VILLANCIQUEAR!

—... a los ancianos del edificio, ¡para que puedan disfrutar
de un poco de alegría navideña!

La Señora X se muestra encantada.

—¡Ah, estupendo! Eres un chico muy bueno, además eso
le mantendrá o-c-u-p-a-d-o. ¡Tengo que hacer *tantas cosas*! ¡Que
lo paséis bien!

Le dejo a Grayer que dé al botón del ascensor.

—¿A qué piso, Nanny?

—Vamos a empezar por tu amigo del piso once.

Tenemos que llamar tres veces antes de que escuchemos un
«¡Ya voy!» desde el fondo del apartamento. Tan pronto se
abre la puerta queda claro que la hora y media de «ensayos»
ha merecido la pena. M. H. se apoya en el quicio vestido con
unos calzoncillos de árboles de Navidad descoloridos y una
camiseta de Andover muy usada, restregándose los ojos para
alejar el sueño.

—¡AQUÍ VENIMOS A VILLANCIQUEAR! ¡¡¡¡ENTRE LAS VERDES
HOJAS!!!! —Grayer tiene la cara enrojecida y se balancea atrás
y adelante con un despliegue jazzístico de sus manos y las cor-
namentas al viento. Durante una fracción de segundo me preocupa que, literalmente, se le salga el alma por la boca.

—¡¡¡AMOR Y ALEGRÍA PARA TODOS!!! —su voz resuena por el descansillo, rebotando contra todas las superficies de manera que él solo parece un coro de exaltados villanciqueadores.

La fiebre del villanciqueo. Cuando parece que ha llegado al final, M. H. se agacha y abre la boca.

—¡¡¡Y QUE DIOS LES BENDIGA!!! —este movimiento le coloca inadvertidamente en el nivel cero, a tiro de la saliva y el sudor resultante del esfuerzo de Grayer, que acaba con una apoteosis aún más estruendosa.

—¡Pues vale, buenos días a ti también, Grayer!

Grayer se desploma en el suelo del descansillo, jadeando para recuperar el aliento. Yo sonrío seductoramente. Basta de rodeos, soy una chica con una misión. Estoy aquí para conseguir una Cita. Una Cita Auténtica, con plan, lugar de encuentro y todo lo demás.

—Estamos cantando villancicos... —empiezo a decir.

—Villanciqueando —una voz exasperada asciende desde el suelo.

—Villanciqueando a los vecinos.

—¿Ahora me das una galleta? —Grayer se incorpora, listo para obtener la recompensa a sus esfuerzos.

M. H. se adentra en el apartamento.

—Claro que sí. Entrad. No os preocupéis de que esté en pijama.

Vale, si te empeñas. Seguimos a su cuerpo en paños menores al interior de lo que es básicamente igual que la casa de los X, sólo que dos pisos más arriba, y sería difícil descubrir que estamos en el mismo edificio. Las paredes del recibidor están pintadas de rojo inglés intenso y decoradas con fotografías en blanco y negro de tipo *National Geographic* entre kilims. Hay zapatillas de deporte por el suelo y pelos de perro en la alfombra. Llegamos a la cocina, donde prácticamente tropezamos con un enorme y anciano labrador de pelo claro tumbado en el suelo.

—Grayer, ya conoces a *Max*, ¿verdad? —Grayer se acuclilla y, con una dulzura poco frecuente, le acaricia las orejas. En respuesta, la cola de *Max* golpea las baldosas vehementemente. Echo una mirada alrededor; en vez de la gran isleta que la Señora X tiene en el medio de la cocina, hay una vieja mesa de refectorio en una de cuyas esquinas se amontonan los *Times*.

—¿Galletas? ¿Alguien quiere galletas? —pregunta M. H. enarbolando una lata de galletas de Navidad que ha sacado de una pila de dulces navideños que se acumulan en el mostrador. Grayer se lanza a por ellas obligándome a centrarme.

—Sólo una, Grayer.

—Jo, tío.

—¿Quieres un poco de leche para comértela? —va al frigorífico y vuelve con un vaso lleno.

—Muchas gracias —le digo—. Oye, Grayer, ¿no quieres decirle algo a nuestro anfitrión?

—¡Gracias! —masculla con la boca llena de galleta.

—No, tío, ¡gracias a ti! Es lo mínimo que puedo hacer después de una actuación tan enérgica —me sonríe—. No recuerdo cuándo fue la última vez que alguien me cantó, no siendo mi cumpleaños.

—¡También me sé ésa! ¡Me sé el *Cumpleaños feliz*!

Deja el vaso en el suelo y pone las manos en su posición de jazz, listo para empezar.

—¡Uf! Creo que ya hemos villanciqueado bastante por hoy —alargo las manos para protegernos de otro ataque.

—Grayer, hoy no es mi cumpleaños. Pero te prometo que cuando lo sea te lo diré.

Trabajo de equipo. Me encanta.

—Vale. Vámonos, Nanny. Tenemos que villanciquear. Vámonos ya.

Grayer le da a M. H. el vaso vacío, se pasa la mano enguantada por los labios y va hacia la puerta.

Me levanto de la mesa sin muchas ganas de irme.

—Siento no haberme presentado la otra noche; la fiesta se prolongó hasta muy tarde.

—No tiene importancia, no te perdiste nada. En The Next Thing había una fiesta privada y acabamos comiéndonos una pizza en Ruby's —o sea, en el Ruby's que está a veinte pasos del portal de mi casa. Qué ironía.

—¿Cuánto tiempo vas a estar en casa? —pregunto sin pestañear.

—NA-NNY ¡El ascensor ya está aquí!

—Sólo una semana. Luego nos vamos a África.

El ascensor espera, mi corazón palpita.

—Bueno, yo voy a estar por aquí si quieres que salgamos esta semana —digo mientras sigo a Grayer.

—Sí, genial —dice él desde la puerta.

—Genial —asiento con la cabeza mientras se cierran las puertas.

—¡GENIAL! —canta Grayer como calentamiento para la siguiente actuación.

❖❖❖

El viernes por la noche salgo del 721 de Park Avenue convencida de que, a menos que escriba mi número de teléfono en un trozo de papel y lo deslice por debajo de su puerta, no va a haber manera de ver a M. H. antes de que se vaya a África. Agh.

Esa noche me llevo a Sarah, que ha venido a pasar las vacaciones de Navidad en casa, a una fiesta que dan en el centro unos compañeros de clase. Todo el apartamento está jocosamente decorado con lucecitas en forma de jalapeños y alguien le ha pegado un gigantesco pene de cartón a la figura de Santa Claus que hay en la sala. No tardamos más de cinco minutos en decidir que no queremos una cerveza de la bañera, un puñado de fritos de maíz de un cacharro pringoso ni aceptar las generosas ofertas que nos hacen los chicos de la fraternidad de sexo oral rapidito.

Interceptamos a Josh en las escaleras.

—¿No está divertida? —pregunta.

—Bueno —responde Sarah—, a mí me gusta jugar a las prendas como a cualquier chica, pero...

—¡Sarah! —grita Josh dándole un abrazo—. ¡Tú empiezas!

Algunas horas más tarde me encuentro contándole a Sarah una versión empapada en martini de la anécdota del villanciqueo en una mesa retirada del Next Thing mientras Josh le entra a una *fashionista* en la barra.

—Y *entonces*... ¡le dio una galleta! Eso quiere decir *algo*, ¿verdad? —hacemos una revisión interpretativa de cada mínima insinuación de nuestra conversación de cinco minutos hasta que despojamos al encuentro de cualquier significado que pudiera haber tenido—. Y *entonces* él dijo «genial» y yo dije «genial».

❖❖❖

El sábado por la mañana me despierto con los zapatos puestos, una resaca de muerte y un solo día para comprar los regalos de toda la familia, de los X y de las múltiples personitas que he cuidado a lo largo de los años. Las niñas de los Gleason ya me han mandado dos plumas de escarcha brillante y una piedra con mi nombre pintado. Tengo que hacer algo.

Devoro una tostada con salsa de tomate, me bebo un litro de agua, me compro un café doble en la esquina y, tachán, me siento viva y rebosante de espíritu navideño.

Una hora más tarde salgo de Barnes & Noble Junior con ciento cincuenta dólares menos, lo que me obliga a hacer un poco de matemáticas mientras paseo por Park Avenue. Olvídate de París. Voy a necesitar el puñetero aguinaldo para pagar las Navidades.

Bajo por Madison hasta Bergdorf para comprarle una vela de Rigaud a la Señora X. Puede que sea pequeña, pero al menos sabrá que no ha sido barata. Mientras hago cola para que me lo envuelvan con el impresionante papel de regalo plateado intento decidir qué regalarle a un niño de cuatro años que lo tiene todo. ¿Qué podría hacerle feliz, aparte de que su padre aparezca para poner los adornos más altos del árbol? Pues... una lámpara de noche, porque le asusta la oscuridad. Y quizás una funda de bonobús con la que proteger esa tarjeta suya antes de que se desintegre por completo.

Estando en la esquina de la Cincuenta y Cinco con la Quinta lo lógico sería cruzar a la juguetería FAO Schwarz y entrar en su colosal departamento de Barrio Sésamo para buscarle una lámpara de Coco, pero no puedo, no puedo y *no puedo*.

Me pregunto qué será más rápido, si coger el tren al «Toys 'Я' Us» de Queens o explorar los miles de metros cuadrados de manicomio que tengo delante de mí. En contra de mis principios, me arrastro a través de la Quinta Avenida y me sumo a la cola que forma al aire libre toda la población de Nebraska y espero durante más de media hora antes de que un crecidito soldado de juguete me deje cruzar la puerta giratoria.

—Bienvenidos a nuestro mundo. Bienvenidos a nuestro mundo. Bienvenidos a nuestro mundo de juguete —aúllan incesantemente unos altavoces desde lugares misteriosos que hacen que una salmodia infantil y escalofriante parezca surgir de mi propia cabeza. Sin embargo no pueden sofocar los gritos angustiados de «¡¡¡Pero lo quiero!!! ¡¡¡Lo necesiiiito!!!» que también saturan el ambiente. Y ésta no es más que la planta de animalitos de peluche.

En la planta superior el caos es total; los niños disparan pistolas de rayos, lanzan por los aires plastilina, artículos de deportes y a sus hermanos. A mi alrededor veo padres con mi misma expresión de «acabemos con esto cuanto antes» y empleados que intentan llegar a la hora del almuerzo sin ninguna lesión física. Me escurro hasta la esquina de Barrio Sésamo donde una niña de unos tres años se ha postrado en el suelo y solloza por la injusticia que la rodea.

—Puede que Santa Claus te traiga uno, Sally.

—NoooOOOoooOOOoooOOOoooooooOOOoooOO-OO! —brama.

—¿Puedo ayudarla? —me pregunta una dependienta que lleva un jersey rojo y una sonrisa congelada.

—Estoy buscando una lámpara de mesilla de Coco.

—Ah, creo que hemos vendido todas las de Coco —la media hora de espera en la cola me dice que no puede ser—. Vamos a comprobarlo.

Sí, vamos.

Vamos a la sección de lámparas donde nos encontramos con toda una pared de figuras de Coco.

—Sí, lo siento, se han vendido muy deprisa —dice sacudiendo la cabeza mientras empieza a marcharse.

—Aquí hay una —digo cogiéndola.

—Ah, ¿es el azulito? —sí, es el azulito. (¡No me toques las narices! Nadie de Barnes & Noble Junior ha oído hablar de *Lyle, Lyle, Crocodile*. Venga, que trabajáis en una librería infantil y no estoy pidiendo la revista *Chulos*.)

Ocupo mi puesto en la cola de los envoltorios para regalo y aprovecho la ocasión para practicar meditación transcendental entre más niños que lloran como descosidos.

❖❖❖

El lunes por la mañana, la Señora X asoma la cabeza por la puerta de la cocina mientras estoy cortando fruta.

—Nanny, necesito que me hagas un recado. Fui a Saks a comprar los regalos para el personal y, como una tonta, se me olvidaron los cheques de aguinaldo. Así que he dejado los bolsos en caja y me gustaría que fueras a cerciorarte de que cada cheque está en el bolso que le corresponde. Te lo he apuntado todo y los sobres llevan el nombre de cada persona. La bandolera de Gucci es para Justine, para la señora Butters la bolsa de Coach, el LeSportsac para la asistenta y los Hervé Chapelier son para las profesoras de piano y francés. Encárgate de que los envuelvan para regalo y vuelve a casa en un taxi.

—Ahora mismo —digo, calculando nerviosamente en qué punto entre Gucci y LeSportsac encajo yo.

❖❖❖

El martes por la tarde viene a jugar con Grayer Allison, una adorable niña china de su clase que dice con orgullo «tengo dos papás» a cualquiera que le pregunta.

—Hola, Nanny —me dice siempre, muy cortés—. ¿Cómo te van los estudios? Me encantan tus zapatos.

Me mata.

El teléfono suena cuando estoy preparándoles unos tazones de malta.

—Dígame —digo mientras cuelgo metódicamente el trapo en la puerta del horno.

—¿Nanny? —oigo decir en un susurro indeciso.

—Sí —contesto susurrando también, como se suele hacer.

—Soy Justine, de la oficina del Señor X. Me alegro de encontrarte ahí. ¿Puedes hacerme un favor?

—Claro que sí —susurro.

—El Señor X me ha dicho que elija unos regalos para la Señora X y no sé ni su talla ni qué diseñador le gusta, o qué colores —habla como si estuviera sinceramente aterrorizada.

—No sé —digo, sorprendida de descubrir que no guardo en mi memoria sus medidas—. Espera, no cuelgues.

Me voy al dormitorio principal y cojo el supletorio.

—¿Justine?

—Sí —susurra. ¿Estará escondida debajo de su escritorio? ¿O en el servicio de señoras?

—Muy bien, voy a mirar en su armario.

Su «armario» es en realidad un inmenso vestidor de color chocolate con un gran taburete de terciopelo. La paranoia de la Señora X es tal que estoy segura de que cree que no sólo curioseo en él a diario, sino que en este mismo instante llevo su ropa interior. Por el contrario, tengo sudores fríos y estoy tentada de dejar esperando a Justine y llamarla a su móvil para confirmar que está realmente muy, muy lejos.

A pesar de todo, empiezo a revolver cuidadosamente entre sus cosas y voy contestando las preguntas de Justine.

—Talla dos... Herrera, Yves Saint Laurent... Número de zapatos, siete y medio, Ferragamo, Chanel... Los bolsos son Hermès, sin bolsillos exteriores y odia las cremalleras... No lo sé, ¿perlas tal vez? Le gustan las perlas —y así seguimos un rato.

—Me has salvado la vida —dice agradecida—. Ah, una última cosa. ¿Grayer estudia química?

—¿Química?

—Sí. El Señor X me ha dicho que le compre un juego de química y unas zapatillas de Gucci.

—Vale —las dos nos reímos. Luego le digo—: *El rey León*. Le encanta todo lo que tenga que ver con *El rey León, Aladdin* o *Winnie-the-Pooh*. Tiene cuatro años.

—Gracias otra vez, Nanny. ¡Feliz Navidad!

Después de colgar echo una última mirada a la torre de jerseys de cachemir, todos envueltos individualmente en papel de seda y guardados en un cajón para cada uno; la pared de zapatos, todos rellenos con una almohadilla de raso; los percheros con trajes de otoño, invierno, primavera y verano, ordenados de más claro a más oscuro, de izquierda a derecha. Abro un cajón tímidamente. Cada par de braguitas, cada sujetador, cada par de medias, está empaquetado por separado en una bolsa de plástico con cierre hermético y etiquetado: «Sujetador, Hanro, blanco», «Medias, Fogal, negras».

Suena el timbre de la puerta y pego un brinco de cuatro metros; luego respiro aliviada al oír que Grayer le da la bienvenida a Henry, el padre de Allison. Cierro el cajón y salgo con tranquilidad al pasillo, donde un divertido Henry observa cómo Allison y Grayer juegan a darse zurriagazos con las bufandas.

—Bueno, Ally, tenemos que ir a cenar. Vamos a recogernos —al final la atrapa y la inmoviliza entre las rodillas para ponerle la bufanda.

Le doy su diminuto abrigo Loden y Henry le ajusta el sombrero antes de llevársela hacia el descansillo.

—Despídete de Allison, Grayer —le digo, y él agita frenéticamente ambas manos.

—A-diós, Gra-yer. ¡Gracias, ha sido una tarde deliciosa! ¡*Au revoir*, Nanny! —grita mientras se abren las puertas del ascensor.

—Gracias, Nan —dice Henry volviéndose y dando sin querer con la bota de Allison a otro miembro de la familia X.

—¡Oh! —respinga la Señora X.

—Lo siento —dice Henry y Allison oculta la cara en el cuello de él.

—No, por favor, no ha sido nada. ¿Lo habéis pasado bien?

—¡Sí! —gritan Allison y Grayer.

—Bueno —dice Henry—, será mejor que regresemos y me ponga con la cena. Richard llegará a casa enseguida y tengo que bajar los adornos de Navidad.

—¿Es el día libre de la niñera? —dice la Señora X con una sonrisa cómplice.

—Ah, no tenemos niñera...

—¿Tienes dos papis para que pongan los adornos de arriba? —interrumpe Grayer.

—Cielo santo —dice apresuradamente la Señora X—, ¿cómo os las arregláis?

—Bueno, sólo tienen esta edad una vez.

—Sí —parece un poco picada—. ¡Grayer, di adiós!

—Ya me he despedido, mami. Llegas tarde.

La puerta se cierra.

❖❖❖

Esa noche, mucho más tarde, bajo en el ascensor medio dormida sumergida en la fantasía de pasearme junto al Sena tarareando *La Vie en Rose*. Ya son las doce y veinte del día veintidós. Sólo faltan veinticuatro horas más para tener un mes de vacaciones y dinero en el bolsillo.

—Buenas noches, James —le digo al portero justo cuando le está abriendo el portal a M. H., que llega con las mejillas coloradas y una bolsa del Food Emporium.

—Eh, hola. ¿Ahora sales de trabajar? —pregunta sonriente.

—Sí —por favor, espero no tener un trozo de cardo al vapor entre los dientes.

—El villanciqueo fue estupendo. ¿Le has enseñado tú?

—¿Impresionado? —pregunto cautelosamente manteniendo el tipo.

Basta de charla, *¿cuándo es la cita?*

—Oye —dice aflojándose la bufanda—, tienes algo que hacer ahora, porque yo sólo tengo que subir un momento. A mi madre le ha entrado la fiebre repostera de Navidad y nos hemos quedado sin vainilla.

Oh. ¿Ahora?

Vale, ahora me va bien.

—Sí, genial.

Mientras los números van del uno al once y vuelta corro hacia el espejo biselado y me arreglo como una loca. Espero no aburrirle. Espero que no me aburra. Intento recordar si me he afeitado esta mañana. Uf, me decepcionaría mucho que fuera aburrido. Y vamos a intentar no dormir con él. Me estoy aplicando un furtivo toque de brillo en los labios cuando el ascensor llega al «B».

—Oye, ¿has cenado ya? —pregunta cuando James nos abre la puerta.

—Buenas noches, James —digo por encima de mi hombro—. Depende de lo que tú llames cenar. Si consideras que un puñado de galletitas saladas y unos cuantos tortellini resecos son una cena, estoy atiborrada.

—¿Qué te apetece?

—Bueno —pienso un momento—. Los únicos sitios con la cocina abierta a estas horas son las cafeterías y las pizzerías. Elige tú.

—La pizza me gusta. ¿Te parece bien?

—Cualquier cosa fuera de este edificio me parece fabulosa.

✧

—Espera, siéntate encima de mi chaqueta —dice cerrando la caja de pizza vacía.

Los escalones del Metropolitan Museum están fríos y empiezan a calar a través de mis vaqueros.

—Gracias.

Acomodo su chaqueta de paño azul debajo de mí y dirijo la mirada por la Quinta Avenida en dirección a las luces parpadeantes del Stanhope Hotel. M. H. saca una caja de Ben and Jerry Phish Food de una bolsa de papel marrón.

—Y ¿qué tal te va el trabajo en el piso nueve?

—Agotador y chocante —me vuelvo a mirarle—. El apartamento tiene la misma alegría navideña que el frigorífico de un matadero y Grayer tiene un solitario muñeco de nieve de corcho colgado en su armario porque su madre no le deja que lo ponga en ningún otro sitio.

—Sí, siempre me ha dado la impresión de que es algo estirada.

—No te haces una idea. Y con las fiestas es como trabajar para un sargento de instrucción hiperactivo...

—No será para tanto —me da un golpecito con una rodilla.

—¿Perdona?

—Yo trabajé de baby-sitter en el edificio. Comes un poco, juegas un rato...

—Oh, Dios mío. Mi trabajo no es así *para nada*. Yo paso más tiempo con ese niño que *cualquier* otra persona —me alejo un centímetro de él.

—¿Y los fines de semana?

—Tienen a alguien en Connecticut. Sólo están a solas con él en el viaje de ida y en el de vuelta, ¡y viajan de noche para que esté dormido! No se ven nunca. Pensé que a lo mejor estaban esperando a que llegaran las vacaciones, pero parece ser que no. La Señora X está pasando las Navidades sola en Barneys y a nosotros nos manda a patear toda la ciudad, eso sí, acompañados por el resto de los habitantes de Norteamérica, con la única intención de sacar al niño de casa.

—Pero si hay muchísimas cosas divertidas que hacer en estas fechas con un niño.

—Tiene *cuatro* años. Se quedó dormido en el *Cascanueces,* se cagó de miedo con las Rockettes y le salió una especie de sarpullido por el calor durante las tres horas de espera para ver a Santa en los almacenes Macy's. Aunque la mayor parte del tiempo lo pasamos en la cola de los servicios. *En todas partes.* Ni un taxi a la vista, ni un...

—A mí me parece que te has ganado un poco de helado —dice pasándome una cuchara.

Tengo que reírme.

—Lo siento. Eres el primer adulto sin bolsas de regalos con el que hablo desde hace más de cuarenta y ocho horas. Es que en este momento estoy un poco hasta la coronilla de Navidades.

—No digas eso. Éste es un momento maravilloso para disfrutar de la ciudad: tantas luces, y la gente... —señala los resplandecientes adornos de Navidad de la Quinta Avenida—. Hace que uno valore la suerte que tiene por vivir aquí todo el año.

Escarbo en el recipiente para atrapar una espiral de caramelo.

—Tienes razón. Hasta hace dos semanas habría dicho que era mi época favorita del año.

Nos pasamos el recipiente de uno a otro y nos quedamos mirando las guirnaldas de las ventanas del Stanhope y las diminutas bombillitas que brillan en la marquesina.

—Pareces de esa clase de chica a la que le gustan las fiestas.

Me sonrojo.

—No lo sabes bien. Tendrías que verme el Día del Árbol.

Se ríe. Oh, Dios bendito, ¡estás como un camión!

Se acerca a mí.

—Bueno, y ¿sigues pensando que soy un gilipollas?

—Nunca he dicho que fueras un gilipollas —le devuelvo la sonrisa.

—Sólo un gilipollas por asociación.

—Bueno... —¡AAAAAAHHH! ¡¡¡¡¡ME ESTÁ BESANDO!!!!!

—Hola —dice muy bajito con la cara casi pegada a la mía.

—Hola.

—Por favor, ¿podemos volver a empezar y olvidar lo de Dorrian's completamente?

Sonrío.

—Hola, me llamo Nan...

❖❖❖

—¿Nanny? ¡Nanny!

—¿Eh? ¿Qué?

—Te toca. Te toca a ti.

Pobre G, es la tercera vez que tiene que traerme de los escalones del Met, donde mi cerebro ha decidido quedarse a vivir definitivamente.

Muevo mi hombre de jengibre de una casilla naranja a otra amarilla.

—De acuerdo, Coco, pero es la última partida. Y después nos vamos a probar esa ropa.

—Jo, tío.

—Venga, si lo vamos a pasar muy bien. Puedes hacerme un desfile de modelos.

Encima de la cama está amontonada toda la ropa de Grayer del verano pasado y tenemos que comprobar qué cosas le valen todavía, si es que le vale algo, para que esté bien equipado para las vacaciones. Me consta que revisar su guardarropa para la playa no es su forma favorita de pasar su última tarde conmigo, pero órdenes son órdenes.

Tras retirar el juego, me arrodillo en el suelo y le ayudo a ponerse y quitarse pantalones cortos, camisas, bañadores y el blazer azul marino más pequeño del mundo.

—¡Auuuuu! ¡Es pequeña! ¡Me hace daño!

La manga del polo blanco de Lacoste comprime la carne de su brazo como el bollo de un perrito caliente con una goma elástica alrededor.

—Vale, vale. Ya te lo quito, ten paciencia —se lo quito y le muestro una rígida camisa oxford de Brooks Brothers.

—Ésa no me gusta mucho —dice sacudiendo la cabeza. Luego, muy despacio, dice con intención—: Creo... que es... demasiado... *pequeña*.

Examino los botones de la manga y el cuello almidonado.

—Sí. Tienes razón... es demasiado pequeña. Probablemente no deberías volver a ponértela —digo con aire intrigante, plegando el objeto ofensivo y dejándolo en el montón de las cosas rechazadas.

—Nanny, me aburro —pone las dos manos a los lados de mi cara—. Basta de camisas. ¡Vamos a jugar a la Tierra de los Caramelos!

—Venga, sólo una más, G —le ayudo a ponerse la chaqueta azul—. Ahora anda hasta el otro lado de la habitación y date la vuelta... Enséñame lo guapo que estás.

Me mira como si me hubiera vuelto loca, pero se pone a andar, mirando por encima del hombro cada varios pasos para asegurarse de que no estoy preparándole algo.

—¡Vamos, cariño! —grito cuando llega a la pared. Se vuelve y me mira con aprensión hasta que enarbolo una imaginaria cámara fotográfica y hago como que le saco fotos—. ¡Venga, nene! Eres fabuloso. ¡Demuéstramelo!

Él adopta su pose de manos de jazz al borde de la alfombra.

—¡Guauuu! —aúllo como si se le acabara de caer la toalla a Marcus Shenkenberg. Él se ríe y entra en el juego del desfile, poniéndome morritos que yo le devuelvo.

—Estás de escándalo, tesoooro —le digo agachándome para quitarle la chaqueta y besando el aire junto a sus dos mejillas.

—Volverás enseguida, ¿verdad, Nanny? —se sacude los brazos, al fin libres—. ¿Mañana?

—Venga, vamos a mirar el calendario otra vez para que veas lo rápido que va a pasar, y además vas a ir a las Bahamas.

—Litferrr Cay —corrige.

—Eso —nos inclinamos sobre el Calendario de Nanny que le he hecho—. Y luego a Aspen, donde hay nieve de verdad y puedes ir en trineo y hacer ángeles y muñecos de nieve. Lo vas a pasar de maravilla.

—¿Hola? —oigo decir a la Señora X.

Grayer corre al recibidor y yo me retraso un momento para doblar la última camisa y le sigo.

—¿Qué tal ha ido la tarde? —pregunta animadamente.

—Grayer ha sido muy bueno y se lo ha probado todo —digo apoyada en el quicio de la puerta—. El montón que hay en la cama son las cosas que todavía le valen.

—¡Ah, estupendo! Muchas gracias.

Grayer da saltitos delante de ella y le tira del visón.

—¡Ven a ver mi desfile! ¡Ven a mi cuarto!

—Grayer, ¿qué habíamos dicho? ¿Te has lavado las manos? —dice ella esquivando sus manos.

—No —responde.

—Bueno, y entonces, ¿puedes tocar el abrigo de mamá? A ver, si te sientas en el taburete te enseño una sorpresa de parte de papá —rebusca entre las bolsas de compras mientras Grayer se desploma en el cojín de cachemir. Luego saca una sudadera azul brillante—. ¿Recuerdas que el año próximo vas a ir a una escuela de chicos grandes? Pues a papi le ha encantado Collegiate.

Le da la vuelta a la sudadera y nos muestra las letras naranjas. Me adelanto para ayudar a Grayer a ponérselo. Ella se aparta y yo le enrollo las mangas haciendo pequeñas rosquillas sobre las muñecas.

—Oh, vas a hacer muy feliz a tu papá.

Grayer, encantado, pone sus «manos de jazz» y empieza a posar como lo ha hecho en el cuarto.

—Cariño, no levantes los brazos a lo tonto —le mira con inquietud—. Es raro.

Grayer me mira en busca de explicación.

La Señora X sigue su mirada.

—Grayer, es hora de que te despidas de Nanny.

—No quiero —se pone delante de la puerta y cruza los brazos.

Me arrodillo a su lado.

—Sólo serán unas semanas, G.

—¡Nooooo! No te vayas. Has dicho que íbamos a jugar a la Tierra de los Caramelos. Nanny, lo has prometido —las lágrimas empiezan a rodar por sus mejillas.

—Oye, ¿quieres que te dé tu regalo ahora? —le pregunto.

Me meto en el armario, respiro profundamente, y con una amplia sonrisa saco la bolsa que he traído conmigo.

—Esto es para usted, ¡feliz Navidad! —digo entregándole a la Señora X la caja de Bergdorf.

—No tenías que haberte molestado —dice dejándola en la mesa—. Ah, sí, nosotros también tenemos una cosa para ti.

Me hago la sorprendida.

—Oh, no.

—Grayer, trae el regalo de Nanny.

Él sale corriendo. Yo saco la otra caja de la bolsa.

—Y éste es para Grayer.

—Nanny, aquí está tu regalo, Nanny. ¡Feliz Navidad, Nanny!

Llega corriendo con una caja de Saks y me la ofrece.

—¡Ah, muchas gracias!

—¡¿Dónde está el mío?! ¡¿Dónde está el mío?! —dice saltando arriba y abajo.

—Lo tiene tu mamá y puedes abrirlo cuando me vaya.

Me pongo el abrigo apresuradamente porque la Señora X ya tiene el ascensor abierto.

—Feliz Navidad —dice cuando entro.

—¡Adiós, Nanny! —dice Grayer agitando frenéticamente las manos, como una marioneta.

—¡Adiós, Grayer, feliz Navidad!

No puedo ni esperar a salir del edificio. Pienso en París y en bolsos y en muchos viajes a Cambridge. Primero abro la tarjeta del regalo. «*Querida Nanny: ¡no sé lo que haríamos sin ti! Con cariño, los X.*» Rasgo el papel de regalo, abro la caja y me pongo a sacar puñados de papel de seda.

No hay sobre. Oh, Dios mío, *¡no hay sobre!* Pongo la caja boca abajo. Toneladas de papel vuelan por el aire hasta que algo negro y peludo cae al suelo del ascensor con un golpe sordo. Me arrodillo, como un perro sobre un hueso. Retiro el desbarajuste que he provocado para descubrir mi tesoro y... y... y... son unas orejeras. Sencillamente orejeras.

Nada más que orejeras.

¡Orejeras!

¡¡¡¡¡¡OREJERAS!!!!!!

5. Horas bajas

«Mammy consideraba que se debía a los O'Hara en cuerpo
y alma, que los secretos de ellos eran sus secretos; y el menor
atisbo de misterio era suficiente para que se lanzara a la investigación tan infatigable como un sabueso.»

LO QUE EL VIENTO SE LLEVÓ

—La abuela te está buscando por todas partes para cortar
la tarta —digo entrando en el vestidor de mi abuela donde mi
padre ha encontrado sosiego de la fiesta conjunta de Nochevieja y cincuenta cumpleaños que ella se ha empeñado en dar
para el «único hijo con el que la ha bendecido Dios».

—¡Deprisa, cierra la puerta! Todavía no estoy preparado...
Hay demasiada gente ahí fuera.

A pesar de la afluencia de artistas y escritores, la mayoría de
los asistentes llevan esmoquin, algo que, como mi padre está
dispuesto a explicar a cualquiera, no se va a poner. Por nadie.
Nunca. «¿Quiénes somos, los puñeteros Kennedy?», ha sido
su respetuosa réplica cada vez que mi abuela ha intentado que
se implique en este asunto de la fiesta de gala. Yo, por el contrario, no necesito que me insistan para ponerme un vestido de
noche y estoy siempre deseando tener una oportunidad de colgar el chándal y vestirme como una señora.

—No pretendo hacer de embajadora, pero traigo unos pre-
sentes —digo dándole una copa de champán. Él sonríe y da un
trago largo, dejando luego la copa en la encimera de espejo del tocador, donde tiene colocados los pies. Deja el crucigrama del *Ti-*

mes en el que ha estado trabajando y me hace un gesto para que me siente. Me dejo caer en la gruesa alfombra crema hecha un revoltijo de gasa negra y le doy un sorbo a mi copa de champán, mientras las risas sofocadas y la música de la orquesta nos llegan desde lejos.

—Papá, deberías salir, en serio, no es para tanto. Está el escritor ese, el de China. Y ni siquiera lleva corbata. Podrías charlar con él.

Se quita las gafas.

—Prefiero pasar un rato con mi hija. ¿Cómo van las cosas, cariño? ¿Ya te encuentras mejor?

Una nueva oleada de rabia me inunda destrozando el humor festivo del que he disfrutado la mayor parte de la velada.

—¡Uff, esa mujer! —me inclino hacia delante—. He trabajado unas ochenta horas a la semana durante el último mes y ¿a cambio de qué? Yo te diré a cambio de qué. *¡De unas orejeras!*

Suspiro indignada mientras observo a través de mi pelo la fila de zapatos ordenados contra la pared en la que los modelos de tacón se van transformando en una colorida gradación de zapatillas chinas.

—Ah, sí, hace ya quince minutos que no hablábamos de eso.

—¿De qué? —dice mi madre cruzando la puerta con un plato de entremeses en una mano y una botella de champán abierta en la otra.

—Te voy a dar una pista —dice mi padre irónicamente mientras levanta la copa para que se la vuelva a llenar—. Se llevan en vez de sombrero.

—¡Dios mío! ¿Otra vez con ese tema? ¡Venga, Nanny, que es Nochevieja! ¿Por qué no te olvidas por un día? —se sienta en la *chaise-longue* recogiendo los pies debajo de su cuerpo y le ofrece el plato a mi padre.

Me estiro y cojo la botella.

—¡Mamá, *no puedo*! ¡No puedo olvidarlo! Es como si me hubiera escupido a la cara. Todo el mundo sabe que en Navidades se da una paga especial; así son las cosas. ¿Por qué si no iba a trabajar tantas horas extras? El aguinaldo es por las horas extras, ¡es el reconocimiento! ¡A todas las demás personas que trabajan para ellos les han dado dinero *y* un bolso! Y a mí sólo...

—Orejeras —dicen a dúo mientras me sirvo otra copa.

—¿Sabéis cuál es mi problema? Me esfuerzo demasiado por hacer que parezca natural que yo me encargue de cuidar a su hijo mientras ella está en la manicura. Con todos los cuentecitos que cuento y los «Claro que no me importa hacerlo» cree que vivo allí. Y se olvida de que estoy haciendo un trabajo: ¡está completamente convencida de que me deja ir a jugar con su hijo! —cojo un poco de caviar del plato de papá—. ¿Tú qué opinas, mamá?

—Opino que tienes que enfrentarte a esa mujer y decirle todo lo que piensas o *despedirte* ya. Sinceramente, deberías oírte, has estado hablando de lo mismo desde hace días. Estás desaprovechando una fiesta estupenda por culpa de ella y alguien más de esta familia debería disfrutar de la orquesta y bailar un rato, aparte de tu abuela —mira fijamente a mi padre, que se mete en la boca el último buñuelo de cangrejo.

—¡Me gustaría hacerlo! Me gustaría decirle todo lo que pienso, pero no sé por dónde empezar.

—¿Qué problema tienes para empezar? Dile sencillamente que te parece que las cosas no están yendo bien y que si quiere que sigas siendo la niñera de Grayer tienen que cambiar algunas cosas.

—Eso —digo con un bufido—. Cuando me pregunte qué tal las vacaciones le suelto una perorata. Me daría una bofetada.

—Estupendo, así ya tienes las cosas solucionadas —interviene papá—. Porque puedes denunciarla por agresión y ninguno de nosotros tendremos que volver a trabajar.

Mi madre, que ahora se siente totalmente implicada, insiste.

—Bueno, pues entonces te limitas a sonreír dulcemente, le echas un brazo por los hombros y dices: «Jo, no veas lo difícil que es trabajar para ti». Y le haces saber de un modo amistoso que el suyo no es un comportamiento ejemplar.

—¡Maaamáááá! No tienes ni idea de con quién estoy trabajando. A esta mujer no se le puede poner un brazo por los hombros. Es la Reina del Hielo.

—De acuerdo. Se acabó. Dale el visón —ordena mamá—. ¡Ha llegado la hora de ensayar!

Estos ensayos son la piedra angular de mi educación y me han ayudado a prepararlo todo, desde las entrevistas para la universidad hasta romper con mi novio de sexto curso. Papá me tira la estola que colgaba a su lado y alarga el brazo para servirnos otra ronda.

—Bueno, tú eres la Señora X y yo soy tú. Dale.

Me aclaro la garganta.

—Bienvenida de nuevo, Nanny. ¿Te importaría llevarte mi ropa interior sucia a la clase de natación de Grayer y lavarla aprovechando que estás en la piscina? Muchas gracias. ¡El cloro hace maravillas! —me recoloco el visón sobre los hombros y pongo una sonrisa falsa.

La voz de mi madre es calmada y racional.

—Estoy deseando ayudarla. Estoy deseando ayudar a Grayer. Pero necesito un poco de ayuda por su parte para poder seguir haciendo mi trabajo rindiendo al máximo de mis posibilidades. Y esto significa que es necesario que ambas intentemos asegurarnos de que trabajo las horas convenidas.

—Ah, ¿trabajas aquí? ¡Creía que te habíamos adoptado! —me llevo el meñique a la boca con un gesto de falsa sorpresa.

—Bueno, aunque sería un honor estar emparentada con usted, lo cierto es que estoy aquí para realizar un trabajo y, si puedo seguir haciéndolo, estoy segura de que a partir de ahora tendrá más presente el respeto por mis derechos.

Papá aplaude estruendosamente. Yo me desplomo sobre el suelo.

—No funcionará —rezongo.

—¡Nan, esa mujer no es Dios! No es más que una persona. Necesitas un mantra. Tienes que entrar allí como si fueras Lao Tsé... Di no a decir sí. ¡Repite conmigo!

—Digo no a decir sí. Digo no a decir sí... —murmuro con ella con la mirada perdida en el papel floral del techo.

Cuando estamos alcanzando un tono febril, la puerta se abre de golpe y la música inunda la habitación. Giro la cabeza y veo a mi abuela, con las mejillas a juego con su vestido de seda roja, apoyada en el marco de la puerta.

—¡Queridos! Otra fiesta magistral y mi hijo se la pasa escondido en el armario a los cincuenta años, igual que hizo a los cinco. Ven a bailar conmigo —envuelta en una nube de perfume, se desliza hasta mi padre y le da un beso en la mejilla—. Vamos, cumpleañero, puedes dejar aquí la pajarita y el fajín, ¡pero al menos baila un mambo con tu madre antes de que el reloj dé las doce!

Él levanta los ojos al cielo, pero el champán le ha dejado sin defensas. Se quita la pajarita y se levanta.

—Y usted, señorita —dice mirándome tirada a sus pies—, coja el visón y a bailar.

—Siento haber desaparecido, abuela. Es por el rollo ese de las orejeras.

—¡Dios santo! Entre tu padre con el esmoquin y tú con las orejeras no quiero volver a discutir sobre indumentaria con esta familia hasta las próximas Navidades. A por ellos, bellezas, la pista nos espera.

Mamá me ayuda a levantarme y me susurra al oído mientras volvemos a la fiesta:

—¿Lo ves? Di no a decir sí. Tu padre lo está repitiendo en este momento.

✧

Muchos bailes y botellas después floto hasta mi apartamento envuelta en una neblina burbujeante. *George* se arrima a mis talones en cuanto abro la puerta y me lo llevo a mi rincón de la casa.

—Feliz Año Nuevo, *George* —murmuro mientras él ronronea debajo de mi barbilla.

Charlene se fue esta mañana a Asia y estoy exultante con las tres semanas de libertad que esta circunstancia me ofrece. Me estoy quitando los zapatos cuando veo, un tanto borrosa, la luz del contestador parpadeando. La Señora X.

—¿Tú qué crees, *George,* nos arriesgamos? —me inclino para dejarlo en el suelo antes de apretar el botón de MENSAJE NUEVO.

—Hola, ¿Nan? Hummm, éste es un mensaje para Nan. Creo que éste es su número... —la voz desconcertada de M. H. llena el apartamento.

—¡Oh, Dios mío! —me giro para comprobar mi aspecto en el espejo.

—Bueno. Que, hummm, sí... Sólo llamo para desearte Feliz Año Nuevo. Hum, estoy en África. Y... espera... ¿qué hora es allí? Siete horas, o sea diez... once... doce. Eso es. Estoy con mi familia y vamos a adentrarnos en la jungla. Y estamos tomando unas cervezas con los guías. Y es el último sitio en el que hay teléfono... Pero quería decirte que sé que has tenido una semana muy difícil. ¡Lo ves! Sé que has estado trabajando mucho y quería que supieras, hum... que sé... que... trabajas mucho, eso. Hum, y que tengas un Feliz Año Nuevo. Vale, pues eso... espero que sea tu contestador. Vale. Eso es todo, quería que lo supieras. Hum... adiós.

Voy tambaleándome a la cama en estado de pura euforia.

—Oh, Dios mío —susurro de nuevo en la oscuridad antes de perder la consciencia con una sonrisa pegada en la cara.

✧

Ring. Ring. Ring. Ring.

—Hola, has llamado a Charlene y Nan. Por favor, deja un mensaje. Biip.

—Hola, Nanny, espero que estés en casa. Estoy casi segura de que probablemente estarás ahí. Bueno, Feliz Año Nuevo —entreabro ligeramente un ojo—. Soy la Señora X. Te llamo porque... —Jesús, son las *ocho* de la mañana—. Verás, hemos cambiado de planes. Al parecer, el Señor X tiene que volver a Illinois por cuestiones de trabajo. Y yo, bueno, Grayer... *todos* estamos muy desilusionados. Bueno, en fin, que no vamos a ir a Aspen y quería saber cuáles eran tus planes para el resto del mes —¡el día de Año Nuevo! Saco la mano de debajo de las mantas y busco a tientas el cable del teléfono. Lo desenchufo y lo tiro al suelo.

Se acabó.

Vuelvo a perder la consciencia.

Ring. Ring. Ring. Ring.

—Hola, has llamado a Charlene y Nan. Por favor, deja un mensaje. Biip.

—Hola, Nanny, soy la Señora X. Te he dejado un mensaje antes —abro un ojo a duras penas—. No sé si te lo he mencionado, pero si pudieras decirme algo hoy... —¡Jesús, son las *nueve y media* de la mañana! ¡Del día de Año Nuevo! Saco la mano de debajo de las mantas y busco a tientas el cable. Esta vez consigo arrancar el enchufe de verdad.

Ahhh, qué paz.

—Hola, has llamado a Charlene y Nan. Por favor, deja un mensaje. Biip.

—Hola, Nanny, soy la Señora X —¡Jesús! ¡Son las diez de la mañana! ¿Qué le pasa a esta gente? Esta vez oigo a Grayer gritando por detrás. No es mi problema, no es mi problema, orejeras. Saco la mano de debajo de las mantas y busco a tientas el contestador automático. Doy con el botón de volumen—. Porque no me dijiste si tenías planes y he pensado...

Ahh, silencio.

Ring. Ring. Ring. Ring.

¿QUÉ COÑO PASA?

Oh, Dios mío. Es mi teléfono móvil. Es el puñetero teléfono móvil.

Ring. Ring. Ring. Ring.

¡Aaaahhhh! Salgo de la cama, pero no puedo encontrar el origen del puñetero sonido. Qué dolor de cabeza.

Ring. Ring. Ring. Ring.

Está debajo de la cama. ¡Debajo de la cama! Me pongo a arrastrarme por debajo de la cama vestida todavía con el vestido de noche, hasta donde *George* ha metido un gol con el móvil. Estiro la mano, lo cojo y lo tiro, todavía sonando, a la cesta de la ropa sucia cubriéndolo con todo lo que hay por el suelo.

¡Ajá! A dormir.

Ring. Ring. Ring. Ring.

Salgo de la cama, me dirijo a la cesta, saco el teléfono, voy a la cocina, abro el congelador, lanzo el teléfono dentro y me voy a dormir.

Despierto cinco horas después ante un pacientísimo *George* que espera su desayuno a los pies de la cama. Inclina la cabeza y maúlla. «¿Has estado de juerga, no?», parece preguntar. Voy a la cocina cubierta de gasa arrugadísima para dar de comer a *George* y hacerme un café. Abro el congelador y veo el resplandor verde del teléfono entre las bandejas de hielos.

«Doce llamadas perdidas», dice la pantalla. Dios mío. Preparo el café y me voy a sentar a la cama para escuchar los mensajes del contestador.

—Hola de nuevo. Espero no estar repitiéndome. La cosa es que el Señor X ha decidido que no va a poder ir a Aspen y yo, la verdad, no quiero quedarme allí sola. El mozo y el guarda viven bastante lejos y me siento muy aislada. Total, que me voy a quedar en la ciudad. O sea que te agradecería si pudieras venir unos días a la semana. ¿Qué tal te va el lunes? Dime algo. Te repito el número de aquí; es el...

Ni pienso *ni* repito un mantra. Me limito a enchufar el teléfono y a marcar el número del Lyford Cay Inn.

—¿Diga?

—¿Señora X? Soy Nanny. ¿Qué tal está?

—Oh, Dios mío, hace un tiempo horrible. El Señor X casi ni ha podido jugar un partido de golf y se va a quedar sin esquiar. Grayer se pasa todo el día encerrado y nos prometieron una persona a tiempo completo, pero falta personal o algo así. No sé lo que voy a hacer —por detrás oigo *Pocahontas*—. Bueno, ¿has escuchado mi mensaje?

—Sí —me aprieto las sienes palpitantes con el meñique y el pulgar.

—¿Sabes una cosa? Creo que tienes el teléfono estropeado. Tienes que llamar para que te lo revisen. Te he estado llamando toda la mañana. Bueno, que el Señor X se va hoy, pero yo me quedo todo el fin de semana y no volveré hasta el lunes. Nuestro avión llega a las once. ¿Podrías estar en el apartamento a mediodía?

—La verdad es que —orejeras—, puesto que no iba a empezar hasta el último lunes del mes ya he hecho planes.

—Ah. ¿Podrías al menos venir una o dos semanas?

—Bueno, la cuestión es que...

—¿Puedes esperar un momento? —oigo cómo pone la mano sobre el auricular—. No tenemos otro vídeo —el Señor X dice algo que no entiendo bien. Ella le sisea—: Pues pónselo otra vez.

—Humm, Señora X.

—¿Sí?

Sé que esta conversación se repetirá durante las próximas treinta y seis horas a no ser que consiga llegar a un acuerdo.

—Seguí su sugerencia sobre París. Por eso no puedo empezar hasta, a ver, el lunes de dentro de dos semanas. Hasta el dieciocho —no decir sí—. Además, la verdad es que no tuvimos tiempo antes de que se fuera de discutir a cuánto voy a cobrar la hora este año.

—¿A-já?

—Verá, normalmente en enero siempre subo dos dólares: Espero que no sea un problema.

—Bueno... No, claro que no. Se lo diré al Señor X. También te estaría muy agradecida si pudieras ir mañana al apartamento... mientras estás haciendo cosas por ahí... a rellenar los humidificadores.

—Humm, lo cierto es que voy a estar por el West Side, así que...

—¡Estupendo! Hasta dentro de dos semanas. Pero, por favor, si puedes empezar antes, no dejes de decírmelo.

✧✧✧

James me abre la puerta al entrar.

—Feliz Año Nuevo, Nanny. ¿Qué haces tan pronto por aquí? —se sorprende al verme.

—La Señora X necesita que le rellenen los humidificadores —le digo.

—Ah, ¿no me digas? —dice con una sonrisa perversa.

Lo primero que noto al abrir la puerta principal de los X es que la calefacción está encendida. Me adentro lentamente en el silencio, sintiéndome un poco como una ladrona. Estoy sacando los brazos del abrigo cuando el *Miss Otis Regrets* de Ella Fitzgerald suena a todo meter en la cadena de sonido.

Me quedo paralizada.

—¿Hola? —digo en voz alta.

Agarro la mochila con fuerza y me dirijo a la cocina sin separarme de la pared, con la intención de coger un cuchillo. He oído hablar de porteros de edificios como éste que utilizan los apartamentos cuando sus dueños están fuera. Empujo la puerta de la cocina.

Hay una botella de Dom Perignon abierta sobre la encimera, y varias ollas hierven sobre el fogón. ¡Qué clase de chiflado se cuela en un apartamento a cocinar!

—Todavía no está listo. *Ce n'est pas fini* —dice un hombre con un fuerte acento francés saliendo del cuarto de baño del servicio mientras se seca las manos en los pantalones de cuadros y se ajusta el gorro blanco de cocinero.

—¿Quién es usted? —le pregunto gritando por encima de la música y retrocediendo un paso hacia la puerta.

—*Qui est vous?* —pregunta él poniéndose las manos en las caderas.

—Hum, yo trabajo aquí. ¿Y *usted?*

—*Je m'apelle Pierre.* Su señora me ha contratado para *faire le dîner* —y vuelve a picar su hinojo. La cocina es un delirio de actividad y deliciosos aromas. Nunca ha parecido tan feliz—. ¿Por qué se queda ahí como un pez? Váyase —agita el cuchillo delante de mí.

Salgo de la cocina en busca de la Señora X.

No puedo creer que ya haya vuelto. Claro, ¿para qué molestarse en llamar a Nanny? Aah, no, si total no tengo nada mejor que hacer que mantener la humedad de sus cuadros. Ah, no, no pienso trabajar esta noche si eso es lo que pretende. Probablemente todo esto es un montaje para hacerme trabajar. Probablemente tiene a Grayer atado en una red encima del humidificador y piensa dejármelo caer encima de la cabeza en el mismo instante en que vaya a poner el agua.

«SHE RAN TO THE MAN WHO HAD LED HER SO FAR ASTRAY», aúlla el estéreo, siguiéndome de una habitación a otra.

Bueno, vale. Le diré que he pasado sólo un momento, pero que tengo que irme.

—¿Hola?

Pego un brinco y casi me salgo de mi piel. Allí, saliendo del baño, con el kimono descuidadamente anudado a la cintura y sus esmeraldas refulgiendo a la luz del hall, está ella. El corazón se me sube a la garganta.

Es Miss Chicago.

—Hola —dice tan cordialmente como en la sala de juntas hace tres semanas. Pasa a mi lado en dirección al comedor.

—Hola —digo correteando detrás de ella mientras me suelto la bufanda.

Doblo la esquina al tiempo que ella abre las puertas de cristal que dan paso al comedor y descubre una mesa arreglada para una cena romántica de dos. Un magnífico ramillete de peonías, de color violeta oscuro como la tinta del calamar, preside un círculo de resplandecientes regalos. Ella estira un brazo sobre la caoba abrillantada para enderezar los cubiertos.

—¡Sólo he venido por los humidificadores! —grito por encima de la música.

—Espera —dice ella. Se acerca al panel de control oculto del equipo y manipula hábilmente los botones de volumen, tono y bajos. Se vuelve hacia mí con una sonrisa plácida—. Ya está. ¿Qué decías?

—¿Los humidificadores? ¿Están, hum, secos? ¿Se han quedado sin agua? Es que los cuadros pueden estropearse mucho. Si se secan. Tengo que ponerles agua. Una vez. Sólo hoy, ahora, porque ya aguantarán hasta que... ¡Vale! Voy a hacerlo.

—Gracias, Nanny, estoy segura de que el Señor X lo agradecerá mucho, y yo también —coge una copa de champán del aparador. Yo me arrodillo y desenchufo el humidificador que hay en el suelo.

—Pues muy bien —gruño levantando la máquina en mis brazos y llevándola a la cocina.

Relleno diez depósitos en total, acarreándolos de su sitio al lavadero y vuelta, mientras Ella Fitzgerald sigue imperturbable pasando de *It Was Just One of Those Things* a *Why Can't You Behave?* y *I'm Always True to You, Darlin', in My Fashion.* La cabeza me va a cien por hora. Ésta no es su casa. Ésta no es su familia. Y, definitivamente, el dormitorio del que ha salido no es el suyo.

—¿Ya has terminado? —pregunta cuando estoy enchufando el último—. Porque me estaba preguntando si podrías acercarte a la tienda un momento —agarro el abrigo y ella me sigue hasta la puerta—. Pierre se olvidó de comprar nata entera. Gracias —me da un billete de veinte.

Miro el dinero y luego el paraguas de Grayer que está en el paragüero, el que despliega dos grandes ojos de rana cuando se abre. Le devuelvo el dinero.

—No puedo... Tengo, hum, una cita, con el médico —me veo de reojo en el espejo sobredorado—. La verdad... es que no puedo.

Su sonrisa es forzada.

—Quédatelo de todas maneras —dice sin alterarse. Se abren las puertas del ascensor y ella intenta parecer serena apoyada en el quicio de la puerta.

Dejo el billete en la mesita del descansillo.

Sus ojos centellean.

—Mira... Nanny, ¿verdad? Si vas corriendo a contarle a tu jefa que me has encontrado aquí, lo único que conseguirás será ahorrarme el dejar unas braguitas olvidadas por la casa.

Entra en la casa dejando que la puerta se cierre de un portazo.

❖❖❖

—¿Qué? ¿Unas braguitas, en serio? —me pregunta Sarah al día siguiente mientras se prueba otro tono de barra de labios en el mostrador de Stila.

—¡No lo sé! ¿Debería ponerme a buscarlas? Tengo la sensación de que tendría que buscarlas.

—¿Cuánto te paga esa gente? Lo que quiero decir es si tienes un límite. ¿Existe un límite del que podrías pasarte? —Sarah hace muecas con la boca—. ¿Demasiado rosa?

—Culo de babuino —contesto.

—Pruebe uno de los tonos más violáceos —sugiere la experta en maquillaje del otro lado del mostrador. Sarah coge un pañuelo de papel y vuelve a empezar.

—La Señora X regresa mañana. Y tengo la sensación de que debería hacer *algo* —digo apoyándome en el mostrador irritada.

—Humm, ¿despedirte?

—No, esto es el mundo real y tengo que pagar el alquiler.

—*¡¡¡¡¡TOOOOOTA!!!!!*

Sarah y yo nos quedamos heladas y miramos al otro lado del patio, donde dos montones de bolsas gritan el mote que tenía Sarah en el instituto, que rima con «bota». Las bolsas recorren el perímetro de la balaustrada hacia nosotras y se separan para descubrir que detrás de ellas están Alexandra y Langly, dos compañeras de clase de Chapin.

Sarah y yo intercambiamos miradas. En el instituto siempre llevaban zapatos Birkenstock y eran fans de los Dead. Ahora las tenemos delante, Alexandra de casi un metro noventa y Langly de apenas uno sesenta, con abrigos de pura lana virgen, jerseys de cuello vuelto de cachemir y un montón de mierda de Cartier.

—*¡TOTA!* —gritan otra vez. Alexandra envuelve a Sarah en un abrazo y está a punto de dejarla sin sentido de un golpe en la cabeza con una bolsa.

—*Tota,* ¿qué hay de nuevo? —pregunta Alexandra—. ¿Hay algún hombre en tu vida?

Los ojos de Sarah se abren.

—No. Bueno, hubo uno, pero... —empieza a sudar y perlas de maquillaje se forman sobre su labio superior.

—Yo tengo un hombre faaabuloso, es griego. Es taaan guapo. Nos vamos a la Riviera la semana que viene —gorjea Alexandra. Luego me pregunta a mí—: ¿Y tú qué tal?

—Ah, lo mismo de siempre, lo mismo. Sigo trabajando con niños.

—Ah —dice Langly sin interés—. ¿Qué vas a hacer el año próximo?

—Bueno, espero trabajar en un programa de actividades extraescolares —los ojos se les achican, como si yo acabara de cambiar inesperadamente de idioma—. Basado en usar las artes creativas... Como herramienta de expresión personal... Y de, hum, mejorar la convivencia —lo único que obtengo como respuesta son miradas inexpresivas—. Kathie Lee está muy metida en esto —digo en un último intento de lograr... ¿qué?

—Ya. ¿Y tú? —le dice Langly a Sarah casi susurrando.

—Voy a trabajar en *Allure.*

—¡Oh, Dios mío! —chillan las dos.

—Bueno —continúa Sarah—. Sólo voy a contestar los teléfonos, pero...

—No, es impresionante. Me. Encanta. *Allure.*

—Y vosotras ¿qué vais a hacer el año que viene, chicas? —pregunto.

—Seguir a mi hombre —dice Alexandra.

—Ganja —dice suavemente Langly.

—Bueno, tenemos que irnos corriendo... hemos quedado con mamá en la Côte Basque a la una. ¡Ay, *Tota*! —Alexandra vuelve a agredir a Sarah y salen disparadas a picotear una ensalada de marisco.

—Lo tuyo es muy fuerte —le digo a Sarah—. ¿*Allure?*

—Que se jodan. Venga, vámonos a comer a algún sitio fabuloso.

Decidimos mimarnos con un elegante almuerzo de pizza de queso y vino tinto en el Fred's.

—A ver, ¿tú serías capaz de dejar tu ropa interior en casa de alguien?

—Nan —me corta Sarah—. No acabo de entender por qué te preocupa tanto. La Señora X te hace trabajar como una mula y encima te dan como aguinaldo un tocado hecho con un animal muerto. ¿Por qué esa lealtad?

—Sarah, independientemente de lo espantosa que pueda ser como jefa, no deja de ser la madre de Grayer y esa mujer está acostándose con su marido en su cama. Y en la casa de Grayer. Me duele en lo más profundo. Nadie se merece eso. ¡Y esa bruja! ¡Quiere que la pillen! ¿Qué te parece?

—Bueno, si mi novio casado estuviera indeciso respecto a separarse de su mujer, puede que yo también quisiera que le pillaran.

—O sea, que si lo cuento, Miss Chicago gana y la Señora X se quedará hecha polvo. Si no lo cuento es humillante para ella...

—Nan, esto no es responsabilidad tuya ni por asomo. Tú no eres la persona más indicada para decírselo. Créeme, no entra en tus atribuciones laborales.

—Pero si no se lo digo y las braguitas andan por ahí y lo descubre de esa manera... ¡Uf! ¡Qué desagradable! ¡Ay, Dios mío! ¿Y si las encuentra Grayer? Es tan perversa que seguro que las ha dejado para que las pueda encontrar él.

—Nan, no pierdas los papeles. ¿Cómo iba a saber siquiera que son suyas?

—Porque probablemente son negras, y de encaje, y tanga, y puede que ahora no se dé cuenta, pero algún día tendrá que ir a psicoterapia y eso le puede matar. Coge el abrigo.

✧

Sarah recibe a Josh en la puerta principal con una copa de vino.

—¡Bienvenido a La Caza de la Braga! Donde se pueden ganar fabulosos premios, incluidas unas orejeras y un viaje al armario de las escobas. ¿Quién es nuestro primer concursante?

—¡Eeh, yo, yo! —dice Josh quitándose la chaqueta.

Yo estoy a cuatro patas en el armario del recibidor revisando todos los bolsillos de los abrigos y todas las botas. Nada.

—Jesús, Nan, este sitio es alucinante. Joder, es como el Metropolitan Museum.

—Sí, e igual de acogedor —dice Sarah mientras yo entro frenéticamente en el salón.

—¡No tenemos tiempo para decir tonterías! —grito por encima de mi hombro—. ¡Elegid una habitación!

—A ver, ¿te dan puntos por cualquier clase de ropa interior o tienen que tener una A escarlata? —pregunta Josh.

—Hay puntos extras por las que lleven rajas y por las comestibles —Sarah le explica las reglas de un juego que no me está pareciendo nada divertido.

—¡Vale! —digo—. ¡Escuchad! Vamos a ser metódicos. Vamos a empezar por las habitaciones que se usan más, donde antes se encontrarían las braguitas. Joshua, tú vete al dormitorio principal, el vestidor de la Señora X y su despacho. ¡Sarah Anne!

—¡A sus órdenes, señor!

—Cocina, biblioteca y cuarto de la doncella. Yo me quedo con el salón, el comedor, el estudio y el lavadero. ¿De acuerdo?

—¿Y el cuarto de Grayer?

—Es verdad. Voy a empezar por él.

Enciendo todas las luces al pasar junto a ellas, incluso las altas que se usan rara vez, iluminando hasta el último rincón de la casa de los X.

✧

—Nan, no puedes decir que no lo hayamos intentado —dice Josh pasándome un cigarrillo una vez sentados en la escalera de servicio junto a los cubos de reciclaje—. Probablemente no fue más que un farol para que tú se lo dijeras a la Señora X y ella pudiera empezar a redecorar.

Sarah enciende otro cigarrillo.

—Además, el que encuentre las bragas en este apartamento se lo merece... están bien escondidas. ¿Estás segura de que esa mujer trabaja con el Señor X y no con la CIA? —me devuelve el encendedor.

Josh sigue teniendo en las manos el perrito pequinés de porcelana que ha cogido durante la batida.

—Dímelo otra vez.

—No lo sé, doscientos o trescientos mil dólares —dice Sarah.

—¡Increíble! ¿Por qué? ¿Por qué? ¿Qué me estoy perdiendo? —mira al perro con absoluta incredulidad—. Espera, voy a coger algo más.

—Más te vale que dejes eso *exactamente* donde lo has encontrado —le digo, demasiado cansada para seguirle y asegurarme de que lo hace—. Siento haberos hecho perder la noche buscando bragas —digo, apagando el cigarrillo en la barandilla de metal.

—Oye —dice echándome un brazo por los hombros—. No te preocupes. Los X tienen joyas que tienen joyas. No les va a pasar nada.

—¿Y Grayer?

—Él te tiene a ti. Y tú tienes a M. H.

—Ya, no tengo nada de nada. Tengo una cinta de contestador en el joyero y una cuchara de plástico que llevo en el bolso como recuerdo y puede que ahí se acabe la historia.

—Sí, sí, ya. ¿Puedo hacer mención de la cuchara de plástico en la boda?

—Cariño, si llegamos hasta ese punto, puedes *llevar* la cuchara de plástico a la boda. Venga, vamos a buscar a Josh y a limpiar nuestras huellas antes de largarnos.

Al llegar a casa, la luz del contestador está parpadeando.

—Hola, Nanny, soy la Señora X. No sé si te has ido ya a París. Una vez más no he podido dar contigo en el teléfono móvil. A lo mejor deberíamos darte uno nuevo con mejor cobertura. Te llamo porque el Señor X me ha regalado por Navidades una semana en el Golden Door. ¡A que es maravilloso! Lyford Cay está tan horroroso que todavía no me he recuperado de las fiestas: estoy sencillamente agotada, así que he decidido ir la próxima semana. El Señor X estará por ahí, pero me preguntaba si ya estarás de vuelta para decirle que puede contar contigo si te necesita. Sólo para asegurarme de que está atendido. Voy a pasar la tarde en mi habitación. Llámame.

Mi primer instinto es llamarla y decirle que nunca vuelva a dejar la casa vacía.

—¿Señora X? Hola, soy Nanny.

—¿Sí?

Respiro hondo.

—Bueno, ¿puede ser? —me pregunta.

—Por supuesto —digo aliviada al ver que no pregunta por la visita a su casa.

—Genial. Entonces te veo el lunes por la mañana, dentro de una semana. Mi avión sale a las nueve, o sea que si pudieras llegar a las siete sería genial. O mejor, digamos a las seis cuarenta y cinco, para tener un margen de seguridad.

❖❖❖

Me doy la vuelta por octava vez en los últimos quince minutos. Estoy tan cansada que el cuerpo me pesa, pero cada vez que me voy a quedar dormida la tos seca de Grayer llena el apartamento. Estiro un brazo para darle la vuelta al reloj y los números rojos dicen 2.36 a.m. Dios mío.

Doy un manotazo en el colchón y giro sobre la espalda. Con la mirada fija en el techo del cuarto de huéspedes de los X, intento sumar las horas de sueño que he conseguido disfrutar en las últimas tres noches y el resultado hace que me sienta todavía más pesada. Estoy extenuada de pasar las veinticuatro horas entreteniendo a Grayer, ahora le ha subido la fiebre y se encuentra incómodo.

Al llegar, la Señora X me recibió en el ascensor con una lista en la mano y las maletas metidas ya en la limusina que la esperaba abajo. Sólo quería «comentarme» que Grayer tenía un «insignificante dolor de oído» y que la medicina estaba junto al fregadero, al lado del teléfono del pediatra... «por si acaso». Y la recomendación: «La verdad es que preferimos que Grayer no se siente delante de la televisión. ¡Pasadlo muy bien los dos!».

En cuanto le vi tirado en el suelo jugando con su tren, pasándose distraídamente un vagón por el brazo me di cuenta de que «pasarlo bien» no iba a ser la expresión más acertada para describirlo.

—¿Tienes la menor idea de a qué hora regresará el Señor X esta noche? —le pregunté a Connie, que estaba quitando el polvo por allí cerca.

—Espero que hayas traído un pijama —contestó sacudiendo la cabeza en actitud de reproche.

En los últimos días he llegado a esperar ansiosamente la llegada de Connie; es un alivio tener a otra persona en el apartamento, aunque sólo sea un torbellino que quita el polvo y pasa la aspiradora. Como la temperatura se ha estabilizado en diez grados bajo cero, hemos permanecido en arresto domiciliario desde que llegué. Esto habría sido soportable, incluso ideal, si M. H. no hubiera tenido que volver a la facultad para asistir a unas conferencias. Dijo que podía subir a Grayer a jugar con *Max,* pero creo que ninguno de los dos está por la labor. Puede que el «insignificante» dolor de oído de Grayer haya mejorado, pero tiene una tos cada vez peor.

Y no hace falta decir que su padre ha estado totalmente desaparecido en combate, sencillamente no ha vuelto a casa desde mi primera noche aquí. Las numerosas llamadas a Justine sólo han obtenido como resultado el buzón de voz de una suite del Four Seasons de Chicago. Por otro lado, la recepción del balneario filtra las llamadas de la Señora X como si se tratara de Sharon Stone. Esta tarde he vuelto a llevar a Grayer al médico, pero su único consejo ha sido que siga tomado la amoxicilina rosa y que espere a que funcione.

Otro ataque de toses convulsas; ahora está más congestionado de lo que parecía a la hora de la cena. Es tan tarde, está tan oscuro y este sitio es tan grande que empiezo a tener la sensación de que nadie va a volver por aquí a por nosotros.

Me levanto, enrollo el chal de cachemir alrededor de mis hombros como una capa y voy hasta la ventana. Retiro los pesados cortinones de cretona hacia un lado, dejo que la luz de Park Avenue inunde la habitación y reclino la frente en el cristal helado. Un taxi se detiene delante del edificio de enfrente y un chico y una chica se bajan tambaleándose. Ella lleva botas altas y una chaqueta corta, y se apoya en él al pasar haciendo eses delante del portero para entrar en el portal. Debe de estar congelada. La frente se me queda fría rápidamente; me retiro del cristal, y me la froto con la mano. La cortina vuelve a caer a su lugar y la luz desaparece.

—¿Naaaanny? —llama Grayer con la voz débil y enronquecida.

—Sí, Grayer, ya voy —mi voz resuena en la enorme habitación.

Arrastro los pies por las tinieblas del apartamento que los coches de la calle llenan de extrañas sombras. El cálido resplandor de su lámpara de Coco me recibe junto al zumbido de su filtro de aire Supersonic 2000. En cuanto entro por la puerta el estómago me da un vuelco. No está bien. Le cuesta respirar y tiene los ojos húmedos. Me siento en una esquina de la cama.

—Hola, cariño, ya estoy aquí —le pongo la mano en la frente. Está ardiendo. En el instante en que mis dedos le tocan empieza a sollozar.

—No te preocupes, Coco, estás muy malito y ya sé que es asqueroso sentirse así —pero no sé qué más hacer. Sus resuellos me asustan—. Ahora voy a levantarte, Coco.

Le meto los brazos por debajo y el chal de cachemir se me cae al suelo. Él empieza a llorar desconsoladamente y los sollozos agitan su cuerpo al acercarlo a mí. Pongo el piloto automático para considerar opciones. El pediatra. Urgencias. Mamá.

Me lo llevo al teléfono del recibidor y me apoyo en la pared para sostenerme mientras marco el número. Mi madre contesta al segundo timbrazo.

—¿Dónde estás? ¿Qué pasa?

—Mamá, no puedo darte muchos detalles, pero estoy con Grayer, que ha tenido una infección de oído y mucha tos, y le han dado antibióticos, pero la tos está cada vez peor y no consigo hablar con la Señora X porque la recepcionista dice que lleva todo el día en una especie de tanque de aislamiento sensorial y Grayer no puede respirar y no sé si llevarle al hospital porque no le baja la fiebre y no he dormido en dos noches y...

—Déjame que le oiga toser.

—¿Qué?

—Ponle el teléfono en la boca para que le oiga toser.

Su voz es tranquila y equilibrada. Le pongo el teléfono en la boca a Grayer y al cabo de un segundo tiene un acceso de tos profunda. Siento las vibraciones del esfuerzo con su pecho pegado al mío.

—Dios mío, mamá, no sé qué hacer...

—Nanny, eso es la tos ferina. Tiene tos ferina. Y tienes que tomártelo con calma. Ahora no puedes venirte abajo. Respira conmigo, dentro...

Me concentro en su voz y respiro profundamente por Grayer y por mí.

—Y fuera. Escucha, no le pasa nada. A ti tampoco. Sólo que tiene mucho líquido acumulado en el pecho. ¿Dónde estás ahora?

—En el 721 de Park Avenue.

—No, ¿en qué parte del apartamento?

—En el recibidor.

—¿Con un teléfono inalámbrico?

—No, a ella no le gustan —puedo notar que el pánico me inunda de nuevo al oírle gemir.

—Vale, quiero que vayas al cuarto de baño, abre la ducha hasta que esté agradablemente caliente; no demasiado caliente, templada, y luego siéntate en el borde de la bañera con el niño en tu regazo. Cierra la puerta para que se llene de vapor. Quédate allí hasta que deje de jadear. El vapor le ayudará, ya verás. La fiebre está empezando a ceder y por la mañana se le habrá pasado. Todo va a salir bien. Llámame dentro de una hora, ¿de acuerdo? Te estaré esperando.

Saber que puedo hacer algo por él me conforta hasta cierto punto.

—Muy bien, mamá. Te quiero.

Cuelgo y le llevo a oscuras hasta su cuarto de baño.

—Voy a encender la luz, Grayer. Cierra los ojos —esconde su cara sudorosa en mi cuello. La luz es cegadora después de tanto tiempo moviéndonos en la oscuridad y tengo que parpadear varias veces antes de ver con claridad el reluciente grifo. Agarro con fuerza su cuerpo para estirarme a abrir la ducha y luego me siento buscando el equilibrio en el borde de la bañera con él en mi regazo. Cuando el agua nos da en las piernas se pone a llorar a mares.

—Ya, cariño, ya. Vamos a quedarnos aquí sentados hasta que este maravilloso vapor te ponga bien el pecho. ¿Quieres que te cante algo? —se estrecha contra mí y tose y llora mientras el vapor cubre las baldosas que nos rodean.

—Quiero... estar... con... mi mamáááááá —dice temblando, como sin darse cuenta de que yo estoy con él. Los pantalones de mi pijama se empapan de agua templada. Apoyo mi cabeza en la suya y le balanceo suavemente. Lágrimas de cansancio y preocupación caen de mi cara a su pelo.

—Oh, Coco, ya lo sé. Yo también quiero estar con mi mamá.

✧✧✧

El sol entra a través de las persianas y nosotros rumiamos tostadas de canela entre los muñecos de peluche de Coco.

—Dilo otra vez, Nanny. Dilo: tostadas de Carmela.

Me río y le hago cosquillas en la barriga suavemente con un dedo. Tiene los ojos brillantes y mi alivio al ver que recupera la temperatura normal nos ha puesto a los dos eufóricos.

—No, G, canela, venga, repite conmigo.

—Di «tostadas de Carmela». Repite *tú* conmigo —su mano palmotea mi pelo distraídamente y las migas vuelan por todas partes.

—¿Tostadas de Carmela? Estás loco. ¿Y qué será lo próximo? ¿Huevos de Pepe?

Se ríe encantado de mi chiste.

—¡Sí! ¡Huevos de Pepe! Tengo mucha hambre, Nanny, tengo un hambre que me muero. ¿Puedes hacerme unos huevos... de Pepe?

Me arrastro hasta él y cojo el plato dispuesta a levantarme.

—¡Hola! ¡Hola, mamá ya está en casa!

Me quedo paralizada. Grayer me mira y, como un cachorrillo nervioso, se retuerce para salir de la cama. Pasa corriendo por delante de mí y se encuentra con su madre cuando ésta aparece en la puerta.

—¡Hola! ¿Por qué tiene migas por toda la cara? —se lo aparta con el «reflejo espátula» y se vuelve a mí. Veo la habitación a través de sus ojos. Hay almohadas, mantas y toallas húmedas tiradas por el suelo del momento en que me derrumbé después de que Grayer se quedara dormido a las seis de la mañana.

—Grayer ha estado muy enfermo. Estuvimos despiertos hasta muy tarde y...

—Bueno, pues ahora parece encontrarse muy bien, salvo por esas migas. Grayer, vete al baño y lávate la cara para que pueda darte tu regalo —él me mira con los ojos muy abiertos y se va al baño. Me asombra que puede siquiera poner un pie en el suelo.

—¿No ha tomado la medicina?

—Sí; bueno, le quedan todavía dos días. Pero la tos le empeoró mucho. Intenté llamarla.

Está muy molesta.

—Bueno, Nanny, creo que ya hemos hablado de dónde preferimos que coma Grayer. Puedes irte ya, yo me ocupo de todo.

Me esfuerzo por sonreír.

—De acuerdo, voy a cambiarme —paso a su lado con el plato en la mano y apenas reconozco el apartamento inundado por la luz del sol. Meto todas mis cosas en la mochila, me pongo los vaqueros y el jersey y, como único acto de rebeldía, dejo la cama sin hacer.

—¡Adiós! —grito abriendo la puerta. Oigo los pies desnudos de Grayer sobre el mármol y le veo llegar en pijama y con un sombrero vaquero demasiado grande para él.

—¡Adiós, Nanny! —levanta los brazos para abrazarme y le estrecho con fuerza, asombrada del cambio que ha dado su respiración en unas breves horas.

—Señora X, todavía le quedan dos días de antibióticos, así que...

Ella aparece en la otra punta del recibidor.

—Pues tenemos planificado un día muy completo: vamos a cortarnos el pelo y a Barneys a elegir un regalo para papi. Vamos, Grayer, a vestirnos. Adiós, Nanny.

Entendido: mi turno ha acabado. Él la sigue a su habitación y yo me quedo sola en el recibidor un momento, tomo la mochila y venzo la tentación de dejar los antibióticos junto a su teléfono móvil.

—Adiós, colega —cierro la puerta sigilosamente detrás de mí.

6. Amor estilo Park Avenue

«La vieja niñera subió las escaleras exultante, con un importante esfuerzo de rodillas y ruido de pisadas, para contarle a la señora el regreso del señor.»

ODYSSEY

Pulso la tecla de retroceso y veo cómo mi quinto intento de escribir una gran frase desaparece letra a letra. Jean Piaget... ¿qué decir?, ¿qué decir?

Me reclino, arqueando el cuello sobre el respaldo de la silla, y miro las nubes grises que pasan lentamente sobre los tejados de los edificios de piedra de enfrente. *George* me da un golpecito en la mano laxa. «Piaget», digo en voz alta, esperando que la inspiración me llegue mientras le devuelvo el golpe en plan juguetón. El teléfono suena y dejo que responda el contestador. Será la Señora X para comprobar si me queda algo de sangre que todavía no me haya chupado o mi madre que llama para informarse de la situación.

—Hola, somos Charlene y Nan. Deja un mensaje, por favor.

—Hola, chica trabajadora. Sólo quería... —mi voz favorita llena la habitación y alargo una mano sobre la mesa para coger el teléfono.

—Hola, tú.

—¡Eh! ¿Qué haces en casa un martes a la una cuarenta y tres?

—¿Qué haces tú llamándome desde el lejano Haa-vaad un martes a la una cuarenta y tres? —echo para atrás la silla y dibujo un amplio círculo en el suelo de tarima con los calcetines.

—Yo he preguntado primero.

—Pues resulta que Jean Georges perdió la reserva de los X para el Día de San Valentín y ella, sin perder un momento, me ha mandado a casa con una lista mecanografiada de restaurantes de cuatro estrellas a los que dar la paliza —echo una mirada a mi mochila donde dicho documento permanece aún plegado.

—¿Por qué no llama ella misma?

—Hace tiempo que dejé de preguntarme los «porqués».

—Y ¿qué les has conseguido?

—¡Nada! San Valentín es mañana. Supongo que no quiere aceptar que esos sitios sólo admiten reservas con treinta días de antelación y que ya me hizo perder el catorce de enero, domingo por cierto, llamándoles. Y ya entonces lo único que le pude conseguir fue una mesa a las diez de la noche y le tuve que jurar al encargado por mi primogénito que se levantarían de la mesa a las once. Y claro, no aceptaron. Con mucha suerte puede que consigan una mesa en el Burger King —visualizo al Señor X mojando distraídamente las patatas fritas en ketchup mientras lee la sección de economía.

—¿Y has encontrado las braguitas?

—No. Te vas a poner muy triste cuando ya no tengamos que hablar de braguitas, ¿verdad?

Se ríe.

—En realidad —continúo—, ayer tuvimos una falsa alarma en la que tu segura servidora, llevada por un pánico ciego, se lanzó de cabeza sobre la capa de mago de Snoopy.

—Puede que no sean negras, ¿sabes? Tienes que intentar pensar más allá de los tópicos. Podrían ser de color pastel, o con estampado de tigre, o transparentes...

—¿Lo ves? Disfrutas demasiado con esta conversación —le amonesto.

—Y entonces, ¿qué haces si no estás haciendo la reserva de los restaurantes ni cazando bragas?

—Intento escribir un trabajo sobre Jean Piaget.

—Ah, sí, Jean.

—¿Qué? ¿No sabes quién es? Y a ese montón de ladrillos le llaman una Ivy League.

—*Una* Ivy League, no. *La* Ivy League, querida —dice remedando la mandíbula inmóvil de Thurston Howell III.

—Efectivamente. Bueno, pues es el abuelo de la psicología infantil, como quien dice. Estoy escribiendo sobre su teoría del egocentrismo: cómo los niños ven el mundo físico exclusivamente desde su propia y limitada perspectiva.

—Parece que estés hablando de tu jefa.

—Sí, y curiosamente ella tampoco sabe lavarse el pelo sola. Probablemente ahí hay algo interesante que estudiar. ¡Uf! Estoy en una actitud totalmente perezosa. Que me hayan concedido el lujo de toda una tarde libre me produce la sensación de que puedo perder el tiempo. En fin, basta ya de hablar de mí, ¿a qué debo el honor de esta llamada?

El teléfono suelta un sonoro pitido que interrumpe sus palabras.

¡BIIP!

—... sobre una interinidad. El tipo que nos ha venido a hablar hoy era realmente alucinante. Ha...

¡BIIP!

—... crímenes de guerra en Croacia. Hay un tribunal en La Haya para denunciar a los criminales de guerra...

¡BIIP! Ahora no hay contestador que me proteja.

—¡Lo siento! Espera un momento —aprieto el botón de llamada en espera y contengo la respiración.

—¡Nanny! Me alegro mucho de haberte pillado —la voz de la Señora X me saca de mi cita de mediodía—. Estoy pensando que lo mejor es Petrossian porque casi no tienen más que caviar y creo que la mayoría de la gente quiere una cena en condiciones para esta fecha. ¡Pero a nosotros nos da igual! ¿Les has llamado ya? Tendrían que ser los siguientes a los que llames. ¿Puedes? ¿Puedes llamarles ahora mismo?

—Claro. En este momento estoy en espera con Le Cirque por la otra línea, así que...

—¡Ah! ¡Fabuloso! Vale. A ver si tienen algo, aunque sea cerca de la cocina, nos lo quedamos.

—Genial. Se lo cuento enseguida.

—¡Espera! ¡Nanny! Oye, no les digas lo de la cocina en el primer momento, a ver si tienen algo mejor y luego, si no tienen otra cosa, le dices lo de la cocina.

—Ah, claro, por supuesto, así lo haré. Se lo cuento en cuanto sepa algo.

—Muy bien. Ya sabes que también puedes llamarme al móvil —noto que está a punto de darme su número de teléfono una vez más.

—Muy bien, estupendo. Tengo su número aquí mismo. Adiós —vuelvo a la otra línea—. Lo siento. ¿De qué hablábamos? Algo de criminales —me traslado a la cama y me pongo a *George* encima del estómago.

—Sí. Total, que creo que voy a solicitar esa suplencia para La Haya en verano. Después de este curso sobre el conflicto de Croacia, me encantaría conocerlo mejor, ¿sabes? Poder hacer algo. La verdad es que hay mucha competencia, pero creo que voy a intentarlo —demuestra alegría.

—Me alegro mucho.

—Estupendo —hay un cálido silencio entre nosotros—. Y tenía que llamarte y contártelo nada más salir de clase.

—Ésa es la parte que más me gusta.

—Es una faena que tengas que trabajar el Día de San Valentín. Me encantaría mucho que saliéramos.

—Sí. No soy yo la que se va a Cancún a pasar las vacaciones de primavera.

—Venga, ¿cómo iba a imaginar que te iba a conocer?

—Ni se te ocurra utilizar el no ser vidente como excusa.

A pesar de las múltiples llamadas de teléfono, no hemos llegado mucho más lejos que a hablar desde la noche del museo. Primero, él tuvo exámenes. Luego yo tuve la gripe de Grayer, que no fue exactamente sexy. Hace dos semanas vino una noche, pero el vuelo de Charlene fue cancelado y acabé preparando una cena romántica para cuatro. Pensé en ir a su casa, pero tiene tres compañeros de piso y *me niego* a pasar mi primera noche con él: a) interrumpida por los sonidos de Marilyn Manson aullando a través de la pared a las tres de la mañana; b) seguida por una mañana en la que les vea hacer el café utilizando sus calzoncillos como filtro. Me mata.

BIIP.

—Mierda. ¡Perdona! Espera otra vez —pulso el botón—. ¿Hola? —digo conteniéndome.

—¿Y? ¿Es junto a la cocina? —dice un tanto sofocada.

—¿Qué? No, humm, todavía me tienen en espera.

—¿Petrossian?

—No, Le Cirque. Yo la llamo en cuanto me contesten.

—Muy bien. Pero recuerda, no empieces diciéndole lo de la cocina. Y estaba pensando que podrías intentarlo en el 21. No es nada romántico. Puede que todavía les quede algo. O sea que el 21 después, ¿vale? Bueno, primero sería el Petrossian y luego el 21. Sí, el 21 es mi tercera alternativa.

—¡Estupendo! Tengo que volver con Le Cirque.

—Sí, sí. Llámame en cuanto sepas algo.

—¡Adiós! —respiración profunda. Botón—. Sí, salir. Eso me gustaría mucho.

—Me alegro de saberlo. Oye, tengo que irme a la siguiente clase. Mira, seguro que estaré algunos días en casa en abril, ya se nos ocurrirá algo. Buena suerte con Jean.

—¡Eh! —le paro antes de que cuelgue—. Lo de La Haya me parece genial.

—Bueno, a mí, tú me pareces genial. Te llamo en otro momento. Adiós.

—¡Adiós! —cuelgo y *George* se estira junto a mi cabeza, donde ha estado enrollado, y salta al suelo.

El teléfono vuelve a sonar. Miro el contestador.

—... Charlene y Nan. Deja un mensaje, por favor.

—Soy tu madre. Puede que no me reconozcas porque no son las dos de la madrugada y no tienes un niño asfixiándose en el regazo, pero te aseguro que soy la misma. Escucha, tesoro, hoy, mañana, la semana que viene, *vamos* a tener esa conversación. Mientras tanto, te dejo con dos sabias palabras referidas a ese trabajo tuyo: «¡No mola!». Te quiero. Cambio y corto.

Sí, vaya trabajo el mío. ¿Y qué hago con la reserva?

—¿Abuela?

—¡Cariño!

—Necesito una mesa para dos para la cena de San Valentín en cualquier sitio en el que no pongan manteles de papel. ¿Qué puedes hacer por mí?

—Hoy vamos directamente a por el premio gordo, ¿eh? ¿No podríamos empezar por algo más sencillo? Digamos, ¿llevar una tarde las joyas de la corona?

—Ya lo sé, es para la madre de Grayer. Es una historia muy larga, pero me va a acosar hasta que le consiga una mesa en algún sitio.

—¿La mujer de las orejeras? No se merece ni las migas de tu plato.

—Lo sé, pero ¿no podrías agitar tu varita mágica, por favor?

—Hummm, llama a Maurice del Lutèce y dile que le mandaré la receta de la tarta de queso la semana que viene.

—Abuela, eres la bomba.

—No, cariño, soy la bamba. Te quiero.

—Yo también te quiero.

Una llamada más y me pongo en contacto con *les petites egocentriques*.

❖❖❖

La ciudad sufre el atasco de San Valentín y yo me dirijo a Elizabeth Arden para reunirme con mi abuela. Desde que se quitaron los adornos de Navidad en enero, todas las tiendas han tenido los escaparates con temas de San Valentín; hasta la ferretería tiene en el escaparate una funda roja para el asiento del retrete. Los febreros anteriores me ponía furiosa en la cola de los supermercados esperando detrás de gente que iba a comprar ostras/champán/condones mientras yo esperaba para pagar mis pomelos/cerveza/Kleenex y a seguir con mi vida. Este año me he armado de paciencia.

Éste es el primer San Valentín que no paso soltera. Pero, manteniendo la tradicional agenda de supervivencia del «día en el que ser soltero no está bien», Sarah y yo nos hemos mandado mutuamente tarjetas Tiger Beat y acompaño a la abuela a nuestro acicalamiento de todos los años.

—Cariño, recuerda la regla número uno de San Valentín —explica mientras damos sorbitos de agua de limón y admiramos nuestras uñas pintadas—: Es más importante demostrarte un poco de amor *a ti misma* que tener un hombre que te regala algo de la talla y el color equivocados.

—Muchas gracias por la pedicura, abuela.

—Muchas veces, querida. Voy a subir a que me hagan las aplicaciones de algas. Sólo espero que no se olviden de mí como la última vez. La verdad es que deberían ponerte un timbre en la mano. Imagínate que te encuentra un pobre conserje rebozada en algas y envuelta en una manta. Regla número dos: nunca aceptes la última cita del día.

Se lo agradezco profusamente, recojo mis cosas y me voy a buscar a mi cita romántica a la guardería. Sale corriendo a las doce en punto, con un corazón de papel enorme y arrugado en la mano que va dejando un reguero de purpurina.

—¿Qué tienes ahí, colega?

—Es una tarjeta de San Valentín. La he hecho yo. Toma —cojo el corazón y le paso el zumo que he mantenido templado en el bolsillo, mientras él se sienta en la silla.

Miro el corazón asumiendo que es para la Señora X.

—La señora Butters me ayudó a escribirlo. Le dije lo que quería poner y ella me lo escribió. Léelo, Nanny, léelo.

Casi no puedo hablar.

—A NANNY CON AMOR DE GRAYER ADDISON X.

—Sí. Eso es lo que le dije.

—Es precioso, Coco. Gracias —digo empezando a notar las lágrimas mientras empujo la sillita.

—Puedes llevarlo —dice sujetando su zumo.

—¿Sabes lo que voy a hacer? La voy a guardar en la bolsa de la silla para que no se estropee. Tenemos una tarde muy especial por delante.

A pesar de ser uno de los días más fríos del año tengo órdenes estrictas de no llevarle a casa hasta después de la clase de francés. Así que tomo la atrevida decisión de ignorar las recomendaciones habituales y le llevo a comer al California Pizza Kitchen y luego a la Tercera Avenida a ver la última película de los Teleñecos. Me preocupaba que le asustara la oscuridad, pero se pasa toda la proyección cantando y dando palmas.

—Ha sido muy divertida, Nanny, muy divertida —dice mientras le sujeto las hebillas de la silla y todo el camino, hasta llegar a clase de francés, vamos cantando la canción de la película.

Después de dejarle con Madame Maxime para *faire les Valentines,* cruzo Madison a la carrera y voy a Barneys a comprarle algo a mi M. H.

—¿Puedo ayudarle? —medio pregunta, medio escupe la rubia descaradamente maliciosa que atiende el mostrador de Kiehl's. Nunca le hemos perdonado que acusara a Sarah de robar el maquillaje que iba a cambiar.

—No, gracias, sólo miraba.

Fijo mi atención en otro vendedor, un hombre eurasiático alto con una camisa negra que parece muy cara.

—Hola, estoy buscando un regalo para mi novio —me encanta decirlo. Novio, novio, novio. Sí, tengo un novio monísimo. A mi novio no le gustan los calcetines de lana. ¡Ah! ¡Además, mi novio trabaja en La Haya!

—Muy bien, ¿y qué clase de productos le gustan a su novio? —vale, ya vuelvo.

—Pues no lo sé. Hum, huele bien. Se afeita. ¿Algún producto para el afeitado?

Me enseña todos los productos imaginables que un aspirante a modelo trabajando en Barneys pudiera desear en toda su vida.

—Humm, ¿en serio? ¿Perfilador de labios? —pregunto—. Porque juega al *lacrosse...*

Sacude la cabeza ante mi cortedad de miras y sigue sacando pomadas y lociones esotéricas.

—No quiero decir con esto que tenga nada de malo, pero regalarle algo para que se arregle... Él no necesita arreglarse.

Al final me decido por una maquinilla de afeitar de acero inoxidable y veo cómo me la envuelve en papel de seda rojo y ata un lazo rojo alrededor de la caja negra. *Parfait.*

Recibo a Grayer en la puerta de su clase con el abrigo preparado para que se lo ponga.

—*Bonsoir, Monsieur X. Comment ça va?*

—*Ça va très bien, Nanny. Merci beaucoup. Et vous?* —pregunta moviendo ante mí sus dedos mágicos.

—*Oui, oui, très bien.*

Maxime asoma la cabeza por la puerta de la clase y mira hacia la fila de casilleros donde estoy empaquetando a Grayer.

—A Grayer se le están dando muy bien los verbos —le sonríe desde lo alto de sus Charles Jourdan—. Pero si pudiera sacar todas las semanas un poco de tiempo para practicar con él la lista de nombres sería *fantastique*. Si usted o su marido...

—Oh, no soy su madre.

—*Oh, mon Dieu! Je m'excuse.*

—*Non, non, pas de* problema —digo.

—*Alors,* hasta la semana que viene, Grayer.

Intento llevármelo a casa deprisa, porque un viento gélido azota toda la avenida.

—En cuanto lleguemos arriba —digo acuclillándome en el ascensor para aflojarle la bufanda—, te voy a poner un poco de vaselina en las mejillas, ¿vale? Se te están cortando un poco.

—Vale. ¿Qué vamos a hacer hoy, Nanny? ¡Vamos a volar! Sí, creo que deberíamos volar nada más llegar arriba —últimamente le pongo en equilibrio encima de mis pies y le hago «volar» por la habitación.

—Después del baño, Grayer, ésa es la hora de volar —empujo la silla y cruzo el umbral—. ¿Qué quieres para cenar?

Estoy colgando los abrigos cuando la Señora X entra en el recibidor con un vestido largo rojo y los rulos de Velcro puestos, preparándose ya para la cena de San Valentín con el Señor X.

—Hola, chicos. ¿Lo habéis pasado bien hoy?

—¡Feliz Día de San Valentín, mami! —grita Grayer a guisa de saludo.

—Feliz Día de San Valentín. Huy, cuidado con el vestido de mami —espátula.

—Vaya, está guapísima —digo quitándome las botas.

—¿De verdad? —se mira el cuerpo consternada—. Todavía me queda un poco de tiempo. El avión de Chicago del Señor X no aterriza hasta dentro de media hora. ¿Podrías venir a ayudarme un momento?

—Claro. Iba a preparar la cena. Me parece que Grayer tiene bastante hambre.

—Ah. ¿Por qué no pides algo por teléfono? Hay dinero en el cajón —bueno, de verdad.

—¡Estupendo! Grayer, ¿me ayudas a hacer el pedido? —tengo escondido un puñado de menús en el lavadero para casos de emergencia.

—¡Pizza! ¡Quiero pizza, Nanny! ¡Por favooooor!

Le miro y levanto una ceja porque sabe que delante de su madre no puedo decir que ya ha comido pizza en el almuerzo.

—Genial. Nanny, ¿por qué no pides una pizza, le pones un v-í-d-e-o y vienes a ayudarme? —dice saliendo de la habitación.

—Jajajaja, pizza, Nanny, vamos a comer pizza —se ríe y da palmadas enloquecido por su increíble buena suerte.

—¿Señora X? —empujo la puerta.

—¡Estoy aquí! —grita desde el vestidor.

Lleva otro vestido rojo largo y hay un tercero colgado detrás de ella.

—¡Dios mío! Ése es precioso.

Los tirantes de éste son más anchos y unas aplicaciones de terciopelo rojo en forma de hojas ribetean la falda. El color forma una asombrosa combinación con su espeso pelo negro.

Se mira en el espejo y sacude la cabeza.

—No, no me queda bien.

Observo detenidamente el vestido. Me doy cuenta de que nunca le había visto los brazos y el esternón. Parece una bailarina de ballet, pequeña y fibrosa. Pero no llena el vestido en la zona del pecho y no le cae bien.

—Puede que sea por el pecho —digo prudentemente.

Ella asiente con la cabeza.

—Por dar de mamar —dice desabridamente—. Espera a que me pruebe el tercero. ¿Te apetece un poco de vino?

Descubro que hay una botella de Sancerre encima del tocador.

—No, gracias. No debo.

—Ah, venga. Vete a por una copa del mueble bar.

Atravieso la habitación del piano desde donde puedo oír las notas de *I'm Madeline! I'm Madeline!* que llegan desde la biblioteca.

Cuando regreso ha salido del vestidor con un precioso vestido napoleónico de seda salvaje y parece Josefina.

—Ah, mucho mejor —digo—. El talle imperio le favorece mucho.

—Sí, pero no es muy sexy, ¿verdad?

—Bueno... no. Es muy bonito, pero depende de la apariencia que se quiera dar.

—Deslumbrante, Nanny. Quiero estar deslumbrante —las dos sonreímos y ella se mete detrás del biombo chino—. Todavía me queda uno más.

—¿Se va a quedar con todos? —digo fijándome en los ceros de las etiquetas que les cuelgan.

—No, claro que no. Devolveré los que no lleve. Ah, y eso me recuerda —saca la cabeza por un lado del biombo—, ¿podrías devolver los demás a Bergdorf mañana?

—Por supuesto. Puedo hacerlo mientras Grayer está en su cita de juegos.

—Genial. ¿Puedes subirme la cremallera? —dice. Dejo la copa de vino y me acerco a abrocharle un vestido tubo rojo estilo años treinta increíblemente sexy.

—Sí —decimos las dos en cuanto se asoma al espejo.

—Es precioso —digo. Y lo digo en serio. Es el primero que saca partido de sus proporciones y hace que parezca una sílfide en vez de una muerta de hambre. Mirando a su reflejo me doy cuenta de que estoy cogiéndole cariño; a todos ellos.

—¿Y qué te parece? ¿Con pendientes o sin pendientes? Tengo que llevar este collar porque me lo regaló mi marido —muestra un hilo de diamantes—: Es precioso, ¿verdad? Pero no quiero llevar demasiado.

—¿Tiene unos diamantes pequeños?

Se pone a revolver en el joyero y yo cojo el vino y me lo llevo a la banqueta de terciopelo.

—¿Éstos? —dice enseñándome un par de diamantes—. ¿O éstos? —rubíes.

—No, los diamantes sin lugar a dudas. No conviene pasarse con el rojo.

—Hoy he ido a Chanel y me he comprado la barra de labios perfecta. ¡Y mira! —saca uno de sus pies. Lleva las uñas pintadas en Chanel Redcoat.

—Perfecto —digo dando un sorbo.

Se pone los pendientes y se da un rápido toque con la barra de labios.

—¿Qué te parece? —se vuelve hacia mí—. ¡Ah, espera!

Se dirige a la bolsa de Manolo Blahnik que descansa en el suelo y saca una caja que contiene un par de exquisitas sandalias de seda negra.

—¿Excesivas?

—No, no. Son maravillosas —digo, y ella se las calza y una vez más se planta delante de mí.

—Bueno, ¿qué tal? Me falta algo.

—La verdad, yo me quitaría los rulos —se ríe. Le echo una última ojeada—. No, en serio, está perfecta. Hum, sólo que...

—¿Qué?

—¿Tiene un tanga?

Ella se mira por detrás en el espejo.

—Oh, Dios mío. Tienes razón —empieza a repasar las bolsas de plástico del cajón de lencería—. Creo que el Señor X me regaló uno en nuestra luna de miel.

¡Oh, genial, Nan! ¡Genial! Ponerla a revolver en el cajón de las braguitas...

—Siempre puede ir a pelo —sugiero audazmente desde el banco de terciopelo mientras me trago el resto del vino.

—¡Aquí está! —dice mostrando un primoroso tanga negro de La Perla con bordados color crema que *suplico al cielo* que sea suyo.

Suena el timbre de la puerta.

—¡NANNYYYY! ¡La pizza ha llegado!

—Gracias, Grayer —respondo.

—Eso es todo. Ya estoy lista. Muchísimas gracias.

Después de que Grayer y yo nos hayamos zampado media pizza mediana, saco una pequeña caja de cartón de mi mochila.

—Y ahora, un postre especial de San Valentín —digo sacando dos bizcochos de chocolate con corazones rojos encima. Grayer abre unos ojos desmesurados ante esta infidelidad a la fruta cortada y las galletas de soja. Sirvo un vaso de leche para cada uno y ambos mojamos el dulce.

—Vaya, ¿pero qué es esto?

Los dos nos quedamos paralizados, con los bizcochos a medio camino de la boca.

—Nanny ha tdaido bicoshos peciales de an alentín —explica Grayer a la defensiva con la boca llena de chocolate.

La Señora X se ha recogido el pelo en un moño suelto y se ha acabado de maquillar. Está preciosa.

—Ah, qué encanto. ¿Le has dado las gracias a Nanny?

—Gracias —dice Grayer salivando.

—El coche llegará en cualquier momento.

Se encarama en el canto de una de las banquetas con todos los músculos tensos a la espera de que suene el timbre. Me recuerda a mí misma cuando estaba en el instituto: toda arreglada esperando la llamada que diría qué padres estaban de viaje, dónde era la cita, dónde iba a estar *él*.

Nos acabamos los bizcochos incómodos por su presencia junto a nosotros.

—Bueno... —se levanta mientras le limpio la cara a Coco antes de dejarle bajar de su silla de comer—. Voy a esperar en el despacho. ¿Quieres avisarme cuando llamen?

Sale echándole una ojeada al telefonillo.

—Por supuesto —le digo, preguntándome cuánto se atreverá a retrasarse el Señor X.

—Vale, ahora vamos a volar, Nanny. Vamos a volar, ¿podemos? —levanta los brazos y da vueltas alrededor de mí mientras recojo los platos.

—G, ahora puede que estés demasiado lleno. ¿Por qué no coges los cuadernos de colorear y nos quedamos aquí para oír el timbre, vale?

Grayer y yo nos pasamos una hora sentados en silencio, dándonos y quitándonos los lápices de colores, mirando intermitentemente al silencioso telefonillo.

A las ocho en punto la Señora X me llama a su despacho. Está sentada en el canto de su silla con un *Vogue* antiguo abierto sobre la mesa. El visón espera tirado en el sillón.

—Nanny, ¿quieres llamar a Justine y preguntarle si sabe algo? El número está en la lista de emergencia de la despensa.

—Claro, ahora mismo.

No me contestan en el trabajo, así que lo intento en su móvil.

—¿Diga? —oigo tintineo de cubiertos de fondo y me odio por interrumpirle la cena de San Valentín.

—¿Hola, Justine? Soy Nanny. Siento mucho molestarte, pero el Señor X llega tarde y quería preguntarte si sabes en qué vuelo llegaba.

—Eso lo tengo en la oficina...

—La Señora X se está poniendo un poco nerviosa —digo en un intento de transmitir la importancia de la situación.

—¡Nanny, no encuentro el lápiz rojo! —grita Grayer desde su banqueta.

—Mira, estoy segura de que él llamará —hay una pausa en la que oigo el fragor del restaurante en todo su esplendor—. Lo siento, Nanny, la verdad es que no puedo ayudarte.

Y en ese momento lo entiendo y se me hace un agujero en el estómago.

—Naa-nny, no puedo seguir. *¡Necesito el rojo!*

—Vale, gracias.

—¿Y bien? —pregunta la Señora X por encima de mi hombro.

—Justine no estaba en la oficina, o sea que no tiene el itinerario.

La rodeo para ir a la mesa a rebuscar en el cubo de lápices mientras Grayer sigue encorvado sobre su cuaderno de colorear. Puede que haya llegado el momento. Puede que deba decir algo. Pero ¿qué? ¿Qué sé en realidad de este asunto? Sólo sé que Miss Chicago estuvo aquí hace un mes, las cosas podrían haber cambiado desde entonces. ¿Cómo sé yo que sencillamente no llega tarde?

—¿Por qué no pone el canal del tiempo? —sugiero, agachándome para recoger el lápiz rojo que ha rodado debajo de la banqueta—. A lo mejor hay retrasos en el aeropuerto de O'Hare —estiro el brazo por encima de la mesa y dejo el lápiz rojo junto al puño de Grayer. Me incorporo—. Yo voy a llamar a información de aeropuertos. ¿Con qué línea vuela?

—Eso lo sabe Justine. Ah, y ¿puedes llamar al Lutèce para asegurarte de que no den a nadie nuestra reserva? —se va apresuradamente a la biblioteca. Grayer se baja de la banqueta y sale corriendo detrás de ella.

El buzón de voz de Justine me salta tres veces, pero como ella me ha abandonado a mi suerte, sigo llamando.

—¿Diga? —dice irritada.

—Justine, lo siento. ¿Con qué línea vuela?

—American. Pero, Nanny, si fuera yo, no... —su voz se debilita.

—¿Qué?

—Estoy segura de que él llamará. Yo no me molestaría en...

—Vale. Gracias, adiós.

Pido el número a información, porque ya no sé qué más hacer.

—Hola, gracias por llamar a American Airlines. Le atiende Wendy. ¿En qué puedo ayudarle?

—Hola. Sí, llamo para saber si hay retrasos en los vuelos de Chicago a Nueva York esta noche o si el pasajero Señor X ha cambiado de vuelo.

—Lo siento, pero no puedo darle información sobre un pasajero en particular.

—Bueno, y ¿puede decirme si hay retrasos?

—Espere un momento que lo compruebo —suena la señal de otra llamada.

—Residencia de los Señores X. ¿Quién es, por favor?

—¿Quién es usted? —pregunta una voz masculina.

—Hola, soy Nanny...

—¿Quién?

—Nanny...

—Bueno, quien seas. Oye, dile a la Señora X que mi avión no sale por culpa de la nevada que ha caído en Chicago. La llamaré mañana.

—Estoy segura de que ella quería hablar con usted...

—Ahora no puedo —el teléfono se queda mudo.

Recupero la otra línea.

—Oiga, ¿señorita? Gracias por esperar. No hay ningún retraso. Todos los vuelos están cumpliendo su horario.

—Gracias —digo, y cuelgo. Mierda, mierda, mierda.

Cruzo la sala lentamente y me detengo frente a la biblioteca, donde Grayer y la Señora X están sentados en el sofá de cuero azul marino, atentos al tiempo del Medio Oeste.

—Así que sigan con nosotros, porque después de la pausa hablaremos con Cindy de Little Springs para que nos cuente qué está haciendo en su porche trasero —dice una voz enérgica desde la televisión. Me encuentro mal.

7. Sentimos informarle

«Todos pensaban que no tenía sentido que vivieran juntos, y que cualquier grupo de gente que hubiera coincidido casualmente en una posada tendría más en común que ellos, los miembros de la familia Oblonsky y sus criados. La esposa nunca salía de sus habitaciones y el marido se pasaba todo el día fuera. Los niños estaban por toda la casa sin saber qué hacer.»

ANNA KARENINA

El lunes a mediodía espero en el patio de la escuela hasta que la señora Butters ha dado unos golpecitos en la cabeza a todos y cada uno de los bien abrigados estudiantes y les ha mandado con sus niñeras, y no hay ni rastro de Grayer.

—¿Señora Butters? —digo.

—¿Sí?

—¿Grayer no ha venido hoy a la escuela?

—No —me sonríe.

—Vale, gracias.

—De nada.

—Muy bien.

—Pues, nada...

Asiente con la cabeza indicando que este productivo coloquio ha terminado y vuelve a entrar en el edificio con la bufanda de *patchwork* de terciopelo revoloteando a su espalda. Me quedo quieta un momento, sin saber qué hacer. Estoy buscando el móvil cuando siento un severo golpe en la parte de atrás de una pierna.

—¡Jai-yaa!

Me giro y veo a una mujer bajita que riñe a un niño muy grande en una amenazadora posición de karate.

—¿Nanny? —sale por la puerta con tal ímpetu que casi se choca conmigo—. Se me acaba de ocurrir una cosa: llama a Justine y pídele el número del hotel. El tiempo es bueno. Puede que la reunión se haya alargado.

—Hum, la verdad es que el Señor X ha llamado por la otra línea mientras estaba hablando con la compañía aérea y eso es lo que me ha dicho. La reunión se ha retrasado. Ha dicho que llamará mañana por la noche y, eh...

Levanta la mano para callarme.

—¿Por qué no has venido a avisarme?

—Eh, hum, ha dicho que tenía prisa...

—Ya —aprieta los labios—. ¿Y qué más ha dicho?

Noto unas gotas de sudor que me resbalan por los costados.

—Ha dicho, hum, que iba a pasar la noche allí —bajo los ojos para esquivar su mirada.

Se acerca un paso.

—Nanny, quiero... que me digas... *exactamente*... lo que ha dicho.

Por favor, no me haga esto.

—¿Bien? —espera la respuesta.

—Ha dicho que estaba atrapado por la nieve y que llamará mañana —digo suavemente.

Ella se estremece.

Levanto la mirada. Parece que le haya dado una bofetada y vuelvo a bajar los ojos. Ella entra en la biblioteca, coge el mando y apaga la televisión, dejando la habitación en silencio y a oscuras. Permanece inmóvil, su silueta se recorta contra las luces de Park Avenue, el vestido rojo resalta en el azul sombrío de la habitación, su mano sujeta el mando de la televisión.

Los grandes ojos de Grayer me miran en la oscuridad, donde sigue sentado con las manos cruzadas sobre el regazo.

—Vamos, Grayer. Es hora de ir a la cama.

Alargo la mano y él se baja del sofá y me sigue sin rechistar.

Mientras nos cepillamos los dientes y le pongo el pijama está insólitamente callado. Le leo *Maisy se va a la cama,* sobre una ratoncita con una labor muy sencilla que cumplir.

—«Maisy se cepilló los dientes.» ¿Y Grayer se ha cepillado los dientes?

—Sí.

—«Maisy se lavó la cara y las manos.» ¿Grayer se ha lavado la cara y las manos?

—Sí.

Y así seguimos hasta que bosteza y le cuesta tener los ojos abiertos.

Me levanto para darle un beso en la frente y me doy cuenta de que tiene una mano aferrada a mi jersey. Separo sus dedos con delicadeza.

—Buenas noches, Coco.

Salgo a tientas al pasillo largo y oscuro que conduce al dormitorio de ella, salpicado de charcos de luz que iluminan los cuadros.

La puerta está abierta.

—¿Señora X?

Entro en el dormitorio y oigo el sonido de llanto sofocado detrás de la puerta del vestidor.

—Hum, ¿Señora X? Grayer ya está dormido. ¿Necesita algo? —silencio—. Me voy a ir, ¿de acuerdo?

Me acerco a la puerta y puedo oírla llorar suavemente al otro lado. Su imagen arrebujada en el suelo con el vestido rojo hace que me lleve las manos al pecho.

—¿Nanny? —dice una voz que se esfuerza por parecer animada—. ¿Eres tú?

—Sí —recojo las copas de vino de la mesilla de noche con cuidado de que no entrechoquen.

—Muy bien, puedes irte. Hasta mañana.

—Todavía queda algo de pizza. ¿Quiere que se la calient

—No, no te preocupes. Buenas noches.

—¿Está segura? Porque no me molesta nada.

—No, de verdad. Hasta mañana.

—Vale, buenas noches.

Recorro el largo pasillo beige hasta la cocina, dejo las copa en el fregadero y preparo un plato de fruta, por si acaso. Deci do no cancelar su reserva hasta haber salido de la casa.

Vuelvo al pasillo, cojo el abrigo y las botas y saco el corazón de papel de la bolsa de la silla. Éste espolvorea una ligera nube de purpurina roja por encima de las baldosas blancas y negras. Me arrodillo y aprieto la mano sobre las chispas de brillo, las reco jo rápidamente y las sacudo dentro de mi mochila.

Mientras cierro la puerta con cuidado, los sollozos apaga dos de la Señora X dan paso a un gemido animal, profundo.

—No, Darwin —dice ella—, no se pega a la gente.

—¿Dónde está Grayer? Quiero jugar con sus juguetes.

—Perdón, ¿qué puedo hacer por usted? —digo frotándome la pierna.

—Soy Sima. Éste es Darwin. Se suponía que habíamos quedado con Grayer para jugar.

—Quiero ver sus juguetes. ¡AHORA MISMO! —me grita su pupilo adoptando con las manos una postura de karate.

—Encantada de conocerte, Sima. Yo soy Nanny. Me imagino que Grayer se habrá quedado en casa hoy, pero no sabía que había quedado para jugar. Voy a llamar a su madre —marco su número pero me sale el buzón de voz—. Bueno, ¡pues vámonos a casa! —digo intentando aparentar tranquilidad, pero no muy segura de qué nos vamos a encontrar al llegar allí.

Ayudo a Sima a llevar la bolsa de Darwin y juntos caminamos sobre la nieve sucia hasta el 721. Siento una manía inmediata por Darwin, puesto que no llevo más que tres minutos con él y me ha puesto en un estado de sobresalto permanente. Sima, por el contrario, es totalmente suave, casi delicada, en sus intentos de esquivar los golpes de karate de Darwin.

Meto la llave en la cerradura y la abro sigilosamente, diciendo a voces:

—¿Hola? ¡He venido con Darwin y con Sima!

—¡Dios mío! —murmura Sima buscando mi mirada.

El tufo a rosas es sofocante. Aunque el Señor X aún no ha regresado del que se está convirtiendo en el viaje de negocios más largo de la historia, está enviando al 721 de Park, en su ausencia, dos docenas de rosas de tallo largo todas las mañanas desde el Día de San Valentín. La Señora X se niega a tenerlas en su ala o en el ala de Grayer, pero parece que tampoco se decide a tirarlas. Más de treinta jarrones llenan la sala, el comedor y la cocina. En consecuencia, el aire acondicionado está encendido, pero parece que lo único que hace es mover el penetrante aroma de un lado a otro de la casa.

Basándome en lo que he deducido de las tarjetas del florista, el Señor X prometió llevar a su mujer y a su hijo a Connecticut el pasado fin de semana para pasar algún «tiempo en familia», convirtiendo los dos celestiales últimos días en el primer fin de semana libre que he tenido en el mes que ha pasado desde San Valentín.

—¡GRAYER! ¡GRAAYYEERR! —vocifera Darwin con todas sus fuerzas antes de arrancarse el abrigo y correr hacia el cuarto de Grayer.

—Por favor, quítate el abrigo y siéntate, voy a buscar a la mamá de Grayer y a decirle que estamos aquí —dejo su bolsa en el suelo, junto al banco del recibidor, y me quito las botas.

—No te preocupes. Prefiero quedarme con el abrigo puesto, gracias —su sonrisa me dice que no necesito explicarle lo de la glacial temperatura o las fúnebres flores. Voy sorteando jarrones hasta el despacho de la Señora X y lo encuentro vacío.

Sigo los sonidos de las risitas de hiena de los chicos hasta el cuarto de Grayer, donde la cama hace las funciones de barricada en la guerra que mantienen Darwin y Grayer, que aún está en pijama.

—Hola, Coco.

Está muy ocupado bombardeando a Darwin con muñecos de peluche y sólo me mira fugazmente, lo justo para reconocerme.

—Nanny, tengo hambre. ¡Quiero desayunar ya!

—¿Quieres decir almorzar? ¿Dónde está tu mamá? —Grayer se agacha para esquivar una rana de peluche voladora.

—No sé. ¡Y lo que quiero es el *desayuno*! —¿cómo?

En el despacho del Señor X me encuentro con Connie que está volviendo a convertir el fuerte de Grayer en un sofá. Este cuarto está más revuelto que cualquiera de los otros que haya visto en el apartamento desde que he llegado. El suelo está cubierto de platos con restos de pizza y todos los vídeos de Disney están desperdigados por ahí fuera de sus cajas.

—Hola, Connie. ¿Qué tal el fin de semana? —le pregunto.

—Lo estás viendo —dice señalando aquel caos—. No he salido de aquí en todo el fin de semana. El Señor X no ha aparecido y ella no quiere quedarse sola con Grayer. Me hizo volver desde el Bronx el viernes a las once de la noche. Tuve que llevar a mis hijos a casa de mi hermana. Ni siquiera me pagó un taxi. Y no le ha dicho ni pío al niño en todo el fin de semana —recoge un plato—. Anoche le dije por fin que me tenía que ir a casa, pero no le gustó nada.

—Dios mío, Connie, lo siento mucho. Vaya faena. Tenía que haberme llamado a mí. Por lo menos podía haberme quedado por las noches.

—¿Qué? ¿Y permitir que sus semejantes se enteren de que no es capaz de lograr que su marido vuelva a casa?

—¿Dónde está ella?

Connie señala el dormitorio principal.

—Su Alteza regresó hace media hora y se fue directamente a su habitación.

Llamo a la puerta.

—¿Señora X? —digo cautelosamente.

Empujo la puerta y mis ojos necesitan unos instantes para adaptarse a la oscuridad. Está sentada en la alfombra de color crudo rodeada de bolsas de compras. El camisón de franela le asoma por debajo del abrigo de pieles. Las pesadas cortinas de grogrén están echadas.

—¿Podrías cerrar la puerta?

Se recuesta en el buró, respirando trabajosamente a través de un puñado de pañuelos de papel lavanda que ha sacado de una de las bolsas. Se suena la nariz y levanta la mirada al techo. Preocupada de que cualquier pregunta que haga sea inconveniente, dejo que ella inicie la conversación.

Con la mirada perdida en la oscuridad, pregunta con voz inexpresiva:

—¿Qué tal el fin de semana, Nanny?

—Bien...

—Nosotros hemos pasado un fin de semana maravilloso. Muy... divertido. Connecticut estaba precioso. Fuimos en trineo. Tenías que haber visto a Grayer y a su padre. Era adorable. En serio, un fin de semana genial.

Vaaa-le.

—Nanny, ¿cabría alguna posibilidad de que vinieras mañana por la mañana y... —parece exhausta—, encargarte de que Grayer se arregle para ir a la escuela. Es tan... Quería ponerse los pantalones rosa y yo no tenía fuerza para...

—¡TE HE DADO! ¡TIENES QUE ESTAR MUERTO!

—¡NO! ¡TÚ ESTÁS MUERTO! ¡MUERE! ¡MUERE!

Las voces de los niños suben de volumen, al igual que los golpes de los muñecos de peluche que se lanzan por el pasillo.

—Nanny. Sácalos de casa. Llévatelos... a un museo o algo así. No puedo... necesito...

—¡MUÉRETE YA! ¡HE DICHO QUE TE MUERAS!

—Claro que sí. Lo mejor es que me los lleve. ¿Quiere que le traiga...?

—No. Por favor, salid cuanto antes... —la voz se le quiebra y saca otro puñado de pañuelos de la bolsa.

Cuando estoy cerrando la puerta cuidadosamente Grayer aparece de un salto en el extremo opuesto del largo pasillo. Sus ojos se dirigen a la puerta primero, luego a mí. Me lanza su Winnie-the-Pooh a la cabeza un poco demasiado violentamente.

Respiro hondo.

—Muy bien, chico duro, vamos a vestirnos —le cojo de la mano y me los llevo, a él y a Winnie, al dormitorio.

—Vas en pijama, so tonto —dice Darwin encantador mientras llevo a Grayer hacia el armario.

Además del uniforme que últimamente ha elegido, la sudadera de Collegiate que se ha puesto casi a diario desde Navidades, coge de un colgador una corbata de su padre y se la echa por el cuello.

—No, Coco, no puedes llevar eso —le digo. Darwin intenta arrancársela de las manos—. No, Darwin, esa corbata es de Grayer.

—¿Lo ves? ¿Lo ves? —dice Grayer victorioso—. Lo has dicho tú. Es mía. Mi corbata. Mamá lo dijo. Ella me la dio.

Como no quiero volver a su habitación a preguntarle si es cierto, le hago un nudo rápido y la corbata le queda colgando por encima de su tarjeta de visita.

—Bueno, chavales, en marcha. ¡Tenemos que ver muchos sitios y hacer muchas cosas! ¡He planeado una tarde muy emocionante, pero el primero que se ponga el abrigo será el primero en enterarse!

Los chicos pasan por delante de mí para iniciar la carrera de obstáculos florales. Cojo un puñado de muñecos de peluche del suelo y los lanzo sobre la cama mientras salgo.

En el recibidor, Sima intenta evitar que Darwin aplaste a Grayer contra el suelo.

—Tiene que respirar, Darwin.

—Se me ha ocurrido que podemos ir al Play Space —anuncio dándome cuenta, al tiempo que Darwin libera a Grayer, de que todavía llevo puesto el abrigo.

—¡Sí! —los chicos dan saltos encantados.

—Vale —asiente Sima—. El Play Space me parece una buena idea.

Le doy la chaqueta de Darwin y me calzo las botas.

Hay dos Play Spaces, uno en la Calle Ochenta y Cinco Este y otro en Broadway a la altura de las noventa, pero nos dirigimos al del lado Este, porque tiene una arena más limpia. Estos parque infantiles cubiertos son la versión neoyorquina de un cuarto de jugar bien equipado. Y, como todo en esta gran ciudad, tiene un precio. Como los moteles que se alquilan por horas, veinte dólares dan derecho a niñera y niño a dos horas para agotarse mutuamente con sus artefactos.

Sima espera en la acera con los chicos mientras yo saco las sillitas del portamaletas del taxi.

—¡NO ES!

—¡SÍ ES!

—¿Te echo una mano? —pregunta Sima esquivando una patada de Darwin.

—No —gruño—. Puedo sola —me conformo con estar lejos de su alcance.

Maniobro con las sillas hasta la acera y cada una cogemos una manita. Probablemente para evitar que los pervertidos se asomen al escaparate, el Space está en la segunda planta y sólo se puede acceder a él trepando por una escalera *enorme* recubierta de alfombra azul, con escalones de la altura proporcionada para un niño, que parece conducir al lugar donde van las niñeras cuando mueren. Grayer, inmutable, se agarra a la barandilla e inicia el ascenso.

—Darwin, es para arriba. Para arriba —indica Sima—. No abajo. Arriba.

Darwin, ignorándola por completo, juega a una especie de salto de la rana que amenaza con arrastrar al metódico Grayer en una caída para romperse el cuello. Yo les sigo muy de cerca, tirando de las sillas plegadas, sin poder apoyar los talones en el borde de los escalones.

Cuando por fin llegamos arriba, aparco las sillas en el Corral para Sillas y me dispongo a registrarnos. Debido al mal tiempo, el sitio está de bote en bote y tenemos que ponernos en una larga cola de niños excesivamente abrigados, niñeras desesperadas y alguna madre aportando su hora de «entrega maternal».

—Elizabeth, podemos hacer pipí después de registrarnos. ¡Por favor, aguanta!

—¡Hola y bienvenidos a Play Space! ¿Quién va a hacer la inscripción? —nos pregunta un hombre de treinta y tantos años excesivamente simpático desde el otro lado de un mostrador rojo brillante.

—¡Él! —digo señalando a Grayer. El hombre se queda un tanto confundido—. Nosotros —le digo entregándole la tarjeta de socio de la Señora X. Él busca su nombre en el fichero y, una vez que le hemos pagado veinte dólares por cada uno, nos dan unas etiquetas con los nombres para nosotros y otra para poner en las sillas, por si quieren hacer amigos.

«Hola, me llamo GRAYER. Estoy con NANNY», dice la suya.

La mía dice: «Hola, me llamo NANNY. Estoy con GRAYER». Nos indican que las llevemos en un sitio bien visible y me la pego directamente sobre el ventrículo izquierdo, mientras que Grayer se la pone en el faldón de la camisa, justamente encima de la tarjeta y junto a la corbata de su padre. Cuando Sima y Darwin han sido emparejados con el mismo procedimiento, los cuatro entramos y dejamos los abrigos y las botas en los casilleros que nos han asignado. En la zona de restaurante pago otros veinte dólares por nuestro almuerzo: dos minúsculos sándwiches de mantequilla de cacahuete y mermelada y dos cartones de zumo.

—¡MUERE! ¡MUERE!

—¡MÁTALE EN LA MALDITA CABEZA!

—¡Bueno, basta ya! —la Bruja del Oeste tiene dolor de cabeza—. Si no podéis comer como dos caballeros amables y pacíficos, Darwin y Sima se irán a sentarse a otra mesa.

Durante el resto de la comida siguen discutiendo en tonos más soportables, mientras Sima y yo cruzamos sonrisas de entendimiento de un extremo a otro de la mesa. Ella mordisquea su sándwich de mortadela y yo intento iniciar una conversación, pero Darwin elige los momentos más oportunos para lanzarle galletitas Goldfish a la cara.

Antes de dejarlos sueltos en la cuadra vamos a lavarles las manos. Los baños en Technicolor tienen lavabos pequeños, retretes bajitos y pestillos altos. Grayer hace pis como un campeón y luego me deja que le remangue para lavarse las manos.

—¡NO! ¡NO QUIERO! ¡HAZ PIS TÚ! —oímos a Darwin en el baño contiguo.

Me inclino y beso a Grayer en la coronilla.

—Muy bien, Grayer, vamos al ataque —digo pasándole una toalla de papel para que se seque las manos y lo que ha salpicado en el lavabo.

—Papi dice eso en Aspirin.

—¿Ah, sí? Vamos —tiro la toalla y alargo la mano, pero no se mueve.

—¿Cuándo me va a llevar mi papá a Aspirin? —pregunta.

—Coco... —me acuclillo a su lado—. No lo sé. No estoy segura de si vais a ir a esquiar este año.

Sigue mirándome inquisidor.

—¿Se lo has preguntado a tu mamá?

Gira su cuerpo alejándolo de mí y cruza los brazos encima de la corbata.

—Mi mamá dice que no hable de él, así que no hablo. No hablo de él.

—¡Grayer, venga! —grita Darwin dando una patada en la puerta.

—¡Eh! ¡Aquí hay gente que necesita hacer pis! —grita una mujer por encima de él.

—Coco, si quieres preguntar algo, siempre puedes... —digo levantándome y descorriendo el cerrojo.

—No me hables —dice, y sale corriendo para reunirse con Darwin junto a la verja.

—¡Vaya cara tiene! —la mujer que estaba esperando empuja a su niña al interior del servicio—. ¡Me parece inconcebible que tenga esperando tanto rato a una niña! —me mira entornando sus ojos excesivamente maquillados—. ¿Para quién trabaja? —estudio su pelo enlacado, las uñas de tres centímetros, la blusa de Versace—. Lo digo en serio, ¿para quién trabaja?

—Dios —murmuro al pasar por su lado para llevar a Grayer a la zona de juegos.

Sima y yo subimos a los chicos al gran tobogán azul. La miro con atención para descubrir si es una de esas cuidadoras que se sienten obligadas a estar todo el tiempo a dos pasos de sus pupilos, siguiéndoles a cada movimiento que hacen.

—Creo que pueden... —dice con una pausa en la que está claro que también intenta saber qué opino— ... ¿quedarse los dos solos? ¿Qué te parece?

—Estoy de acuerdo —digo aliviada, dado el estado de ánimo de Grayer y la agresividad de Darwin—. Te invito al postre.

Ya sentadas en una mesa con vistas al tobogán, le doy a Sima su bizcocho y una servilleta.

—Me alegro de que no te importe dejar que los niños jueguen solos. Normalmente, yo dejo a Grayer a su aire y me siento aquí, desde donde puedo verle mientras hago mis trabajos. Pero siempre hay alguna cuidadora que viene con el rollo «Hum, Grayer está en la... *arena*». Y entonces se supone que yo tengo que salir corriendo al grito de «No... ¡LA ARENA!» —me río tapándome la boca para no escupir las migas.

Sima suelta una risita.

—Ayer, en una cita de juegos, la madre quería que yo coloreara con Darwin, pero si pongo un lápiz en su dibujo se pone a gritar. Pero ella me hizo estar toda la tarde con un lápiz cerca de su papel —desenvuelve el bizcocho—. ¿Llevas mucho tiempo con Grayer?

—Siete meses... desde septiembre. ¿Y tú? —le pregunto a mi vez.

—Llevo ya dos años con el señor y la señora Zuckerman —sacude la cabeza y su pelo negro le cae delante de la cara. Calculo que andará por los cuarenta y pocos—. A veces jugábamos con la otra chica, era encantadora. ¿Cómo se llamaba? —sonríe y da un sorbo de su cartón de leche en miniatura.

—Caitlin. Sí, creo que volvió a Australia.

—Tenía una hermana muy enferma. En el hospital. La última vez que quedamos para jugar estaba ahorrando para ir a verla.

—Qué terrible. No tenía ni idea. Era una chica estupenda. Grayer todavía la echa mucho de menos —por el rabillo del ojo veo que Darwin, apostado en el escalón de plástico amarillo por encima de Grayer, tira de la corbata que éste lleva alrededor del cuello. Durante un breve instante, Grayer parece asfixiarse, la cara se le pone roja y se lleva las manos al cuello.

Luego, el nudo de la corbata cede con un tirón repentino. Darwin se la arranca del cuello y sale corriendo, riéndose, hasta el otro extremo de la estancia, desapareciendo entre los aparatos de escalada. Sima y yo nos levantamos de un salto y corremos en direcciones opuestas.

—Coco, tranquilo —grito mientras me acerco a él.

Cede ante una explosión de furia dirigida a Darwin que deja a todo el recinto en silencio.

—¡DEVUÉLVEMELA! ¡ES DE MI PADRE! ¡¡¡¡¡DEVUÉLVEMELA!!!!! —tiembla y solloza—. ¡¡MI PADRE SE VA A ENFADAR MUCHO CONTIGO!! ¡¡¡¡SE VA A ENFADAR!!!!

Se derrumba, sacudido por la fuerza de sus lágrimas.

—Mi papá está muy enfadado, está muy enfadado.

Le recojo sobre mi regazo y le susurro al tiempo que le acuno.

—Eres un niño muy bueno. Nadie está enfadado contigo. Tu papá no está enfadado contigo. Tu mamá no está enfadada contigo. Todos te queremos mucho, Coco.

Me lo llevo a la zona de restaurante, donde Sima nos espera con la corbata.

—Quiero... estar... —solloza con la respiración entrecortada— con mi.... mami.

Anudo la corbata suavemente alrededor de su cuello y le tumbo en uno de los bancos verdes que hay a mi lado, improvisando una almohada con mi jersey.

—¿Si-ma? ¿Es usted Si-ma? —pregunta la señora del cuarto de baño.

—Sí.

—Su Darwin está en el columpio solo —declara.

—Gracias —sonríe Sima condescendiente.

—Él so-lo —repite la madre, como si Sima fuera sorda.

—Muy bien, muchas gracias —Sima me mira poniendo los ojos en blanco, pero va para allá a comprobar que Darwin no se haga daño, no se sabe cómo, en el tobogán de medio metro, y yo me quedo masajeándole la espalda a Grayer, que se está quedando dormido.

Sima alarga una mano para ayudar a Darwin a colocar las piernas sobre el tobogán y a prepararse para tirarse por él. Darwin rechaza su oferta dándole con todo descaro un coscorrón en la cabeza. Después se ríe y se desliza por el tobogán. Ella se queda un momento con las dos manos en la cabeza y luego vuelve despacio a nuestra mesa y se sienta.

—Darwin parece un poco intenso —digo. En realidad, parece un maníaco asesino en potencia, pero ella debe seguir con él por alguna razón, y diez dólares a la hora no es suficiente para que uno se enfrente a un riesgo físico permanente.

—No. Es sólo que está furioso porque le ha llegado un hermanito nuevo a la casa —levanta una mano para frotarse la cabeza.

—¿Les has contado alguna vez cómo te pega?

—No. Es que están tan ocupados con el bebé nuevo... Y cuando quiere es un niño muy bueno.

Mientras habla coge el aire en respiraciones cortas. No es ni por asomo la primera vez que veo esto. En todos los parques se ve al menos una niñera maltratada por un niño furioso. Está claro que no quiere hablar de ello, así que cambiamos de tema.

—Tienes un acento precioso —pliego el envoltorio de mi bizcocho hasta formar un cuadradito.

—Llegué de San Salvador hace dos años —se limpia las manos con la servilleta.

—¿Todavía tienes familia allí? —pregunto.

—Mi marido y mis hijos están allí —parpadea un par de veces y baja la mirada.

—Ah —digo.

—Sí, todos vinimos juntos a buscar trabajo. Yo era ingeniera en San Salvador. Pero no había trabajo y creímos que aquí podríamos ganar dinero. Pero a mi marido no le dieron el permiso de residencia y tuvo que volverse con mis hijos, porque yo no podía trabajar y cuidar de ellos.

—¿Cada cuánto tiempo los ves? —pregunto mientras Grayer se remueve con un sueño inquieto.

—Intento pasar en casa dos semanas en Navidades, pero este año el señor y la señora Zuckerman necesitaban que me fuera a Francia con ellos —pliega y despliega el jersey de Darwin.

—¿Tienes fotos de tus hijos? Seguro que son guapísimos.

No acabo de verle el lado positivo a esta situación, ni hacia dónde dirigir la conversación. Sólo sé que si mi madre estuviera aquí, ya habría enrollado a Sima en la alfombra de dibujos infantiles y la habría llevado al primer piso franco que encontrara.

—No, no llevo ninguna foto. Me resulta... demasiado duro... —sonríe—. Algún día que vengas con Grayer a jugar a casa de Darwin te las enseñaré. ¿Y qué me dices de ti? ¿Tienes niños?

—No. ¿Yo? Gracias a Dios, no —ambas nos reímos.

—Entonces, ¿novio?

—Estoy en ello —y comienzo a hablarle de M. H. Compartimos fragmentos de nuestras vidas, las partes de nuestras vidas en las que los Zuckerman y los X ni participan ni conocen, rodeadas de luces brillantes y de colores, inmersas en la algarabía de los gritos. Al otro lado de los grandes ventanales empieza a nevar; yo me siento encima de mi pie calzado sólo con el calcetín y Sima apoya la barbilla en el brazo. Así paso la tarde, hablando con una mujer que tiene una titulación superior a la mía, en una especialidad en la que yo no podría sacar ni un aprobado y que ha estado en su casa menos de un mes en los últimos dos años.

❖❖❖

Toda la semana pasada he llegado a las siete para vestir a Grayer antes de dejarle con la señora Butters y marcharme corriendo como una loca a mis clases. La Señora X nunca sale de su habitación por las mañanas y está fuera todas las tardes, por eso me sorprendió cuando Connie me dijo que me esperaba en su despacho.

—¿Señora X? —digo llamando a la puerta.

—Adelante.

Abro la puerta con cierta inquietud, pero me la encuentro sentada en su escritorio, elegantemente vestida con un jersey de cachemir y pantalones de sport. A pesar de todos sus esfuerzos con el colorete en crema sigue teniendo un aspecto consumido.

—¿Qué haces en casa tan temprano? —me pregunta.

—Grayer se ha manchado con pintura verde y le he traído a casa para que se cambie antes de ir a patinaje —el teléfono suena y me hace un gesto para que me quede.

—¿Diga?... Ah, hola, Joyce... No, no me han llegado las cartas todavía... No lo sé, problemas con el código postal, supongo... —su voz aún suena grave—. ¿En todas las escuelas a las que se ha presentado? ¿En serio? Es fabuloso... Bueno, y ¿cuál vas a elegir?... La verdad es que no sé mucho de escuelas para niñas... Pero estoy segura de que elegirás la más conveniente... Espléndido. Adiós.

Vuelve a prestarme atención.

—Su hija ha conseguido plaza en todas las escuelas en las que la ha solicitado. No lo entiendo, si ni siquiera es mona... ¿Qué estabas diciendo?

—La pintura. No se preocupe, no llevaba la sudadera de Collegiate. Ha hecho un tríptico realmente precioso...

—¿No tiene una muda completa en la escuela?

—Sí, lo siento. La utilizó la semana pasada cuando Giselle le echó pegamento encima y me olvidé de reemplazarla.

—¿Y si no hubiera tenido tiempo de cambiarse?

—Lo siento. La llevaré mañana —me dispongo a irme.

—Ah, Nanny —vuelvo a asomar la cabeza por la puerta—. Ya que estás aquí, necesito hablar contigo de las solicitudes de Grayer. ¿Dónde está ahora?

—Está viendo cómo limpia Connie —las molduras de sus sillas. Con un cepillo de dientes.

—Bien. Siéntate —señala una de las sillas de alas tapizadas del otro lado del escritorio—. Nanny, tengo que decirte algo espantoso.

No puedo respirar. Me preparo para lo peor.

—Esta mañana hemos recibido muy malas noticias —dice lentamente, esforzándose por pronunciar las palabras—. No han admitido a Grayer en Collegiate.

—No —borro a toda velocidad la expresión de alivio de mi cara—. No lo puedo creer.

—Ya... es horrible. *Y,* para empeorar las cosas, le han puesto en la lista de espera en St. David y St. Bernard. En la lista de espera —sacude la cabeza—. Ahora crucemos los dedos para que le admitan en Trinity pero, si por cualquier razón no resultara, nos quedaríamos sólo con los públicos y no estoy muy convencida de los contactos universitarios de estas escuelas.

—Pero si es adorable. Es listo y comunicativo. Es divertido. Sabe compartir. No lo entiendo —vamos, aparte de la corbata, ¿qué tiene este niño que no sea adorable?

—Lo he estado pensando toda la mañana, intentando comprenderlo —mira por la ventana—. Nuestro asesor de solicitudes nos dijo que era un candidato seguro para Collegiate.

—Mi padre ya dijo que éste era el año que habían tenido más competencia. Estaban inundados de solicitudes de estudiantes muy cualificados y probablemente han tenido que ser muy duros en sus decisiones —teniendo en cuenta que los aspirantes tienen cuatro años y no es fácil preguntarles qué opinan del déficit federal o cómo se ven dentro de cinco años.

—Creí que a tu padre le había gustado Grayer cuando se conocieron —señala suspicaz, refiriéndose a la tarde de lluvia en que le llevé a casa a conocer a *Sophie.*

—Y le gustó. Cantaron juntos *The Rainbow Connection*.

—Hummm. Interesante.

—¿Qué?

—No, nada. Interesante, nada más.

—Mi padre no sabe demasiado sobre el proceso de admisiones.

—Ya. Bueno, quería hablar contigo porque me preocupa que ponerle esa sudadera de Collegiate quizá haya puesto las expectativas de Grayer demasiado altas y me gustaría cerciorarme de que... —el teléfono la interrumpe—. Un momento —contesta—. ¿Diga? Ah, hola, Sally... No, no nos han llegado las cartas todavía... Ah, Collegiate. Felicidades, es espléndido... Bueno, Ryan es un chico muy especial... Sí, eso *sería* genial. Seguro que a Grayer le encantaría ir a clase con Ryan... Sí, una cena sería estupendo... Ah, ¿los cuatro? Tengo que consultar la agenda de mi marido. Hablamos después del fin de semana... Genial. ¡Adiós! —respira profundamente y aprieta la mandíbula—. ¿Por dónde iba?

—Las expectativas de Grayer...

—Ah, sí. Me preocupa que tu fijación por hablarle de Collegiate le haya puesto en una situación de posible desajuste negativo de su autoestima.

—Yo...

—No, por favor, no te sientas mal. Realmente, es culpa mía por permitirte que lo hicieras. Debería haber estado más pendiente de ti —suspira y sacude la cabeza—. Pero he hablado con el pediatra esta mañana y me ha aconsejado una Asesora de Desarrollo a Largo Plazo especializada en ayudar a los padres y a los cuidadores durante esta transición. Vendrá mañana mientras Grayer está en clase de piano y le hemos pedido que hable contigo en privado para aclarar tu papel en su desarrollo.

—Genial. Me parece muy buena idea —cruzo la puerta—. Humm —vuelvo a meter la cabeza—. ¿No le dejo que se la ponga hoy?

—¿Qué? —coge la taza de café.

—La sudadera.

—Ah. Bueno, hoy puede llevarla y mañana le preguntaremos a la asesora lo que tenemos que hacer.

—Vale, genial.

Regreso junto a Grayer que, sentado en una banqueta, mira cómo Connie limpia la cocina mientras juega distraídamente con la corbata que lleva al cuello y me pregunto si no estaremos dedicando nuestra atención a la prenda equivocada.

❖❖❖

Me siento en la silla del escritorio de la Señora X a la espera de la asesora e intento leer furtivamente y boca abajo las notas que ha garabateado la Señora X en su cuaderno. Aunque probablemente no sea más que una sofisticada lista de la compra, el hecho de que me hayan dejado a solas aquí me produce la sensación de que tengo que espiar. Si tuviera una cámara oculta en un botón de la chaqueta me pondría a fotografiar frenéticamente todo lo que hay encima de la mesa. Empiezo a reírme con la idea cuando entra una mujer precedida de un maletín.

—Nanny —me da un enérgico apretón de manos—. Soy Jane. Jane Gould. ¿Cómo estás?

Habla un poco demasiado alto y me mira por encima de las gafas mientras deja el maletín encima de la mesa de la Señora X.

—Bien, gracias. ¿Y tú? —de repente, yo también hablo muy animadamente y un poquito demasiado alto.

—Bien. Gracias por tu interés —cruza los brazos sobre su chaqueta color arándano y asiente rítmicamente mirándome.

Tiene los labios muy gruesos, pintados de exactamente el mismo color arándano, que se le corre por las arrugas de la boca.

Yo también asiento.

Mira su reloj de pulsera.

—Bueno, Nanny, voy a sacar mi cuaderno de notas y podemos empezar.

Sigue comentando cada uno de sus movimientos al tiempo que los hace hasta que está sentada en la silla de la Señora X con la pluma en ristre.

—Nanny, nuestro objetivo a lo largo de los próximos cuarenta y cinco minutos es establecer las expectativas y percepciones de Grayer. Me gustaría que me hicieras partícipe de cómo ves tu papel actual y las responsabilidades que afectan al crítico recorrido de Grayer con respecto al próximo estadio de su escolarización.

—Vale —digo repitiendo su parrafada mentalmente para intentar localizar la pregunta.

—Nanny, en tu primer período en la residencia de los X, ¿cómo definirías tu intervención en relación con la actividad académica de Grayer?

—Buena. O sea, yo le recogía en la escuela. Pero, sinceramente, no había mucha actividad académica que...

—Ya, o sea que no te consideras un elemento activo y dinámico de este proceso. ¿Cómo describirías tu planificación durante los períodos de ocio establecidos?

—Bueno... A Grayer le gusta mucho jugar con trenes. Ah, y disfrazarse. Así que intento hacer las cosas que le divierten. No pensaba que tuviera que hacer una planificación de los juegos.

—Le animas a hacer rompecabezas.

—Los rompecabezas no le gustan demasiado.

—¿Problemas de matemáticas?

—Es un poco pequeño...

—¿Cuándo practicasteis hacer círculos por última vez?

—La semana pasada estoy segura de que sacamos los lápices de colores en algún momento...

—¿Le pones las cintas Suzuki?

—Sólo mientras se baña.

—¿Le lees el *Wall Street Journal*?

—Bueno, la verdad es que...

—¿*The Economist?*

—Sinceramente, no...

—¿*The Financial Times?*

—¿Tendría que hacerlo?

Suspira ostentosamente y garabatea como una posesa en su cuaderno. Luego vuelve a empezar.

—¿Cuántas comidas bilingües le das a la semana?

—Hablamos en francés los martes por la noche, pero normalmente le doy hamburguesas vegetales.

—¿Con qué asiduidad acudís al Guggenheim?

—Vamos al Museo de Historia Natural: le encantan las piedras.

—¿Qué método sigues para vestirle?

—Él elige lo que quiere ponerse, cuando no lo hace la Señora X. Mientras esté cómodo...

—¿O sea que no utilizas una Carta de Indumentaria?

—Pues no...

—Y supongo que no documentas sus alternativas con un Diagrama de Armario.

—Efectivamente, no.

—Ni le pides que traduzca los colores y las tallas al latín.

—Puede que lo haga el año que viene.

Me devuelve la mirada y sacude la cabeza unos instantes. Cambio de postura en la silla y sonrío. Ella se apoya en la mesa y se quita las gafas.

—Nanny, llegado este punto necesito aclarar un concepto.

—Muy bien —digo apoyándome yo también en la mesa.

—Tengo que cuestionarme si estás sacando todo el partido de tus aptitudes para incrementar la actividad de Grayer —tras haber abierto la caja de los truenos, se recuesta en la silla y cruza las manos sobre el regazo. Tengo la sensación de que debería sentirme ofendida. «Sacar partido de mis aptitudes.» Vaya, ¿qué te parece?

—Siento escuchar eso —digo sinceramente, puesto que lo único que ha quedado bien claro es que debería estar arrepentida.

—Nanny, tengo entendido que estás a punto de sacar una licenciatura de Ciencias de la Educación, por eso, francamente, me sorprende la falta de profundidad que pone de manifiesto tu conocimiento aplicado a este caso —vale, ahora sí que estoy ofendida.

—Bueno, Jane —se endereza al escuchar su nombre—. Me estoy preparando para trabajar con niños que tienen muchos menos recursos a su disposición que Grayer.

—O sea, que no percibes esto como una oportunidad para participar en un campo en el que tú eres un valor añadido —¿qué?

—Quiero añadir valor a Grayer, pero en este momento está muy estresado...

Me mira con escepticismo.

—¿Estresado?

—Sí. Está estresado. Y me parece, y en esto no soy más que una aprendiza, así que estoy segura de que lo juzgarás con justa moderación, que lo mejor que puedo hacer es ofrecerle un cierto tiempo de expansión para que su imaginación crezca sin que se la obligue a ir en una u otra dirección.

La sangre me sube a la cara y me doy cuenta de que he ido demasiado lejos, pero tener la sensación de que otra mujer de mediana edad me trata como a una idiota en este mismo despacho es más de lo que puedo soportar.

Ella garabatea unas notas más y me sonríe con serenidad.

—Bueno, Nanny, te aconsejo que incluyas un tiempo de reflexión si vas a seguir trabajando con Grayer. Aquí tengo una lista de Prácticas Mejoradas de otras cuidadoras que sugiero que revises e interiorices. Esto es conocimiento explícito, Nanny, conocimiento explícito de tus semejantes que debe llegar a ser tácito para ti si quieres que Grayer alcance su estado óptimo —me entrega un puñado de papeles sujetos por un clip gigantesco y se levanta volviendo a ponerse las gafas.

Yo también me levanto pensando que tengo la obligación de intentar aclarar aquello de algún modo.

—No tenía intención de ponerme a la defensiva. Grayer me importa mucho y sigo todas las indicaciones de la Señora X. Los últimos meses se ha empeñado en llevar la sudadera de Collegiate casi a diario. Incluso el Señor X le trajo varias más para que tuviera alguna que ponerse mientras se estaban lavando las otras. Lo único que quiero es dejarte claro que yo...

Alarga la mano para que se la estreche.

—Sí. Muchas gracias por dedicarme tu tiempo esta tarde, Nanny.

Estrecho su mano.

—Gracias a ti. Voy a leerme las notas esta noche. Estoy segura de que serán de gran ayuda.

✧

—Vamos, Coco, acaba ya para que podamos irnos a jugar.

Grayer lleva cinco minutos empujando el último tortellini por el plato. Gracias a Jane la tarde ha sido muy larga para ambos. Le observo, con su cabeza rubia apoyada en el brazo, mirando horizontalmente lo que queda de su comida.

—¿Qué pasa? ¿No tienes hambre?

—No —intento recoger su plato—. ¡No! —lo coge por el borde haciendo que el tenedor se caiga encima de la mesa.

—Vale, Grayer, basta con que digas «Nanny, no he terminado». Puedo esperar —me vuelvo a sentar.

—¡Nanny! —la Señora X entra estrepitosamente—. Nanny —está a punto de hablar cuando repara en Grayer y el último tortellini—. ¿Has cenado bien, Grayer?

—Sí —dice él oculto por el brazo.

Pero ella ya ha vuelto a centrar su atención en mí.

—¿Podrías salir conmigo un momento?

La sigo al comedor, donde frena y se vuelve tan de repente que sin querer le piso un pie.

—Lo siento. ¿Le he hecho daño?

Hace una mueca.

—No te preocupes. Acabo de terminar con Jane y es de la máxima importancia que tengamos una reunión familiar para darle a Grayer la noticia de su r-e-c-h-a-z-o todos juntos. Por eso necesito que llames a la oficina del Señor X y te enteres de a qué hora puede estar en casa. El número está en la despensa...

—¿Señora X? —la llama Jane apareciendo en el pasillo.

—Claro. Ahora mismo. No hay problema.

Rápidamente, me escapo a la cocina. Grayer sigue haciendo círculos con el tenedor lentamente, con el tortellini en órbita. Me quedo un momento junto a él, escuchando la conversación que Jane y la Señora X mantienen en el pasillo.

—Sí, acabo de hablar con Nanny. Voy a ver cuándo puede venir mi marido a casa para hacer la reunión —dice la Señora X en tono profesional.

—La presencia de su marido es realmente innecesaria mientras Grayer perciba la presencia de su cuidadora primordial. Debería animarse y hablar con él directamente —la voz de Jane se va acercando a la puerta y yo me dirijo al teléfono.

—Oficina del Señor X. Le atiende Justine. ¿En qué puedo ayudarle?

—Hola, Justine, soy Nanny.

—Hola. ¿Qué tal estás? —pregunta por encima del ruido de una impresora.

—Aquí andamos. ¿Y tú?

—Liada —suspira—. La fusión ha convertido esto en una locura. Desde hace dos semanas no vuelvo a casa antes de medianoche.

—Qué faena.

—Bueno, con un poco de suerte el Señor X recibirá una buena comisión y repartirá un poquito por aquí —no cuentes con ello—. Y, ¿le están gustando las flores a la Señora X?

—¿Qué?

—Las rosas. A mí me pareció un poco exagerado, pero el Señor X me dijo que hiciera un pedido fijo diario.

—Sí, la verdad es que parece bastante fijo —le confirmo.

—Me encargaré de que el ramo de mañana tenga más variedad. ¿Cuál es su flor favorita?

—Le gustan las peonías —susurro al tiempo que la Señora X pasa como una exhalación junto a Grayer y se planta delante de mí expectante.

—¿Dónde voy a encontrar peonías en marzo? —Justine suspira una vez más mientras la impresora hace un ruido metálico—. Uf, no me puedo creer que este trasto se haya estropeado otra vez. Lo siento, no importa, ya me ocupo de eso. ¿Algo más?

—Ah, sí. La Señora X quiere organizar una reunión familiar para hablar de... —miro por encima de su hombro al mareador de pasta— el pequeño. ¿Cuándo podría llegar?

—A ver... Podría adelantar una reunión... —oigo cómo pasa páginas—. Ta, ta, ta... Sí, puedo conseguir que vuelva a Nueva York el miércoles a las cuatro. Le mandaré directamente a casa.

—Genial. Gracias, Justine.

—De nada.

Cuelgo el teléfono y me vuelvo hacia ella.

—Justine dice que puede estar aquí el miércoles a las cuatro.

—Bueno, si no puede venir antes... supongo que tendremos que conformarnos —baja la mirada y juguetea con el brillante anillo de pedida—. Jane ha dicho que era *crucial* que estuviera aquí, así que...

Vale.

✧✧✧

—Por favor, el *Wall Street Journal.* ¡Tiene cuatro años!

—Santo Cielo —exclama mi padre mientras *Sophie* asoma las narices entre nuestras piernas—. Tu madre sigue queriendo que lo dejes.

—Puedo soportarlo —correteo unos pasos y *Sophie* me rodea, preparada para la siguiente carrera—. Y de ninguna manera dejaría ahora a Grayer.

Papá corre hasta el pie de la colina.

—¡*Sophie*! ¡Vamos! —*Sophie* parece confundida—. ¡Ven aquí!

Sophie da un giro de 180 grados a mis pies y sale disparada hacia él desafiando un golpe de viento frío que echa sus orejas todavía más para atrás. En cuanto llega junto a él y corretea bajo sus manos enguantadas, la llamo yo y vuelve a subir la colina al galope y luego las dos bajamos corriendo la pendiente hasta el paseo principal que recorre el tramo urbano de Riverside Park.

—¿Preparada para la entrevista de mañana? —*Sophie* se lanza contra sus espinillas en un intento de detenerle.

—Estoy un poco nerviosa, pero el profesor Clarkson ha ensayado con nosotros en clase. La verdad es que me encantaría tener claro mi trabajo del año que viene cuanto antes —encojo los hombros para defenderme de otra ráfaga de viento frío.

—Los vas a dejar pasmados. ¡A por ellos!

Vuelvo a subir la colina hacia el límite de la arboleda y miro para abajo en el momento en que se encienden las luces de la calle, haciendo que la oscuridad parezca mayor alrededor de nosotros.

Dirijo la mirada al resplandor amarillento y compongo una súplica siguiendo la estructura de la rima «Estrellita de la noche». «Oh, dioses eléctricos del área triestatal, deseo tener un trabajo decente y real, con horario fijo y un despacho en cuyo baño no cuelgue la ropa interior del jefe. Algún día seré capaz de ayudar a más de un niño al mismo tiempo... niños que no vengan equipados con sus propios asesores. Gracias. Amén.»

❖❖❖

El vagón del metro queda de pronto inundado de luz de sol al emerger por encima de las calles del South Bronx. Siento ese pellizco de emoción que siempre experimento cuando el tren sale a las vías elevadas y vuela por encima de la ciudad sobre sus vías enclenques, como de atracción de feria.

Saco el esquema de la clase de la mochila y lo miro por enésima vez. La oportunidad de entrar en un equipo de resolución de conflictos de las escuelas municipales es exactamente el tipo de trabajo para el que me he estado preparando. Además, estaría bien trabajar con adolescentes y descansar un poco de los chiquitines.

El tren se detiene y salgo al día soleado y frío. Bajo las escaleras que llevan del andén a la calle y descubro que no estoy a cuatro manzanas de donde voy a hacer la entrevista, sino a catorce. Debo de haber entendido mal a la mujer del teléfono. Consulto el reloj y aprieto el paso. Esta mañana estaba demasiado nerviosa para desayunar, pero la excursión de noventa minutos me ha abierto el apetito. Camino/corro por las calles interminables sabiendo que tengo que comer algo o arriesgarme a perder el conocimiento en medio de una clase.

Prácticamente sin respiración, paro en un quiosco de periódicos, compro un paquete de cacahuetes y lo meto en la mochila. Una puerta más allá llamo al timbre que hay junto a un papel coloreado a mano y pegado con cinta adhesiva en el que se lee «Comunidades Contra Conflictos».

Una voz grita ininteligiblemente entre chisporroteos eléctricos y la puerta se abre, dejándome pasar a la escalera, que una vez estuvo pintada de verde, cubierta de fotos de niños en parques que miran con seriedad a la cámara. Observo cada una de las fotos mientras subo y, a juzgar por los pelos y los pantalones acampanados, deduzco que son carteles promocionales de principios de los años setenta, más o menos de cuando se fundó esta organización. Vuelvo a llamar al timbre en el último escalón y me reciben unos ladridos sonoros, antes de que una mano grande abra un poco la puerta.

—¡*Copo de Nieve,* quieto! ¡QUIETO!

—He venido por la entrevista —digo buscando otra puerta y pensando que he molestado por equivocación a un inquilino del edificio. Una cara pálida de mujer aparece por el resquicio.

queréis que empiece todavía? —pregunto
pasa.

la de papel y se la tira a Reena, que se pone
a.

¡Reena ha dicho una palabrota! —Reena si-
logrando que *Copo de Nieve* dé vueltas a su
do.

Richard, tenía entendido que íbamos a hacer
—pero ambos están en su mundo, tirándose bo-
aciendo como que lloran.

garganta.

pedisteis que preparara una clase para adoles-
ero puedo modificarla para párvulos —reviso mis
frenéticamente adaptarla para un grupo de edad
ro y me enfrento a dos gigantescos adultos y a un
e gigantesco parapetados detrás de las sillas y lan-
les.

un momento. ¿Un momento? ¡BASTA, ALUMNOS!
do rienda suelta a mi frustración. Ellos se vuelven

se levanta abandonando el personaje.
mo te sientes en este momento, Nan?
rdón? —pregunto.
rd saca un cuaderno de notas.
ué sientes hacia nosotros en este momento? ¿Qué t
s tripas? —ambos me miran expectantes.
ueno, puede que no haya entendido las indicaciones.
ierda, Nan, ¿sientes rabia por dentro? ¿Nos odias?
os tu amor. Quiero que tú me lo digas. ¿Cómo es t
con tu madre?
Francamente, Reena, no entiendo qué tiene eso q
is aptitudes para...

—Sí, Comunidades Contra Conflictos. Estás en el lugar indicado. Entra, pero ten cuidado con *Copo de Nieve,* siempre
está intentando escapar.

Me cuelo por la pequeña abertura que deja en la puerta y me
doy literalmente de cara con un monstruoso pastor negro y una
mujer igualmente inmensa vestida con mono y el pelo rubio ca-
noso hasta la cintura. Sonrío y me inclino para acariciar a *Copo
de Nieve,* que intenta colarse entre las piernas firmemente plan-
tadas de la mujer.

—¡NO! —grita.

Pego un brinco.

—No le gusta demasiado la gente. ¿Verdad, *Copo de Nieve?*
—le da unas bruscas palmaditas en la cabeza con la mano libre, pues en la otra sujeta una pila de sobres de papel manila. Después de advertirme convenientemente, deja que *Copo
de Nieve* me olisquee mientras permanezco absolutamente inmóvil.

—Soy Reena, la directora ejecutiva de Comunidades. Y ¿tú
eres? —me dedica una intensa mirada. Intento descubrir algo
en ella que me dé una pista de quién le gustaría que fuera.

—Nan. Creo que tengo una cita con Richard —opto por
ser sólida y afable, sin el menor asomo de jovialidad.

—¿Nan? Creía que te llamabas Naminia. Mierda. ¡RICHARD!
—me brama Reena y casi pongo cuerpo a tierra. Ella vuelve a
sus expedientes—. Vendrá en un minuto. ¡RICHARD! —grita de
nuevo, esta vez al interior del archivo.

—¡Vale! Mientras, me voy a sentar —intento demostrar que
sé cuidar de mí misma, ya que me da la impresión de que aquí
la independencia se considera una virtud. Me doy la vuelta y
descubro que las dos sillas que amueblan el área destinada a
sala de espera están cubiertas de cajas desbordantes de folletos
amarillentos. Decido apoyarme contra la pared y no ponerme

en el camino de Reena, ya que esto también parece considerar-
se una virtud en Comunidades.

Una puerta se abre de golpe al otro lado de la estancia y aparece un hombre de piel pastosa, que guarda cierto parecido familiar con Reena y que yo supongo que es Richard. Me mira con los
ojos entornados detrás de sus gafas, jadeando profundamente
por el esfuerzo de rodearles a ella y al perro para saludarme. Suda
copiosamente y lleva un cigarrillo arrugado detrás de una oreja.

—¡Naminia!

—Nan —gruñe Reena sin levantar la vista de un expediente.

—Ah, Nan… yo soy Richard, el director artístico. Bueno,
veo que ya has conocido a Reena y a *Copo de Nieve*. ¡Por qué
no nos ponemos a ello sin más preámbulos! Vamos al Cuarto
de los Sentimientos y te pondré al corriente —me estrecha la
mano e intercambia miradas con Reena.

Le sigo hasta el Cuarto de los Sentimientos, que es más o
menos del mismo tamaño que la oficina, sólo que sin las mesas.

—Pues siéntate ahí, Nan —así lo hago, dispuesta a contar
mi maravillosa historia. Preparada para dejarles muertos.

—Y ahora, permíteme que te hable de mí… —comienza Richard. Se arrellana en la silla plegable de plástico y procede a
relatar las décadas que lleva dedicado al trabajo social, cómo
conoció a Reena en una manifestación contra su jefe, los años
viajando por todo el planeta para recoger metodologías para la
resolución de conflictos y la horda de «prácticamente miles de
chavales» que ha preparado personalmente para «hacer del mundo un lugar mejor». También se explaya largamente sobre su
infancia descarriada, el hijo «ilegítimo» que ha dejado de lla-
marle y sus recientes tentativas para dejar de fumar. Le presto
atención intermitentemente, manteniendo en la cara una sonrisa radiante y sintiendo una fijación por los cacahuetes que
llevo en el bolso.

Aproximad[…]

—Por lo qu[…]
Estudios de Gén[…]

Revisa el curri[…]
ojos para entende[…]
zamiento del papel[…]
cuarenta y no sé cu[…]
Naminia.

—Bueno, estoy en […]
rrollo Infantil y estaba[…]
trabajo…

—O sea que no eres u[…]
una risa fuerte y sincera; s[…]
la frente.

Esbozo una risita floja.

—Como iba diciendo, est[…]
fesor Clarkson y este semestre[…]
de actividades extraescolares e[…]

—Vale. ¡Pues vamos a poner[…]
Reena y daremos comienzo a la[…]
dridos responden desde la otra h[…]

Saco mi esquema de clase de la m[…]
ve irrumpe ruidosamente seguido de[…]
de la estancia y escribo unas notas en[…]

Respiro profundamente.

—He preparado una disertación s[…]
compañeros para chicos de catorce a[…]
Como podéis ver, he escrito en la pizarr[…]
ve. Empezaría pidiendo al grupo que tra[…]
truir…

—¡Profesora! ¡Profesora! —Richard lev[…]
tosamente desde el fondo de la clase.

—Lo siento, ¿n[…]
sin entender lo qu[…]
Él hace una bo[…]
a llorar de mentir[…]

—¡Profesora![…]
gue gimoteando[…]
alrededor, ladrar[…]

—Perdona,[…]
una entrevista[…]
las de papel y h[…]
Me aclaro l[…]

—Vale, me[…]
centes, hum,[…]
notas e inten[…]
menor. Me g[…]
perro igual[…]
zando pape[…]

—Hum[…]
—grito da[…]
hacia mí.

Reena[…]
—¿Có[…]
—¿Pe[…]
Rich[…]
—¿C[…]
dicen t[…]
—B[…]
—N[…]
notar[…]
lación[…]
—¿[…]
con[…]

Reena se pone las manos en sus inmensas caderas y *Copo de Nieve* describe círculos alrededor de sus pies.

—Aquí somos como una familia. En el Cuarto de los Sentimientos no hay restricciones. Tienes que entrar con confianza y amor, y entregarte. La cuestión es la siguiente, Nan: en este momento no queremos contratar mujeres blancas.

Se ha quedado tan a gusto con esa declaración que estoy tentada de preguntarle cuántos puestos de trabajo tienen para perras feministas blancas. Y, lo que me parece más extraño, por qué creen que una persona de color disfrutaría más charlando de sus problemas familiares con unos completos desconocidos. Desconocidos blancos, nada menos.

Richard se levanta, empapado en sudor y sacudido por la tos de fumador.

—Hemos recibido demasiados currículos de chicas blancas. No hablarás coreano, ¿verdad?

Sacudo la cabeza incapaz de articular palabra.

—Nan, lo que intentamos hacer aquí es dar un modelo de diversidad, representar una sociedad ideal. ¡COPO DE NIEVE, ATRÁS! —*Copo de Nieve* se retira de mi mochila en la que ha estado husmeando. Pasa a mi lado con la cabeza gacha, engullendo el último de mis cacahuetes.

Observo sus dos caras blanquísimas sobre el fondo de brillantes arcos iris pintados en la pared desconchada.

—Bueno, muchas gracias por la oportunidad, tenéis una organización muy interesante —recojo mis cosas apresuradamente.

Me acompañan a la puerta.

—Sí, puede que el semestre que viene hagamos un trabajo de recaudación de fondos en el East Side. ¿Te interesaría? —me imagino presentando a Reena a la Señora X en el Metropolitan para que pueda hablarle de su rabia.

—Ahora mismo lo que me interesa de verdad es el trabajo de campo. Pero gracias.

Salgo de allí y me voy de cabeza al Burger King a comerme una ración gigante de patatas fritas y una coca-cola. Encorvada en la inmóvil silla roja suspiro profundamente y comparo a Richard y Reena con Jane y la Señora X. En algún lugar tiene que haber gente que crea que existe un terreno intermedio entre *obligar* a los niños a «sentir su rabia» y sobreprogramarlos para que parezca que no la sienten. Doy un largo sorbo del refresco. Parece ser que, por el momento, no la voy a encontrar.

❖❖❖

—Ves, si yo tengo dos gominolas y tú tienes una gominola, ¡juntos tenemos tres gominolas! —muestro las gominolas para reforzar mi teoría.

—Me gustan las blancas y las que saben a plátano. ¿Cómo lo hacen, Nan? ¿Cómo consiguen que sepan a plátano? —Grayer alinea los caramelos de colores como si fueran un tren sobre la alfombra de su cuarto.

—No lo sé, G. A lo mejor trituran un plátano y trituran la gelatina y luego lo mezclan todo y lo cuecen en un molde con forma de gominola.

—¡Sí! ¡Un molde de gominola! —se acabaron las matemáticas—. ¡Nanny, prueba ésta!

El ramo de peonías de ayer vino acompañado de una lata de gominolas del tamaño de Grayer.

—¿Y las verdes? ¿Cómo hacen las verdes? —ambos oímos cerrarse la puerta. Un retraso de sólo tres horas. No está mal.

—¡¡PAPI!! —Grayer sale corriendo del cuarto y yo le sigo al pasillo.

—Hola, machote. ¿Dónde está tu madre? —le da unas palmaditas en la cabeza mientras se afloja la corbata.

—Aquí estoy —dice ella, y todos nos volvemos. Lleva una falda tubo azul pálido, tacones altos, jersey de escote en pico de cachemir, sombra de ojos, rímel y colorete. La bomba. Si fuera la primera vez que mi marido volviera a casa en tres semanas, yo también me arreglaría. Sonríe temblorosa bajo su barra de labios rosa.

—Bueno, vamos a empezar —dice él sin apenas mirarla antes de adentrarse en el salón donde Jane dejó sus croquis y diagramas. Grayer y su madre siguen al Señor X y yo me quedo sola en el recibidor. Me siento en el taburete, retomando mi papel de camarera de la reina.

—Cariño —dice la Señora X con un ligero exceso de entusiasmo—, ¿quieres que le pida a Connie que te traiga algo de beber? ¿O prefieres un café? ¡CONNIE!

Doy un brinco de un metro y Connie sale disparada de la cocina con las manos húmedas.

—Dios mío, ¿hace falta que chilles tanto? No. Acabo de comer —dice el Señor X.

Connie se detiene justo antes de entrar en la habitación. Nos miramos y le dejo un sitio en el banquito.

—Ah. Ah, vale. Bueno, Grayer, mami y papi quieren hablar contigo sobre la escuela a la que vas a ir el año que viene —la Señora X hace un segundo intento.

—Voy a ir a Collegiate —aclara Grayer en plan colaborador.

—No, tesoro. Mami y papi han decidido que vayas a St. Bernard's.

—¿Burnard? —pregunta. Un momento de silencio—. ¿Ya podemos ir a jugar con los trenes? Papi, tengo un tren nuevo, es rojo.

—Oye, tesoro. No puedes seguir llevando la sudadera azul, ¿de acuerdo? —dice. Connie me mira y levanta los ojos al cielo.

—¿Por qué?

—Porque pone Collegiate y tú vas a ir a St. Bernard's —dice el Señor X exasperado.

—Pero me gusta.

—Sí, tesoro. Te traeremos una sudadera de St. Bernard's.

—¡Me gusta la azul!

Me inclino y le susurro a Connie:

—Por el amor de Dios, que la lleve del revés. ¿A quién le importa?

Ella levanta las manos.

La Señora X se aclara la garganta.

—Muy bien, tesoro. Hablaremos de eso en otro momento.

Connie vuelve a meterse en la cocina.

—¡Papi, ven a ver mis trenes! Te voy a enseñar el nuevo. ¡Es rojo y muy, muy rápido! —Grayer pasa a mi lado como una exhalación en dirección a su cuarto.

—Ha sido una pérdida de tiempo lamentable. No le importa lo más mínimo —dice el Señor X.

—A Jane le parecía que era importante —contesta ella a la defensiva.

—¿Quién demonios es Jane? —pregunta él—. Mira, ¿tienes la menor idea de lo que significa estar en medio de una fusión empresarial? No tengo tiempo para estas...

—Lo siento, pero...

—¿Es que tengo que ocuparme de todo? —gruñe—. Lo único que he delegado en ti ha sido su educación y la has jodido por completo.

—¡Era un año muy competitivo! —se lamenta ella—. ¡Grayer no toca el violín!

—¿Qué coño tiene que ver el violín con todo esto?

—Si pasaras una hora de tu precioso tiempo con nosotros, puede que hubiera salido mejor parado de sus entrevistas —le escupe ella.

—¿Mi precioso tiempo? *¿Mi precioso tiempo?* ¡¿Me paso ochenta horas a la semana dándome cabezazos contra las paredes para que tú puedas quedarte aquí luciendo tus perlas, con tus cortinas de ocho mil dólares y tus «obras de caridad», y te cuestionas cómo reparto mi tiempo?! ¿Quién va a pagar las facturas de su educación, eh? ¿Tú?

—Vida mía —dice más suave—, ya sé que estás expuesto a una gran tensión. Mira, ya que estás en casa, ¿por qué no discutimos esto delante de una agradable y relajante cena? He hecho una reserva en ese sitio que te encanta al lado del río —los tacones repiquetean débilmente al acercarse a él. Su voz baja de tono—. Podríamos reservar una habitación en el Pierre, la que tiene el jacuzzi doble en el baño, por ejemplo... Te echo mucho de menos.

Hay un silencio que dura un minuto y luego les oigo besarse. Su risa amortiguada se aleja por el pasillo.

Estoy a punto de retirarme al cuarto de Grayer cuando la Señora X dice seductoramente:

—¿Mando un donativo a St. Bernard's con el cheque de la matrícula para entrarles con buen pie?

—¿Entrarles con buen pie? —está indignado otra vez—. Corrígeme si me equivoco pero ¿no le han aceptado ya?...

—Pero si tenemos otro chico...

—Mira, tengo que volver a la oficina. El coche me está esperando abajo. Te llamaré más tarde.

El Señor X pasa velozmente a mi lado, todavía con el abrigo puesto que, presumiblemente, no se ha quitado en ningún momento. La puerta se cierra de golpe detrás de él.

—Papi. ¡¡¡¡ESPERA!!!! —Grayer aparece corriendo con su tren rojo y se lanza gritando contra la puerta principal—. ¡¡¡PAPI!!!

La Señora X entra en el vestíbulo andando muy despacio y se queda un instante parada, mirando a la puerta sin ver a Grayer hasta que los ojos se le nublan. Luego pasa junto a nosotros y se va a su dormitorio.

—¡¡¡PAPI!!! —sacudido por los sollozos que le doblan en dos, Grayer se aferra al picaporte—. ¡¡¡QUIERO ESTAR CON MI PAPÁ!!!

Me siento en el suelo y alargo los brazos para estrecharle. Él se tapa la cabeza con los brazos y se aleja de mí.

—NOOOooooo. ¡¡¡Quiero a mi PAPÁ!!!

Oímos cerrarse las puertas correderas del ascensor.

—¡¡¡¡NO TE VAYAS!!!!

—Ssshhh, te entiendo —le rodeo con los brazos y le siento en mi regazo—. Te entiendo, Coco.

Nos quedamos sentados en el suelo y sus lágrimas van dejando una mancha oscura y húmeda en mis vaqueros. Le acaricio la espalda y murmuro:

—No pasa nada, Coco. Shhh, no pasa nada por estar triste. Nos vamos a quedar aquí sentados y a ponernos tristes un ratito.

—Vale —dice embozado por la pata del pantalón.

—Vale.

Tercera parte

Primavera

8. Glasear el pastel

«Mammy tenía su propio método para hacer que sus amos supieran exactamente qué opinaba de cualquier asunto. Sabía que estaba por debajo de la dignidad de los blancos de alcurnia prestar la menor atención a lo que decía una negrita, aunque sólo estuviera murmurando para sí misma. Sabía que, para conservar esa dignidad, tenían que ignorar lo que decía, aunque estuviera en la habitación contigua y casi gritara.»

LO QUE EL VIENTO SE LLEVÓ

Connie,
Hoy, mejor que planchar las sábanas de Grayer, me gustaría que prepararas el equipaje del Señor X con las siguientes cosas:
Sus trajes
Camisas
Corbatas
Ropa interior
Calcetines
Y todo lo demás que él utiliza. Todo esto tendría que estar empaquetado y en la portería a las tres en punto. Por favor, asegúrate de que sólo utilizas sus maletas (llevan sus iniciales).

—Nanny, ¿has visto la pajarita de Grayer? La saqué anoche.

La Señora X y Grayer tienen que estar dentro de veinte minutos en el Té de Abril para las Nuevas Familias de St. Bernard's. La Señora X está rebuscando en los cajones de Grayer mientras yo trato de embutirle en una camisa oxford superalmidonada, con sus ballenas en el cuello y todo, y Connie, supongo, está buceando en el armario del Señor X, llenando sus maletas, las que llevan sus iniciales.

—Necesito un elefante —dice Grayer, señalando el bloc de dibujo que tiene en su diminuta mesa.

—Un segundo, Grayer —digo yo—, déjame abrocharte el cinturón...

—No, ése no.

La Señora X asoma la cabeza desde el armario de Grayer.

—Es el que usted sacó —añado—. En la cama. Lo siento.

—No pega.

Me arrodillo delante de él y le echo un vistazo: camisa azul de raya fina, pantalones caqui, calcetines blancos, cinturón marrón. No veo dónde está el problema, pero se lo desabrocho.

—Ten —dice, dándome un cinturón de lona de rayas verdes y rojas.

Señalo la hebilla del cinturón.

—¿Ves? G de Grayer.

—¿G? —pregunta él, mirando hacia abajo—. Necesito mi tarjeta.

Rebusco en la estantería la funda del bonobús, que contiene los restos de la tarjeta de visita del Señor X.

—No —dice ella, saliendo del armario—. Hoy no. Es como en las entrevistas. ¿Te acuerdas de las entrevistas? Nada de tarjetas.

—¡Quiero mi tarjeta!

—Puedes guardártela en el bolsillo, como un agente secreto —digo, escondiéndola.

—Sigo sin encontrar esa p... pajarita.

—Nanny, *necesito* un elefante.

Cojo una cera gris y dibujo una masa amorfa con enormes orejas y trompa, todo lo que me permite mi experiencia artística. Ella empieza a sacar las corbatas del armario y a tirarlas.

—Quiero ponerme mi corbata —dice él, refiriéndose a la que le cuelga hasta el suelo.

—No. *Hoy no* —sale bramando al vestíbulo de la entrada, donde oigo cómo su voz retumba contra el mármol—. ¡CONNIE! *¡CONNIE!*

—¿Sí, señora?

Grayer está tranquilo, yo sigo dándole a la pintura.

—Acabo de tirarme media hora buscando la pajarita de Grayer. ¿Tú sabes dónde está?

—No, señora.

—¿Es demasiado pedir que estés pendiente de la ropa de Grayer? ¿Es que tengo que estar encima de todo? Para una cosa que delego en ti... —suspira profundamente y luego se produce un silencio—. ¿Qué haces ahí de pie? ¡Vete a buscarla!

—Lo siento, es que no sé dónde podría estar, señora. La puse en su cuarto con las otras.

—Bueno, pues no está allí. Y ésta es la segunda vez que desaparece este mes una prenda de Grayer. Ahora bien, si te parece que es demasiada responsabilidad para ti, estoy segura de que podemos replantearnos tu labor aquí.

—No, señora. La buscaré. Lo que pasa es que las maletas tienen que estar hechas a las tres, y ahora son las dos y media. Si el Señor X las necesita...

—¿Estás poniendo en duda para quién trabajas? *Tú* trabajas para *mí*. Y te estoy diciendo que busques la pajarita. Y si esto te confunde, por favor, dímelo. Porque, hasta donde yo recuerdo, ¡soy yo quien te paga!

Me levanto temblando y me dispongo a rebuscar en el armario de Grayer. Él viene y se queda a mi lado, apoyando su cabeza en mi cadera. Connie se une a nosotros en el cuarto de Grayer, abriendo más la puerta del armario.

—Connie, yo miraré aquí —digo suavemente—. Tú encárgate del cuarto de la plancha.

Mientras cruza el recibidor, la Señora X prosigue:

—¡Podríamos llamar al Señor X y ver a qué mierda le da más importancia, si a tener su ropa recogida o a si su hijo se pone la puta corbata más indicada para el colegio nuevo! A lo mejor habla contigo. A lo mejor contesta tu llamada, Connie.

—Lo siento, señora.

Cinco minutos de búsqueda concienzuda y apresurada no descubren nada.

—¿Algo?

La cara de la Señora X aparece en el lugar del plumero de fibra.

—No, lo siento —digo desde debajo de la cama de Grayer.

—¡Maldita sea! Grayer, vamos, tenemos que irnos. Ponle la de los lunares verdes.

Me deslizo sobre mi estómago.

—¡Quiero la corbata de mi papá!

Se estira para llegar a la percha donde cuelgan las corbatas de su padre.

—No, G. Puedes ponértela más tarde.

Suavemente le aparto la mano, tratando de llevarle hacia la puerta.

—¡La quiero ahora!

Empieza a gimotear, y su cara se va cubriendo de manchas rojas.

—Ssssh, por favor, Coco.

Le beso la mejilla húmeda y se calma, mientras las lágrimas descienden hacia el cuello almidonado. Aprieto el nudo y me dispongo a cogerlo en brazos, pero él me aparta de un empujón.

—¡No!

Y sale corriendo de la habitación.

—¡Nanny! —llama la Señora X estridentemente.

—¿Sí?

Voy al vestíbulo.

—Volveremos a las cuatro, a tiempo para el patinaje sobre hielo. ¿Connie? —sacude la cabeza cuando Connie asoma desde el cuarto de la plancha, como si simplemente estuviera demasiado disgustada y decepcionada para hablar—. No sé qué decir. Me parece que estamos teniendo problemas de este tipo de forma bastante regular, y necesito que pienses seriamente en tu nivel de compromiso con este trabajo...

El teléfono móvil de la Señora X emite un agudo timbrazo.

—Diga —contesta mientras me hace un gesto para que la ayude a ponerse el visón—. Oh, hola, Justine... Sí, estarán abajo a las tres... Sí, puedes decirle que ya está todo recogido —se aleja de nosotros hacia el vestíbulo—. Oh, ¿Justine? ¿Podrías encargarte de que me den su número de habitación en el Yale Club? Por si Grayer tiene una urgencia y necesito contactar con él... Pero ¿y por qué iba a llamarte a *ti*? —suspira profundamente—. Bueno, me alegro de que te des cuenta de que no tiene ningún sentido... Francamente, no quiero tus disculpas. Lo que quiero es el número de teléfono de mi marido... ¡Me niego a discutir esto contigo!

Cierra su teléfono móvil con tanta fuerza que se le cae al suelo de mármol.

Ambas mujeres se arrodillan para coger el teléfono mientras se abre la puerta del ascensor, pero la Señora X llega antes. Con una mano temblorosa lo recoge y lo deja caer en su bolsito. Apoya la otra mano en el suelo para sujetarse, sin apartar sus gélidos ojos azules de los marrones de Connie.

—Parece que somos incapaces de comunicarnos, Connie —sisea entre sus dientes apretados—. Así que permíteme que sea tan clara como el agua. Quiero que recojas *tus* cosas y salgas de *mi* casa. Quiero que *te* vayas de *mi* casa. Eso es lo que quiero.

Se levanta con un revuelo de su visón y empuja a un atónito Grayer al interior del ascensor mientras se cierra la puerta.

Connie se levanta junto a la mesa del hall, pasa a mi lado y se adentra en el apartamento.

Yo espero un momento para recomponerme antes de cerrar lentamente la puerta principal.

Cruzo la cocina y en el cuarto del servicio me encuentro a Connie de pie, de espaldas a mí; sus anchos hombros tiemblan en el pequeño espacio.

—Dios mío, Connie. ¿Estás bien? —pregunto suavemente desde el umbral.

Se gira hacia mí: el dolor y la indignación son tan claramente palpables en su rostro que me quedo callada. Se deja caer sobre el viejo sofá cama y se desabrocha el botón superior de su uniforme blanco.

—Llevo aquí doce años —dice, moviendo la cabeza—. Estaba aquí antes que ella y creía que seguiría aquí después.

—¿Quieres beber algo? —pregunto, deslizándome en el estrecho hueco entre el sofá y la tabla de planchar—. ¿Tal vez un zumo? Podría intentar abrir el armario de las bebidas.

—¿*Ella* quiere que *me* vaya? ¿Quiere que *me* vaya? —me siento en el baúl de viaje de la Señora X—. He querido marcharme desde el mismo día en que llegó —bufa, estirándose para coger una camiseta a medio planchar y secarse los ojos—. Deja que te diga algo: cuando se fueron a Lyford lo que sea, no me pagaron. *Nunca* me pagaban cuando se iban. No es culpa mía que se vayan de vacaciones. Yo no estoy de vacaciones. Sigo teniendo tres críos y montones de facturas que pagar. ¡Y este año, este año, ella le pidió que me incluyera en la declaración! ¡Nunca me habían incluido en la declaración! ¿De dónde se supone que voy a sacar ahora todo ese dinero? He tenido que pedirle prestado dinero a mi madre para pagar todos los impuestos —se recuesta y se quita el delantal—. Cuando la Señora X y Grayer fueron a las Bahamas el año pasado y yo también iba a ir para ver a mi familia, me hizo volar con ellos. Grayer se derramó el zumo por encima al despegar, y ella no había llevado otra muda para él, así que tuvo que quedarse sentado, frío y empapado y llorando, y ella sencillamente se puso en los ojos esa cosa para dormir y le ignoró todo el vuelo. ¡Y no me pagaron por eso! Estaba furiosa: por eso no soy niñera. ¿Has oído hablar de Jackie? —niego con la cabeza—. Jackie era su niñera, pero se quedó hasta que Grayer cumplió dos años.

—¿Qué le pasó?

—Bueno, se echó novio. Eso es lo que le pasó —la miro burlona—. Durante dos años no hizo más que trabajar, sólo llevaba aquí unos pocos años, tal vez, y no tenía demasiados amigos. Así que prácticamente vivía aquí y ella y la Señora X se llevaban bien. Creo que les unían los viajes del Señor X y el que Jackie no saliera con nadie en especial: ya sabes, problemas con los hombres. Pero entonces Jackie conoció a un chico, se parecía a Bob Marley, y ya no podía trabajar los viernes por la noche y no le gustaba trabajar los fines de semana en que los X no se iban a Connecticut. Así que la Señora X empezó a decir que era muy incómodo. Pero la verdad, estaba celosa. Jackie tenía ese brillo, sabes. Tenía algo especial y la Señora X no podía soportarlo. Así que la despidió. Casi le rompió el corazón a Grayer. Después de eso, se convirtió en un pequeño diablillo.

—Vaya —suspiro profundamente.

—Ah, y no has oído lo peor. Jackie me llamó seis meses después. No podía encontrar un trabajo nuevo porque la Señora X no le daba referencias. Ya sabes, sin referencias, creían que Jackie robaba o algo así. Total, que tiene dos años en blanco en su currículum. Y la agencia no quería mandarla a ningún sitio más —se levanta y se seca las manos lentamente con la falda—. Esa mujer es pura maldad. Tuvieron seis niñeras en cuatro meses antes de Caitlin: no se quedó ninguna. Y a una la despidieron por darle un panecillo de trigo en el parque. Nunca se te ocurra darle de comer si quieres conservar tu trabajo, ¿me oyes? Y el Señor X esconde pornografía en el armario de los zapatos, de la más asquerosa.

Intento asimilar todo esto.

—Connie, lo siento mucho.

—No lo sientas por mí —tira la camiseta arrugada sobre el sofá y se encamina decidida a la cocina—. Limítate a cuidar de ti misma.

La sigo.

Abre uno de los tarros de galletas Delft vacíos que hay en la encimera y saca una pelota de encaje negro que tira sobre la mesa delante de mí.

¡UNAS BRAGAS!

—Y esto lo encontré debajo de la cama...

—¿Justo debajo de la cama? —no puedo evitar preguntar.

Asiente con la cabeza.

—Mm. Ahora tiene a la otra correteando por aquí, comportándose como si fuera su casa. Tardé dos días en eliminar la peste de su perfume antes de que volviera la Señora X.

—¿Debería decírselo alguien? ¿Crees que alguien debería hablarle a la Señora X de esa mujer? —pregunto, aturdida por el alivio de poder, por fin, consultar con una colega.

—Mira, escúchame bien. ¿No has estado aquí esta última hora? No es problema mío. Y tampoco permitas que sea problema tuyo. No es asunto tuyo. Será mejor que recojas las cosas del Señor X, tengo que irme de aquí.

Se desata el delantal, dejándolo sobre la encimera.

—¿Y qué vas a hacer?

—Ah, mi hermana trabaja en esta manzana, un poco más arriba, siempre conoce gente que busca amas de llaves y eso. Encontraré algo. Será menos dinero, si es que es posible. Pero encontraré algo. Siempre lo encuentro.

Se marcha al cuarto del servicio para recoger sus cosas, y me deja con la mirada clavada en el tanga negro de seda, chillando como un graffiti obsceno sobre la mesa de mármol de color melocotón.

Nanny,

Hoy tienes una cita para jugar con Carter después del tenis. Por favor, no llegues más tarde de las tres. Los Milton viven en el 10 de la Calle Sesenta y Siete Este, y creo que os quedaréis a cenar. Yo cenaré en Bolo.

Sigo sin encontrar la pajarita de Grayer. ¿Te la llevaste a casa? Por favor, compruébalo.

Gracias.

Grayer sigue llorando cuando *por fin* conseguimos un taxi. Aunque no se me permite llevarle por bocacalles sin porteros, sus actividades extraescolares nos dejan sistemáticamente abandonados en barrios desolados, sin taxis, donde en cualquier momento me veré obligada a elegir entre Grayer y mi vida. Le empujo al interior del taxi, después tiro dentro la raqueta de tenis y meto conmigo el resto del equipo.

—Sesenta y Siete con Madison, por favor —miro a Coco—. ¿Cómo está tu cabeza? ¿Te encuentras mejor?

—Está bien.

Va reduciendo el llanto hasta un gemido constante. Estaba mirando a otro lado cuando el *profe* conectó el lanzador de pelotas.

—¿Qué te parecería el golf, G? Creo que deberíamos probar con el golf. Las pelotas son más pequeñas, hacen menos daño —me mira con ojos húmedos—. Ven aquí.

Se inclina sobre el asiento y reposa su cabeza en mi regazo. Paso mis dedos por su pelo y jugueteo con sus orejas como solía hacer mi madre. El movimiento del coche le tranquiliza y antes incluso de que lleguemos al Midtown se queda dormido. Debe de estar destrozado. Qué vida tan distinta llevaríamos todos si tan sólo le permitieran echar una siesta.

Subo la manga de mi impermeable para mirar el reloj. ¿Qué pueden importar unos quince minutos de más?

—¿Conductor? ¿Puede dar una vuelta hasta la 110 y luego volver por el West Side y cruzar la Sesenta y Ocho transversal?

—Claro, señora. Lo que diga.

Miro por la ventanilla al cielo gris y me ajusto el impermeable mientras gruesas gotas golpean el parabrisas, a la espera aún de que el abril lluvioso considere que ya puede convertirse en un mayo florido y hermoso.

—Coco, despierta. Ya hemos llegado.

Se está frotando los ojos un poco grogui cuando aprieto el timbre de la mansión, con la raqueta colgada de mi hombro.

—¿Hola? —dice una voz inglesa por el portero automático.

—¡Hola! Somos Nanny y Grayer —no hay respuesta. Alargo una mano y vuelvo a apretar el botón—. Tenemos una cita para jugar con Carter.

—¿De verdad? —se produce una pausa—. Bueno, suban, entonces.

Suena el timbre y empujo la pesada puerta de cristal, mientras Grayer avanza dando traspiés delante de mí hacia el hall de mármol. Detrás de la gran escalera, en la parte trasera de la casa, hay una cristalera, a través de cuyos ventanales se ve un jardín. Las gotas de lluvia llenan ininterrumpidamente la fuente de piedra.

—¿Hola? —pregunta una voz joven.

Alzo la vista desde donde estoy luchando con la cremallera del chaquetón de Grayer. Un niño, de la edad de Grayer, con el pelo rubio y rizado, está de pie en el rellano, con la mano enganchada a la barandilla, inclinado en diagonal.

—Hola. Soy Carter.

No he visto nunca a este niño, y me doy cuenta de que Grayer tampoco.

—Soy Grayer.

—¿Hola? —la misma voz inglesa nos llama desde lo alto de las escaleras—. Deje sus cosas en cualquier sitio y suba.

Dejo caer al suelo nuestros abrigos mojados y, al lado, nuestras cosas.

—Adelántate.

Grayer sale corriendo detrás de Carter. Comienzo mi ascensión; en el primer piso paso junto a un cuarto de estar veneciano en la parte delantera de la casa y un comedor de estilo *art déco* en la parte trasera. Al llegar al segundo piso, que incluye un dormitorio principal estilo Imperio y un estudio de hombre decorado en plan africano, con montones de cabezas de antílopes y una alfombra de piel de cebra, estoy jadeando sonoramente. Subo resoplando hasta el tercer piso, que tiene un gran mural de Winnie-the-Pooh pintado en el rellano, y supongo que es el piso de Carter.

—¡Sigue! —oigo que me animan a gritos desde arriba.

—¡Ya casi has llegado, Nanny! ¡Anda, perezosa!

—¡Gracias, G! —grito.

Por fin me arrastro, sudando, hasta la cuarta planta, que han reformado para convertirla en una gran habitación familiar con cocina.

—Hola, soy Lizzie. Las escaleras son demasiado, ¿eh? ¿Quieres un poco de agua?

—Sería estupendo. Yo soy Nanny.

Tiendo la mano que no está aferrada a mi abdomen. Quizás es unos años mayor que yo, y lleva una falda de franela gris, una camisa oxford azul y un jersey azul marino anudado sobre los hombros. La reconozco como componente de la comunidad de importaciones de la clase alta británica que consideran ésta una profesión noble, que requiere aprendizaje y titulación, y que se viste de acuerdo con ello. Los niños ya han ido corriendo hasta un rincón, donde está desplegado un pueblo de casas de plástico de Playskool, para jugar a lo que parece ser Despedir a los Siervos.

—Toma —Lizzie me da el agua—. He pensado que podríamos dejar que soltaran energía durante una hora y luego dejar que se desplomen delante de *El l-i-b-r-o d-e l-a s-e-l-v-a.*

—Suena genial.

—No sé qué voy a hacer cuando Carter aprenda a deletrear. Aprender el lenguaje de los signos, supongo.

Miro pasmada los armaritos rococó de la cocina, los añejos azulejos franceses, las molduras ovaladas y puntiagudas.

—Es una casa impresionante. ¿Estás interna?

—Tengo un apartamento en el piso de arriba.

Miro hacia lo alto de las escaleras y me doy cuenta de que, sí, hay otro piso.

—Tienes que estar en una forma impresionante.

—Imagínate subir llevando en brazos a un niño de cuatro años agotado.

Me río.

—No conocía a Carter. ¿A qué colegio va?

—Country Day —dice, cogiendo mi vaso vacío.

—Ah, yo cuidaba a las niñas Gleason: iban allí. Es un sitio agradable.

—Sí, ¡Carter, déjale en paz!

Levanto la vista justo cuando Grayer es liberado de una llave mortal.

—Jo, Carter, ¿cómo has hecho eso? ¡Enséñame, enséñame!

Los ojos de Grayer están iluminados con el descubrimiento.

—Vaya, estupendo —digo—. Ahora empezará a saltar para hacerme una llave paralizadora.

—Una rápida patada en la ingle y te dejará en paz inmediatamente —dice, guiñándome un ojo. ¿Dónde ha estado todo este año? Habría podido tener una compañera de juegos—. Oye, ¿quieres ver la terraza?

—Claro.

La sigo a una terraza de piedra que domina el jardín y la parte trasera, de piedra caliza, del edificio de enfrente. Nos quedamos debajo del toldo mientras la lluvia salpica la punta de nuestros zapatos.

—Es precioso —digo, y mi aliento sale formando pequeñas nubes de vapor—. Es un auténtico paisaje del siglo diecinueve.

Ella asiente.

—¿Un cigarrillo? —pregunta.

—¿Puedes fumar?

—Claro.

—¿A la madre de Carter no le importa?

—Por favor.

Cojo uno.

—Bien, ¿cuánto tiempo llevas trabajando aquí? —pregunto, mientras ella enciende una cerilla.

—Cerca de un año. Es un poco locura, pero comparado con los otros trabajos que he tenido... Quiero decir, si estás interna, ya lo sabes —sacude la cabeza, echando el humo hacia la llovizna—. Dirigen tu vida mientras tú vives en un armario junto a la cocina. Por lo menos aquí tengo mucho sitio. ¿Ves

esas ventanas redondas? —señala con el cigarrillo—. Es mi dormitorio y eso, ahí, es mi cuarto de estar. Y mi baño tiene un *jacuzzi*. Estaba pensado como cuarto de invitados, pero, bueno,
el tema de los invitados no se toca.

—Vaya. No está mal el trabajo.

—Bueno, es un turno de jornada completa.

—¿Son agradables?

Se echa a reír.

—Supongo que él no está mal: la verdad es que nunca viene
por aquí, y por eso ella está un poco trastornada. Por eso necesitaban una interna...

—¡Yujuu! ¡Lizzie! ¿Estás ahí fuera? —me quedo helada,
tratando de no exhalar, mientras una diminuta estela de humo
se escapa de mis fosas nasales.

—Sí, señora Milton. Estamos fuera.

Despreocupadamente apaga el cigarrillo en la balaustrada y lo tira al jardín. Yo me encojo de hombros y hago lo mismo.

—¡Ahí estás! —dice, cuando volvemos a la cocina.

La señora Milton, una rubia muñeca de Matel, está sentada
en el suelo con una bata de seda de color melocotón, moqueando
y secándose delicadamente la nariz, mientras los niños corren
a su alrededor.

—Bueno, pero ¿quién es éste? —su voz tiene un ligero deje
sureño.

—Es Grayer —dice Lizzie.

—Y yo soy Nanny —alargo la mano.

—¡Oh, Grayer! Grayer, me encontré con tu mamá en Swif-
ty's. Bueno, siempre que estamos en Lotte Berk no paramos de
decir que tenemos que juntar a nuestros chicos. Y allí estaba
ella, almorzando, y dijimos, bueno, vamos a organizarlo, ¡y aquí
estás! ¡Grayer!

Lo coge y le da un volatín por el aire, y lleva chinelas con plumas, nada menos. Grayer parece estar tratando de establecer contacto visual conmigo, claramente inseguro de cómo responder a esta efusión de cariño. Ella le deja en el suelo.

—¡Lizzie! Lizzie, cariño, ¿no has quedado esta noche?

—Sí, pero...

—¿No deberías estar preparándote?

—Sólo son las cuatro.

—Bobadas. Relájate. Quiero pasar algún tiempo con mi Carter. Además, Nanny puede ayudarme —se sienta en cuclillas—. Eh, chicos, ¿queréis hacer una tarta? Tenemos ingredientes para hacer una tarta, ¿verdad, Lizzie?

—Siempre.

—¡Genial!

Su bata de seda ondea detrás de ella mientras va hacia la cocina, mostrando unas piernas largas, bronceadas y muy desnudas. Me doy cuenta, cuando se da la vuelta, de que está completamente *au naturel* debajo de la bata.

—Bien, veamos... huevos... leche —lo saca todo y lo deja sobre la encimera—. Lizzie, ¿dónde están los moldes?

—En el cajón de debajo del horno —me agarra la muñeca y susurra—: No dejes que se queme.

Antes de que tenga oportunidad de preguntar si es que acaso eso es probable, sale corriendo escaleras arriba a su cuarto.

—Me gusta la tarta de chocolate —dice Grayer, emitiendo su voto.

—Sólo tenemos vainilla, cielo —la señora Milton sujeta en alto la caja roja.

—Me gusta la vainilla —dice Carter.

—En mi cumpleaños —prosigue Grayer— me hicieron una tarta. ¡Parecía un balón de fútbol y era grandísima de verdad!

—¡Guau! Vamos a poner música.

Aprieta un botón del estéreo Bang & Olufsen que hay sobre la encimera y Donna Summer suena atronadora.

—Vamos, cielito. Ven a bailar con mami.

Carter agita los brazos y sacude las rodillas. Grayer empieza tímidamente con un meneo de cabeza, pero cuando llega *On the Radio* deja que vuelen sus manos de jazz.

—¡Qué bien lo hacéis, chicos!

Coge una mano a cada uno de ellos y los tres brincan a lo largo de todos los Grandes Éxitos de Donna Summer hasta *She Works Hard for the Money,* mientras yo empiezo tranquilamente a cascar huevos y a untar el molde. Pongo la tarta en el horno, busco con la mirada un reloj de horno, y veo a la señora Milton girando como un remolino junto al pueblo Playskool. Me siento como si fuera Miss Clavel.

—Voy al servicio —digo, a nadie en particular.

Abro todas las puertas que dan a la cocina tratando de localizar un baño.

Al dar la luz en un cuarto pequeño, me encuentro con cuatro maniquíes dispuestos formando una V, vestidos con trajes de lentejuelas, cada uno con una banda que le cruza el pecho. Miss Tucson. Miss Arizona. Miss Sudoeste. Miss Estados Sureños. Hay diademas y cetros, recortes de prensa enmarcados y un bastón, todo cuidadosamente dispuesto en urnas de cristal.

Inspecciono lentamente cada vestido, cada banda, y luego me dirijo a la pared del fondo, que está cubierta de fotografías, brillantes y enmarcadas, de la señora Milton: la *showgirl* de Las Vegas. Que, supongo, es donde acabas después de haber sido Miss Estados Sureños. Hay hileras e hileras de fotografías suyas con diferentes trajes de lentejuelas y tocados, muy maquillada y con pestañas postizas. En todas ellas está sentada en el regazo de algún famoso; todo el mundo, desde Tony Bennett hasta Rod Stewart. Y entonces la veo; en medio de la pared, casi escondida: una instantánea de la señora Milton con un vestido blanco, corto y muy ceñido, el señor Milton, con los ojos en blanco, y el predicador. La placa del marco dice: «Capilla Nocturna del Amor, 12 de agosto de 199...».

Apago la luz y encuentro el baño.

Cuando vuelvo, la señora Milton está mirando el horno con tristeza.

—Ya lo has hecho.

—Sí, señora —acabo de decir *señora*.

—Ya lo has hecho.

Parece costarle absorber la información.

—Ya casi está —le digo, tranquilizándola.

—¡Ay, qué bien! ¿Quién quiere ponerle azúcar glas? —saca de la nevera seis tubos de glaseado de distintos sabores—. Carter, saca el colorante.

Grayer y Carter se acercan bailando el mambo. Ella saca de los armarios espolvoreadores, perlas de azúcar y confites de colores y empieza a rellenar directamente los tubos con el colorante que le da Carter.

—¡Guau!

Ahora se está riendo sin ningún control.

—Señora Milton —digo, retrocediendo con aprensión—. Creo que ya es hora de que Grayer y yo nos vayamos.

—¡Tina!

—¿Disculpe?

—¡Llámame Tina! No podéis iros —grita por encima de su hombro, mientras se mete en la boca un dedo cubierto de glaseado.

—¡NO QUIERO IRME A CASA! —grita, presa del pánico, Grayer, agarrando fuertemente un ramillete de cucharas de plástico.

—Mira, nadie tiene por qué irse. Bueno, ¿quién... quiere... glaseado?

Mete la mano en uno de los dos contenedores, sacando dos puñados de glaseado y catapultándolos, uno a Carter, el otro a Grayer.

—¡Guerra de glaseado!

Le entrega un tubo a cada niño y el glaseado empieza a volar. Yo intento agacharme detrás de la isleta, pero Tina me acierta en medio del pecho. No he estado en una guerra de comida desde el instituto, pero cojo un tubo rosa y le lanzo un pequeño chorro: lo justo para vengarme por lo del jersey, y lo dejo.

—¡Ja, ja! —se ríen todos histéricamente.

Los niños ruedan por el suelo, embadurnándose el pelo con glaseado. Tina agarra unas cuantas perlas dulces y las esparce por encima de los niños como si fuera nieve.

—¿Qué pasa ahí? —la severa voz inglesa de Lizzie llama desde el piso de arriba.

—Oh, tenemos problemas —dice—. Carter, creo que tenemos un problema —y vuelven a partirse de risa.

Lizzie entra en la cocina en bata y zapatillas de felpa.

—Ay, Dios mío.

Mira a su alrededor. Hay glaseado por todas partes, chorreando por los azulejos franceses y de los adornos que bordean la ventana.

—Oh, Lizzie, sólo nos estamos divirtiendo. ¡Relájate! No seas tan británica.

—¡Tina! —Lizzie usa mi voz de la Bruja Malvada—. ¡Vete a la bañera!

Tina parece cabizbaja y empieza a llorar, hundiéndose en su bata y mostrando quizás demasiado de su impresionante superestructura.

—Pero yo... Estábamos... Nos estábamos divirtiendo. Por favor, no se lo digas a John. Os habéis divertido, ¿no, niños?

—Yo me he divertido. No te pongas triste —Grayer le acaricia suavemente la cabeza, esparciendo restos de glaseado rosa sobre su cabello rubio.

Tina mira a Lizzie y se seca la nariz con la manga.

—Vale, vale —se acuclilla delante de los niños—. Mamá va a darse un baño, ¿vale? —les acaricia la cabeza y luego se acerca a la barandilla—. Vuelve muy pronto, Grayer, ¿me oyes? —murmura para sí misma mientras desaparece escaleras abajo.

—¡Adiós, Tina! —grita Grayer. Y ella, con un breve gesto de la mano, desaparece.

Espero las quejas de Carter, pero está tranquilo. Desnudamos a los niños y Lizzie me da un pijama de Carter y una bolsa de plástico para la ropa de Grayer. Ponemos *El libro de la selva* e intentamos limpiar la cocina.

—Maldita sea —dice Lizzie, frotándose las manos y las rodillas—. El señor Milton podría venir esta noche a casa y si ve esto la enviará de vuelta a Hazelden y para Carter será horrible que ella desaparezca semanas en un momento en que su padre viaja tanto. Lo destrozará por completo —Lizzie escurre la esponja—. Él me pidió que fuera con ella a Hazelden. Para que pudiera, ya sabes, averiguar cuándo volvería a consumir y hacer algo.

—¿Qué toma? —pregunto, aunque ya me he hecho una idea muy concreta.

—Coca. Alcohol. Pastillas cuando no puede dormir.

—¿Hace cuánto tiempo que pasa esto?

—Oh, años —dice, escurriendo la esponja en el cubo—. Creo que desde que vino a Nueva York. Se enamoró de unos cuantos yonquis pijos, famosos y gente así. Él la deja sola aquí todo el tiempo y para ella es muy duro. Pero no hay contrato prematrimonial, así que supongo que él sólo está esperando a que ella tome una sobredosis —bueno, evidentemente esto le da a lo de las bragas una perspectiva nueva—. Sé que debería dejarlo, pero la prórroga de mi visado depende de este trabajo. Si dejo a Carter significaría que tengo que volver a casa y realmente quiero quedarme en América —yo escurro mi esponja, sin saber qué decir—. Venga, ¿por qué no os vais ya? Yo acabaré esto.

—¿Estás segura?

—Sí. Mañana parecerá otra cosa.

A Grayer y a Carter no les gusta nada tener que separarse, pero conseguimos bajar todas las escaleras y cruzar la puerta.

—¡Adiós, Carter! —grita mientras yo paro un taxi—. ¡Adiós, Tina!

Como sólo vamos a recorrer cuatro manzanas, parece ridículo, pero además de todo lo que acarreaba antes, ahora llevo una bolsa de plástico con la ropa de Grayer y mi impermeable en otra bolsa para que mi jersey no lo manche.

—¿Qué os ha pasado? —pregunta James mientras nos ayuda a salir del taxi.

—Hemos tenido una guerra de comida con Tina —explica Grayer, que camina delante de mí, muy ufano con el pijama de Tigger de Carter.

Una vez arriba abro el grifo de la bañera y pongo unas cuantas salchichas de tofu en el fuego mientras Coco juega en su cuarto.

—¿Hola? —una voz desconocida llama desde el cuarto del servicio.

—¿Hola?

Una mujer que no he visto nunca sale de la oscuridad, llevando el uniforme de Connie.

—Hola, soy María —dice con acento sudamericano—. Estaba esperando a la Señora X y debo haberme quedado dormida. No quería irme el primer día sin despedirme.

—Oh... hola. Hola, soy Nanny. Me ocupo de Grayer —es la tercera vez que me presento hoy—. En realidad, la Señora X ha salido a cenar y probablemente no volverá hasta muy tarde. Váyase a casa y cuando vuelva yo le diré que estuvo esperándola.

—Ah, genial. Gracias.

—¿Tú quién eres? —Coco, en calzoncillos, está bloqueando el umbral.

—Grayer, ésta es María —Grayer saca la lengua, da media vuelta y sale corriendo hacia su cuarto—. *Grayer* —me vuelvo hacia ella para disculparme—. Lo siento. Por favor, no se lo tome como algo personal. Ha tenido un día muy largo —con media sonrisa, le señalo mis manchas de crema de mantequilla—. La verdad es que iba a darle un baño. De verdad, no pasa nada si se va. No se preocupe.

—Gracias —dice, doblando su abrigo sobre el brazo.

—No hay problema. La veo mañana —sonrío.

Recorro el apartamento, encendiendo lámparas que Connie limpió hace sólo dos días.

Voy al cuarto de Grayer, donde aún está bailando en ropa interior delante del espejo de su armario.

—Vamos, Baryshnikov.

Le sumerjo en la bañera.

—Ha sido muy divertido, Nanny. ¿Te acuerdas de cuando ella me tiró el glaseado y me dio en el culo?

Vuelve a retorcerse de risa. Me siento en la taza mientras él enjabona la pared, juega con sus hombres rana y tararea *Bad Girls* de Donna Summer.

—¿G, te falta mucho? —pregunto cuando me canso de utilizar su diminuto peine para quitar el glaseado de mi jersey.

—Bip bip. Tut tut. Bip bip. Tut tut —niega con su enjabonada cabeza.

—Vamos, es tarde —cojo la toalla.

—¿Qué hicieron las niñas?

—¿Quién?

—Las niñas malas. Ya sabes, Nanny, las niñas malas, muy malas —menea las caderas—. ¿Por qué son malas?

—No hicieron caso a sus niñeras.

✧

Cuando la Señora X pasa corriendo a mi lado en dirección a su dormitorio, no parece advertir que, a pesar de estar cayendo un torrencial aguacero de abril, yo me voy vestida sólo con una camiseta, y que llevo mi jersey y mi abrigo en una bolsa. Espero el ascensor, poniéndome con cautela mi jersey para no congelarme. Me he quitado del pelo todo el glaseado que he podido en el cuarto de la plancha, pero aún estoy desmigando unos trocitos endurecidos cuando se abre la puerta del ascensor.

—Oh, mierda —M. H. parece aturdido—. ¡Hola!

—¡Hola! —¡no me lo puedo creer!—. ¿Qué estás haciendo aquí?

—Ay, vaya —dice, abatido—. Iba a sorprenderte. Lo tenía todo planeado, con flores y todo...

—Bueno, ¡misión cumplida! ¿Qué ha pasado con Cancún?

Entro en el ascensor, temblando por la inesperada visión de mi M. H. con unos vaqueros manchados de barro y mi sudadera de la NYU.

—Eso era sólo para despistarte... Iba a esperarte mañana por la noche en el vestíbulo, de traje. Íbamos a ir a bailar —le miro radiante y él me echa un rápido vistazo—. Parece que Grayer y tú habéis vuelto a hacer una *performance*.

—Bueno, acabo de volver de la Cita de Juego en el Infierno con una madre yonqui. Y no estoy siendo metafórica, quiero decir, una yonqui *de verdad*. Iba hasta arriba de coca, decidida a ser la puñetera Betty Crocker, y nos arrastró a ello...

—Dios mío, te he echado de menos —interrumpe, sonriendo de oreja a oreja mientras la puerta se abre al vestíbulo.

Se inclina para limpiar suavemente restos de glaseado de mi ceja y, sin pensármelo dos veces, paso mi brazo por debajo del suyo para apretar el botón del piso once. La puerta se cierra educadamente.

Aquello es un frenesí carnal glaseado.

✧

Envuelta en su sábana de franela azul marino, me siento al borde de la mesa de la cocina de M. H. mientras echa mi ropa a la secadora. Cierra la puerta metálica.

—¿Tienes hambre?

Se vuelve, iluminado por la luz de la cocina de los vecinos.

—¿Qué tienes? —pregunto mientras abre la nevera.

—Mi madre suele dejarme la cocina bastante llena cuando sabe que voy a estar solo. ¿Tortellini? —blande un paquete.

—Puaj, no me importaría no volver a ver otro tortellini en la vida... —me acerco a echar un vistazo a la nevera.

—¿Lasaña? —pregunta.

—Oh, sí, por favor.

—¿Qué tal un poco de vino?

Asiento, cogiendo una botella de tinto y cerrando la puerta con la cadera. Me apoyo sobre la nevera y le miro sacar los platos y preparar la mesa con sus boxers de lunares. Madre mía.

—¿Esto hay que calentarlo? —pregunta, besándome el hombro desnudo mientras pasa.

—Probablemente. ¿Quieres que te ayude?

—No, siéntate —me pasa una copa de vino—. Has tenido un día duro, chica glaseada.

Saca cubertería de plata de un cajón y, cuidadosamente, la coloca sobre la mesa.

—Bueno, ¿y dónde están tus padres?

—Han llevado a mi hermano a Turquía de vacaciones.

—¿Por qué no estás en Turquía? —doy un sorbo a mi vino.

—Porque estoy aquí —sonríe.

—Aquí está bien.

Sirvo otro vaso y se lo doy.

Me mira, iluminado por la luz del microondas.

—Qué guapa te has puesto.

—¡Ah, esta antigualla! Es una toga de la colección de L.L. Bean —se ríe—. Ya sabes, ahora estoy dando latín con Grayer. ¿Cuántos años tenías cuando empezaste con el latín?

—Mmm... ¿Catorce?

Saca la lasaña del microondas y se acerca con dos tenedores.

—Bueno, tuviste que ser de los que empiezan tarde, porque él tiene cuatro años. Ahora lleva corbata, ¿te lo había dicho? No una corbata de niño, sino de las de adulto, de las que le llegan hasta el suelo.

—¿Qué dice su madre?

—Ni siquiera se da cuenta. Últimamente está de los nervios: despidió a Connie sin motivo aparente y Connie llevaba allí desde antes incluso de que naciera Grayer.

—Sí, ese tipo saca de quicio a todas sus esposas.

—Espera, ¿qué?

—Sí, cuando el Señor X engañaba a su primera mujer, ella le dio una paliza a James en el vestíbulo, delante de algunos miembros de la junta.

Se me atraganta la lasaña.

—¿Su primera qué?

—Su primera esposa, Charlotte, creo que se llamaba —me mira con incredulidad—. ¿No lo sabías?

—No, *no* lo sabía. ¿Estuvo casado antes?

Tengo que levantarme, arrastrando la sábana conmigo.

—Sí, pero fue, no sé, hace mucho tiempo. Supuse que lo sabías.

—¡¿Por qué iba a saberlo?! Nadie me cuenta nada. Ay, Dios mío. ¿Tiene más hijos?

Empiezo a rodear la mesa.

—No sé. No creo.

—¿Cómo era? ¿Qué aspecto tenía? ¿Se parecía a la Señora X?

—No sé. Era guapa. Era rubia...

—¿Era joven?

—Yo era un crío. No sé... a mí sólo me parecía una adulta.

—No me ayudas mucho. Piensa. ¿Cuánto tiempo estuvieron juntos?

—Vaya, tal vez siete, ocho años...

—Pero sin hijos, ¿eh?

—Salvo que los guardaran en la despensa.

Me detengo junto a la pila para estudiar durante un momento esa idea.

—Y, ¿por qué se separaron?

—Por la Señora X —dice, tomando una gran porción de lasaña.

—¿Qué quieres decir con «por la Señora X»?

—Él tenía una aventura con la Señora X.

—¡¡¿¿QUÉ??!! —casi se me cae la sábana.

—¿Quieres hacer el favor de sentarte y comer un poco de lasaña?

Señala el tenedor que hay al otro lado de la mesa.

Me siento y doy un trago a mi vino.

—Vale, pero tienes que empezar desde el principio sin dejarte nada.

—Bueno, según mi madre, Charlotte X era una gran coleccionista de arte. Lo compraba todo en Gagosian, donde trabajaba tu Señora X. Al parecer, Charlotte envió al Señor X a que diera su aprobación a una de sus grandes compras y... surgió el flechazo —dice, sonriendo.

—¡¡¡¿¿¿La Señora X???!!!

No me puedo imaginar a la Señora X teniendo un flechazo. Punto.

—Sí, y a veces él la traía aquí cuando su esposa estaba fuera y los porteros empezaban a hablar. Así que muy pronto todo el mundo en el edificio lo sabía.

Mira fijamente su vino antes de dar un sorbo.

—Es que no puedo... No puedo, no puedo, no puedo creerlo.

—Pues... es cierto. Lo vi con mis propios ojos de chico de doce años. Ella estaba buenísima.

—Cállate —balbuceo.

—En serio, llevaba los labios pintados de rojo, un vestido ceñido, tacones, todo eso. Estaba... buenísima.

—Limítate a terminar la historia.

—Bueno, la Leyenda del Siete Veintiuno dice que Charlotte encontró unas medias que no eran suyas y salió corriendo al vestíbulo, con ellas en la mano, y perdió los papeles con James, quería saber quién había estado en el apartamento. Se marchó pocas semanas después y tu Señora X se vino a vivir aquí.

Dejo el vaso de vino.

—No me puedo creer que no me hablaras de esto —digo, sintiendo de repente algo de frío envuelta en mi sábana a medida que la intensa emoción del piso noveno me alcanza.

—Bueno, has estado tan estresada...

Deja su tenedor.

Me aparto bruscamente de la mesa y me siento sobre la secadora.

—Así que, si no sé nada al respecto, no me afecta —saco mi ropa húmeda—. Puta Lógica Masculina. Lo siento... ¿Te he humillado con este trabajito mío?

—Oye, Nan, he dicho que lo siento —se levanta.

—No, no lo has dicho. No has dicho que lo sintieras.

Mis ojos se llenan de cálidas lágrimas mientras trato torpemente de ponerme mi jersey húmedo sin exhibirme por debajo de la sábana.

Rodea la mesa y suavemente coge el jersey.

—Nan, lo siento. Lección aprendida: cuéntaselo todo a Nan.

Alarga una mano y rodea mi cintura desnuda.

—Es sólo que eres el único con quien formo equipo, y descubrir que me ocultas algo...

—Eh, espera —murmura, apretándome contra él—. Soy el *capitán* de tu equipo.

Hundo mi cara en su clavícula.

—Lo siento, estoy muy quemada. Sé que este trabajo me consume demasiado. La verdad es que no quiero pensar si tuvo una primera esposa. La verdad es que no quiero pasar la noche hablando de ellos.

Me besa en la coronilla.

—Bueno, entonces, ¿qué tal un poco de música? —asiento y se acerca al estéreo que hay sobre la encimera—. Supongo que Donna Summer no pega, ¿no?

Me río, obligándome a volver al piso undécimo. Me acerco a él, por detrás, y nos envolvemos juntos en su sábana.

❖❖❖

Doy otro sorbo a mi tercera taza de café e intento permanecer despierta mientras espero a que la cena de Grayer termine de hacerse. A pesar de mi sensación de bienestar, ha sido un día muy duro con sólo dos horas de sueño. Subo las mangas del descolorido jersey de cuello barco que mi M. H. me dio esta mañana para que no viniera a trabajar con la misma ropa que llevaba ayer. Y eso que esta gente no se daría cuenta aunque viniera a trabajar con una nariz de payaso y la cara pintada de blanco.

Mientras le sirvo la pasta en su plato, Grayer se baja reptando de su trona.

—¿Dónde vas, hombrecito? —pregunto, llevándome a la boca una zanahoria hervida.

Se acerca a la nevera y me reprende.

—¡Te he dicho que no me llames así! ¡Se acabó lo de «hombrecito»! Quiero zumo. Abre la nevera —dice con las manos en las caderas y la corbata colgando sobre el pijama.

—Por favor —digo por encima de su cabeza.

—¡Por favor! ¡Ábrela! Quiero zumo.

Empieza a aparecer su agotamiento después de la ronda de clases de esta tarde.

Abro la nevera y cojo la leche.

—Sabes que no hay zumo con la cena. Leche de soja o agua, elige.

—Leche de soja —decide, alargando ambos brazos.

—Yo te la cogeré, Coco. ¿Por qué no vuelves a tu silla?

Vuelvo a la mesa con el cartón de leche de soja.

—¡NO! Quiero hacerlo yo, quiero yo, Nanny. No me la traigas. Déjame...

Se pone muy maniático cuando se acerca la hora de que me vaya, haciendo que la última parte de mi turno sea la más difícil.

—Eh, cálmate. Ven y lo haremos juntos —sugiero animadamente.

Viene hacia mí y se queda junto a la mesa, con la cabeza a la altura del tazón. Su madre odia que le deje servirse la leche. No es que yo sea una gran fan de esa tarea, ya que puede durar una eternidad y normalmente acaba conmigo de rodillas, con una esponja en las manos. Sin embargo, dado su malhumor, prefiero hacerlo con él a provocarle un ataque quince minutos antes de que tenga que irme a mi clase de las ocho. Alarga las manos para coger el cartón por debajo de las mías y echamos la leche de soja juntos, salpicando muy poco.

—¡Bien hecho! Ahí tienes, hombreci... Coco. Súbete otra vez y vamos a terminarnos la cena.

Trepa a su silla y pincha con desgana las fláccidas verduras, olvidando por completo el vaso de leche. Miro el reloj y decido que fregar los platos será la forma más productiva de pasar mis últimos minutos aquí, ya que no parece estar de humor para charlar.

Coloco el último cacharro en el escurreplatos y me vuelvo para ver qué hace Grayer justo a tiempo para verle levantar el tazón y, deliberadamente, verterlo en el suelo.

—¡*Grayer!* —corro con la esponja—. ¡Grayer! ¿Por qué lo has hecho?

Levanto la vista del suelo. Parece avergonzado, mordisqueándose el labio inferior, evidentemente está sorprendido consigo mismo. Se aparta de mí en su silla. Me acuclillo junto a él.

—Grayer, te he hecho una pregunta. ¿Por qué has derramado tu leche sobre el suelo?

—No la quería. La idiota de María la limpiará —echa la cabeza atrás y mira al techo—. No me hables.

La leche de soja resbala por mis muñecas donde el jersey está arremangado. Me inunda una ola de agotamiento.

—Grayer, eso no está bien. Es desperdiciar la comida. Quiero que te bajes y me ayudes a limpiar esto.

Aparto su silla y me suelta una patada que está a punto de darme en la cara. Me echo atrás, me levanto y me alejo de él para contar hasta diez. Miro mi reloj para establecer un plan antes de volverme y hacer algo de lo que pueda arrepentirme. Jesús, llega quince minutos tarde. Mi clase empieza dentro de cuarenta y cinco minutos.

Me vuelvo hacia él y respondo con firmeza.

—Bien. Quédate ahí, entonces. Voy a limpiar esto y luego será la hora de acostarse. Estás portándote mal y eso quiere decir que estás muy cansado. Demasiado cansado para un cuento.

—¡NO TENGO HAMBRE!

Rompe a llorar, desplomándose sobre la silla. Seco la leche, intentando que el jersey de M. H. no toque el suelo mojado, y escurro la esponja en su plato.

Para cuando ya lo he metido todo en el lavavajillas, Grayer se ha cansado y está listo para olvidar todo el incidente. Le pongo la corbata sobre el hombro y le llevo a su cuarto, advirtiendo que ahora sólo me quedan exactamente veinte minutos para llegar a Washington Square para la clase de Clarkson, y no he recibido ni una llamada de la madre de este niño. No dejo de oír el runrún del ascensor y de animarme, preparada para que ella entre por la puerta y se haga cargo de todo para que yo pueda coger un taxi e ir a clase.

Dejo a Grayer en traje de Adán.

—Vale, vete al baño y haz pis, por favor, para que pueda ponerte el pañal de noche.

Corre al baño y yo voy de un lado para otro; sólo pido salir antes de las ocho los jueves por la noche, por el amor de Dios. Sería lógico pensar que ella podría ser puntual una noche de cada cinco.

La puerta del baño se abre y Coco se queda en el umbral, desnudo, los brazos sobre la cabeza, la corbata colgando sobre sus partes íntimas. Pasa junto a mí corriendo hacia la cama y agarra la parte de arriba del pijama.

—¿Si me lo pongo podemos leer un libro? ¿Sólo un libro?

Lucha para meterse por la cabeza el pijama de rayas, y el corazón se me desborda de cariño por él.

Me siento sobre el edredón para ayudarle, dándole la vuelta para tenerle de frente, entre mis rodillas.

—Grayer, ¿por qué has derramado la leche sobre el suelo? —pregunto suavemente.

—Me apetecía —dice, apoyando las manos sobre mis rodillas.

—Coco, me sentó mal porque tuve que limpiarla. No está bien ser malo con la gente, y no está bien ser malo con María. Me pone muy triste cuando la llamas «idiota», porque es mi amiga y viene a hacer cosas agradables para ti todos los días.

Me inclino hacia delante y le rodeo con los brazos, mientras él pone sus dedos entre mi pelo.

—Nanny, quédate a dormir en el suelo, ¿vale? Quédate a dormir y podemos jugar a los trenes por la mañana.

—No puedo, G. Tengo que ir a casa y dar de comer a *George*. No querrás que *George* se quede sin cenar. Ahora coge un libro y lo leeremos. Uno.

Se acerca a la estantería. Gracias a Dios, la puerta principal se abre y Coco corre al vestíbulo. ¡Cinco minutos! ¡Tengo cinco minutos para llegar a clase! Le sigo pegada a él y alcanzamos a la Señora X, vestida con una trinchera de Burberry, a menos de un paso de su despacho. Está claro, por sus hombros encorvados y rápidos pasos, que no tenía intención de venir al cuarto de Grayer.

—¡Mamá!

Grayer la abraza por detrás.

—Tengo clase —digo yo—. Tengo que irme. Mm, los jueves es a las ocho...

Se vuelve hacia mí mientras intenta despegar a Grayer de su pierna.

—Estoy segura de que aún puedes llegar si coges un taxi —dice distraídamente.

—Claro. Bien, ahora son las ocho, así que... Entonces, voy a coger mis zapatos. Buenas noches, Grayer.

Me escabullo al vestíbulo para ponerme mis cosas, con la esperanza de que el ascensor no haya bajado todavía.

La oigo suspirar.

—Mamá está exhausta, Grayer. Vete a la cama y te leeré un verso de tu libro de Shakespeare y luego apagamos las luces.

En la calle paso corriendo junto al portero hasta la esquina y manoteo en busca de un taxi con la esperanza, al menos, de llegar a clase para el resumen final. Bajo completamente la ventanilla, prometiéndome que dejaré claro mi horario antes de la clase de la próxima semana, y sabiendo que probablemente no lo haré.

❖❖❖

Unos pocos días después saco de mi buzón, además del habitual aluvión de catálogos de J. Crew y Victoria's Secret, dos sobres que me hacen vacilar. El primero es del papel crema de la Señora X, normalmente reservado para su trabajo en el comité.

30 de abril

Querida Nanny,

Me gustaría compartir contigo un asunto que nos preocupa al padre de Grayer y a mí misma. Hemos observado que, después de que te fueras con tanta prisa anoche, había un charco de orina debajo de la papelera pequeña en el baño de Grayer.

Entiendo que tienes tus obligaciones académicas, pero, francamente, estoy alarmada por tu falta de conciencia de tal situación. Según nuestro acuerdo, durante las horas en las que trabajas aquí hemos de recibir tu máxima y constante atención. Un descuido tan notorio me da qué pensar respecto de la consistencia de tu rendimiento.

Por favor, revisa las siguientes reglas:

1. Grayer tiene que llevar pañales cuando se acueste.

2. Grayer no debe beber zumo después de las cinco de la tarde.

3. Tienes que vigilarle en todo momento.

4. Tienes que estar familiarizada con los materiales de limpieza y utilizarlos adecuadamente.

Confío en que reflexionarás sobre la importancia de su cuidado y que reconocerás que, si se repite un incidente de esta índole, no tendré que pagarte por esa hora. Espero que no tengamos que hablar de esto nuevamente.

¡Espero que os divirtáis en vuestra cita de juegos con Alex! Por favor, asegúrate de recoger mi abrigo en el sastre, debería estar listo para después de las dos.

Atentamente,

Señora X

Vale.

El segundo sobre está forrado en el rojo de un tomate de Crane. Saco un fajo de billetes de cien dólares unidos por un sujetapapeles de plata con una X grabada.

Querida Nanny,

Volveré de Chicago la tercera semana de junio. Te agradecería si pudieras encargarte de que el apartamento esté provisto de lo siguiente:

Lillet: 6 botellas

Foie gras: 6

Trufas de champán Teuscher: 1 caja

Filetes: 2

Helado de chocolate Godiva: 2 pintas

Ostras: 4 docenas

Langostas: 2

Agua de lavanda

Quédate con las vueltas.

Gracias, la Señorita C

¿Qué les pasa a estas mujeres con el agua de lavanda?

9. Oh... Dios... mío

«La enfermera del cuarterón era considerada una enorme carga, buena sólo para abotonar cinturas y pantalones y cepillar el cabello haciendo la raya en medio; ya que parecía una ley de la sociedad que el cabello tenía que estar cepillado y llevar la raya en medio.»

EL DESPERTAR

Sarah entorna la puerta principal de su casa todo lo que la cadena le permite, mostrando un pijama de franela estampado con nubes y un lápiz que mantiene sujeto su rubio moño.

—Vale, media hora, eso es todo. Lo digo en serio, treinta minutos. Estoy en casa para empollar para los exámenes finales, no para enterarme de los trapos sucios de los X.

—¿Por qué te has venido a la ciudad para estudiar? —pregunta Josh mientras Sarah quita la cadena y nos deja entrar en el vestíbulo principal de la familia Englund.

—¿Conoces a Jill, mi compañera de cuarto?

—No creo —dice Josh, quitándose la chaqueta.

—No te preocupes, no te pierdes gran cosa, está preparando su tesis sobre teatro, y sus finales consisten en interpretar cinco minutos de su vida para los directores del departamento, tirad vuestras cosas sobre ese banco, o sea que se pasa todo el día poniéndose de pie en nuestra habitación, diciendo «Maldita sea», y volviéndose a sentar. Vamos a ver, ¿qué dificultad puede haber en sentarse y leer una revista durante cinco minutos? —pone los ojos en blanco—. ¿Queréis algo de beber, chicos?

La seguimos a la cocina, que aún conserva el mismo papel pintado amarillo de margaritas que tenía cuando estábamos en el jardín de infancia.

—Sing Slings —pido la especialidad de Sarah.

—Marchando —dice ella, estirándose para sacar una coctelera y el preparado para los cócteles de un armario alto—. Sentaos —señala la larga mesa verde que hay junto a la ventana.

—Estaría mucho mejor si fuera una mesa redonda, como si fuéramos los Caballeros de la Tabla Redonda de las Bragas —dice Josh.

—Josh —digo—, ahora mismo las bragas no son lo principal, la carta sí lo es...

—Tenemos una mesa de café redonda en el cuarto de estar —sugiere Sarah.

—Sin lugar a dudas, tenemos que hacer esto en una mesa redonda —decide Josh.

—Nan, ya conoces el camino —dice Sarah, dándome una bolsa de Pirate's Booty.

Llevo a Josh al cuarto de estar y me dejo caer sobre la alfombra persa alrededor de la mesa de café. Sarah nos sigue con una bandeja de Singapore Slings.

—Vale —dice, dejando cuidadosamente la bandeja sobre la mesa de café—. El reloj está en marcha: suéltalo.

—Veamos las existencias —dice Josh, dando un sorbo.

Meto una mano en mi mochila y saco la bolsa con cierre hermético Ziploc, junto con la carta de Miss Chicago, y las deposito ceremoniosamente en medio de la mesa. Permanecemos sentados en silencio durante un momento, mirando fijamente las pruebas como si fueran huevos a punto de romperse.

—Tío, es la Tabla Redonda de las Bragas sin coña —murmura Josh, estirándose hacia la bolsa.

—¡No! —digo, dándole en la mano—. Las bragas se quedan en la bolsa: es la única condición de la Tabla Redonda. ¿Te has enterado?

Cruza las manos sobre su regazo remilgadamente, suspirando.

—Bien. Ahora, para que el tribunal se haga una idea, ¿le importaría revisar los hechos del caso?

—Hace cuatro meses descubrí a Miss Chicago prácticamente viviendo en la cama de la Señora X, y luego, de repente, recibo una carta *en mi casa...*

—Prueba A —dice Sarah, agitando la carta.

—¡Lo que significa que sabe dónde vivo! ¡Me ha estado buscando hasta dar conmigo! ¿Es que no hay un lugar donde pueda esconderme?

—Se ha pasado mucho de la raya —confirma Sarah.

—Ah, ¿es que Nan tiene una raya? —pregunta Josh.

—¡Sí! Tengo una raya. Está trazada justo en la Calle Ochenta y Seis. ¡No pueden venir a mi casa! —noto que estoy empezando a ponerme histérica—. ¡Tengo que escribir mi tesis! ¡Hacer exámenes! ¡Encontrar un trabajo! Lo que no tengo es tiempo. No puedo estar correteando por la NYU con la ropa interior de la amante del Señor X en mi mochila. ¡*No puedo* dedicarme a hacer juegos de manos con sus secretos con todo lo que tengo encima!

—Mira, Nan —dice Sarah suavemente, alargando una mano desde el otro lado de la mesa para ponerla sobre mi espalda—. Aún tienes una posibilidad. Déjalo. Devuélvelo todo y olvídate.

—¿Devolvérselo a quién? —pregunto.

—A esa bruja —dice Josh—. Envíale esa basura por correo y déjale bien claro que no quieres jugar.

—¿Y qué pasa con la Señora X? Si todo esto sale a la luz y se entera de que yo tenía las bragas y no se lo dije...

—¿Qué va a hacer? ¿Matarte? —pregunta Sarah—. ¿Meterte en la cárcel de por vida? —levanta su vaso—. Devuélveselas y abandona.

—No puedo abandonar. No tengo tiempo para buscar otro trabajo y mi Trabajo de Verdad en cualquier facultad, si consigo convencer a alguna para que me contrate, no empezará hasta septiembre. Además —abro la bolsa de ganchitos de queso, una vez acabado mi ataque de autocompasión—, no puedo abandonar a Grayer.

—Tendrás que abandonarle en algún momento —me recuerda Josh.

—Sí, pero si quiero permanecer en su vida no puedo acabar a malas con ella —digo—. Pero tienes razón. Devolveré todo esto.

—Y mira, sólo hemos tardado veinte minutos —dice Sarah—. Lo que aún nos deja diez minutos para que repases conmigo mis fichas del examen.

—La diversión nunca termina —digo.

Josh se inclina para darme un abrazo.

—No te apures, Nan, no te pasará nada. Eh, no olvidemos el hecho de que adivinaste que las bragas de Miss Chicago serían tangas de encaje negro, no sé, meses antes de que las encontráramos. Seguro que ése es un talento que podemos explotar comercialmente.

Vacío mi vaso.

—Bueno, si sabes de algún concurso en el que pueda convertir eso en dinero contante, dímelo.

❖❖❖

Contemplo los desordenados montones de libros, fotocopias subrayadas y cajas de pizza vacías tirados por toda mi habitación, todo lo que he ido acumulando desde que el viernes volví a casa después de trabajar. Son las cuatro de la mañana y llevo escribiendo cuarenta y ocho horas sin parar, lo que es evidentemente menos tiempo para mi tesis del que me había asignado. Pero, a menos que dejara que Grayer cuidara de sí mismo en el apartamento, la verdad es que no tenía elección.

Echo un vistazo al sobre manila marrón que está apoyado contra mi impresora desde la Tabla Redonda de las Bragas, hace una semana. Encintado y con sello, sólo falta depositarlo ceremoniosamente en un buzón después de que entregue mi tesis dentro de cuatro horas. Entonces, Miss Chicago y la NYU estarán más que a punto para convertirse en un recuerdo lejano.

Agarro otro puñado de M&M's de la bolsa de cien gramos. Probablemente me quedan unas cinco páginas, pero apenas puedo mantener los ojos abiertos. Un sonoro ronquido irrumpe desde detrás de la pantalla. Puto piloto peludo cretino.

Estiro los brazos para bostezar, justo cuando otro ronquido gutural interrumpe el silencio, haciendo que *George* salga como un rayo al otro extremo de la habitación y se lance sobre un descuidado montón de ropa sucia.

Estoy tan cansada que siento como si mis ojos estuvieran llenos de arena de un jardín. Desesperada por recuperar algo de lucidez, avanzo cuidadosamente entre los escombros para localizar mis cascos y conectarlos al estéreo. Me los pongo en la cabeza y me agacho para girar el dial hasta que encuentro una música de baile descomunal. Meneo la cabeza llevando el ritmo, subiendo el volumen hasta que noto que el ritmo se abre paso hasta mis calcetines de tortugas de la suerte. Me levanto para bailar dentro del pequeño radio que me permite el cable de los cascos. Los bongos llenan mis oídos y me agito salvajemente entre los libros, con los ojos cerrados, dejando que la adrenalina me despabile.

—¡NAN!

Abro los ojos y retrocedo ligeramente ante la visión del Señor Peludo en camiseta y boxers, rascándose despreocupadamente las partes con una mano.

—¿QUÉ DEMONIOS? ¡SON CASI LAS CUATRO DE LA MAÑANA! —ruge.

—¿Perdón?

Me quito los cascos de los oídos, dándome cuenta de que esta acción no baja el volumen. Señala exasperado al estéreo, donde mi coreografía ha desenchufado los cascos.

Me abalanzo sobre el botón de OFF.

—Dios, lo siento. Tengo que entregar mi tesis mañana, y estoy agotada. Sólo estaba intentando despertarme.

Se va pisando fuerte al otro extremo del estudio.

—Lo que tú digas —gruñe en la oscuridad.

—¡Con tal de que estés cómodo! —le digo en silencio—. Con tal de que seas feliz, durmiendo aquí, ¡incluso cuando Charlene está volando de noche desde Yemen! Con tal de que mi parte de «yo pago el alquiler y los gastos y sólo puedo entrar en el baño durante el día» no te moleste.

Pongo los ojos en blanco y vuelvo al ordenador. Cuatro horas, cinco páginas. Agarro otro puñado de M&M's; vamos, Nan.

❖

El timbre me despierta a las seis y media, pero hacen falta unos cuantos pitidos, y un muy malhumorado «¿QUÉ COÑO?», para que levante de la almohada mi fatigada cabeza. Miro el reloj; sesenta minutos de sueño en cuarenta y ocho horas deberían bastarme. Me desovillo de la apretada posición fetal en la que me desmayé hace escasos segundos y me agacho para ponerme unos vaqueros.

Una luz rosácea entra por la ventana abierta, iluminando el desorden que parece ocasionado por unos bibliotecarios que hubieran estado celebrando una fiesta salvaje. El ordenador zumba sonoramente, mezclándose con los gorjeos de los pájaros en el exterior. Me inclino sobre la silla y muevo el ratón para quitar el salvapantallas y dar a IMPRIMIR. Vuelvo a apretar OK, agradeciendo que mi ordenador se sienta obligado a consultar conmigo al menos dos veces lo que respecta a todas las decisiones importantes. Oigo cómo la Style Writer se va calentando y me arrastro medio grogui al baño para cepillarme los dientes.

Cuando vuelvo, no se ha producido ni un ápice de progreso.

—Jesús —murmuro, comprobando el monitor de impresión para ver qué trabajos hay en preparación.

En la pantalla aparece un mensaje que me notifica que se ha producido el Error Diecisiete, y que debo reiniciar o llamar al servicio técnico. Bien.

Aprieto GUARDAR y apago la máquina, con cuidado de sacar el disco en el que he salvado la versión de las cinco y media de la mañana. Reinicio, tal como me han instruido, mientras me pongo las botas, anudándome un jersey a la cintura y esperando a que la pantalla se vuelva a iluminar. Compruebo mi reloj: las siete menos diez. Una hora y diez minutos para meter este mamotreto bajo la puerta de Clarkson. Aprieto tropecientas mil teclas, pero la pantalla sigue a oscuras. Mi corazón late violentamente. Ninguna de las teclas consigue camelar a mi ordenador para que vuelva a la vida. Agarro el disco, mi cartera, las llaves, el sobre de Miss Chicago, y salgo corriendo del apartamento.

Corro hasta la Segunda Avenida, agitando los brazos sobre mi cabeza para llamar a un taxi. Salto al primero que para lánguidamente, tratando de recordar dónde, en el laberinto del campus de la NYU, se encuentra el centro informático. Por alguna razón he sido incapaz de almacenar en la memoria más instalaciones del campus, y sospecho que la responsable es alguna conexión freudiana entre la logística y mi miedo a la burocracia.

—Mm, está a la altura de la Cuarta Oeste, mmm, y Bleecker, creo. ¡Vaya en esa dirección y ya le indicaré cuando estemos cerca!

El conductor arranca, frenando en seco en cada semáforo. Las calles están bastante desiertas, salvo por los camiones de limpieza con su traqueteo y los hombres de traje y abrigo que desaparecen, precedidos por sus maletines, bajando las escaleras del metro. Por qué este trabajo tiene que estar a las ocho en punto de la mañana es algo que se me escapa por completo. Hay gente que envía sus trabajos de fin de curso por correo. Ah, ¿a quién quiero engañar? Si ése fuera el caso, me encontraría en un frenético viaje en taxi hacia la oficina de correos.

Salto del taxi en Waverly Place, asiendo el disco, mi cartera y las llaves cuando una chica, con un vestido brillante y el maquillaje corrido, me aparta de un empujón para entrar en el taxi. Me llega el inconfundible olorcillo de una larga noche fuera de casa: cerveza, cigarrillos rancios y Drakkar Noir. Me siento reconfortada por este recordatorio de que mi vida, en este momento, podría ser peor: podría ser una estudiante de primero haciendo el Tour de la Vergüenza a pie o en coche.

Son poco más de las siete y cuarto cuando descubro cómo llegar, casi por el olor, al centro informático principal en la quinta planta del edificio académico.

—Tengo que ver tu carnet —una chica con el pelo verde y los labios blancos susurra desde detrás de un enorme tazón de Dunkin' Donuts que sostiene a la altura de su barbilla.

Rebusco en mi cartera un momento, justo antes de recordar que el carnet al que se refiere está en este instante en el fondo de mi mochila, sobre la que probablemente esté plácidamente dormido *George*.

—No lo tengo. Pero es que necesito imprimir algo; sólo serán cinco minutos, lo juro.

Me aferro al mostrador y la miro intensamente. Ella pone en blanco los ojos, pintarrajeados de kohl.

—No puedo —dice, señalando con desgana la lista de normas impresa en blanco y negro en la pared que hay detrás de ella.

—¡Vale! Vale, bueno, veamos, tengo mi carnet de primer curso y... —como una loca, voy sacando los carnets de sus fundas de cuero—. Mm, y un carnet de la biblioteca de Loeb. ¿Ves? ¡Pone «licenciada»!

—Pero no tiene foto.

Hojea su cómic de la Patrulla X.

—*POR FAVOR,* te lo estoy suplicando. *Su-pli-can-do.* Me quedan, no sé, veintiocho minutos para imprimir y entregar esto. Es mi tesis; toda mi carrera universitaria depende de esto. ¡Incluso puedes vigilarme mientras imprimo!

Estoy empezando a hiperventilar.

—No puedo abandonar el mostrador.

Echa atrás su taburete unos centímetros, pero no levanta la vista.

—¡Eh! ¡Eh, tú, el del gorro de esquiar!

Un chico escuálido, con una identificación con su nombre colgando de su cuello, me mira desde donde está holgazaneando cerca de la Xerox.

—¿Trabajas aquí?

Se acerca lentamente, viste unos pantalones azules de charol.

—Quiere imprimir, pero no tiene identificación —le informa la encargada del mostrador.

Alargo una mano y le toco el brazo, estirándome para leer su nombre.

—¡Dylan! Dylan, necesito tu ayuda. Necesito que me lleves a una impresora para que pueda imprimir mi tesis, que tengo que entregar a cuatro manzanas de aquí en unos veinticinco minutos.

Intento estabilizar mi respiración mientras los dos conferencian.

Él me mira con escepticismo.

—Lo que pasa es que... ya ha venido gente para usar el centro para cosas suyas. No estudiantes, quiero decir, así que...

Se marcha.

—¿A las siete y media de la mañana, Dylan? ¿De verdad? —intento contenerme—. Mira, hasta puedo pagarte el papel. Haré un trato contigo. ¡Me vigilas mientras imprimo y, si JUNTOS, tú y yo, producimos algo que no sea una tesis, puedes echarme!

—Bueno... —se repanchinga sobre el mostrador—. Podrías ser de Columbia, o algo así.

—¿Con un carné de primero de NYU? —agito el carné plastificado delante de su cara—. ¡Piensa, Dylan! ¡Usa la cabeza, tío! ¿Y entonces por qué no he ido a imprimirlo allí mismo? ¿Para qué voy a venirme hasta aquí para engañarte a ti y a tu colega si puedo ir bailando al laboratorio de informática que está a un metro de mi residencia, *en la otra punta de la ciudad*? Ay, Dios, no tengo otro minuto que perder discutiendo con vosotros. ¿Qué queréis que pase? ¿Queréis que deje mi carrera y tenga un ataque al corazón *aquí mismo* sobre el linóleo, o vais a cederme CINCO PUTOS MINUTOS EN UNO DE VUESTROS TROPECIENTOS MIL ORDENADORES DESOCUPADOS?

Golpeo con las llaves el mostrador para darle más énfasis. Me miran sin comprender mientras Pantalones de Charol sopesa la situación.

—Sí... Vale. Pero si no es tu tesis, entonces... Pienso romperla.

Yo ya le he dejado atrás, he introducido el disco en la terminal número seis y he pulsado IMPRIMIR como una loca.

❖

Lentamente salgo del más profundo de los sueños, apartándome el jersey de la cara para comprobar la hora. Me he quedado frita durante casi dos horas. Estaba demasiado cansada hasta para llegar a casa de Josh, pero, con la vista medio nublada, encontré este apestoso sofá al fondo del vestíbulo de la Facultad de Empresariales, donde por fin pude ceder a mi agotamiento.

Me siento y me limpio las babas de la comisura de los labios, mientras soy objeto de una lujuriosa mirada de un hombre que está subrayando su *Wall Street Journal* en una silla cercana. Le ignoro y saco mi cartera y las llaves de donde las había guardado para ponerlas a salvo, debajo de mi trasero entre los cojines naranjas, y decido premiarme con el fantástico café de la cafetería para gourmets.

Cuando cruzo La Guardia Place la primavera está en todo su esplendor. El cielo de mayo es cálido y brillante y los árboles delante del Citibank están llenos de brotes. Sonrío al cielo despejado. ¡Soy una mujer que ha agarrado este lugar por los cuernos y ha triunfado! ¡Soy una mujer que, a pesar de todas las trabas burocráticas, probablemente se gradúe en la NYU!

Llevo mi taza de café de cinco dólares a un banco en el parque de Washington Square, para poder disfrutar del sol, recostada contra el brillante, lustroso y negro banco de hierro forjado. Hay poca gente en el parque a esta hora, sobre todo niños y *camellos,* ninguno de los cuales puede perturbar mi ensueño.

Una mujer se acerca al banco empujando un cochecito forrado de tela escocesa con un bebé y sujetando una bolsa de McDonald's bajo el brazo. Se sienta, poniendo al bebé frente a ella mientras desenvuelve dos McMuffins de huevo y pasa una al cochecito. Las palomas se arraciman alrededor de mis pies, picoteando el suelo de ladrillo. Me queda una hora hasta que tenga que recoger a Grayer; tal vez debería ir de tiendas y ver si me compro un bonito vestido de playa, algo para ponerme en las próximas cálidas noches de verano mientras bebo martinis con M. H. en el Hudson.

Observo cómo la mujer saca otro envase de la bolsa y medito sobre lo bien que me sabría ahora mismo un *brownie* de chocolate, mirando distraídamente la pequeña mochila que cuelga holgadamente de una de las asas del cochecito. Sí, *brownies* de chocolate y un batido, quizás de chocolate. Mis ojos siguen el borde rosa del dibujo que hay en la mochila. Pequeñas figuras con forma de pera. Todos de diferentes colores y con cabezas de distintas formas. Son todos... Entorno los ojos para descifrar sus nombres... Son todos Teletubbies. Escupo el café formando un proyectil que cae a más de un metro de mis pies.

Oh, Dios mío. OH, DIOS MÍO. Lucho para respirar mientras las palomas se alejan a saltitos. Retazos de Halloween, la vuelta a casa en la limusina oscura, el visón rodeando la cara de la Señora X, Grayer hecho polvo a mi lado. Recuerdo que el Señor X roncaba y que la Señora X no dejaba de hablar. Charlando sin parar sobre la playa. Yo estoy pegajosa por el sudor. Me llevo las manos a la frente, tratando de poner en orden los recuerdos.

—Oh, Dios mío —digo en voz alta, haciendo que la mujer coja su comida y se vaya apresuradamente a un banco más cerca de la calle.

De algún modo he conseguido suprimir de mi memoria, durante estos últimos siete meses, que estuve sentada en el asiento trasero de una limusina y que acepté ir a Nantucket con los X, que demasiados vodka con tónica me hicieron decir que «me apuntaba».

—Oh, Dios mío.

Golpeo el banco con los puños. Mierda. No quiero, *no* quiero de ninguna manera *vivir* con ellos. Bastante mal está la cosa aquí en la ciudad, donde puedo irme a casa al final de la jornada. ¿Tengo que ver al Señor X en pijama? ¿En ropa interior? ¿Acaso vamos a verle alguna vez?

¿Pero qué es lo que esperaba? ¿Unas pequeñas vacaciones familiares? ¿Piensan arreglar las cosas sobre la alfombra de ganchillo? ¿Golpearse con remos de canoa hasta perder el sentido? ¿Meter a Miss Chicago en la casa de invitados? Miss Chicago...

—¡JODER! —me levanto de un salto, tanteándome—. Joder. Joder. Joder —tengo las llaves, tengo el café, tengo la cartera—. No tengo el puto sobre.

Voy de un lado a otro, en cinco direcciones distintas mientras repaso las dos últimas horas y la multitud de sitios donde podría habérmelo dejado. Vuelvo corriendo a la cafetería, al sofá naranja, al buzón del profesor Clarkson.

Me quedo de pie, resollando y sudorosa, delante del mostrador del centro informático.

—Mira, tía, tienes que irte o de verdad vamos a tener que llamar a seguridad —Dylan intenta parecer autoritario.

No puedo hablar. Estoy *harta*. Estaba *intentando* comportarme con integridad. En cambio, ahora soy la chica que robó ochocientos dólares y un par de bragas sucias. Soy una delincuente y una *pervertida*.

—Tía, te lo digo en serio, será mejor que te vayas de aquí. Bob tiene el turno de mediodía y no es ni la mitad de majo que yo.

Mediodía. Vale. Tengo que ir a por Grayer y llevármelo a la fiesta de cumpleaños de Darwin.

❖

—¡PARA! ¡ESO NO ME GUSTA! —chilla Grayer, con la cara aplastada contra los barrotes de metal que rodean la cubierta superior del barco.

Me agacho para susurrar al oído de su agresor.

—Darwin, si no te apartas de Grayer en los próximos dos segundos, voy a tirarte por la borda.

Darwin, atónito, se vuelve hacia mi sonriente cara. Bruja Buena/Bruja Malvada con tres horas de sueño y ochocientos dólares menos; chaval, no te aconsejo que tontees hoy conmigo.

Retrocede unos pasos titubeando y Grayer, con una marca roja cruzándole la mejilla derecha donde ha sido aplastada contra los barrotes, se abraza a mi pierna. Grayer sólo ha sido el destinatario de las torturas de Darwin durante los últimos minutos, uniéndose a las filas de los otros cincuenta aterrorizados invitados a su fiesta de cumpleaños, secuestrados durante las últimas dos horas en el Crucero Jazzfest de la Circle Line.

—¡Darwin! Cielo, ya es casi la hora de tu tarta. Vete a la mesa para que Sima pueda ayudarte con las velas.

La señora Zuckerman se desliza hasta nosotros con sus bailarinas de Gucci y pantalones con estribos a juego. Es toda una visión en rosa y oro y, si le añadimos su multitud de diamantes, prácticamente cegadora bajo el sol de la tarde.

—Bueno, Grayer, ¿qué pasa? ¿No quieres tarta?

Sacude sus mechas de trescientos dólares hacia donde está Grayer y se apoya en la barandilla a mi lado. Yo estoy demasiado cansada para hablar de banalidades, pero consigo esbozar lo que espero que sea una sonrisa encantadora.

—Una fiesta genial —murmuro por fin, subiéndome a G al regazo y alejándolo del peligro, de modo que pueda mirar por encima de mi hombro a la estela blanca que queda a nuestras espaldas.

—Sima y yo llevamos meses planeándola. Realmente tuvimos que unir nuestras mentes para superar la fiesta nocturna del año pasado en la Mansión Gracie, pero yo me limité a decir: «¡Mira, Sima! ¡La creatividad es parte de ese algo especial que aportas a nuestra familia, así que ponte a ello!». Y, te lo aseguro, realmente lo ha conseguido.

De la popa del barco surgen chillidos y Sima pasa corriendo a nuestro lado, presa del pánico. Darwin la sigue de cerca, acosándola con un llameante encendedor de Tiffany.

—Darwin —le reprende ligeramente la señora Zuckerman—. Te he dicho que ayudes a Sima, no que le prendas fuego.

Se ríe jovialmente, quitándole el encendedor y cerrando la tapa. Se lo entrega severamente a una avergonzada Sima.

—Encárgate de que la próxima vez no ande por ahí corriendo con esto. No debería tener que recordarte que esto fue un regalo de su abuelo.

Sima coge la caja de plata, sin levantar la vista. Toma a Darwin de la mano y lo empuja delicadamente de vuelta a su tarta.

La señora Zuckerman se inclina hacia mí, y las «ces» doradas de sus gafas resplandecen.

—La verdad, tengo mucha suerte. Somos como hermanas —yo sonrío y asiento. Ella asiente a su vez—. Por favor, dale recuerdos a la madre de Grayer y que no se te olvide decirle que tengo el nombre de un gran abogado d-i-v-o-r-c-i-s-t-a para ella. Consiguió para mi amiga Alice un diez por ciento más de lo estipulado en el contrato prematrimonial.

Instintivamente pongo mi mano sobre la cabeza de Grayer.

—¡Bueno, vosotros dos divertíos!

Se echa el pelo sobre el otro hombro y vuelve a la melé de la tarta. Supongo que el cambio de domicilio del Señor X al Yale Club ya es de dominio público.

—Bueno, Coco, ¿listo para un trozo de tarta?

Le muevo a mi otra rodilla, le aprieto el nudo de la corbata y le acaricio la mejilla donde estaba la marca del barrote. Tiene los ojos vidriosos y está evidentemente tan agotado como yo.

—Me duele la tripa. No me siento bien —murmura.

Intento recordar dónde he visto un letrero de servicios.

—¿Qué clase de dolor? —pregunto, tratando de explicarle a un niño de cuatro años la diferencia entre mareo por el movimiento e insolación.

—Nanny, yo... —se queja sobre mi hombro antes de abalanzarse para vomitar.

Consigo subirle encima de la barandilla para que el Hudson pueda recibir el envite de su vómito, dejando mi jersey goteando sólo con un tercio del mismo.

Le froto la espalda.

—Coco, ha sido un día muy largo.

Le limpio la boca con la mano y él apoya la cabeza en mi hombro, asintiendo.

✧

Dos horas más tarde, Grayer se está agarrando la parte delantera de los pantalones mientras brinca con sus Nike en el vestíbulo de los X.

—Coco, por favor, aguanta un segundo más —le doy a la puerta principal un último empujón y finalmente cede—. Ya está. ¡Vamos! —pasa corriendo junto a mí.

—¡Uf!

Oigo un golpe seco. Abro más la puerta y veo a Grayer desparramado sobre un montón de toallas de playa, tras tropezarse con una caja de Tracy Tooker.

—G, ¿estás bien?

—Ha estado genial, Nanny. Tío, tendrías que haberlo visto. Ponte ahí, voy a hacerlo otra vez.

—Mejor no —me acuclillo para quitarle las zapatillas y la cazadora llena de vómito—. La próxima vez podrías no tener tanta suerte. Vete a hacer pis.

Sale corriendo. Con cuidado voy abriéndome paso entre la sombrerera, el montón de toallas, dos bolsas de Lilly Pulitzer, tres cajas de judías L. L. Bean y una bolsa de briquetas de carbón. Bueno, o nos vamos a Nantucket o es que nos mudamos a las afueras.

—¿Nanny? ¿Eres tú?

Levanto la vista y observo que la mesa del comedor está completamente cubierta por la ropa de verano del Señor X, las únicas cosas suyas que Connie y yo no habíamos empaquetado.

—Sí, acabamos de llegar —grito, apartando de mi camino dos bolsas de Barneys.

—Oh —la Señora X sale, sujetando un montón de jerseys de cachemir color pastel—. Estás cubierta de vómito.

Retrocede ligeramente.

—Grayer tuvo un pequeño accidente...

—Realmente me gustaría que estuvieras más al tanto de lo que come en esas fiestas. ¿Cómo está la señora Zuckerman?

—Le envía saludos...

—Es tan creativa. Siempre ofrece las mejores fiestas.

Me mira fijamente, expectante, esperando ansiosa a que recree la tarde, con títeres de calcetines y *commedia dell'arte* incluidos. Lo que pasa es que estoy demasiado cansada.

—Ella, mmm, quería que le diera referencias de alguien.

—¿Sí?

Respiro hondo y me preparo.

—Dijo que ella, mmm, conoce a un abogado realmente bueno.

Bajo la vista hacia la ropa del Señor X.

—Nanny —dice fríamente—, ésta es la ropa de mi marido *para el viaje* —me da la espalda y su voz adquiere un tono alegre—. Yo misma aún no he empezado a hacer mi equipaje. Nadie sabe decirme qué tiempo hará. Algunos de nuestros amigos se achicharraron, otros casi se congelaron —deja caer los jerseys sobre la mesa, haciendo que varios calcetines de tenis, enrollados, caigan rodando al suelo—. ¡María!

—Sí, señora.

María abre la puerta corredera de la cocina.

—¿Puedes doblar éstos?

—Sí, señora. Ahora mismo.

Vuelve a meterse en la cocina.

—No quiero llevar demasiado equipaje, pero tampoco quiero tener que poner lavadoras mientras estoy allí, y ni siquiera tengo ni idea de si hay una tintorería decente en la isla. Además, eso me recuerda que nos iremos el quince, a las ocho en punto de la mañana...

—¿Cae en viernes? —pregunto. Me mira—. Lo siento, no tenía intención de interrumpirla, es sólo que el quince es el día de mi graduación.

—¿Y?

—Pues que no podré salir a las ocho...

—Bueno, no creo que podamos retrasar nuestra partida por ti —dice, dirigiéndose hacia las bolsas que hay en la puerta principal.

—No, lo que pasa es que mi abuela dará una fiesta en mi honor esa noche, o sea que en realidad no podré salir hasta el sábado —la sigo.

—Bueno, el alquiler empieza el viernes, así que no podemos salir el sábado —dice, como si se lo estuviera explicando a Grayer.

—No, si eso lo entiendo. Estoy segura de que podré coger un autobús el sábado. Probablemente estaría allí para las cinco, o así.

La sigo otra vez a la mesa del comedor, donde añade al montón las bolsas con sus compras.

—O sea que lo que me estás diciendo básicamente es que, de los catorce días que te necesitamos, no estarás disponible dos de ellos. No sé, Nanny. No sé, eso es todo. Estamos invitados a cenar a casa de los Blewer el viernes y a la barbacoa de los Pierson el sábado. No sé... —suspira—. Tendré que pensar en ello.

—Lo siento de verdad. Si fuera cualquier otra cosa. Pero realmente no puedo perderme mi graduación.

Me agacho para recoger los calcetines que han caído al suelo.

—Supongo que no. Bueno, déjame consultarlo con el Señor X y ya te contaré.

¿Si puedo perderme mi graduación?

—Vale. Además, quería preguntarle por mi paga, porque esta semana me toca pagar el alquiler...

Y hace tres semanas que no me pagas. Y ahora le debo a la novia de tu marido *ochocientos dólares.*

—He estado tan ocupada... Trataré de ir al banco esta semana. Esto es, en cuanto me anotes las horas para que pueda repasarlas...

La interrumpe un Grayer desnudo que espía desde la puerta.

—¡GRAYER! —grita. Los dos nos quedamos congelados—. ¿Cuál es la norma de la casa?

Él la mira.

—¿Nada de penes por la casa?

—Eso es. Nada de penes por la casa. ¿Dónde tienen que quedarse los penes?

—Los penes se quedan en el dormitorio.

—Sí, en el dormitorio. Nanny, ¿te importaría encargarte de que se ponga la ropa?

Grayer camina solemnemente delante de mí, sus pies descalzos suenan como si se deslizaran sobre el mármol.

Veo la ropa hecha un ovillo en el suelo del baño.

—He tenido un accidente.

Empuja uno de sus coches de madera con los dedos del pie.

—Está bien —recojo la ropa y abro los grifos de la bañera—. Vamos a lavarte, ¿vale, colega?

—Vale.

Levanta los brazos para que le coja. Me quito la sudadera sucia y le levanto. Mientras esperamos a que la bañera se llene, doy saltitos con él en brazos y camino hacia delante y hacia atrás. Apoya su cabeza sobre mi hombro y me pregunto si podría estar quedándose dormido. Le llevo andando al espejo, envolviéndole en una toalla para mantenerle con calor y descubro en el reflejo que se está chupando el pulgar.

Nanny:

No sé si habías incluido el ferry en tus cálculos, pero he de advertirte que puede añadir otra hora completa al viaje. Me preguntaba si podrías, o bien (a) coger el autobús de las once de la noche el viernes, con lo que llegarías a Nantucket a las 6 de la mañana, o bien (b) coger el autobús de las seis de la mañana el sábado, con lo que llegarías allí a la una, a tiempo para la barbacoa si vamos tarde.

Dime algo.

Querida Señora X:

Realmente le agradezco que me haya buscado un medio de transporte alternativo. Aunque de ningún modo quiero importunarla, creo que sería poco práctico comprometerme a una hora de salida más temprana, ya que tengo que asistir a una serie de actos de graduación la noche del viernes. Estaré en Nantucket a las siete de la tarde y, por supuesto, cuento con que ajustará adecuadamente mi salario.

Hablando de eso, me preguntaba si habría tenido ocasión de ir al banco, ya que me vence el alquiler. Por favor, le adjunto una lista con mis horas, como pidió. Una vez más, agradezco realmente su interés.

¡Gracias!

Nanny

Nanny:

Estoy un poco desconcertada por tu obstinación por lo que respecta a nuestra salida. Sin embargo, aún espero que podamos llegar a un acuerdo. ¿Podrías tal vez llegar a las tres y coger un taxi a casa de los Pierson?

Querida Señora X:

Dado que, por supuesto, no deseo nada más que facilitar las cosas, tal vez podría llegar allí a eso de las seis.

Nanny

Nanny:

No te preocupes. La mujer que nos consiguió la agencia de asistentas cuidará de Grayer hasta que llegues.

P.D.: Me gustaría tener una conversación contigo en relación con las horas que me detallaste del miércoles 3. Creo que ese día le llevé de compras yo.

Querida Señora X:
Tomo nota de sus anotaciones en relación con el miércoles 3. Además, como le decía, el jueves necesitaré salir a las dos porque tengo la presentación de mi tesis.
Gracias, Nanny

Querida Señora X:
Sólo un breve recordatorio de que mi defensa de la tesis es mañana, por lo que tendré que salir a las dos en punto. Además, si pudiera pagarme, sería genial.

Querida Señora X:
¡Nos vemos a las dos!

—¡Dónde está!
Miro el reloj del horno por millonésima vez en cinco minutos. Las dos y veintiocho. Se supone que tengo que defender mi tesis dentro de exactamente cuarenta y siete minutos. ¡Toda mi carrera académica está a punto de culminar sin mí cuando una mesa de profesores interrogue sobre desarrollo infantil a una silla vacía!
—No grites —Grayer levanta la vista, arqueando las cejas.
—Lo siento, Coco. ¿Me disculpas un segundo?
—¿Vas a hacer pis?

—Sí. No te olvides la leche.

Le dejo terminándose su melón y entro en el baño de servicio, abro el grifo, tiro de la cadena y chillo tapándome con una toalla de mano.

—¡JODER! —mi voz es absorbida por la felpa—. ¿Dónde coño está? Mierda puta.

Me siento en el suelo del baño, las lágrimas empiezan a asomar por los ángulos de mis ojos.

—Joder.

¡Tendría que haber escrito «Dos en punto» con lápiz de labios en todos los espejos del apartamento! ¡Tendría que haberle cosido un enorme número dos en el extremo de su pashmina cuando salió esta mañana a pasear! Me planteo agarrar a Grayer y salir corriendo Madison abajo chillando su nombre, como Marlon Brando. Mi frustración se convierte en una histérica risita silenciosa, con las lágrimas aún resbalando por mi rostro.

Respiro hondo, me doy unas palmaditas en las mejillas, me seco los ojos y trato de recomponerme por Coco. Pero aún estoy riéndome un poco cuando vuelvo a la cocina y descubro que la Señora X está de pie a su lado.

—Nanny, te agradecería que no dejaras a Grayer a solas con cubiertos de plata.

Bajo la vista a la cuchara que está en su mantelito de Linneo.

—Lo siento...

—Vaya, estás muy elegante.

Coge un trozo de melón del plato de Grayer.

—Gracias, la verdad es que me he arreglado para la defensa de mi tesis, que empieza dentro de treinta y cinco minutos.

Me dirijo hacia la puerta.

—Ah, claro. Me parecía que había algo —lentamente se dispone a dejar su bolso Kelly de piel de cocodrilo sobre la encimera—. He conseguido ir al banco esta mañana. Sentémonos en mi despacho y repasemos la lista que me diste.

Saca un sobre.

—Genial, gracias, pero realmente será mejor que salga corriendo —digo por encima de mi hombro.

Se queda de pie, con una mano sobre la cadera.

—Creí que esto tenía que solucionarse hoy.

—Bueno, si no me voy, llegaré tarde —grito desde el vestíbulo de entrada, donde dejé mis notas.

Suelta un sonoro suspiro, haciendo que vuelva a la cocina.

—¡Que seas lista, Nanny! —Grayer estira la cabeza desde su silla de propulsión—. ¡Que seas lista!

—Gracias, Coco.

—Estoy tremendamente ocupada y, para mí, ahora mismo es el único momento adecuado para hacer esto. No sé cuándo podré sentarme contigo otra vez, Nanny. Me he ido hasta el banco...

—Genial. Vale, vamos a hacerlo. Gracias.

Saco de mi montón de papeles una lista mecanografiada y revisada con todas las horas que he trabajado en las cinco últimas semanas.

—Bueno, como puede ver, la media está entre cuatrocientos y quinientos semanales.

Durante unos instantes, baja la vista al papel mientras yo voy cambiando mi peso de uno a otro pie.

—Esto es un poco más de lo que hablamos en un principio.

—Bueno, la lista original que le di fue hace dos semanas, y he acumulado desde entonces más de sesenta horas.

Suspira y empieza a contar billetes de veinte y de cincuenta, pasándolos lentamente una y otra vez entre sus dedos para asegurarse de que no hay ningún billete pegado. Al entregármelos, sus brazaletes Limoges de Hermès chocan entre sí, repiqueteando.

—Está claro que es mucho dinero.

La sonrío.

—Bueno, es que son cinco semanas —me giro sobre los tacones y acaricio la cabeza de Grayer al pasar a su lado—. ¡Que lo paséis bien, chicos!

✧

Me pongo un montón de acondicionador en el pelo y acaricio la idea de dejar el trabajo. Me imagino a mí misma, debajo de la marquesina del 721 de Park, dándoles al Señor y a la Señora X una buena y rápida patada de dibujos animados que les haga aterrizar en lo alto de los arbustos. Encantador. Sin embargo, la imagen se vuelve mucho menos clara con la inclusión de Grayer. Coco, con su enorme corbata, me mira expectante mientras sus padres van rebotando por los arbustos recortados. Suspiro, metiendo la cabeza debajo del agua caliente. Y luego está el dinero. Me dan náuseas de pensar que tengo que enviarle a Miss Chicago casi la mitad de lo que la Señora X me ha pagado hoy por fin.

Un suave maullido interrumpe mis pensamientos y corro la cortina para ver la silueta de *George* recortada contra la luz de la vela, sentado muy formalito junto a la bañera, esperando a que le salpique. Le echo un poco de agua sobre la cabeza y él sale corriendo a esconderse entre las sombras detrás de la taza.

Por lo menos tengo una noche tranquila para mí, para celebrar una tesis defendida con éxito. Y una cita telefónica con M. H. a las once de la noche, que espero ilusionada. Me enrollo la toalla alrededor del cuerpo, recojo rápidamente mi ropa y apago la vela. Abro la puerta del baño y me quedo helada al oír voces que llegan del otro extremo del apartamento. Mi extremo, para ser precisa.

—¿Hola? —grito hacia la luz deslumbrante.

Siempre puedo saber cuándo está Charlene en casa porque enciende todas y cada una de las luces.

—Ya estoy en casa —me contesta Charlene con un grito monótono.

Me ajusto la toalla y paso junto a su biombo hacia mi lado de la habitación. En la lámpara de mi mesa se refleja el brillo de la vela que había encendido antes de meterme en la ducha. Ella está de pie con el Piloto Peludo, midiendo mi cama.

—Esto está hecho una leonera, Nanny —dice, desenrollando la cinta métrica—. Ponte ahí y vamos a hacer ese lado de la habitación —instruye al Peludo, que me aparta de un empujón y está a punto de pisar a *George* al acercarse a mi estéreo.

—Hoy he tenido la defensa de mi tesis y últimamente me he pasado las noches enteras en la biblioteca.

Me aparto de su camino, escondiendo mi ropa interior en un lugar menos visible del ovillo de ropa que llevo bajo el brazo, mientras ella avanza decidida para unirse a su compañero.

—Lo siento, ¿puedo ayudaros en algo?

Ella le da un extremo de la cinta métrica y retrocede hasta la otra pared.

—Quería ver si su sofá encajaría aquí.

Se me arruga el estómago. Esto es la antítesis de la noche relajante que tenía en mente. Ella se queda de pie, alisándose su falda azul marino.

—Nanny, intenté hablar contigo esta semana, pero nunca contestabas al teléfono...

—Se me ha acabado el contrato de arrendamiento. Me mudo aquí a fin de mes —dice Peludo. Fabuloso.

—O sea que tienes, no sé, unas dos semanas para encontrar otra cosa. Debería ser tiempo de sobra —dice ella, agarrando un lápiz de mi estantería para apuntar las medidas en un Post-it.

—Julie y su novio vendrán dentro de una hora a jugar a las cartas. ¿Te parece bien? —pasa junto a mí—. Dios, aquí dentro hay un montón de vapor. ¿Has vuelto a ducharte a oscuras? Qué costumbre tan rara.

Hace un gesto de desaprobación con la cabeza.

Recupero la compostura mientras Peludo va detrás de ella, sin apenas eludir el cauteloso ataque de *George*.

—La verdad es que estoy a punto de salir al centro —digo, mirando al suelo.

George se coloca debajo de mi barbilla para interceptar una gota. Alcanzo el teléfono, con la esperanza de que a Josh le apetezca verme.

❖❖❖

A la mañana siguiente rebusco en todos los bolsillos hasta encontrar la servilleta en la que Josh escribió el nombre de la agencia inmobiliaria. Rezo una rápida oración por los desposeídos de apartamento y marco el número de la oficina.

—¡Hola! —un horrible acento neoyorquino contesta tras el séptimo tono.

—Hola, quería hablar con Pat.

—Ya no trabaja aquí.

—Oh. Bueno, quizás pueda ayudarme usted. Quiero alquilar un estudio para el primero de julio.

—No puedo hacer nada.

—¿Qué?

—Que no puedo hacer nada. Estamos sólo a principios de mes. Si quiere un sitio para julio, véngase a fin de mes con un puñado de metálico, digamos, como poco, doce mil para empezar y hablaremos.

—¿En metálico?

—En metálico.

—Lo siento, ¿doce mil en metálico?

—En metálico. Para el casero. Tiene que venir con el alquiler del primer año en metálico.

—¿El primer año al completo?

—Y tiene que traer documentación *que demuestre* que tiene liquidez, *liquidez,* que quede claro, para pagar cuarenta y cuatro veces el alquiler mensual, y que sus avalistas...

—¿Mis qué?

—Sus avalistas, la gente que va a garantizar que se pague el alquiler aunque usted se muera, los más típicos suelen ser los padres. Pero tienen que vivir en el área triestatal para que se puedan tasar sus bienes inmuebles y tienen que tener un saldo bancario *por lo menos* cien veces superior al alquiler.

—Eso me parece un poco exagerado. Sólo quiero un estudio pequeño, nada lujoso...

—Pero, por Dios. ¡Estamos en junio! ¡Junio! Todos los americanos menores de treinta años se están graduando en *algo* y se están mudando aquí.

—¿Pero todo eso en metálico?

—Cielo, todos los chavales de Wall Street consiguen dinero de sus empresas para mudarse. Si quieres vencerles tienes que pagar por adelantado.

—Oh, Dios mío.

Respira hondo.

—¿Cuánto tenías pensado gastarte?

—No sé... seis, setecientos.

—¿Al mes? —se aleja el teléfono de la boca mientras se parte de risa—. Cielo, haznos un favor a todos y busca en el *Voice* pisos para compartir.

—Pero yo no quiero compartir.

—Entonces yo me buscaría un apartamento en Queens y un bote de espray antivioladores.

—Bueno, ¿tiene algún listado de Brooklyn?

—No trabajamos esos barrios.

Cuelga.

Se me eriza el vello de la nuca cuando oigo el inconfundible sonido de una funda de condón al ser rasgada desde el otro lado del biombo de Charlene. ¡Puaj! Me dejo caer en la cama, tapándome los oídos con los cojines. Olvídate de dejar el trabajo, para cuando llegue mi graduación estaré rogando a la Señora X para que me deje ir a vivir con ellos.

❖❖❖

M. H. le da a la abuela otra vuelta en la pista de baile al compás de la orquesta de salsa que ella misma ha contratado, en su restaurante mexicano favorito, para la noche. Su apartamento está deslumbrante con los coloridos farolillos de papel.

—¡*Y* sabe bailar! —grita hacia donde estamos mis padres y yo, sentados en su terraza, mientras su falda flamenca vuela con cada vuelta que él la hace dar.

Mamá se inclina hacia mí.

—Es adorable.

—Ya lo sé —digo con orgullo.

—Eh, mucho cuidadito. Padre está delante —dice papá bromeando desde la tumbona en la que está sentado a nuestro lado.

La noche es cálida y la abuela ha organizado la comida aquí fuera, donde mis amigos se mezclan con los amigos de mis padres en torno a las mesas iluminadas por velas.

—Ese tipo de allí quiere *pagarme* por esculpir mis *codos* —dice Sarah, acercándose con dos platos de tarta y dándole uno a mi madre.

—Sí, claro, se empieza por los codos... —le advierte papá.

Termina la canción y M. H. y la abuela aplauden a la orquesta.

—¡Querida! —la abuela viene del brazo de él—. ¿Has comido un poco de tarta?

—Sí, abuela —digo.

—Tú —mi abuela chasquea los dedos llamando a mi imperturbable papá—. Sal ahí fuera y baila un poco con tu esposa.

Mamá se levanta, tendiendo una mano a papá. Los dos se desplazan siguiendo el ritmo de la música.

—¿Cómo están mis tesoros? —pregunta la abuela mientras ella y M. H. se sientan en la tumbona—. ¿Todo el mundo ha tenido comida y bebida suficiente?

—La fiesta es divina, Frances —le agradece Sarah—. Ahora, si me disculpáis, voy a asegurarme de que nuestro amigo Joshua no anda por ahí desparramando la paella.

Desaparece en la pista de baile.

Me echo hacia atrás para contemplar las estrellas.

—Es extraño haber terminado del todo con la universidad...

—La vida es una universidad, querida —me corrige la abuela, llevándose a la boca un tenedor con la tarta que papá no ha terminado.

—Entonces ahora estoy en el curso de Inmobiliaria 101 —digo, cogiendo mi tenedor para unirme a ella—. Sólo tengo el fin de semana después de que vuelva de Nantucket para encontrar un apartamento y sacar todas mis cosas de Chez Charlene.

—Señora de Peludo para ti —interviene M. H.

La abuela alarga su brazo lleno de pulseras para apretarme la mano.

—Siento mucho que no puedas quedarte conmigo, pero ya había reservado la habitación de invitados para poner el torno de alfarería de Orve.

Éste será el segundo verano que Orve pasa en casa de la abuela. Ha establecido como tradición, ya de varios años, el alojar a artistas noveles de todos los rincones del globo: ellos le enseñan su técnica a cambio de un suntuoso alojamiento y manutención.

—Encontrarás algo. Tengo fe.

—Y yo, tesoro —dice M. H. imitando el bullicioso tono de mi abuela.

Ella le guiña un ojo mientras se levanta y yo advierto un destello azul en su cuello.

—¿Nueva gargantilla, abuela? Es preciosa.

—¿Verdad que sí? Estuve en Bendel's la semana pasada y tenían estas letritas lacadas en azul —señala con el dedo las diminutas «O», «D» y «T» que penden de la cadena dorada que lleva en el cuello—. Sólo quedaban éstas en la vitrina del expositor, seguro que habrán vendido el resto del abecedario. La verdad es que no podía parar de reírme, ¿lo coges? ODT, dilo muy, muy deprisa.

Se ríe abiertamente mientras vuelve dentro, bailando merengue, y, por primera vez desde la ceremonia de esta tarde, me quedo a solas con M. H.

—Vamos —dice suavemente, cogiéndome la mano y llevándome hacia la balaustrada de piedra que domina el parque—. Creo que tu familia es la bomba.

—Lo creas o no, no me quejo —digo, rodeándole entre mis brazos mientras contemplamos la ciudad.

—Voy a echarte mucho de menos —dice, estrujándome.

—Por supuesto. Mientras estás de viaje en Amsterdam, con todas las estrellas del porno, fumando hierba...

—Es *La Haya*. Queda a veinte minutos de todo eso. Nada de estrellas del porno. Nada de hierba. Sólo yo, echándote de menos, y un montón de presos políticos con reivindicaciones.

Vuelvo la cabeza y me pongo de puntillas para darle un beso.

—Esos presos políticos... son unos quejicas —susurro.

Me besa en la punta de la nariz y luego en la frente.

—¿Y tú qué? Plantada en la playa con un montón de socorristas, limpiadores de piscinas, encargados de las casetas...

—Oh, Dios mío. No me voy a la Riviera, voy a la apestosa y pequeña Nantucket —golpeo con la mano la barandilla—. Mierda. ¡Me olvidé de comprobar mis mensajes!

Él pone los ojos en blanco.

—Nan...

—Espera, espera, espera... sólo tardaré dos minutos. Tengo que llamar a mi contestador y enterarme de a qué hora me van a recoger mañana al ferry. No te muevas, ¡enseguida vuelvo!

Voy al dormitorio de la abuela para utilizar el teléfono Princess, de color rosa asalmonado, que hay encima de la mesita de noche, apartando unos cuantos de los cojines de ganchillo para sentarme sobre el edredón de satén. Mientras marco en el teclado el código del contestador automático la tenue luz de la habitación me recuerda aquellas noches que pasaba aquí en mi infancia, cuando ella dejaba las lámparas encendidas hasta que yo caía dormida.

La voz de la Señora X me suena como si me echaran cubitos de hielo por la espalda del vestido.

—Ah, Nanny, buenas noticias: nuestros amigos los Horner vienen en su avioneta mañana a las nueve, y se han ofrecido amablemente a traerte con ellos. Así que estarás en Nantucket a las nueve y media de la mañana. Ahora bien, Nanny, son unos amigos a los que tenemos especial estima, así que *cuento* con que serás muy puntual. La idea es que os encontréis en el Aeropuerto de Westchester County en la zona de salidas de vuelos privados. Tendrás que coger la línea setenta y cinco Metro-Norte hasta Rye y un taxi o lo que sea para llegar al aeropuerto. Tienen tres hijas, así que no te costará mucho identificarles. Pero recuerda que nos lo están haciendo como un favor, así que de verdad no puedes llegar tarde. En realidad, tal vez te resulte más conveniente estar en la Estación Central a las siete menos diez, para tener tiempo de sobra para...

Bip.

—Tu contestador se ha cortado. Necesito que hagas una parada, cuando ya estés por ahí, y recojas un artículo que te he dejado con James sobre la enfermedad de Lyme. Es horrible. Además, necesito que me encuentres un repelente contra garrapatas que se le pueda poner a un niño de cuatro años, y que te asegures de que es hipoalergénico, para que no le irrite la piel. Y te agradecería si pudieras pasarte por Polo y recoger seis pares de calcetines blancos de algodón, hasta la rodilla. Llévate contigo uno de los zapatos de Grayer para elegir la talla correcta. Te he dejado un par con James, para que puedas llevártelos cuando recojas el artículo y luego lo metes todo en la bolsa. Perfecto. ¡Nos vemos mañana!

Bip.

—Nanny —al principio me cuesta identificar la voz—. Como te decía en la carta con las instrucciones, llegaré mañana al apartamento. Confío en que no tuvieras problemas para encontrar el foie gras. Que te diviertas en Nantucket, y, por favor, saluda a Grayer de mi parte.

10. Y le regalamos unas vacaciones con todos los gastos pagados

«De acuerdo. Crecí y me hice institutriz. [Pausa] En realidad me encantaría entablar una conversación, pero no hay nadie con quien entablar conversación... No tengo a nadie en absoluto.»

La institutriz de la familia Andryeevich,
EL JARDÍN DE LOS CEREZOS

—¡Adiós! —gritan los Horner desde su coche cuando éste arranca y sale del aparcamiento del Aeropuerto de Nantucket, dejándome a solas junto a la pista.

Me siento sobre mi bolsa de lona y resisto el impulso de vomitar como sólo lo haría alguien que acaba de volar durante veinticinco minutos en un avión de seis plazas a través de tormentas torrenciales, una niebla implacable y turbulencias intensivas con cuatro adultos, tres niños, un pez de colores, un conejillo de Indias y un perdiguero. Sólo mi consideración hacia las niñas Horner me impidió ponerme a chillar con cada bache.

Me ajusto más el jersey para resguardarme del viento salobre y espero.

Y espero.

Y espero.

No, no, está bien, no pasa naaada. No, no me quedé hasta muy tarde en mi *fiesta de graduación*. No, no tengo prisa: me limitaré a quedarme aquí sentada, bajo la fría llovizna. No, creo que lo importante es que estoy aquí, en Nantucket, y que usted y su familia pueden descansar tranquilos con la certeza de que estoy en algún lugar cercano, en un radio de unos quince kilómetros a la redonda. Creo que lo más importante, ya saben, lo verdaderamente primordial, es que no estoy por ahí viviendo *mi* vida, ocupándome de cualquier necesidad que me surja, sino que estoy en un permanente *stand-by* para usted y su puta familia...

El Rover se acerca y apenas se detiene lo suficiente para que me hagan un gesto para que entre de un salto.

—¡Nanny! —chilla Grayer—. ¡Tengo un Kokichu!

Levanta un muñeco japonés amarillo mientras abro la puerta. Hay una enorme canoa colocada de forma precaria en el maletero, de modo que sobresale hasta cubrir la mitad del asiento del pasajero.

—Nanny, ten cuidado con la barca. Es una antigüedad —dice la Señora X orgullosamente.

Consigo meterme por debajo de la canoa, meto la bolsa entre mis piernas, me acurruco y alargo una mano para darle una palmadita a Grayer en la pierna, a modo de saludo.

—Hola, Coco, te echaba de menos.

—Las antigüedades aquí son maravillosas. Tengo la esperanza de encontrar otra mesa auxiliar para la segunda habitación de invitados.

—Soñar es gratis, querida —gruñe entre dientes el Señor X.

Ignorándole, ella me mira por el espejo retrovisor.

—Bueno, ¿qué tal era el avión por dentro?

—Mmm, tenía butacas de cuero marrón —digo, con la cabeza hundida sobre el pecho.

—¿Te sirvieron algo de comer?

—Me preguntaron si quería cacahuetes.

—Tienes tanta suerte. Jack Horner diseña unos zapatos fabulosos. Y por Carolina siento una adoración absoluta. El año pasado trabajé en una obra benéfica para la campaña de su hermano. Es una lástima que vivan en Westchester, porque si no seríamos amigos íntimos —se examina los dientes en el espejo—. Bueno, ahora me gustaría repasar el plan de la tarde. Resulta que la barbacoa de los Pierson es formal y he pensado que os gustaría disfrutar de un rato de tranquilidad en casa. Relajaos y disfrutad del lugar.

—Genial. Suena divertido.

Intento mirar a Coco en su sillita del coche, y me vienen visiones de los dos tirados en el césped, en tumbonas a juego.

—Bueno, quedamos en que Caroline iba a llamarnos por lo de la cena, así que dale mi número de móvil cuando llame. Te lo he clavado con una chincheta en la cocina, junto al teléfono.

Gracias, porque normalmente tardo alrededor de nueve meses y medio en memorizar un número de teléfono de diez dígitos.

Nos salimos de la carretera principal, entramos en un sendero frondoso, y me sorprendo al ver que bastantes árboles siguen sin hojas.

—Han tenido una primavera fría —dice la Señora X leyéndome el pensamiento.

El sendero forma un recodo delante de lo que sólo podría ser descrito como un ruinoso y desvencijado bungalow de los años 50. La pintura blanca se está descascarillando, la malla metálica de la puerta mosquitera está agujereada y del canalón pende, en un ángulo precario, un trozo del tejado.

—Bueno, ya hemos llegado. Villa Mierda —dice el Señor X, bajándose del coche.

—Cariño, creía que habíamos acordado...

Ella se apea y sale corriendo tras él, dejándome a mí que desabroche el cinturón de seguridad de Grayer y saque mi bolsa de la parte de atrás. Abro lo que queda de la puerta mosquitera y la sujeto para que entre Grayer, aunque probablemente él podría haber entrado colándose por el agujero.

—Cielo, no es culpa mía que las fotos del corredor de fincas fuesen antiguas.

—Sólo estoy diciendo que, por cinco mil dólares a la semana, a lo mejor podías haber buscado un poco más.

La Señora X se vuelve hacia nosotros, radiante.

—Grayer, ¿por qué no le enseñas a Nanny su habitación?

—Vamos, Nanny, ¡es genial de verdad de la buena!

Le sigo escaleras arriba hasta una habitación pequeña al final del vestíbulo. Hay dos camas gemelas muy juntas bajo el techo abuhardillado que baja con una fuerte inclinación, y las cosas de Grayer están encima de una de ellas.

—¿No te parece genial, Nanny? ¡Será como dormir fuera de casa todas las noches!

Se sienta, botando en la cama. Yo me enderezo, con cuidado de no darme un golpe en la cabeza, para sacar de mi bolsa un jersey grueso y unos vaqueros, porque en Nueva York estamos de verdad en verano y yo, llena de optimismo, llevo pantalones cortos.

—Vale, G. Voy a cambiarme.

—¿Voy a verte desnuda?

—No, me voy al cuarto de baño. Espera aquí. ¿Dónde está el cuarto de baño?

—¡Ahí! —señala a la puerta que está en el lado opuesto del rellano.

Abro la puerta.

—¡Aaaaahhh! —en el baño, me veo enfrentada a una niña pequeña y pelirroja, que no deja de chillar—. ¡Estás invadiendo mi intimidad!

—¡Lo siento!

Cierro la puerta de golpe.

—Grayer, ¿quién es ésa? —pregunto.

—Es Carson Spender. Va a quedarse el fin de semana.

—Va-le.

En ese momento oigo que un coche arranca en el camino de gravilla. Me acerco a la ventana y veo que el Señor X hace indicaciones a un Range Rover para que aparque en el lateral de la casa. Cruzo el rellano hasta la deslucida ventana de la galería que se abre al océano y veo que lleva el coche junto a otros cuatro que están aparcados frente al seto descuidado. Hay por lo menos diez niños en el jardín trasero.

—¿Coco? —grito, y él cruza el rellano dando saltos. Le levanto en brazos para que pueda mirar por la ventana—. ¿Quiénes son esos niños?

—No sé. Sólo son niños.

Le beso en la coronilla y le dejo en el suelo cuando se abre la puerta del cuarto de baño. Carson me lanza una mirada horrible antes de bajar las escaleras.

—G, ¿por qué no vas bajando y yo me cambio a toda prisa?

—Quiero quedarme contigo —dice siguiéndome a nuestra habitación.

—Vale, puedes quedarte fuera, junto a la puerta.

Intento cerrarla.

—Nanny, sabes que eso no me gusta —la abro un poco, para que sólo quede entornada, y me quito los pantalones cortos—. ¿Nanny? ¿Me oyes?

—Sí, Coco.

Mete sus deditos por debajo de la puerta.

—Nanny, ¡intenta cogerme los dedos! ¡Vamos, cógemelos!

Bajo la vista un momento, luego me arrodillo y suavemente acaricio con mis dedos las puntas de los suyos. Él se ríe cuando le toco.

—¿Sabes, Coco? —digo, recordando aquella primera semana, cuando me dejó encerrada—. Tambén te eztoy zacando da dengua y no puedez vedme.

—No es verdad, tonta.

—¿Cómo sabes que no?

—Tú no haces esas cosas, Nanny. Date prisa, te enseñaré la piscina. ¡Está helada de verdad!

Fuera hay hombres en trajes de verano, y mujeres que tiritan vestidas de lino, todos de pie, como conos de tráfico, mientras los niños revolotean caóticamente alrededor de ellos.

—¡Mamá! ¡Ha violado mi intimidad! —puedo oír cómo Carson me delata a su madre.

—Oh, Nanny, ahí estás —dice la Señora X—. Supongo que volveremos a las seis, más o menos. Hay montones de cosas en la nevera, para que comáis. ¡Que os divirtáis!

Un coro de «Que os divirtáis, chicos» surge a nuestro alrededor mientras los adultos se dirigen hacia sus coches, que arrancan con la mayoría de los asientos desocupados.

Bajo la mirada hacia doce caras expectantes, mientras rápidamente se desvanecen las visiones de una tarde en las tumbonas.

—Vale, chicos, yo soy Nanny. Tengo que daros unas cuantas reglas de juego. NADIE se acerca a la piscina. ¿Queda claro? No quiero ver que nadie vaya más allá de ese árbol de ahí o se pasará el resto de la tarde sentado en el cuarto de las escobas. ¿Os habéis enterado? —doce cabezas asienten solemnemente.

—Pero ¿y si hubiera una guerra y el único sitio donde se estuviera a salvo fuera cerca de la piscina y...?

—¿Cómo te llamas? —pregunto al moreno pecoso con gafas.

—Ronald.

—Ronald, se acabaron las preguntas estúpidas. Si hay una guerra iremos al refugio. Vale, todo el mundo, ¡a jugar!

Corro adentro, mirando por todas y cada una de las ventanas por las que paso para asegurarme de que nadie se intenta colar reptando hacia la piscina, para buscar el equipo artístico de Grayer.

Dispongo los lápices de cera, las cartulinas y la cinta adhesiva en la mesa del patio.

—Muy bien, ¡escuchad! Quiero que todos vengáis aquí, de uno en uno, y me digáis vuestro nombre.

—Arden —me dice una niña pequeña vestida de OshKosh B'Gosh.

Escribo «Arden» y un gran «1» en su improvisada etiqueta de identificación y la pego a su camisa.

—Vale, Arden, eres el número uno. Cada vez que grite «¡A numerarse!», tu gritarás «¡Uno!», ¿lo has entendido? Lo único que tienes que recordar es «uno».

Se sube a mis rodillas y se erige en mi ayudante, pasándome alternativamente la cinta adhesiva y los lápices.

Durante una hora todo el mundo corretea por la hierba, algunos juegan con los juguetes de Grayer, otros tan sólo se persiguen entre sí, mientras yo contemplo el océano recubierto por la niebla. Cada quince minutos grito «¡A numerarse!», y ellos gritan.

—¡Uno!

—¡Dos!

—¡Tres!

Silencio. Me tenso, preparada para salir corriendo a la piscina.

—Jessy, tú eres el cuatro, tonta.

—¡Cuatro! —chilla una vocecita.

—¡Cinco!

—¡Seis!

—¡Siete!

—¡Grayer!

—¡Nueve!

—¡Diez!

—¡Once!

—¡Doce!

—Vale, ¡es hora de comer! —inspecciono a la tropa. Tengo la precaución de no dejarles fuera mientras reviso las provisiones—. ¡Todo el mundo adentro!

—¡Jooo!

—Venga, ya volveremos a jugar fuera después de comer.

Deslizo la inestable puerta de cristal y la cierro detrás del número doce.

—Nanny, ¿qué hay de comida? Tengo mucha, mucha hambre —pregunta Grayer.

—No sé. Vamos a echar un vistazo.

Grayer me sigue a la cocina, separándose del 7, el 9 y el 3, que están convirtiendo el sofá del cuarto de estar en un fuerte.

Abro la nevera.

—Vale, ¡a ver qué tenemos!

Mmm, tres yogures desnatados, una caja de SnackWell, una barra de pan integral bajo en calorías, mostaza, queso brie, jamón curado y un calabacín.

—¡Muy bien, tropa! ¡Escuchad!

Once caras hambrientas levantan sus miradas hacia mí, dejando sus diversas tareas dentro de la misión común de destruir el cuarto de estar.

—Éstas son las opciones: tenemos sándwiches de jamón, pero puede que no os guste el pan. O tenemos sándwiches de queso brie, pero puede que no os guste el queso. O tenemos Cheerios, pero no tienen azúcar ni están recubiertos de virutitas. Así que quiero que vengáis a la cocina de uno en uno para probar el pan y el queso, a ver cuál queréis.

—¡Yo quiero mantequilla de cacahuete y mermelada! —grita Ronald.

Me vuelvo y le lanzo una rápida Mirada de la Muerte.

—Esto es la guerra, Ronald. Y en la guerra te conformas con las provisiones que te envía tu comandante en jefe —le hago el saludo militar—. Así que vamos a ser todos buenos soldados y a comernos el queso.

Estoy preparando el último sándwich cuando empiezan a caer las primeras gotas de lluvia que cubren las puertas correderas con una espesa capa de agua.

❖❖❖

—¡Adiós, Carson! —gritamos Grayer y yo cuando los Spender se disponen a salir del sendero el domingo por la noche.

—¡Adiós, Grayer! —grita a su vez desde su asiento del coche, y luego se lleva el pulgar derecho a la nariz y mueve los dedos, mirándome.

A pesar de todos mis esfuerzos, durante el fin de semana, evidentemente he sido incapaz de abrirme camino y ganarme de nuevo la simpatía de Carson después de haber «invadido» su intimidad.

—Grayer, ¿estás preparado?

La Señora X sale de la casa, con un abrigo de seda verde y crema, la propuesta de la casa Prada para esta primavera, poniéndose en la oreja derecha el pendiente de perlas.

—Mamá, ¿puedo llevar a mi Kokichu? —pregunta.

Nos han invitado a una «cena informal de domingo» en casa de los Horner y Grayer cree que tiene que ir equipado con algo para compartir, ya que Ellie, su hija de cuatro años, tiene un conejillo de Indias.

—Supongo que no pasará nada. ¿Por qué no lo dejas en el coche cuando lleguemos allí y entonces ya te diré si puedes sacarlo o no? Nanny, ¿por qué no subes corriendo y te cambias?

—Ya estoy cambiada —digo, bajando la mirada para confirmar que sigo llevando los chinos limpios y un jersey blanco de cuello vuelto.

—Ah. Bueno, supongo que está bien. De todas formas, probablemente estarás la mayor parte del tiempo fuera con los niños.

—Bueno, ¡todos al coche! —el Señor X se acerca, se abalanza sobre Grayer, y se lo lleva como un saco de patatas.

En cuanto nos metemos en el coche, el Señor X enchufa su teléfono móvil al salpicadero y empieza a dictar instrucciones al buzón de voz de Justine. Los demás nos quedamos sentados en silencio, Grayer agarrando su Kokichu, y yo enrollada debajo de la canoa, mirándome fijamente el ombligo.

Al desenchufar su teléfono móvil, el Señor X suspira.

—La verdad es que esta semana no me viene nada bien estar lejos de la oficina. Un momento terrible.

—Pero dijiste que los primeros días de junio serían tranquilos —dice ella.

—Bueno, sólo te estoy avisando de que probablemente tenga que volver el jueves para una reunión.

Ella traga saliva.

—Bueno, ¿y cuándo volverás?

—No estoy seguro. Parece ser que probablemente tenga que quedarme el fin de semana para reunirme con los ejecutivos de Chicago.

—Creía que tu trabajo con la oficina de Chicago ya había terminado —dice ella, tensa.

—No es tan sencillo. Ahora está el tema de los despidos, de la fusión de las divisiones: reorganizar y hacer que todo eso funcione.

Ella no contesta.

—Además, *habré* estado aquí una semana entera —dice él, girando a la izquierda.

—¿Por qué te estás alejando de la orilla? —pregunta ella, con un punto de nerviosismo.

Tenemos problemas para encontrar la casa porque, según las instrucciones, está en el lado continental de la carretera principal.

—Sencillamente, no me puedo creer que no tengan vistas sobre el océano —dice la Señora X, mientras nos obliga a pasar por la misma rotonda por tercera vez—. Devuélveme las instrucciones.

Él hace una bola con la hoja de papel y se la tira sin apartar los ojos de la carretera. Ella la alisa metódicamente sobre su rodilla.

—Tienes que haberlas copiado al revés.

—Vamos a hacer una locura y limitarnos a seguir las putas indicaciones, a ver dónde terminamos —sisea él.

—Me muero de hambre. Me voy a morir si no como —se queja Grayer.

Ya está anocheciendo cuando por fin entramos en la casa de piedra de tres pisos de los Horner. *Ferdie,* su perdiguero, está durmiendo apaciblemente en el porche entoldado, debajo de la hamaca, y los grillos cantan sonoramente como si nos saludaran. Jack Horner abre la puerta mosquitera, vestido con unos vaqueros descoloridos y unas botas Birkenstock.

—¡Quítate la corbata! ¡Rápido! —susurra la Señora X.

—¡Aparca en cualquier sitio! —grita él, con una amplia sonrisa, desde el porche.

El Señor X se despoja de su americana, corbata y gemelos antes de que podamos salir del coche.

Estiro la espalda, llena de calambres, mientras me dirijo al maletero. Saco de la nevera portátil la tarta de ruibarbo que la Señora X compró en el supermercado esta mañana.

—Dame, ya llevo yo eso —me dice, caminando detrás del Señor X, que lleva una botella de vino, y seguida por Grayer, que lleva su Kokichu delante de él, como si fueran los tres reyes magos.

—¡Jack!

Los hombres se dan un apretón de manos y unas palmaditas en la espalda.

Ellie asoma por la puerta.

—¡Mamá! ¡Ya están aquí!

Jack nos hace pasar a un acogedor cuarto de estar, donde una de las paredes está completamente cubierta de dibujos infantiles y una escultura de macarrones reposa sobre la mesa de café.

Caroline sale de la cocina vistiendo vaqueros y una blusa blanca y secándose las manos en el delantal.

—¡Hola! Lo siento, no me deis la mano, estaba marinando los filetes —Ellie se abraza a la pierna de Caroline—. Chicos, ¿habéis tenido algún problema para encontrar el sitio?

—En absoluto, tus indicaciones eran perfectas —responde rápidamente la Señora X—. Toma —le entrega la caja con la tarta.

—Ah, gracias. Oye, Ellie, ¿por qué no le enseñas a Grayer tu habitación?

Con la cadera le da un suave empujón a la niña.

—¿Quieres que te enseñe mi Kokichu?

Se adelanta un paso, ofreciendo la bola peluda. Ella baja la vista hacia el pelo amarillo y sale corriendo, que es el pie para que Grayer la siga, y suben las escaleras a la carrera.

—Nanny, ¿por qué no subes a vigilar a los niños? —me dice la Señora X.

—Bah, no les pasará nada. Me he llevado los cuchillos Ginsu de Ellie, así que Grayer probablemente estará fuera de peligro —dice Caroline, riéndose—. Nanny, ¿te apetece un poco de vino?

—Sí, copas. ¿Qué te sirvo? —pregunta Jack.

—¿Tienes whisky? —pregunta el Señor X.

—Un vino estaría genial —dice la Señora X, sonriendo.

—¿Tinto? ¿Blanco?

—El que estés tomando tú —dice la Señora X—. ¿Dónde están las otras niñas?

—Poniendo la mesa. ¿Me disculpáis? Voy a terminar de preparar la cena —dice Caroline.

—¿Quiere que la ayude? —pregunto.

—La verdad, me vendría genial, si no te importa.

Jack y el Señor X salen fuera a hacer cosas de hombres con la barbacoa, mientras nosotras seguimos a Caroline a la cocina, donde Lulu y Katie, de ocho y seis años de edad, están sentadas a la mesa, enrollando servilletas y metiéndolas en servilleteros.

—¡Nanny!

Pegan un salto en cuanto entro, alargando los brazos hacia mí, para gran disgusto de la Señora X. Levanto a Katie y la volteo rápidamente, sujetándola de las piernas, y luego hago lo mismo con Lulu.

—¿Te importaría aliñar la ensalada? —Caroline me pasa la ensaladera y un frasco lleno de aliño Mason.

—En absoluto.

Cuando me dispongo a remover la lechuga me llega el dulce aroma de una tarta horneándose.

—¿Qué puedo hacer yo? —pregunta la Señora X.

—Nada. No me gustaría que te mancharas ese traje tan precioso.

—Cielo —oímos a Jack, que llama desde el jardín trasero.

—Lu, ¿te importaría salir y ver qué quiere papá?

La pequeña vuelve corriendo un segundo después.

—Dice que la parrilla ya está preparada.

—Vale, ¿quieres llevarle los filetes? Pero ten cuidado o tendremos que cenar queso a la parrilla.

Lulu coge la bandeja de metal y camina lentamente hacia la puerta, mirando fija e intensamente al montón de carne.

—¿Dónde van a comer los críos? —pregunta la Señora X, despreocupadamente.

—Con nosotros.

—Ah, por supuesto —dice ella, disimulando.

—Quería pedirte un favor —dice Caroline, rodeando la isleta para apoyar una mano sobre el brazo de la Señora X.

—Por supuesto, lo que sea.

—La próxima semana llegará una amiga de la universidad. Se está divorciando y va a mudarse otra vez a Nueva York desde Los Ángeles, y me preguntaba si te importaría tomarla bajo tu protección durante un tiempo.

—En absoluto...

—Es sólo que, al estar en Westchester, no me resultaría fácil presentarla por ahí, que es lo que me gustaría hacer. Además, si conocieras a un buen agente inmobiliario, está buscando casa.

—Bueno, hay un piso de tres dormitorios, en nuestro edificio, que está disponible.

—Gracias, pero está buscando un estudio. Es una situación horrible, aunque su marido era el que la e-n-g-a-ñ-a-b-a, ninguno de los bienes inmuebles estaba a su nombre. Tiene montada una sociedad anónima o alguna mierda por el estilo, y a ella no le ha dado nada.

La Señora X abre los ojos desmesuradamente.

—Eso es terrible.

—Así que, cualquier cosa que puedas hacer para ayudarla, te lo agradecería de verdad. Te llamaré cuando llegue.

Cuando llegamos todos a la mesa, descubro encantada que las niñas han hecho tarjetas de colocación escribiendo nuestros nombres con un rotulador plateado en hojas de árboles, con tres caligrafías notablemente diferentes. Katie y Lulu me han pedido que me siente entre ellas, mientras que la Señora X está situada entre Grayer y Ellie y se pasa la mayor parte de la comida cortándoles la carne y respondiendo a las preguntas de Ellie acerca de su traje.

Ferdie se acerca y se pone a mendigar las sobras a los pies de Jack.

—Cuando yo era niño teníamos un perdiguero —dice el Señor X, esparciendo mostaza con una cuchara sobre su segundo filete.

—La verdad es que *Ferdie* es de aquí —dice Caroline—. Uno de los mejores criadores vive un poco más abajo en esta calle, si estáis pensando en comprar un cachorro...

—Esta casa es fabulosa —dice la Señora X, cambiando de tema mientras juguetea con su ensalada.

—La construyó el abuelo de Caroline —dice Jack.

—Con sus dos manos, sin un solo clavo y bajo una lluvia torrencial, si hemos de creer lo que él dice —se ríe ella.

—Deberíais ver la carísima caseta de playa que ha alquilado mi mujer. Tendremos suerte si el techo no sale volando —se ríe el Señor X, dejando que se vea el maíz que se le ha quedado entre los dientes.

—Bueno, Nanny, ¿en qué universidad estás? —Jack se vuelve hacia mí.

—NYU, la verdad es que acabo de licenciarme, el viernes.

—¡Felicidades! —me sonríe, mientras unta de mantequilla otra mazorca de maíz para Lulu—. ¿Y ya tienes pensados tus planes para el año que viene?

—Eres todo un padrazo —Caroline se ríe de él desde el otro lado de la mesa—. No hace falta que contestes a eso, Nanny —se pone de pie—. ¿Quién quiere tarta?

—¡YO! ¡YO! —gritan las pequeñas Horner y Grayer.

En cuanto la puerta se cierra detrás de ella, me levanto para recoger, pero Jack me detiene.

—Vamos —susurra en broma—. Ya se ha ido. ¿Cuáles son tus planes?

—Voy a participar en el programa de una organización infantil en Brooklyn —le digo con un susurro teatral.

—¡Cielo! —grita él—. ¡Todo en orden! ¡Tiene planes!

Caroline regresa, sonriendo, con un cartón de helado y nueve tazones.

—Jack, no tienes arreglo —deja el cartón y los tazones—. Lulu, ¿te encargas de tomar nota de los cafés?

Caroline, que es una anfitriona encantadora, sirve de ambas tartas, pero la fría del plato de aluminio despierta poco entusiasmo.

✧

—Mamá, quiero un conejillo de Indias —dice Grayer medio dormido desde su asiento del coche.

Casi de inmediato se queda dormido y los X se disponen a repasar la velada, mientras yo trato de encontrar una postura cómoda debajo de la canoa.

—Me estaba contando junto a la barbacoa que este año ha conseguido expansionarse a doce mercados nuevos —el Señor X está impresionado con la perspicacia empresarial de Jack.

—¿Sabes? —ella se vuelve ligeramente hacia él, apoyando una mano sobre su brazo—. Estaba pensando que podría volver contigo el jueves: podríamos pasar un fin de semana romántico en la ciudad.

Él aparta su brazo mientras hace un giro a la izquierda.

—Ya te he dicho que sólo se trata de ver a un montón de clientes. Te volverías loca de aburrimiento.

Enchufa su teléfono móvil y marca con la mano libre.

Ella saca su Filofax y va pasando las hojas en blanco.

—Nanny, hay una cosa que me gustaría mencionarte —dice la Señora X regañándome.

—Sí —digo, empezando a dar cabezadas.

—No estoy segura de que sea muy conveniente que monopolices toda la conversación durante la cena. Sólo era algo de lo que quería que fueras más consciente a partir de ahora.

✧✧✧

Querido, he ido a casa de los Stern a tomar el té. Volveré antes de las cinco. Se me ocurre una idea: si tienes que irte, ¿por qué no intentas estar de vuelta en la isla a primera hora del domingo por la mañana? Los Horner nos han invitado a su casa a un almuerzo temprano. ¡Que tengas buen partido! Te quiero.

✧

Espero que tu partido de golf fuera bien. Por si te preocupa que me sienta sola, Caroline se ha ofrecido a hacerme compañía mientras estás fuera, así que no te preocupes por mí. Aunque están bastante ocupados, pero estoy segura de que alguien más se acordará de mí. Nos vemos en el club a las seis. Te quiero.

✧

Cariño, no he querido despertarte de tu siesta: me voy a la ciudad.

He llamado a la agente de la inmobiliaria y me ha dicho que esto es muy seguro. Dijo que le sorprendería que nos pasara algo a Grayer o a mí mientras estamos aquí solos, así que, por favor, no te pases todo el tiempo en la ciudad preocupándote por nosotros.

❖❖❖

El miércoles por la noche, en víspera de la partida del Señor X, estamos los tres sentados en el Rover, esperando a la Señora X. El plan original consistía en dejarnos a Grayer y a mí esa noche en casa, «para relajarnos», mientras ellos cenaban en Il Cognilio con los Longacre. Pero cuando vinieron a casa a cambiarse, Grayer se puso a chillar histéricamente hasta que el Señor X insistió en que lo llevaran con ellos, para que, y cito textualmente, «cerrara el pico».

Después de cinco días seguidos de dirigir prácticamente un centro de día para todos los amigos de los X, durmiendo, como mucho, cinco horas cada noche, empiezo a dar cabezadas nada más acomodarme debajo de la canoa.

El Señor X se aparta de su cabeza el teléfono móvil de un manotazo.

—Vamos a perder la reserva, vete a ver por qué está tardando tanto.

Abro la puerta del coche en el mismo instante en que la Señora X avanza por la gravilla, tambaleándose sobre unos tacones extraordinariamente altos, enfundada en un vestido negro, sin tirantes, con un abrigo rojo de cachemir sobre sus hombros trémulos. El Señor X apenas le echa un vistazo antes de poner en marcha el coche.

—Cielo, ¿a qué hora quieres que te lleve mañana al aeropuerto? —pregunta, poniéndose el cinturón de seguridad.

—No te preocupes. Cogeré el vuelo de las seis de la mañana. Así que llamaré a un taxi.

—Quiero volar con papá.

Grayer, hambriento y, por supuesto, sin haber dormido la siesta, empieza a revolverse en su asiento del coche.

—¿Señora X? Mmm, no habrá tenido ocasión de ver si ha traído algo para las picaduras de mosquito, ¿verdad? —mi voz resuena desde debajo de la canoa.

—No, ¿te siguen picando? No lo entiendo. Ninguno de nosotros ha tenido picaduras.

—¿Cree que sería posible que fuera corriendo a una farmacia y comprara After Bite?

—La verdad es que no creo que tengamos tiempo.

Se retoca el lápiz de labios a la luz amarilla del espejo retrovisor.

Le doy a mi pierna una buena rascada por encima de los pantalones. Estoy ardiendo. El escozor es tan fuerte que me mantiene despierta en las horas alternas en que Grayer o el Señor X no están roncando. Lo único. Que quiero. Es ir. A una farmacia.

Después de un tenso viaje de veinte minutos llegamos al aparcamiento/tienda de *souvenirs* del famoso restaurante, cuya camiseta anual, distintivo de la casa, con la silueta de un conejo, es un extraño símbolo de estatus en todo el país. Por supuesto, quiero una.

La Señora X nos guía al restaurante, un almacén de artículos de pesca sofisticado que sirve tazones de pasta a veinticinco dólares en mesas astilladas.

—Querida, ¿cómo estás? —una mujer con un pelo largo y rubio que da la impresión de poder resistir el más furioso vendaval de Nantucket aborda a la Señora X—. Vas tan elegante, Dios mío, me siento como una paleta.

Se ajusta más su chaquetón de Aqua Scutum.

Los hombres se dan la mano y la Señora X presenta a Grayer.

—Grayer, ¿te acuerdas de la señora Longacre?

La señora Longacre le da distraídamente unas palmaditas en la cabeza.

—Se está poniendo enorme. Cielo, vamos a nuestra mesa.

Nos llevan a una retirada mesa en un rincón y nos ofrecen una trona verde, en la que a Grayer le cuesta bastante acomodarse.

—Señora X, creo que es demasiado pequeña.

—Bobadas —le dedica una mirada y ve que está sentado de lado, luchando por encajar el trasero entero en el asiento—. Ve a ver si tienen una guía de teléfonos.

Al final localizo tres inmundas guías telefónicas de Nantucket y las deslizo debajo del trasero de Grayer, mientras los adultos piden cócteles. Saco de mi bolso los lápices de cera y empiezo a contarle un cuento a Grayer, dibujando ilustraciones sobre el mantel de papel a medida que voy avanzando.

—Bueno, por supuesto que esto me encanta, pero no sé cómo me las arreglaría sin el fax —dice la señora Longacre—. No entiendo cómo la gente podía ir a ningún sitio antes del fax y del teléfono móvil, de verdad que no lo entiendo. Estoy organizando una pequeña cena para cien personas la semana que volvamos. ¿Sabes? El verano pasado preparé desde aquí toda la boda de Shelly.

—Te entiendo; ojalá se me hubiera ocurrido traer el nuestro de casa —dice la Señora X, arreglándose el abrigo sobre los hombros desnudos—. Estoy pendiente de saber si la junta me permite comprar uno de los estudios de la segunda planta.

—¿Tu edificio tiene estudios?

—Bueno, originalmente eran las viviendas de los criados, y la mayoría pertenece a gente que tiene apartamentos más grandes en el mismo edificio. Me encantaría tener un sitio donde gozar de un poco de intimidad, ¿sabes? Me encuentro demasiado dispersa cuando Grayer está en casa. Quiero estar con él, pero a veces necesito resolver algunas cosas de mi trabajo en el comité.

—¡Oh, cielo, brindo por eso! Nuestra hija mayor acaba de hacer lo mismo: tiene dos hijos y necesitaba un sitio en el que estar a sus anchas, pero sin dejar de estar lo bastante cerca para implicarse. Creo que es una gran idea.

La camarera se acerca con las seis bebidas en una bandeja, cuando un niño pequeño corretea alrededor de sus rodillas y está a punto de tirar tres copas sobre la cabeza de la Señora X.

—Aaan-drew... Ven con mamáaa.

Oímos una voz lastimera gimotear mientras el torbellino humano vuela por debajo de las mesas y entre los comensales.

El maître mira suplicante a los inconscientes padres, instándoles a que disciplinen a su hijo.

—Oye, cielo, ¿no son ésos los Clifton?

La Señora X se disculpa y se acerca a ellos para repartir besos en las mejillas.

—Nanny, dibújame una gallina —pide Grayer, mientras los hombres comparan sus tanteos de golf de esta semana.

—¿No es genial? —dice ella, sentándose de nuevo—. Están aquí con su hijo, así que le he dicho a Anne que Nanny puede llevarse a todos los críos al aparcamiento hasta que llegue la comida.

¿Todos? ¿Voy a tener que dirigir a la señora Clifton en una emocionada versión de *Michael, Row your Boat Ashore* en versión de Dumpster?

Me levanto de mi asiento y llevo a Grayer y al derviche giróvago al frío, oscuro y terroso aparcamiento para que jueguen.

Suben y bajan unas cuantas veces por un trozo de madera manchado de aceite, y luego Andrew sugiere hacer ángeles con el
barro.

—Casi que no. ¿Qué tal si nos lavamos las manos antes de
que llegue la comida?

Trato de dirigirles nuevamente adentro, hacia los servicios
de señoras.

—¡No! —grita Andrew—. Soy un niño. No pienso entrar
al lavabo de las niñas. Ni en broma.

El señor Clifton dobla la esquina hacia los baños.

—Yo me encargo de ellos —me dice, llevando a los niños al
baño y permitiéndome disfrutar de dos minutos enteros para
mí sola en el servicio de señoras.

Acabo de echar el pestillo en mi retrete cuando oigo entrar
a la Señora X y la señora Longacre. La señora Longacre está
expresando su acuerdo en algo.

—¡Absolutamente! Hoy en día nunca se es demasiado pre-
cavido. ¿Conoces a Gina Zuckerman? Tiene un crío de la edad
de Grayer, más o menos, Darwin, creo. Por lo que se ve, la mujer que tenían para cuidar de él, una sudamericana, le agarró del
brazo. Gina lo vio todo en la cámara oculta. Hizo que esa mujer
volviera directamente a la aldea del tercer mundo de donde
había salido.

Intento no respirar mientras la señora Longacre hace pis
a mi lado.

—Nosotros montamos nuestra cámara oculta hace sólo unas
cuantas semanas —dice la Señora X—. No he tenido tiempo de
repasar las cintas, pero me proporciona tranquilidad saber que
puedo estar virtualmente con mi hijo.

Cállate. ¡Cállate!

—¿No tienes que entrar? —pregunta la señora Longacre,
saliendo de su retrete.

—No, sólo voy a lavarme las manos —dice la Señora X desde el lavabo.

Grayer aporrea la puerta de los servicios.

—¡Nanny!

La Señora X abre la puerta.

—¿Qué? ¡Grayer! ¿Qué estás haciendo aquí?

La oigo marcharse y espero a que la señora Longacre termine de lavarse las manos antes de descorrer el pestillo de mi cabina.

¡CÁMARA OCULTA! *¿¿¡¡UNA CÁMARA OCULTA!!??* ¿Qué es lo siguiente? ¿Análisis antidoping periódicos? ¿Desnudarme para cachearme? ¿Un detector de metales en el vestíbulo de entrada? *¿Quién es esta gente?*

Me lavo la cara con agua fría e intento, por enésima vez en nueve meses, apartar de mi pensamiento a mis jefes de metro setenta para poder concentrarme en las necesidades del que mide un metro y diez centímetros.

Vuelvo a la mesa. La Señora X está luchando para que Grayer se siente en equilibrio sobre las guías de teléfonos. Levanta la vista, mirándome abierta y ferozmente.

—Nanny, ¿dónde has estado? Me he encontrado a Grayer abandonado y creo que es inaceptable...

Un grado de rabia sin precedentes aparece en mi rostro, silenciándola momentáneamente. Recoloco a Grayer sobre sus guías de teléfono, le corto el pollo y le llevo a la boca un tenedor con puré de patata.

—Bueno, entonces, Nanny, ¿por qué no te llevas a los niños fuera hasta que hayamos acabado? —pregunta suavemente.

Y me paso el resto de la cena soportando un viento húmedo, dándole de comer a Grayer un pollo arenoso en una bandeja de corcho blanco. Muy pronto se nos une Andrew; luego otros tres más. Jugamos a «Pito, pito gorgorito». Jugamos a «Sigan al jefe». Jugamos al «Escondite Inglés».

Pero no se pueden hacer muchas cosas con cinco niños en un aparcamiento a oscuras antes de que te entren ganas de venderlos a todos.

✧

Después de meter en la cama a Grayer revuelvo la cocina en busca de amoniaco. Al rebuscar debajo de la pila, oigo el taconeo de los Manolos de la Señora X sobre el linóleo mientras abre los armaritos superiores. Maniobra torpemente a mi alrededor, en silencio.

—¿Qué estáis haciendo ahí abajo? —el Señor X entra con el periódico en la mano.

—Estoy buscando amoniaco para quitarme el picor de las picaduras de mosquito —digo, con la cabeza escondida entre las cañerías y una botella de lejía, mientras sigo rebuscando para esta solución de emergencia de la Guía del Explorador.

—Y yo estoy buscando el whisky para servirte la copita de última hora.

Gira los pies para mirarle de frente y su abrigo se desliza lentamente hasta el suelo, aterrizando en un montón escarlata detrás de sus tobillos con la carne de gallina.

—¿Amoniaco? —pregunta él—. Mmm.

Sus sonoras pisadas se trasladan del linóleo de la cocina a la madera del vestíbulo.

—¿Cielo? —dice ella en un tono ligeramente ronco mientras tras le sigue hasta el marco de la puerta—. ¿Por qué no leemos en la cama?

Oigo el frufrú del periódico cuando él se lo entrega.

—Tengo que confirmar mi vuelo de mañana. Iré cuando haya acabado. No me esperes despierta. Adiós, Nanny.

Veo que los músculos de la pantorrilla de la Señora X se tensan.

—Adiós, que tenga un buen vuelo —digo.

Salude de mi parte a Miss Chicago.

La oigo seguirle por el vestíbulo, dejándome sola mientras rebusco debajo de todas las pilas de la casa, pero lo único que encuentro es montones de Don Limpio y algo de Pine-Sol.

Una hora después, cuando apago la luz del cuarto de baño, veo al Señor X abrir lentamente la puerta de su dormitorio, y una ráfaga de luz iluminar el vestíbulo.

—Cariño —la oigo decir en voz baja.

La puerta se cierra.

❖❖❖

—¡Papá, estás aquí! —Grayer salta delante de *Barrio Sésamo* cuando el Señor X entra en el cuarto de estar a última hora de la mañana siguiente.

—Hola —digo yo, sorprendida—. Creí que usted estaba...

—Hola, machote.

Va hacia el sofá y se sienta.

—¿Dónde está mamá? —pregunta Grayer.

—Mamá está en la ducha —su padre sonríe—. ¿Has tomado el desayuno?

—Quiero cereales —dice, brincando en círculos alrededor del sofá.

—Bueno, vamos a conseguirte algo de comida. A mí no me importarían unos huevos con salchichas.

Es jueves, ¿no? Ya no es miércoles, ¿no? Porque ya he tachado el miércoles del pequeño calendario que he tallado en la pared al lado de mi cama.

La Señora X hace una entrada espectacular, vestida con la parte de arriba del bikini, un pareo y kilómetros de carne de gallina expuesta. Está sonrojada y la envuelve un aura de victoria.

—Buenos días, Grayer. Buenos días, tú —lánguidamente se sitúa detrás del Señor X, apoyando las manos sobre sus hombros y dándole un pequeño masaje—. Cariño, ¿te importaría ir a por el periódico?

Él echa la cabeza hacia atrás para mirarla y ella sonríe, inclinándose hacia delante para darle un beso.

—Claro que no.

Rodea el sofá, rozándole los hombros con los labios al pasar junto a ella. En fin, acabo de descubrir oficialmente la única situación que me resulta más incómoda que estar cerca de ellos cuando se pelean.

—¿Le importaría si voy con el Señor X a la tienda para comprar un poco de After Bite? —pregunto, tratando de aprovechar su esplendor post-coito.

—No. Preferiría que te quedaras aquí para cuidar de Grayer mientras me arreglo.

El Señor X agarra las llaves de la mesa que hay junto a la puerta y sale. Cuando oímos arrancar el coche, ella pregunta:

—Grayer, ¿te gustaría tener un hermanito o una hermanita?

—¡Quiero un hermanito! ¡Quiero un hermanito!

Corre hacia ella, pero ella se lo espatula y me lo devuelve de golpe, como si fuera una bola de hockey sobre hierba.

El teléfono empieza a sonar en el momento en que el Señor X desaparece del paseo. La Señora X coge su jersey del respaldo del sofá y se lo mete por la cabeza antes de descolgar el pesado auricular verde oliva.

—¿Sí? —se pone de pie, escuchando expectante—. ¿Sí? —se ajusta el pareo—. ¿Sí? —cuelga.

Me mira desde el otro lado de la habitación.

—Espero que no hayas ido dando por ahí este número de teléfono.

—No, sólo a mis padres por si hay una emergencia —digo.

Está a medio subir las escaleras cuando el teléfono vuelve a sonar, haciéndola volver al cuarto de estar.

—¿Sí? —pregunta por cuarta vez, en tono de fastidio—. Oh, hola... —su voz suena tensa—. No, no está... No, decidió no irse hoy, pero haré que la llame cuando regrese... Chenowith, ¿no? Lo tengo. ¿Está en Chicago, o en Nueva York?... Vale, adiós.

Se ha quedado sin trufas Teuscher, Miss Chicago.

Cuando regresa el Señor X voy a la cocina a ayudarle a descargar y sacar el habitual surtido cancerígeno de yogures sin azúcar, salchichas de tofu y SnackWell.

—¿Ha llamado alguien? —pregunta, sacando de una bolsita de papel encerado un pastel de queso solitario para él mientras la Señora X entra en la cocina.

—No —dice ella—. ¿Por qué, esperabas a alguien?

—No.

Bueno, entonces, solucionado.

❖❖❖

Ring. Ring. Ring.

La tarde siguiente, mientras un avión vuela bajo sobre el jardín de atrás, me despierta el estridente sonido del teléfono desde dentro de la casa. Otra vez. Dando manotazos a los mosquitos que se están pegando un atracón con mis piernas desnudas, despego mi carne de los travesaños de goma de la desvencijada tumbona y me pongo de pie para contestar al teléfono. Pero se detiene bruscamente. Otra vez.

Antes, esta mañana, me quedé mirando fija y cautelosamente a un camión en nuestro sendero del que un hombre mayor descargaba tres grandes bicicletas de alquiler, preguntándome con el corazón encogido si eso significaba que tendría que montar llevando a Grayer sobre hombros. Llegados a este punto, dudo que ni tan siquiera pestañeara si sugirieran que me lo metiera en el útero para hacer más sitio en el Land Rover.

Grayer tuvo que explicarle a su padre que sólo podría montar en la roja de diez velocidades que le esperaba en el sendero si llevaba ruedas laterales. Todavía no sabría decir si el hombre no se entera o si es que sencillamente tiene un enloquecido optimismo respecto a las habilidades de Grayer. En cualquier caso, cambió una bicicleta de adulto por otra más pequeña y, para mi sorpresa, se me permitió mantenerme al margen de su excursión. Se marcharon pedaleando hacia la ciudad, dejándome con grandes planes para una larga carrera, un baño placentero y una siesta, pero no he conseguido ir más allá que a sentarme en esta tumbona con los pantalones de correr y el sujetador de deporte, para ponerme las zapatillas. Bueno, uno de tres no está tan mal.

Busco el reloj a tientas debajo de la tumbona y hago un gesto de dolor cuando se me mete una astilla bajo la uña. Saco el reloj y chupo suavemente el dedo herido. Llevan fuera más de una hora.

Entro en casa, abro el grifo de agua caliente en la pila de la cocina y meto la mano debajo. ¡Por primera vez en una semana, consigo por fin un momento libre para mí misma y tengo que pasármelo sacándome esta maldita casa de debajo de mi propia piel!

Ring. Ring. Ring.

Ni siquiera me molesto en moverme de donde estoy, apoyada contra la encimera. Ella se rinde tras la quinta señal. Parece estar perdiendo su toque sutil.

El agua caliente resulta ser infructuosa, obligándome a reunir un improvisado botiquín casero, consistente en un pincho para mazorcas de maíz, cerillas y una botella de Ketel One olvidada en la nevera. Mientras voy disponiéndolo todo en la mesa de la cocina miro fijamente al linóleo verde agrietado. Ojalá pudiera llamar y pedir una amiga suplente, igual que los tíos piden una *stripper*. Aparecería alguna joven fabulosa con un paquete de Doritos Cool Ranch, unas margaritas y un ejemplar de *Heathers*. O, por lo menos, algunas revistas *Jane* antiguas. Si tengo que hojear una sola vez más el *Good Housekeeping* de julio del 88, me cocinaré a mí misma dentro de una tarta de manzana.

Pillo el vodka, y me quedo congelada cuando creo oír el crujido de la gravilla del sendero que señala su regreso. Desenrosco el tapón, sirvo un chorro en un vaso de zumo y siento cómo se desliza por mi lengua. De un golpe, dejo el vaso sobre la mesa, dándole la vuelta como si fuera un vaquero.

Echo un vistazo a la vieja y decrépita radio de AM que hay en la mesa supletoria y la conecto.

Ring. Ring. Ring.

—¡No está aquí! —grito por encima de mi hombro.

Empiezo a girar el botón, apoyando la cabeza sobre el brazo mientras voy dejando atrás goteos de noticias y emisoras de viejos éxitos que se desdibujan por los antiguos altavoces con diminutas ráfagas de parásitos estáticos. Muevo lentamente el botón, como un astronauta que buscase señales de vida, tratando de identificar una canción de Billy Joel en medio de aquella confusión. Levanto la cabeza. No es Billy... ¡es Madonna!

Giro el botón un milímetro, irguiéndome con entusiasmo ante los familiares sonidos de *Holiday*. Agarro el pincho para maíz y lo encajo bajo el botón para que no se mueva, subo el volumen hasta el máximo que me permite, y canturreo con lo más parecido a una amiga suplente. Hay vida más allá de este sitio, me recuerda mi salvaje amiga rubia, de ojos resplandecientes, ¡vida sin *ellos*!

—«Si nos tomáramos unas vacaciones, ooh ya...»

Meneo mi cuerpo enfundado en Lycra por toda la cocina, metiendo el vodka de nuevo en el congelador para que se enfríe y olvidándome por completo del dedo, de las picaduras de mosquito y la grave falta de sueño. Durante unos momentos estoy aquí con ella mientras insiste en que me tome un momento para divertirme (ooh, ya), y voy dando patadas, al estilo de los años ochenta, hasta llegar al cuarto de estar, donde agarro el camión de Grayer, como si fuera un micrófono, y berreo con todas mis fuerzas.

Estoy deslizándome por el respaldo del sofá cuando el Señor X abre de golpe la puerta mosquitera, vestido con sus pantalones de deporte de Donna Karan. Me quedo congelada, acuclillada, camión en mano, pero él casi ni se da cuenta de mi presencia y arroja su teléfono móvil sobre el destartalado sillón de orejas y se dirige a grandes zancadas hacia la escalera. Me levanto de un brinco para ir a mirar por la puerta principal, donde veo que se acerca la silueta de la Señora X, dejando atrás un bulto que parece Grayer, en medio del paseo. Salto sobre los juguetes de Grayer, corro a la cocina, quito el pincho para el maíz, apago la radio y vuelvo corriendo al cuarto de estar justo cuando se cierra la puerta principal.

Me mira a la parte media del cuerpo.

—Prepárale para su cita de juegos, Nanny. Se queja de que se ha hecho un arañazo en la rodilla, pero no puedo ver nada. Tranquilízale, mi marido tiene dolor de cabeza —pasa rápidamente a mi lado camino de las escaleras, frotándose las sienes—. Ah, y a su móvil le pasa algo. Échale un vistazo, ¿quieres?

El Señor X grita desde el piso de arriba.

—¿Dónde está mi maletín? ¡Qué has hecho con mi maletín!

Los compases de un lloroso Grayer resuenan por toda la casa mientras yo me pongo el pantalón del chándal y mi dedo vuelve a la vida, palpitando. Cojo el teléfono móvil del Señor X. La identificación de llamada indica que todas las llamadas han sido hechas en el apartamento de los X.

✧

Ring. Ring. Ring.

Me esfuerzo por abrir mis pesados párpados en la oscuridad.

Ring. Ring.

¡No sé por qué no la llama y le dice que no va a volver!

—¡Nanny! —Grayer grita cuando el teléfono le despierta por tercera vez esta noche.

Llegados a este punto, sólo me falta un timbrazo más para llamarla y decirle dónde se puede meter su teléfono *y* su foie gras.

Me estiro por encima del medio metro que separa nuestras camas y estrecho la sudorosa mano de Grayer.

—El monstruo —dice—, es realmente terrible. Te va a comer, Nanny.

El blanco de los ojos de Grayer reluce en la oscura habitación.

Me doy la vuelta para mirarle, sin dejar de cogerle la mano.

—Piensa con mucha fuerza, ¿de qué color era el monstruo? Quiero saberlo, porque soy amiga de unos cuantos.

Se queda en silencio durante unos instantes.

—Azul.

—¿Ah, sí? Se parece al Monstruo de las Galletas de *Barrio Sésamo*. ¿Estaba tratando de comerme? —pregunto medio dormida.

—¿Crees que es el Monstruo de las Galletas? —me pregunta, suavizando su apretón mortal a medida que se relaja.

—Sí. Creo que Galletas quería jugar con nosotros, pero te ha asustado sin querer y estaba tratando de decirme que lo sentía. ¿Quieres que contemos ovejas?

¿O «rings»?

—No. Canta la canción, Nanny.

Bostezo.

—Noventa y nueve botellas de cerveza en la pared, noventa y nueve botellas de cerveza —canturreo suavemente, sintiendo su cálido aliento sobre mi muñeca—. Coge una, pásala, noventa y ocho botellas de cerveza en la pared.

Su mano se va haciendo más pesada y, al llegar a las noventa botellas, ha vuelto a dormirse, al menos durante unas cuantas horas más.

Me recuesto sobre el lado derecho y le observo, su pecho sube y baja suavemente, tiene una mano colocada debajo de la barbilla, su rostro, de momento, relajado y apacible.

—Oh, Coco —digo en voz baja.

✧✧✧

La mañana siguiente, después de disfrutar de tres tazas de café insípido y de comprar una barra de After Bite. Estoy de pie, delante del único teléfono público que hay en todo el pueblo y marco frenéticamente los números pagando la llamada con una tarjeta telefónica de plástico.

—¿Sí? —contesta M. H.

—Ah, gracias a Dios. Creí que no te pillaría antes de que te fueras —me apoyo contra la cabina.

—¡Hola! No, todavía estaba haciendo el equipaje, mi vuelo no sale hasta las ocho. ¿Dónde estás?

—En una cabina. Me han dejado en el pueblo mientras ellos iban a un criador de perros.

Saco de la bolsa de plástico el paquete de cigarrillos que compré con la tarjeta telefónica y le quito el envoltorio de celofán.

—¿Un criador de perros?

—El Señor X ha pensado comprar un pequeño sustituto peludo de sí mismo. Se va esta tarde. Me imagino que una semana de vacaciones familiares era lo máximo que podía soportar —me meto un cigarrillo en la boca y lo enciendo, inhalando y exhalando rápidamente—. Este pueblo debe de tener alguna ley en contra de que las tiendas vendan otra cosa que no sea velas aromáticas, barcos en botellas o pastas especiadas. El infierno es una vela con forma de yate...

—N, vuelve a casa.

Una familia pasa por delante, cada uno de los miembros en una fase distinta de consumo de su helado de cucurucho. Vuelvo mi cuerpo hacia la cabina, escondiendo el cigarrillo con culpabilidad.

—Pero tengo que seguir ahorrando dinero. ¡Puf! Cuando pienso en aquellos tiempos en que después de trabajar me iba derechita a Barneys y me fundía la mitad del cheque sólo para animarme, ¡me dan ganas de pegarme un tiro! —doy una última calada y aplasto la colilla sobre una valla cercana—. Soy muy desgraciada —digo en voz baja.

—Lo sé, se te nota —dice.

—Aquí soy *invisible* para todo el mundo —digo, notando cómo los ojos se me llenan de lágrimas—. No lo entiendes. Se supone que no debo hablar con nadie, y todo el mundo actúa como si yo tuviera que estar *agradecida* sólo por estar en Nantucket, como si esto fuera la Fundación del Aire Libre, o algo así. Me siento tan sola.

Ahora estoy llorando de verdad.

—Te admiro mucho. ¡Has conseguido aguantar siete días enteros! Mantente firme por el amito Grayer. Bueno, ¿qué llevas puesto?

Sonrío ante la pregunta familiar y me sueno la nariz con la bolsa de papel marrón.

—Un tanga y un sombrero de vaquero, nada más. ¿Y tú?

Me abrocho el botón superior de la chaqueta y me subo el cuello vuelto de lana hasta la barbilla, mientras un frío punzante sopla desde el Atlántico.

—Pantalón de chándal.

Dios, le echo de menos.

—Oye, que tengas un vuelo seguro y recuerda, nada de fumar hierba con las estrellas del porno. Repito: barcazas de tulipanes y el museo de Anna Frank: vale. Estrellas del porno: no vale.

—Lo he captado, socia, no te quites el sombrero y pórtate bien con...

El teléfono se corta bruscamente y un tono de llamada retumba en mi oído, indicando la muerte de mi tarjeta telefónica. Golpeo el auricular contra el plexiglás. Maldita sea, maldita sea, maldita sea.

Me alejo de la cabina, dispuesta a comprar una tonelada de pasteles, cuando el querido teléfono móvil estalla en un estridente pitido, haciendo que me tropiece con el seto y me golpee el hombro contra la valla de madera que bordea el sendero.

Mis ojos se vuelven a llenar de lágrimas mientras me dirijo solemnemente a la Cabaña de las Velas de Annie, establecido como el punto de encuentro. Meto mi paquete de cigarrillos al fondo del bolsillo de mis vaqueros al mismo tiempo que el Land Rover entra en el aparcamiento. Oigo un ladrido procedente del maletero del coche, pero Grayer mira por la ventana sin la menor alegría.

—Vámonos. Quiero llegar al vuelo de mediodía —dice el Señor X mientras me acurruco debajo de la canoa y unas pesadas gotas chocan contra el parabrisas.

Un agudo ladrido retumba por todo el coche.

—¡Haz que se calle, Nanny! —refunfuña Grayer—. No me gusta que haga eso.

El Señor X apaga el motor del coche y él y su mujer corren hacia la casa, huyendo del final del aguacero, mientras yo lucho para soltarle el cinturón de seguridad a Grayer y llevar detrás de ellos la jaula llorona. Poso la caja de madera sobre la alfombra y dejo que salga la perrita perdiguera, cuando una mujer de avanzada edad, con el pelo gris hasta los hombros, sale de la cocina.

—¡Abuela! —grita Grayer.

—Ah, ya estáis aquí. Creía que me había metido en la casa que no era —dice, quitándose el pañuelo de la cabeza y moviéndose cuidadosamente para no tocar las enmohecidas paredes.

—Madre —al Señor X parece que le hubieran disparado un dardo narcotizante, pero enseguida se recupera y avanza automáticamente para darle un beso en la mejilla—. ¿Qué estás haciendo aquí?

—Bueno, bonita manera de saludar a tu madre. Tu encantadora esposa me llamó ayer y me invitó a disfrutar de este campamento de refugiados por el que probablemente has pagado una fortuna —dice levantando la mirada hacia la pintura descascarillada—. Aunque, sinceramente, no sé por qué no podía haber venido mañana —le dice a la Señora X—. He cogido el de las nueve y media. Traté de llamar desde el ferry, pero la línea estaba ocupada, y por muy divertido que hubiera resultado tener que esperar bajo la lluvia y comerme uno de esos productos fritos que venden en vuestra encantadora estación, decidí llamar un taxi.

Yo me mantengo al margen de su triángulo, asimilando a la gran dama que ha engendrado esta familia. Sólo he visto a mujeres como Elizabeth X cuando mi abuela me ha arrastrado a las reuniones de la promoción de 1862 de Vassar. Es una auténtica aristócrata de Boston, mitad Katharine Hepburn y mitad Oscar el Gruñón.

—Elizabeth, bienvenida —la Señora X avanza hacia ella para darle a su suegra un beso cauteloso—. ¿Me das tu abrigo?

Que alguien avise al sindicato: ¡La Señora X está recogiendo un abrigo!

Elizabeth se desprende de su chaquetón beige de Burberry, mostrando un vestido plisado de lunares azules y blancos.

—Querido —dice la Señora X al Señor X, que todavía parece atónito—, siempre estás diciendo que nunca podéis pasar un buen rato juntos, así que se me ocurrió darte una pequeña sorpresa.

—He dicho hola, abuela —dice Grayer, con impaciencia.

Ella dobla las rodillas con las manos sobre los muslos.

—Eres igualito que tu padre. Ahora, vete corriendo —se endereza—. ¿Quién es ésta? ¿Y qué es eso?

—Elizabeth, ésta es Nanny. Cuida de Grayer.

Me paso la cachorrilla al brazo izquierdo para estrecharle la mano.

—Adorable.

Ignora el gesto y mete una mano en el bolso para sacar un paquete de Benson and Hedges.

—Ésa es la nueva perrita de Grayer —dice el Señor X, jovialmente.

—La odio —dice Grayer desde el sofá.

—¿Te apetece un cóctel, madre?

—Whisky con soda, querido, gracias.

—Oh, creo que sólo tenemos vodka, Elizabeth —dice la Señora X.

—Envía a... Lo siento, ¿cómo te llamabas? —me pregunta Elizabeth.

—Nan —digo.

—Puedo ir yo, madre.

—Acabo de viajar tres horas bajo una lluvia torrencial para pasar un rato con mi hijo. Mi hijo, que, por su aspecto, podría tener un ataque al corazón en cualquier momento —le da unas palmaditas en su prominente barriga—. Envía a Nan.

—Verás, madre, el seguro no cubre...

Se vuelve hacia mí.

—Nan, ¿sabes conducir?

—Sí.

—¿Llevas encima un carné de conducir vigente?

—Sí.

—Hijo, dale las llaves. ¿Necesitamos algo más? —pregunta a la Señora X.

—No, creo que tenemos de todo, Elizabeth.

—Los Clark y los Havemeyer vendrán mañana y, conociéndote, querida, seguro que sólo hay comida para conejos. Nan, ven conmigo a la cocina. Haré una lista.

La sigo obediente a la cocina verde aguacate, tirando de la jaula del perro. Dejo la caja cerca de la mesa y vuelvo a poner suavemente a la cachorrilla sobre su toalla. En cuanto cierro la portezuela de la jaula, reanuda sus lastimeros ladridos.

Elizabeth abre unos cuantos armarios, mientras yo arranco una hoja de papel del bloc que hay junto al teléfono.

—Este sitio es una verdadera mierda —murmura para sí misma—. Vale —empieza a dictar—. Whisky, ginebra, tónica, zumo de tomate, Tabasco, Worcestershire, limones, limas —abre la nevera y chasquea la lengua, disgustada—. ¿Qué demonios es la leche de soja? ¿Acaso las semillas de soja tienen ubres y yo no me he enterado? Galletas Carr y más queso brie. ¿Se te ocurre alguna cosa más?

—Mmm, ¿nueces de macadamia, galletitas saladas y patatas fritas?

—Perfecto.

Mi abuela me enseñó que, cuando se trata de agasajar a los pijos, la clave consiste en sacar un cuenco de plata diminuto de cada cosa, y de repente hasta las Pringles tienen clase.

—¡Hijo! Por favor, ¿podrías meter a esa maldita perra en el garaje? ¡Los ladridos me están provocando migraña! —grita.

—Ya voy, madre —el Señor y la Señora X entran en la cocina.

—No podría estar más de acuerdo, Elizabeth. Nanny, ayuda al Señor X a llevar la jaula al garaje —me ordena la Señora X.

Cojo el extremo delantero de la jaula e intento hacerle a la cachorrilla ruidos tranquilizadores mientras la llevamos al gélido garaje. Sus ojos marrones me miran fijamente mientras intenta mantener el equilibrio.

—Ya está, ya está, buena chica —murmuro.

El Señor X me mira como si no estuviera muy seguro de a quién le estoy hablando.

La Señora X nos sigue por los endebles escalones de madera mientras dejamos la jaula sobre el húmedo suelo de cemento.

—Nanny, aquí tienes las llaves —ella se acerca a nosotros con las llaves en alto—. Bueno —baja la vista con desdén—. Creo que estará mucho más contenta fuera...

El Señor X la agarra por el codo y la lleva a un rincón, junto a la caldera.

—¿Cómo te atreves a invitarla sin consultarme? —gruñe con los dientes apretados.

Todavía esperando las llaves, me acuclillo para poner bien la toalla de la cachorrita, e intento volverme lo más invisible posible.

—Pero, cielo, era una sorpresa. Sólo estaba tratando de...

—Sé exactamente lo que estabas tratando de hacer. Bueno, espero que estés contenta. La verdad, espero que estés contenta.

Se gira sobre sus zapatillas y sale escopetado hacia la cocina.

Ella se queda de espaldas a mí, en el rincón, de cara a las oxidadas latas de basura.

—Claro que sí —levanta una mano y se acaricia la frente con las yemas de los dedos—. Estoy contentísima. Realmente contenta, joder —dice, en voz baja, en la oscuridad.

Pasa a mi lado, temblorosa, y sube los escalones que llevan a la cocina, con las llaves del coche todavía firmemente agarradas en el puño cerrado.

—Mmm, ¿Señora X? —digo, levantándome cuando llega a la puerta desconchada.

Ella se vuelve con los labios fruncidos.

—¿Qué?

—Hummm, las llaves... —le pido.

—Es verdad.

Me las arroja y cruza la puerta de la cocina para reunirse con su familia.

11. Un golpe y un gemido

«Estaba decidido a demostrar quién era el amo en esa casa,
y cuando las órdenes no sacaban a Nana de la perrera, la atraía
con palabras melosas, y la atrapaba con fuerza y la arrastraba
fuera del cuarto de los niños. Se avergonzaba de sí mismo, y a
pesar de todo lo hacía.»

PETER PAN

Momentos después de caer finalmente rendida por el sueño
me despierta un sollozo. Me levanto de la cama y me acuesto
junto a Grayer, pero él no deja de soltar manotazos, comba-
tiendo contra los monstruos que nos han acosado e interrum-
pido nuestro descanso.

—Ssssh. Ssssh —intento cogerle en brazos, pero no antes
de que uno de sus agitados miembros consiga pegarme en el
ojo—. Ay, mierda.

Me siento.

—Te agradecería que no utilizaras esa clase de lenguaje delante de Grayer —levanto la vista y veo la silueta de la Señora
X, con su camisón de mangas abullonadas, recortada en el umbral—. ¿Qué pasa? —pregunta sin hacer el menor intento por
acercarse.

—Creo que tenía una pesadilla.

—Vale. Entonces limítate a hacerle callar. El Señor X tiene
su torneo de tenis hoy.

Desaparece por el vestíbulo, dejándonos solos.

—Ssssh, estoy aquí contigo, Coco —susurro mientras le acaricio la espalda.

Se remueve, apoyando su cabeza sobre mi cuello.

—No, no estás. Te vas a ir.

Empieza a sollozar contra mi hombro.

—Coco, estoy aquí. Estoy a tu lado.

Se echa ligeramente hacia atrás y se incorpora sobre su codo, apoya sus deditos sobre mi mejilla y vuelve mi cara hacia él. En el tenue resplandor de la lamparita de noche de Coco me mira fijamente a los ojos. Le sostengo la mirada, abatida por su intensidad, como si estuviera tratando de memorizarme. Cuando ha terminado, se recuesta, y su cuerpo se va relajando lentamente mientras yo me acurruco a su lado, alejando nuestros monstruos con susurros.

✦

Incapaz de volver a dormirme, doy una última calada al cigarrillo en el cobertizo, aplasto la brasa contra la hierba húmeda y vuelvo la mirada hacia la casa bañada por la luz de la luna.

—¡Guau!

La mascota, aún sin nombre, de los X se hace un ovillo contra mis tobillos.

—Calla, tú —digo, agachándome para cogerla como a un bebé, y sus rápidas garras me rozan la barbilla.

Sigilosamente, atravieso la húmeda hierba hasta la puerta trasera, la abro lentamente y respingo al escuchar los inevitables crujidos. En la cocina me quito las zapatillas de deporte mojadas.

La perrita se revuelve para liberarse cuando la vuelvo a meter en la jaula. Temblando presa de un agotamiento desasosegado, miro fijamente a la nevera. Me acerco de puntillas y abro la puerta del congelador para sacar el vodka, buscando desesperadamente caer rendida. Pero la luz del cajón me revela que mis pequeños tragos de supervivencia han hecho una notable mella en las reservas. Sujeto la botella bajo el grifo antes de devolverla a su sitio debajo de las hamburguesas vegetarianas congeladas. Odio a lo que he quedado reducida por este viaje. Lo juro, una semana más y acabaría fumando crack en el cuarto de baño.

En mi camino escaleras arriba veo que alguien por fin ha descolgado el teléfono del cuarto de estar. Ya era hora. Repto debajo de la áspera sábana de algodón con la esperanza de quedarme dormida, medio soñando con que Miss Chicago salta en paracaídas sobre el jardín a la hora del desayuno.

Dos horas después me despierta Grayer intentando pasar por encima de mí para entrar al cuarto de baño.

—Nanny, es la hora del desayuno.

—¿Dónde? ¿En Francia?

Estoy tan agotada que apenas puedo ver. Me apoyo en la pared para seguirle al cuarto de baño y le ayudo a bajarse el pantalón del pijama. Mientras él se está aliviando, abro la contraventana y tengo que entornar los ojos al quedar el cuarto de baño inundado de luz ambarina.

Me pongo un jersey encima del pijama y arrastramos los pies escaleras abajo.

—¿Qué quieres para desayunar? —pregunto, inclinándome para coger a la cachorrilla.

—No, Nanny, déjala —se queja, volviéndose de espaldas a la caja—. Déjala en la caja.

—Grayer, ¿qué quieres para desayunar?

—No lo sé. ¿Froot Loops? —murmura mientras yo me pongo a la perrita encima del hombro. Ésta ladra y me chupa la cara.

—Lo siento, colega, sabes que sólo tenemos Copos de Soja.

—Odio los Copos de Soja. ¡He dicho que quiero de los otros!

—Y yo quiero tener una vida propia, Coco. No siempre podemos tener lo que queremos.

Asiente con la cabeza. Le doy Copos de Soja, que remueve mientras llevo a la perrita fuera para que se alivie.

A las ocho en punto me despierta el ruido de unas pisadas en las escaleras. La Señora X desciende con otro modelo de Nantucket más, comprado en Searle, y despreocupadamente coloca el auricular del teléfono sobre el aparato.

—Grayer, vamos a apagar la televisión. ¿Qué quieres de desayuno?

—Ya ha... —empiezo a decir.

—¡Quiero Froot Loops! Quería Froot Loops, pero Nanny no me los ha dado.

—Nanny, ¿por qué no has dado de comer a Grayer? —pregunta ella, apagando la televisión.

—¡LAS QUIERO! ¡LAS NECESITO! —chilla como un bebé ante la pantalla oscura, haciendo que la perrita empiece a ladrar frenéticamente.

—Corta ya —digo en voz baja, y eso le calla durante un segundo, hasta que recuerda que yo no soy la estrella de este espectáculo.

Acto seguido comienza a chillar como un loco y no para hasta que está comiéndose su segundo donut de chocolate y la televisión vuelve a estar encendida. Bostezo, preguntándome si le traerían una prostituta si llorara lo suficiente.

—Creo que lo he dejado claro, Nanny —dice ella, bajando la mirada hacia la perdiguera como si ésta fuera una sabandija—. Que no quiero a la perra en el cuarto de estar. Por favor, vuelve a llevarla al garaje —cojo a la cachorrilla—. ¿Has preparado la bolsa de juegos de Grayer para el club?

—No, he estado haciéndole compañía.

—Bueno, de momento parece ocupado —dice.

Asiento con la cabeza, cogiendo la bolsa con mi mano libre.

—Y otra cosa, ¿compraste más toallitas limpiadoras?

¿Qué, con el chófer privado que me has puesto? Ni siquiera puedo ir a la farmacia, puta loca.

—Mmm, ¿no las recogió el Señor X cuando fue a la tienda? —pregunto en el momento en que suena el teléfono.

La Señora X coge el auricular.

—¿Diga? —me mira fijamente mientras agarra el auricular—. ¿Diga? —cuelga de golpe, haciendo temblar la mesa de bambú—. No sé si lo hizo. ¿Lo pusiste en la lista de la compra?

Se apoya una mano sobre la cadera.

—No llegué a ver la lista de la compra de ayer.

Suspira.

—¿Cielo? —grita hacia el piso de arriba—. ¿Compraste más toallitas limpiadoras?

Silencio. Todos miramos fijamente al techo, expectantes. Por fin oímos el sonido de unas pisadas lentas en las escaleras. Baja vestido con su uniforme blanco de tenis y va directo a la cocina.

—¿Compraste las toallitas limpiadoras? —pregunta a su espalda—. ¿Cielo? Ya sabes... ¿esos pañitos que uso para limpiar a Grayer?

Él no deja de andar, luego se detiene en la puerta, se vuelve hacia *mí* y dice:

—Dile a mi esposa que compré lo que estaba en la lista —y desaparece en la cocina.

Oigo cómo la Señora X resopla lentamente detrás de mí. Ma-ra-vi-llo-so. Señoras y señores, durante el resto del espectáculo, el papel de la Jodida será interpretado por Nanny.

—Por el amor de Dios, ¿qué es todo este alboroto? —la anciana Señora X está de pie en el umbral, con una bata de cremallera frontal de Pucci, agitando una mano enjoyada en dirección a la televisión—. Por favor, ¿podemos hacer callar a ese horrible dinosaurio morado?

—¡No! —Grayer escupe migajas de chocolate en el sofá.

—Lo siento, Elizabeth —dice la Señora X, masajeándose las sienes—. ¿Quieres un café?

—Negro, como la tinta.

Ninguna de las dos mujeres se mueve, dando a entender que en mí recae la responsabilidad de hacer este café negro como la tinta.

—Elizabeth, ¿por qué no vas a sentarte en el porche y Nanny te llevará allí tu café?

—¿Quieres que pille una neumonía?

—Entonces, ¿qué te parece en la cocina? —pregunta la Señora X, abrochándose su chaqueta.

—Supongo que el holgazán de mi hijo no ha ido todavía a por el periódico.

—No, pero el de ayer sigue en la mesa.

—Bueno, eso habría sido útil ayer. Francamente, no sé por qué insistes en pasar tus vacaciones aquí, en esta... *cabaña,* cuando podríais haber venido a pasarlas conmigo en el Cabo, y Sylvia nos estaría sirviendo huevos a todos ahora mismo.

—El año que viene, Elizabeth, lo prometo.

Después de volver a meter a la perrilla en su jaula en el suelo de la cocina, estoy echando café en el filtro cuando entra la Señora X. El Señor X se levanta bruscamente de la mesa de la cocina, donde estaba estudiando *The Economist,* y sale por la puerta trasera.

Ella suelta otra larga exhalación, mordiéndose la comisura de los labios. Abre la nevera, coge un yogurt, lo sostiene durante un segundo y lo vuelve a dejar. Saca una barra de pan, le da la vuelta para mirar la información nutritiva y lo devuelve a la balda. Cierra la puerta y baja de lo alto de la nevera la caja de Copos de Soja y le echa una mirada.

—¿Tenemos algún pomelo? —pregunta.

—No creo que el Señor X haya comprado.

—Da igual, comeré en el club —dice, dejando otra vez la caja.

Se acerca lentamente hacia mí, pasando los dedos por la encimera.

—Ah, hace unos días llamó un chico preguntando por ti. Pero la línea se oía fatal...

—¿De verdad? Lo siento...

—No será el chico que vive en el piso once, ¿verdad? —pregunta.

—La verdad es que, mmm, sí.

Saco una taza de café del armario, instándola en silencio a cortar la conversación.

—Reconocí el nombre, pero tardé varias horas en darme cuenta de dónde le conocía. Me preguntaba cómo le conociste. ¿Os conocisteis en el edificio? ¿Estaba Grayer contigo?

Entre nosotras flota una espeluznante imagen en la que no sólo estoy manteniendo relaciones sexuales en su cama, sino que, para llevar a cabo dichas relaciones, dejo que Grayer duerma una siesta. Resulta difícil saber cuál de estas dos ideas le parecería más alarmante.

—Sí... Es curioso...

—Bueno, para ti tiene que resultar toda una presa.

Se dirige hacia las ventanas y mira hacia fuera al Señor X, que está en el jardín de espaldas a la casa mientras la niebla se levanta.

—Su madre me contaba que su última novia... era muy guapa. Siempre que la veía en el ascensor le decía que debería intentar hacerse modelo. Y siempre tan arreglada... —se vuelve para mirar mi pijama—. De todas formas, se fue a Europa con una beca Fulbright. Supongo que tú jamás pensarías en solicitar una de esas becas. Aunque dudo que los estudiantes de la NYU puedan optar a premios de ese calibre.

—Bueno... quería trabajar después de licenciarme... es decir, no estoy realmente interesada en el trabajo de campo internacional, así que...

Pero ella ya se ha ido. Me apoyo contra la encimera de linóleo verde aguacate, boquiabierta. La cafetera se apaga automáticamente.

—Querida Señora X, es usted asquerosa —murmuro mientras sirvo el café.

—¿Perdón?

Me giro de golpe. El Señor X está detrás de mí, llevándose un donut a la boca.

—Nada. Mm, ¿puedo ayudarle?

—Mi madre me ha dicho que estabas haciendo café.

Bajo otra taza desportillada, sufriendo aún un ligero ataque de Fulbright.

—¿Su madre toma leche y azúcar?

—No, negro, negro, negro.

—¿No tendría que haber puesto filtro?

Se ríe y, por un segundo, es igualito que Grayer.

—¡Nanny! ¿Dónde está ese café?

Voy corriendo al cuarto de estar, tratando de no derramar nada.

—Así que se lo dije, si se cree que va a fastidiarme, ¡le va a salir el tiro por la culata!

La Señora X tiene una expresión de dolor mientras Elizabeth le relata las tribulaciones que supone intentar que le cuiden adecuadamente la piscina.

—Nanny, ¿por qué no le vistes? Nos vamos a ir al club. Cielo, tú y mamá vamos a pasar todo el día viendo a papá jugar al tenis.

Grayer apenas aparta la vista de la televisión.

Me arrodillo para vestirle delante de *Barrio Sésamo*.

—No, Nanny. Quiero ponerme la camisa de Pooh, odio ésa —dice cuando sostengo la camisa de los Power Rangers.

—¡La camisa de popó! ¡Qué ordinariez! —grita Elizabeth, levantándose para ir al piso de arriba.

—En realidad, es Winnie-the-Pooh —le aclaro cuando pasa a mi lado.

Le estoy metiendo la escandalosa camisa dentro de los pantalones cortos cuando la Señora X entra desde la cocina.

Ring.

Se detiene brevemente para levantar el auricular unos centímetros y luego lo cuelga de golpe.

—No, eso no le queda bien —me hace un gesto con la mano—. Nos vamos al club. Ponle una de esas camisas Lacoste que le compré.

—¡No! ¡Quiero ponerme ésta!

Se prepara para otra explosión.

—Grayer, esa camisa no es la más indicada —dice ella tajantemente.

Coge su bolso de mano y nos espera mientras yo lucho con él para ponerle la camisa nueva y volver a cepillarle el pelo.

—Nanny, tiene los pantalones arrugados. Ah, bueno, supongo que de todas formas se arrugarían en el trayecto.

Me pregunto si está considerando hacerle ir de pie en el coche, abrazado al asiento delantero todo el camino hasta el Club Náutico de Nantucket.

✧

—Grayer, quédate junto al coche mientras mamá y Nanny sacan las cosas de playa —le grita la Señora X mientras él corre hacia el campo de golf contiguo al aparcamiento del club.

Ella suspira, abre el maletero, y empieza a cargarme de cosas. El Señor X y Elizabeth ya se han ido trotando al campo para jugar su primer partido.

—Ya está.

Colgando de mi codo derecho llevo una cesta de paja que contiene la ropa de todos, una bolsa de lona llena de lociones, juguetes para la arena, y, colgando del otro codo, objetos deportivos, y, en los brazos, una enorme pila de esterillas y toallas de playa, a la que ella añade dos flotadores totalmente inflados. Levanto la barbilla obedientemente para que pueda meter debajo de ella el plástico naranja.

—Grayer Addison X, ¡HE DICHO QUE ESPERES! —chilla en mi cara y por encima de mi hombro, dejando que se deslice hasta su codo una pequeña bolsita Kate Spade amarilla y abalanzándose hacia delante, con Grayer de la mano y su pareo amarillo de seda ondeando en la fresca brisa. Aprieto mis brazos alrededor de todo lo que llevo, tratando de no tropezarme mientras me desplazo precariamente detrás de ella. Saluda a todo el club al pasar, recordando el nombre de cada madre e hijo. La sigo, agradecida de que los flotadores hayan dejado mi cabeza en una posición tal que nadie puede saber si estoy poniendo los ojos en blanco. Que es lo que estoy haciendo. Todo el tiempo. Nos quitamos las sandalias y andamos por los tablones de madera hacia la arena.

Ella se va abriendo camino entre las sombrillas, antes de señalar con la cabeza a una parcela de playa desierta para indicarme dónde he de establecer nuestro campamento. Grayer brinca en círculos alrededor de la esterilla mientras yo la estiro.

—¡Venga! ¡Vamos a bañarnos! Ahora mismo. Ahora mismo.

Miro a la Señora X mientras aseguro la esterilla con una bolsa, pero ella ya está inmersa en una conversación.

—Vamos a ponerte el traje de baño, Coco.

Le cojo de la mano para ir a la caseta que alguien llamado «el hermano de Ben» nos ha prestado durante la semana mientras él está en París. Cierro la puerta de madera, dejándonos en una húmeda semioscuridad, con sólo hilos de luz solar filtrándose por las ranuras y bañando las tablas blancas. Abre la puerta en cuanto su segundo pie ha atravesado la parte de arriba de su traje de baño.

—¡Espera, G! Tengo que darte la crema.

Saco la protección solar Chanel Bebé SPF 62, con la que me veo constantemente obligada a pringarle.

—¡Odio esa cosa!

Intenta salir corriendo, pero le agarro del brazo.

—¿Qué te parece si tú me la pones en la cara a mí y yo te la pongo a ti? —le ofrezco.

—Yo primero.

Cede. Le echo crema blanca en los dedos y él la extiende por mi nariz. Yo cubro suavemente la suya, tratando de darle también sobre las mejillas al mismo tiempo para que podamos salir de la caseta antes del atardecer.

—¡Nanny, lo vamos a hacer por turnos! No hagas trampas —me reprende, embadurnándome generosamente las orejas.

—Lo siento, Coco. Sólo quiero darme prisa en ponerte esta cosa para que podamos salir y bañarnos.

Le cubro las orejas y el pecho.

—Entonces lo haré yo mismo.

Se embadurna los brazos y piernas con las manos, cubriendo cerca de una quinta parte de su piel. Me inclino en el umbral, tratando de igualarlo, pero se me escapa corriendo hacia la arena. Dos pies, perfectamente cuidados, se detienen delante de mí.

—Nanny, no te olvides de ponerle protector solar. Ah, y hoy hay amenaza de medusas, así que será mejor que te lo lleves todo a la piscina. Luego nos vemos.

Acarreo nuestras cosas hasta la piscina, para descubrir una vez allí que están drenando lentamente el agua después de que un niño pequeño tuviera un «accidente». Nos encaminamos a la Pista de Juegos de las Pequeñas Goletas, un nombre algo exagerado para unos columpios oxidados colocados en una parcela de arena vallada y sin sombra. El sol golpea inmisericorde mientras Grayer intenta jugar con los otros siete niños, ninguno de su edad. Reunimos los juguetes de playa de todos y nos dedicamos un rato a colorear, otro a lanzarnos una pelota y otro a hurgarnos la nariz.

Después de que Grayer amenace con tirar a una niña de dos años del columpio para quitarle su cartón de zumo, dejo nuestras cosas y le llevo a las pistas de tierra batida para que el Señor X nos dé dinero para comprar bebida. Durante más de veinte minutos avanzamos torpemente entre las gradas, acalorados, buscando su partido, pero nos resulta difícil distinguirle entre la multitud de hombres de edad mediana que llevan visera.

—¡Es ése! ¡Ése es mi papá!

Grita constantemente Grayer sin perder la esperanza, señalando a distintos hombres vestidos con trajes blancos de tenis, consiguiendo sólo que se giren con caras desconcertantemente desconocidas.

Cuando por fin lo divisamos en la última pista, Grayer se lanza contra la verja, agarrando la alambrada con sus dedos y chillando, igual que Dustin Hoffman en *El graduado.*

—¡PaaAAApaaAAAaá!

Elizabeth nos sisea con desaprobación, mientras el Señor X se acerca a nosotros con una expresión asesina en su rostro. Supongo que «el preso político Grayer» no encaja con la imagen que ha estado labrándose durante toda la mañana.

—Vamos, machote, no grites —dice muy alto para que toda la pista le oiga.

Apoyo suavemente mis manos sobre los hombros de Grayer para apartarle.

—Llévatelo de aquí —susurra furioso en cuanto está lo bastante cerca como para que no le oigan—. Y toma —saca el teléfono móvil de su cinturón y me lo lanza por encima de la verja—. Llévate esta maldita cosa.

Vuelve con paso airado a su partido antes de que pueda pedirle el dinero. Miro a Elizabeth, pero ella mantiene su mirada al frente, echando tranquilamente el humo de lado. Me guardo el teléfono en el fondo del bolsillo y agarro a Grayer, que sigue chillando, y lo arrastro, sin que deje de chillar, al aparcamiento, porque no tengo ni idea de a qué otro sitio ir.

Cuando me faltan dos minutos para enseñarle a Coco cómo beber de los aspersores, por fin encontramos a la Señora X en el campo de golf.

—¡Ahí estáis! —exclama, como si se hubiera pasado horas buscándonos—. Grayer, ¿tienes hambre?

Él se deja caer sobre la hierba, sin soltarme la mano.

—La verdad, creo que tiene sed...

—Bueno, pues los Bennington han invitado a unas pocas familias a una barbacoa en su casa. ¿No te parece divertido?

Él se tira a la hierba, sonrojado y sudoroso, obligándome a cogerle e ir detrás de ella, que se dirige al coche dando sorbitos a su Perrier.

❖

Cuando entramos por el paseo del jardín de los Bennington, lo primero que advierto es el hombre filipino con chaqueta blanca que pasea a un caniche junto a la fuente. Lo segundo es que hay por lo menos quince coches aparcados sobre la gravilla. ¿Cómo se monta una barbacoa improvisada para quince familias cuando los Bennington se fueron del club sólo unos minutos antes que nosotros? Cuando cruzamos la cancela blanca, a un lado de la casa, que lleva a la zona de la piscina, la respuesta se hace evidente. Llamas a casa por el teléfono móvil y movilizas a tu personal.

Me quedo parada, asimilando la idea de que no hay la menor posibilidad de que mi boda vaya a ser tan bonita como esta pequeña barbacoa informal. No es sólo que el césped perfectamente recortado llegue justo hasta el agua, o que todo esté en plena floración, o que otro hombre con chaqueta blanca esté atendiendo el bar, sirviendo cubitos de hielo en los que hay pasas congeladas, mientras que un tercero voltea hamburguesas de *filet-mignon;* ni siquiera es que las mesas con manteles de flores almidonados hayan sido dispuestas por todo el césped; lo que me cautiva definitivamente son los melones esculpidos con la forma de los bustos de antiguos presidentes.

Grayer me da un susto, totalmente recuperado por la clandestina lata de coca-cola que su padre le ha dado despreocupadamente, mientras me tiraba un perrito caliente encima de un pie. Él mismo tiene ketchup por todo el cuerpo, incluyendo su camisa Lacoste. No podría sentirme más satisfecha.

—Venga, Coco, vamos a por otro perrito caliente.

Comemos nuestro almuerzo y luego me siento a dar cuenta de un vodka con tónica mientras él corretea por el césped con los otros críos. A estas alturas ya sé muy bien que no tengo que hablar con ninguno de los invitados.

Veo llegar a los Horner seguidos por una atractiva y broncea-
da mujer. Caroline se acerca a saludar a la Señora X mientras
Jack lleva a las chicas a la parrilla. Yo observo con curiosidad cómo la Señora X enciende los motores: sus manos juguetean
con sus perlas, su cara se convierte en una máscara de compa-
sión. Ésta tiene que ser la divorciada de California de la que ha-
blaba Caroline. Después de unos minutos, la Señora X pierde
gas, levanta su vaso vacío para indicar que necesita rellenarlo
y se marcha.

Jack se une a las dos mujeres, llevando consigo un perrito
caliente y al Señor X. Los cuatro se enfrascan en una animada
conversación durante un tiempo hasta que Lulu se acerca
brincando y se lleva a sus padres. El Señor X y la mujer bron-
ceada empiezan a caminar hacia donde yo estoy sentada. Rápidamente me hundo en la tumbona y cierro los ojos. Aunque el
Señor X no sería capaz de distinguirme en una rueda de reconocimiento.

—Bueno —le oigo decir cuando pasan a mi lado—, tengo
un abono para la temporada, así que si quieres ir...

—¿Tu mujer no va contigo? —pregunta ella.

—Antes sí, pero últimamente está tan ocupada con nuestro
hijo...

¿Tu qué?

Me incorporo para comprobar si la Señora X se ha dado
cuenta del paseo de su marido hacia la orilla, pero ella está en-
tretenida con la señora Longacre. Mi bolsillo empieza a vibrar.

—¿Qué...?

Saco el tembloroso teléfono del Señor X e intento apagarlo
sin derramar mi bebida, pulsando botones indiscriminadamente.

—¿Oiga? —oigo gritar a una voz en mi palma.

—¿Diga? —instintivamente me llevo el teléfono al oído.

—¿Quién es? —pregunta una voz de mujer.

—Nanny —digo.

No necesito preguntar quién es ella.

—¿Nanny? —parece que está llorando—. ¿Está él ahí?

—No —digo, estirando el cuello para mirar por la zona del agua, pero el Señor X y su nueva amiga han desaparecido—. Lo siento, mire, tengo que colgar...

—No. No cuelgues. Por favor. Por favor, dime sólo dónde está —suplica entre lágrimas.

Estiro la cabeza y miro alrededor.

—Un segundo.

Bajo el teléfono a la altura de la cadera, camino rápidamente hacia la casa y cruzo la primera puertaventana del porche. La cierro detrás de mí, sin dejar de observar a Grayer. Respiro hondo antes de volver a llevar el teléfono a mi oído.

—Mire, la verdad es que no sé muy bien qué contarle. No quiero que suene a tópico, pero la verdad es que yo sólo trabajo aquí.

—¿Qué está haciendo él ahí todavía? No se pone al teléfono, no...

—Está, está... —no sé qué decir—. Jugando al tenis... y comiendo donuts, supongo.

—Pero él la odia, odia salir de viaje con ella. No puede estar divirtiéndose...

—Bueno, sí, no, realmente no parece que se esté divirtiendo.

—¿De verdad? —pregunta.

Desde la ventana contemplo la fiesta en todo su esplendor: hombres barrigudos y algo calvos con sus segundas o terceras esposas, que sólo están haciendo tiempo hasta el próximo *peeling* o la próxima operación de cirugía estética, todos ajenos a sus hijos que corretean por el césped, saboreando unos instantes lejos de sus monstruos. Y las niñeras, sentadas en silencio sobre la hierba húmeda, a la espera de recibir la siguiente orden.

—No —digo—, nadie se está divirtiendo en absoluto.

—¿Qué? ¿Qué has dicho?

—Mire, tengo que preguntárselo directamente, puesto que parece tan deseosa de estar aquí. ¿Qué hay aquí que pueda querer? ¿Qué puede haber aquí que le resulte atractivo? —hago un gesto en dirección al exterior de la ventana.

—No sabes de lo que estás hablando. ¿Qué edad tienes? ¿Dieciocho años? —su tono cambia al serenarse de su ataque de llantina—. No creo que nada de esto sea asunto tuyo.

—Oh, oh, ¿sabe una cosa? ¡Yo tampoco creo que nada de esto sea asunto mío! —me dan ganas de arrojar el teléfono por la ventana y hacer que aterrice justo en el Perrier de la Señora X—. *Usted* vino a *mi* casa. ¿Cree que podría hacer que fuera todavía más asunto mío? Vamos a ver, tener una aventura secreta significa que *nadie* sabe nada de ello. No se hace con un equipo de ayudantes —miro fijamente al teléfono—. ¿Aún está ahí?

—Sí.

—Bueno, para bien o para mal, llevo nueve meses aquí metida, todo lo metida que le es posible a una chica, y puedo asegurárselo: aquí no hay nada bueno...

—Pero yo...

—Y tampoco creo que sea todo culpa de ella, porque no lo es. Ella fue *usted* una vez, ya sabe. Así que puede poner toda la música de Cole Porter que quiera, subir la temperatura al máximo, pero al final se pasará la vida persiguiéndole, igual que todos los demás en ese apartamento.

Vuelvo a mirar por la ventana a los niños, que juegan al marro en el césped.

—Vaya —dice—, ése es un análisis moral bastante impresionante para venir de la chica que me robó ochocientos dólares...

De repente, Grayer tropieza y sale volando por el aire. Se me corta la respiración y me parece que tarda horas en aterrizar.

—¿Me estás escuchando? —pregunta—. ¿Hola? ¿Nanny? He dicho que espero que...

—¿Qué, quiere que se lo diga en español? ¡Abandone esta relación mientras le queden fuerzas! Y este consejo vale mucho más que ochocientos dólares, así que considere que estamos en paz.

Apago el teléfono. Hay una pausa interminable y luego un gemido espeluznante. Toda la fiesta se queda en silencio, nadie se mueve.

Salgo a toda velocidad del porche y corro por el césped. Me abro paso entre las inmóviles camisas de lino y pantalones caqui, localizando inmediatamente a la Señora X en la muchedumbre que se separa.

—¡Naannyyy! —grita él.

La Señora X llega antes que yo.

—¡Naannyyy!

Ella trata de inclinarse junto a él, pero él la retira y rodea mis piernas con su brazo ensangrentado.

—¡No! Quiero a Nanny.

Me siento en la hierba y lo aúpo a mi regazo. La señora Bennington viene con el botiquín de primeros auxilios, mientras los demás adultos observan.

—A ver, ¿por qué no le dejas a tu mamá que le eche un vistazo? —digo.

Alarga el brazo, permitiendo que ella se lo vende, pero esconde la cara en mi hombro.

—Canta la canción de la botella —me pide, entre lágrimas, mientras la Señora X le pone yodo con torpeza.

—Noventa y nueve botellas de cerveza en la pared —canto en voz baja, frotándole la espalda—. Noventa y nueve botellas de cerveza...

—Coge una y pásala —murmura en mi hombro.

—¿Dónde está mi marido? —pregunta ella de repente, pasando la mirada entre la gente justo cuando el Señor X aparece por la esquina de la verja con el brazo alrededor de la amiga de Caroline. Están los dos un poco ruborizados y está claro que no habían previsto que todos los ojos estuvieran fijos en ellos cuando regresaran.

✧

Sujeto el brazo vendado de G mientras él se desliza al interior de la bañera, recordándole que no debe mojar su tirita de Batman. Apoya la cabeza en mi mano.

—Cuando sea mayor voy a tener un barco. Será azul y tendrá una piscina.

—Espero que el agua esté más caliente que la que hay en el club.

Le lavo la espalda con la esponja que tengo en mi mano libre.

—Jo, tío. ¡Estará muy caliente! ¡Como este baño! Y tú puedes venir a bañarte conmigo.

—Gracias por la invitación, Coco. ¿Sabes? Cuando seas mayor, tendrás montones de amigos y yo seré muy vieja...

—¿Demasiado vieja para bañarte? Imposible, Nanny. Mentirosa.

—Tienes razón, G, estoy mintiendo, cuenta conmigo para el crucero.

Apoyo mi barbilla sobre la fría porcelana junto a su cabeza.

—¡Podrías traerte a *Sophie,* también! Podría tener su propia piscina. Una piscina para todos los animales. Y Katie podría traerse su conejillo de Indias. ¿Vale, Nanny?

—¿Y qué pasa con tu cachorrita, Coco? ¿Has pensado ya un nombre para ella? —pregunto, con la esperanza de que, si le ponemos un nombre, podría ser que no la dejaran en el patio todo el día.

—Quiero un conejillo de Indias, Nanny. Ellie puede quedarse la cachorrita.

—Ya tienen un perro, Coco.

—Bueno, nada de perros en el barco. Sólo conejillos de Indias. Y todos nos estaremos bañando todo el rato.

Mueve su portaaviones en círculos.

Le acaricio el pelo con mi nariz y cierro los ojos mientras él termina de estacionar sus barcos.

—Es una cita.

Espero a que Grayer esté completamente dormido y a que Elizabeth se haya ido a la cama antes de bajar al cuarto de estar. El Señor y la Señora X están leyendo el periódico, sentados en silencio uno frente al otro en los ajados sillones que hay a ambos lados del sofá. Los dos tienen giradas sus lecturas hacia las lamparitas fluctuantes que iluminan la oscura habitación. Yo tomo asiento en medio del sofá vacío, pero ninguno de los X se molesta en levantar la vista.

Respiro hondo, y con el tono más suplicante del que soy capaz, digo:

—Mmm, me preguntaba si sería posible que, en lugar de volver el sábado en coche...

La Señora X baja su periódico.

—Estoy embarazada —dice imperturbable.

Él ni siquiera mueve su periódico.

—¿Qué has dicho?—pregunta.

—Estoy embarazada —dice en un tono frío y uniforme.

Él deja caer su periódico.

—¿Qué?

—Embarazada.

—¿Estás segura?

Él la mira, con los ojos bien abiertos y la voz temblorosa.

—Cuando has estado embarazada una vez sabes reconocer las señales.

Le sonríe, bajando lentamente su *Full House*.

—Dios mío —dice él, mientras se forma sobre su frente un hilillo de sudor.

—Y mañana en el desayuno se lo diremos a tu madre.

Se miran fijamente, aceptando tácitamente el acuerdo que ella ha tomado en nombre de los dos. Siento deseos de desaparecer entre los cojines del sofá.

—Y bien, Nanny —ella vuelve su fría sonrisa hacia mí—. ¿Qué podemos hacer por ti?

Me pongo de pie.

—¿Sabe qué? No es nada importante. Podemos hablar de eso más tarde. Y felicidades —digo, como una ocurrencia tardía.

—No, éste es un momento perfecto, ¿no, cielo?

Le sonríe.

Él se limita a mirarla fijamente.

—Siéntate, Nanny —dice ella.

Trago saliva.

—Bueno, es que tengo que buscar un nuevo apartamento este fin de semana, así que si fuera posible que me dejaran en el ferry el viernes por la noche, de camino a su fiesta... Es que el sábado habrá mucho tráfico, y ni siquiera he empezado a recoger mis cosas y necesito tener todo en cajas para el lunes, y estaba pensando, ya sabe, si no es un problema... Por supuesto, si me necesitan me quedaré encantada, sólo pensé que...

La Señora X me clava una mirada acerada.

—Bueno, se me ocurre una idea mejor, Nanny. ¿Por qué no te vas esta noche? El Señor X puede llevarte al ferry. Elizabeth está aquí, así que la verdad es que estamos cubiertos.

—Oh, no, de verdad, no hace falta que me vaya esta noche. Sólo que se me había ocurrido, ya sabe, que podría haber demasiado tráfico el sábado. Estoy encantada de quedarme, quiero quedarme...

Mi corazón late con fuerza a medida que me voy dando cuenta de lo que está en juego. Me espeluzna la visión de Coco, despertándose dentro de unas horas, aterrorizado y solo.

La Señora X me corta.

—No seas tonta. Cielo, ¿cuándo sale el próximo ferry?

Él se aclara la garganta.

—No estoy seguro.

—Bueno, puedes llevar a Nanny al muelle, salen con bastante regularidad.

Él se pone de pie.

—Voy a coger mi chaqueta —y sale.

Ella se vuelve hacia mí.

—Bueno, ¿por qué no vas a hacer tu equipaje?

—De verdad, Señora X, no hace falta que me vaya esta noche. Sólo quería dejar solucionado lo de mi apartamento antes del lunes.

Sonríe.

—Francamente, Nanny, lo cierto es que creo que ya no te estás entregando al máximo, y creo que Grayer también puede notarlo. Necesitamos a alguien que pueda ofrecerle a Grayer un compromiso absoluto, ¿no estás de acuerdo? Quiero decir, por el dinero que te estamos pagando, con la llegada del nuevo bebé, la verdad es que deberíamos contratar a alguien más profesional —se pone de pie—. Te echaré una mano para que no despiertes a Grayer.

Me sigue hacia las escaleras. Camino delante de ella, repasando frenéticamente situaciones que pudieran darme una oportunidad para despedirme de él. Ella entra detrás de mí a la pequeña habitación y se queda entre nuestras camas con los brazos cruzados, observándome cuidadosamente mientras me apresuro a meter mis cosas en la bolsa, moviéndome con torpeza alrededor de ella en el estrecho espacio.

Grayer se queja en sueños y se da la vuelta. Me muero de ganas de despertarle.

Termino de recoger mis cosas a la sombra de la Señora X y me cuelgo la bolsa del hombro, hipnotizada por la visión de la mano de Coco, con el puño cerrado, colgando a un lado de la cama, con la tirita de Batman asomando bajo la manga levantada de su pijama.

Me hace un gesto para que salga con ella. Antes de que pueda evitarlo, alargo una mano para apartarle de la frente el pelo humedecido. Ella me agarra la mano a unos centímetros de su cara y me susurra entre dientes:

—Será mejor que no le despiertes.

Me acompaña a las escaleras.

Cuando me dispongo a bajar delante de ella, mis ojos se llenan de lágrimas, haciendo que las escaleras se me vuelvan borrosas y que tenga que agarrarme a la barandilla para mantener el equilibrio. Ella se choca contra la parte trasera de mi bolsa.

—Yo... yo... yo sólo quería —mi voz sale a pequeños borbotones. Me vuelvo para mirarla.

—¿Qué? —sisea, inclinándose amenazadora hacia delante.

Retrocedo, y el peso de mi bolsa me hace perder el equilibrio y estoy a punto de caerme. Instintivamente, alarga una mano y me agarra el brazo, empujándome contra la barandilla y me enderezo. Nos quedamos cara a cara, mirándonos a los ojos en el mismo escalón.

—¿Qué? —me desafía.

—Ella estuvo en el apartamento —digo—. Pensé que debería saberlo, quiero decir, yo...

—Puta cría —me replica en este espacio de medio metro con toda la fuerza de años de rabia y humillación reprimidas—. *Tú. No tienes ni idea. De lo que estás hablando. ¿Ha quedado claro?* —cada palabra parece un puñetazo—. Y yo tendría mucho cuidado. Si fuera tú. Con lo que dices de nuestra familia...

El Señor X toca el claxon del coche en el paseo, asustando a la cachorrilla, que empieza una tanda de agudos ladridos desde la cocina. Cuando llegamos al pie de las escaleras, el ruido despierta a Grayer.

—¡Nanny! —grita—. ¡NAAANNYYY!

La Señora X se me cruza delante.

—Uff, esa perra —murmura, dirigiéndose hacia la cocina.

Abre la puerta de un empujón y la perrilla salta, ladrándole ferozmente.

—Llévatela —dice, levantando a la cachorrilla por la caja torácica.

—No podría...

—NANNY, VEN AQUÍ. NECESITO QUE ENCIENDAS LA LUZ. NANNY, ¿DÓNDE ESTÁS?

—He dicho que te la lleves.

La Señora X me la lanza. Sus garras se agitan buscando suelo firme, obligándome a cogerla instintivamente antes de que se caiga. La Señora X abre la puerta principal de golpe, agarrando su monedero de la mesita de al lado. Saca su chequera y garabatea furiosamente mientras yo miro hacia las escaleras.

—Toma.

Me entrega el cheque.

Me vuelvo y paso a su lado, hacia el sendero de gravilla, mientras los gritos cada vez más histéricos de Grayer retumban en la oscuridad.

—¡NAAANNNYYY! ¡TE NEEECEEESIIITOOO!

—¡Que tengas buen viaje! —me grita desde el umbral mientras me dirijo, temblando, hacia la luz de los faros del Rover, esforzándome para que no me fallen las rodillas.

Me subo al asiento del copiloto e intento calmar mis manos mientras tiro del cinturón de seguridad, pasándolo por encima de la perrilla y de mí.

—Ah —dice el Señor X, mirándola—. Sí, supongo que Grayer es demasiado pequeño. Quizás dentro de algunos años.

Arranca el coche y sale del sendero y, antes de que yo pueda mirar atrás para fijar la casa en mi mente, ésta queda oculta por el bosque mientras él acelera el coche por las desiertas carreteras rurales.

Llegamos al desierto muelle del ferry y abro la puerta para salir.

—Bueno —dice, como si se le acabara de ocurrir—. Buena suerte con los exámenes del MIR: ¡son criminales!

En cuanto cierro la puerta sale del aparcamiento y se aleja. Camino lentamente hacia la terminal prácticamente desierta del ferry y miro a mi alrededor, buscando los horarios. El siguiente ferry no sale hasta dentro de una hora.

La perrita se revuelve bajo mi brazo y yo inspecciono la sala de espera, en busca de algo que pueda servir de cesta. Me acerco al tipo que está cerrando el mostrador de Dunkin' Donuts y le pido un puñado de bolsas de plástico y alguna cuerda para hacer una correa casera. Saco toda mi ropa del bolsón, la meto en las bolsas de plástico, forro el bolsón con las restantes y pongo a la perrilla encima.

—Ya está —digo.

Me mira y ladra antes de acurrucarse y ponerse a mordisquear el plástico. Me echo para atrás en el cuarteado asiento naranja y me quedo mirando la luz fluorescente.

Todavía puedo oírle llamándome a gritos.

12. Ha sido un placer

«Pero nadie llegó a saber jamás qué sentía Mary Poppins al respecto, porque Mary Poppins nunca le contó nada a nadie.»

MARY POPPINS

—¡Eh, señora! —me despierto sobresaltada—. ¡Última parada, Port Authority! —grita el conductor desde la parte delantera del autobús. Rápidamente recojo mis cosas—. Yo que usted no volvería a tratar de colar animales, pequeña. O la próxima vez se encontrará volviendo a Nantucket a pie —dice, mirándome maliciosamente por encima del volante.

La cachorrita suelta un suave gruñido de indignación y yo meto mi mano en el bolsón para tranquilizarla.

—Gracias —murmuro. Gordo tripón.

Me zambullo en el hedor de la terminal y entorno los ojos por el resplandor del vestíbulo alicatado en naranja. El reloj de la Greyhound marca las 4.33 y me quedo quieta un minuto para orientarme. Con mi adrenalina totalmente agotada, dejo el bolsón en el suelo, entre los pies, y me desprendo del jersey. El húmedo calor del verano está atrapado en el túnel, junto con el tufo del sudor de los viajeros.

Camino apresuradamente hacia el nivel de la calle para buscar un taxi, dejando atrás panaderías y quioscos cerrados. Fuera de la salida de la Octava Avenida las prostitutas y los taxistas esperan a sus próximos clientes mientras yo dejo salir a la cachorrilla con su correa para que haga pis junto a un cubo de basura chorreante.

—¿Adónde? —pregunta el taxista cuando me deslizo detrás de mis bolsas.

—A la Segunda con la Noventa y Tres —digo, bajando la ventanilla.

Revuelvo entre mis bolsas de plástico en busca de mi monedero y la peluda cabecita marrón sale del bolsón, jadeando.

—Ya casi hemos llegado, pequeña. No falta casi nada.

—¿Al Ramada? —pregunta él—. Creí que me había dicho a la parte alta.

—Sí, lo siento. Calle Noventa y Tres —aclaro. Al abrir mi monedero, el cheque de la Señora X cae al suelo del taxi—. Maldita sea.

Me agacho para recogerlo en la oscuridad. Quinientos dólares. ¿*Quinientos* dólares?

Diez días. Dieciséis horas diarias. Doce dólares a la hora. A ver, eso hace unos mil seiscientos dólares; no, mil ochocientos; no, ¡mil novecientos!

¡QUINIENTOS DÓLARES!

—Espere, lléveme al 721 de Park Avenue.

—De acuerdo, señora —hace un giro brusco de ciento ochenta grados—. Usted es la que paga.

Y no sabes hasta qué punto.

Corro el cerrojo de la puerta principal de los X y la abro con cuidado. El apartamento está oscuro y silencioso. Bajo el bolsón y la cachorrita se revuelve, saliendo de él cuando dejo el resto de mis bolsas sobre el suelo de mármol.

—Haz pis donde quieras.

Alargo una mano hasta el regulador de la luz del vestíbulo, bañando la mesa del centro con un marcado círculo de luz. El foco proyecta preciosas ondas frías a través del jarrón de cristal tallado.

Me inclino hacia delante y apoyo las manos sobre la cubierta de cristal que protege los frunces de terciopelo marrón. Incluso ahora, cuando la situación se ha desmadrado tanto, la decoración de los X me distrae de mis pensamientos sobre los X. Y, en realidad, se me ocurre de golpe, ¿no es ése su objetivo?

Me aparto para ver las perfectas huellas que he dejado sobre el cristal.

Pasando decidida de habitación en habitación, enciendo las lámparas de bronce, como si iluminar su hogar fuera a arrojar alguna luz sobre cómo he podido trabajar tanto y haber sido tan odiada.

Abro la puerta del despacho.

María ha amontonado escrupulosamente el correo de la Señora X sobre su mesa, exactamente como a ella le gusta: sobres, catálogos y revistas, cada uno en un montón aparte. Los ojeo y luego paso las páginas de su calendario.

«Manicura. Pedicura. Shiatsu. Decorador. Almuerzo.»

—Vicepresidenta en funciones de chorradas —murmuro.

«Lunes 10 am. Entrevista: Las niñeras somos nosotras.»

¿Entrevista? Paso rápidamente las páginas del calendario hacia atrás, las últimas semanas.

«28 de mayo: entrevista con Rosario. 2 de junio: entrevista con Inge. 8 de junio: entrevista con Malong.»

Empiezan el día después de que dijera que no podría ir con ellos a Nantucket por mi graduación. Se me seca la boca al leer las notas garabateadas en el margen de aquella tarde.

«Recordatorio: llamar al asesor de problemas mañana. El comportamiento de N. es <u>inaceptable</u>. Totalmente centrada en sí misma.

Ofrece una atención insuficiente. No tiene respeto por los límites de la profesionalidad. Se está aprovechando de nosotros sin lugar a dudas.»

Cierro el libro, sintiendo como si me hubieran dado un puñetazo en el plexo solar. Me viene a la mente la imagen del bolso de cocodrilo de la señora Longacre, colocado entre sus pies bajo la separación de las cabinas de los lavabos de Il Cognilio, y se me ocurre una idea.

Me dirijo a la habitación de Grayer, abro la puerta de golpe y lo veo de inmediato: el oso de peluche que apareció en la estantería de Grayer después del Día de los Enamorados de buenas a primeras.

Lo bajo, le doy la vuelta y abro el panel trasero, descubriendo una pequeña cámara de vídeo y botones de control. Rebobino la cinta mientras la cachorrilla corretea por la habitación y se mete en el armario de Grayer.

Aprieto GRABAR y dejo el oso sobre la cómoda de Grayer y lo muevo hasta que creo que he preparado el plano.

—¿*Estoy* totalmente centrada en mí misma? ¿Mi comportamiento es inaceptable? —le grito al oso.

Respiro hondo, tratando de canalizar mi rabia y vuelvo a empezar.

—Quinientos dólares. ¿Qué es eso para usted, un par de zapatos? ¿Medio día en Bliss? ¿Un centro de flores? Ni de coña, señora. Ahora ya sé que se licenció en Arte, así que esto podría resultarle un poco complicado, pero por diez días seguidos de refinado infierno sin paliativos me ha pagado tres dólares la hora! Así que, antes de que se quede con un año de *mi* vida para que le sirva como anécdota en el próximo acontecimiento benéfico del museo, ¡recuerde que soy su obrera explotada! ¡Usted tiene un bolsito de mano, un visón *y una obrera explotada*! ¿Y soy yo quien se está aprovechando de usted? No tiene. Ni idea. De lo que hago. Por usted.

Me balanceo adelante y atrás delante del oso, tratando de resumir nueve meses de réplicas reprimidas en algo que pueda parecer un mensaje coherente.

—Vale, escuche bien. Si yo digo: «Dos días a la semana», su respuesta debería ser: «Vale, dos días a la semana». Si yo digo: «Tengo que marcharme a las tres para ir a clase», esto significa que usted, esté donde esté, sea en una de sus importantísimas manicuras, o uno de sus vitales cafés, lo deja todo y viene *corriendo,* para que yo pueda marcharme: no después de cenar, no *al día siguiente,* sino a las tres en punto, y ya está. Si yo digo: «Claro que puedo prepararle un tentempié», eso significa *cinco minutos* en su puñetera cocina. Algo que se haga en el microondas. No implica hervir, cortar, saltear o cualquier otra cosa que tenga que ver con un *soufflé.* Usted dijo: «Te pagaremos los viernes». Ahora escúcheme, genio, esto significa todos los viernes: la última vez que lo comprobé, usted no era César, mmm, no es privilegio suyo reorganizar el calendario. Todas. Las. Semanas.

Ahora sí que no hay quien me pare.

—Sigamos; cerrarle la puerta de golpe a su hijo, en sus narices: no está bien. Cerrar la puerta con pestillo para dejar fuera a su hijo cuando estamos todos en casa: tampoco está bien. Comprar un estudio en el edificio para «tener un poco de intimidad», *definitivamente* no se hace. Oh, oh, y aquí va otra: mmm, ¿irse al balneario cuando su hijo tiene una infección en el oído y treinta y tantos de fiebre? Avance de actualidad: esto la convierte oficialmente, no sólo en una mala persona, sino, a ver, en una madre *horrible.* No sé, no he parido a nadie, así que puede que no sea una experta en esto, pero si mi hijo se fuera meando por todo el mobiliario como un puto perro senil, mmm, me preocuparía un pelín. Podría cenar con él al menos una noche a la semana; bueno, ya sabe, sólo en plan capricho. Además, tengo que decírselo, la gente la odia. La asistenta la *odia*, con un odio del tipo «podría matarla mientras duerme».

Voy frenando para asegurarme de que capta cada palabra.

—Y, ahora, vamos a recapitular: yo estaba paseando inocentemente por el parque. No la *conozco*. Y cinco minutos después me tiene lavando su ropa interior y acompañando a su hijo al «Día de la Familia». Vamos, ¿cómo ha llegado hasta ahí, señora? De verdad, me gustaría saberlo: ¿de dónde saca las pelotas para pedirle a una perfecta desconocida que sea una madre suplente para su hijo?

»¡Y no tiene trabajo! ¿Qué *hace* usted todo el día? ¿Está construyendo una nave espacial allí, en la Asociación de Padres? ¿Ayudando al alcalde a diseñar un nuevo plan de transporte público desde una cámara secreta de Bendel's? ¡Ya lo sé! ¡Está discurriendo una solución para el conflicto en Oriente Medio detrás de la puerta cerrada de su dormitorio! Bueno, siga trabajando así, señora: el mundo se muere de ganas de oír cómo sus innovaciones van a impulsarnos al siglo veintiuno con un descubrimiento tan fantástico que no le permite disponer de un momento para darle un abrazo a su hijo.

Me agacho y miro fijamente a los ojos del oso.

—Ha habido mucha «confusión», así que permítame dejarle una cosa totalmente clara: este trabajo, exacto, t-r-a-b-a-j-o, trabajo, que he estado desempeñando, es un trabajo duro. ¡Criar a su hijo es un trabajo duro! ¡Algo que usted sabría si alguna vez llegara a hacerlo durante más de cinco minutos seguidos!

Vuelvo a incorporarme y me chasqueo los nudillos, dispuesta a llevar esto a sus últimas consecuencias.

—Y, Señor X, ¿quién *es* usted? —hago una pausa para que esto cale—. Y, ya que estamos haciendo las presentaciones, probablemente se estará preguntando quién soy yo. Ahí va una pista: *a*) no vine incluida en el alquiler; *b*) tampoco aparecí movida por la bondad de mi corazón, para preguntarle a su esposa si había alguna tarea que yo pudiera hacer en casa. ¿Qué le parece, X: quiere intentar adivinarlo?

Me miro las uñas, haciendo una pausa dramática para lograr un mayor efecto.

—¡HE ESTADO CRIANDO A SU HIJO! Le he estado enseñando a hablar. A lanzar una pelota. A tirar de la cadena en su baño italiano. No soy estudiante de Medicina, ni de Empresariales, ni actriz, ni modelo, y de ninguna forma o manera soy «amiga» de esa chiflada con la que se casó. O compró, o lo que sea.

Me estremezco, asqueada.

—Y éstas son las novedades, tío grande. No estamos en el imperio bizantino: no te dan un camello y un harén con cada parcela de tierra. ¿En qué guerra ha peleado? ¿A qué déspota ha derrocado? Ganar una cantidad de siete cifras, con su culo gordo en un sillón no es heroico y, aunque pueda suponerle una o dos esposas como trofeo, o cinco, ¡está más claro que el agua que eso no le convierte en candidato al premio a la paternidad! Trataré de expresarlo en términos que usted pueda entender: su hijo no es un accesorio. Su esposa no lo pidió por catálogo. No puede alardear de él cuando le venga bien y luego guardarlo en el sótano con sus puros.

Me detengo para recobrar el aliento, mirando a mi alrededor a todos los juguetes por los que ha pagado y que ni una sola vez ha disfrutado con su hijo.

—Hay personas en su casa, *seres humanos,* que se están ahogando en su deseo de que les mire a los ojos. Usted creó esta familia. Y lo único que tiene que hacer es hacer acto de presencia y demostrarles algún cariño. Se llama «re-la-cio-nar-se». Así que supere toda idea de la paternidad «totalmente ausente que compra tu cariño» que haya recibido y *venga aquí,* tío: ¡porque ésta es su VIDA y la está cagando!

—¡Guau!

La perrita abre la puerta del armario, agarrando con la boca la funda del bonobús.

—Eh, dame eso —digo suavemente, arrodillándome para quitárselo.

Lo deja caer y se tumba de espaldas para jugar. Me quedo mirando los sucios fragmentos de papel que hay dentro del plástico, todo cuanto queda de la tarjeta de visita de Coco.

Parpadeo y recorro con la mirada toda la habitación de Grayer, tan familiar para mí que me parece la mía propia. Le veo recorrer la imaginaria pasarela de nuestro desfile de modas navideño, del villanciqueo a grito pelado en el cuarto de baño, durmiéndose encima de mí mientras acabo *Buenas noches, Luna*.

—Oh, Coco.

Y de repente estoy llorando, enroscada como una pelota a los pies de su cama. Oleadas de sollozos me sacuden al comprender definitivamente que nunca le volveré a ver. Que esto es el fin para nosotros, para Grayer y para mí.

Cuando por fin puedo recobrar el aliento, me acerco a la cómoda y aprieto el STOP. Dejo al oso en el suelo, apoyado contra la cama de Grayer, mientras acaricio tiernamente la suave barriga de la perrita. Se estira, posando una garra sobre mi brazo, agradeciéndome la atención con su cálida mirada.

Y entonces me doy cuenta.

Nada de lo que he dicho hasta ahora les hará quererle de la forma en que él necesita que le quieran.

Ni me ayudará a irme con estilo.

Oigo a Grayer:

—Que seas lista, Nanny. Que seas lista.

Rebobino la cinta hasta el principio. Aprieto y vuelvo a dejar el oso en la moqueta, delante de mí.

—Hola. Soy Nanny. Estoy en su apartamento, y son... —bajo la vista y miro mi reloj de reojo—. Las cinco de la mañana. He entrado con la llave que me dieron. Y tengo al alcance de mi mano todas esas posesiones que tanto aprecian. Pero éste es el tema. La verdad es que no quiero hacerles daño. Aunque no sea más que porque ustedes gozan del extraordinario privilegio de ser los padres de Grayer —asiento, sabiendo que es verdad—. Por eso me iba a marchar sin más. Pero no puedo. Realmente no puedo. Grayer les quiere. He sido testigo de su amor por ustedes. Y no le importa qué llevan puesto o qué le han comprado. Tan sólo quiere que estén a su lado. Queriéndole. Y el tiempo se agota. No les va a querer incondicionalmente durante mucho más tiempo. Y pronto ya no les querrá en absoluto. Así que, si yo pudiera hacer algo por ustedes esta noche, sería infundirles el deseo de conocerle. Es una personita tan increíble, es divertido y listo, es una delicia estar con él. Realmente le adoraba. Y eso es lo que quiero para ustedes. Para ustedes dos, porque es algo, no sé, impagable.

Alargo una mano hacia el oso y aprieto el STOP. Lo sujeto en mis manos durante un momento. Mirando a la balda inferior de la estantería, veo una pequeña foto enmarcada de Caitlin, oculta tras el garaje de Playskool.

Vale.

Aprieto GRABAR y vuelvo a dejar el oso en el suelo.

—¡Y, si no, por lo menos me deben, a mí y a todos aquellos a quienes hayan embaucado para hacer lo mismo, un poco de respeto, joder!

Levanto el oso y saco la cinta.

❖

Desando el camino hasta el vestíbulo de entrada y apago todas las luces que me voy encontrando. La perrita viene corriendo al hall mientras yo permanezco una vez más junto a la mesa de cristal. Coloco la cinta entre las huellas de mis manos y dejo las llaves de su casa sobre la etiqueta blanca.

Cojo mis bolsas y abro la puerta principal de los X por última vez.

—Coco —digo pausadamente, con todo mi corazón, como si estuviera delante de mi tarta de cumpleaños pensando en el deseo más importante de mi vida—. Que sepas solamente que eres maravilloso, fabulosamente maravilloso. Y espero que, de alguna manera, sabrás que siempre estaré a tu lado, apoyándote, ¿vale? —apago la última luz y cojo en brazos a la perrita—. Adiós, Grayer.

El sol está saliendo cuando entro con ella en el parque. Mientras paseamos por el camino de tierra que lleva al estanque tira de la correa tensándola. Los primeros corredores ya están haciendo su inalterable órbita alrededor del agua mientras el cielo se ilumina y la última estrella desaparece. Sobre las copas de los árboles, un amanecer rosado baña los edificios que se recortan contra el cielo del oeste.

El agua rompe contra las piedras y yo me apoyo en la alambrada, asimilando la belleza de esta vista panorámica en el centro de la ciudad.

Meto la mano en una de las bolsas y saco el teléfono móvil de los X. Dedico un momento a sentir su peso en mi mano antes de lanzarlo por encima de la verja. La perrita salta, golpeando la alambrada con sus garras y ladra al producirse un chapoteo satisfactorio.

La miro.

—¿Qué te parece eso para despedirme con estilo?

Ladra en señal de asentimiento, inclinando la cabeza y mirándome afectuosamente con sus ojos marrones.

—Estilo.

Ladra.

—Estilo —vuelvo a decir.

Vuelve a ladrar.

—Ya veo. Pues nada, *Estilo,* vámonos a casa.

Nota de agradecimiento

Desearíamos dar las gracias a Molly Friedrich y Lucy Childs de la Agencia Literaria Aaron Priest por su incansable apoyo: ¡si Nanny tuviera que enfrentarse alguna vez, cara a cara, con la Señora X, éstas son las mujeres que nos gustaría que estuvieran detrás de ella! A Christy Fletcher, por darse cuenta de las posibilidades. A Jennifer Weis por decirnos cuándo no había nada de nada. A Katie Brandi por leer este libro casi tantas veces como nosotras. A Joel, por llevarse a Nanny a su luna de miel. A George, por hacer que siguiéramos en los días difíciles, y a Le Pain Quotidien por las provisiones.

Índice

Nota a los lectores   8
Prólogo: La entrevista   13

Primera parte: Otoño
  1. Se vende niñera   31
  2. Pluriempleo   66
  3. La noche de los muertos hirientes   94

Segunda parte: Invierno
  4. Alegría navideña a diez dólares la hora   121
  5. Horas bajas   158
  6. Amor estilo Park Avenue   185
  7. Sentimos informarle   206

Tercera parte: Primavera
  8. Glasear el pastel   245
  9. Oh... Dios... mío   279
 10. Y le regalamos unas vacaciones
    con todos los gastos pagados   312
 11. Un golpe y un gemido   351
 12. Ha sido un placer   377

Nota de agradecimiento   389

Este libro
se terminó de imprimir
en los Talleres Gráficos
de Mateu Cromo, S. A.
Pinto, Madrid (España)
en el mes de febrero de 2003

7592